KNAUR

ORLANDO MURRIN

MIT SCHARFER Klinge

EIN KULINARISCHER KRIMINALROMAN

Aus dem Englischen
von Kristina Koblischke

Die englische Originalausgabe erschien 2024 unter dem Titel
»Knife Skills for Beginners« bei Bantam, einem Imprint von
Transworld Publishers, London, Penguin Random House UK.

**Besuchen Sie uns im Internet:
www.droemer-knaur.de**

Deutsche Erstausgabe Oktober 2024
Copyright © 2024 by Orlando Murrin
© 2024 der deutschsprachigen Ausgabe Knaur Verlag
Ein Imprint der Verlagsgruppe
Droemer Knaur GmbH & Co. KG, München
Alle Rechte vorbehalten. Das Werk darf – auch teilweise –
nur mit Genehmigung des Verlags wiedergegeben werden.
Die Nutzung unserer Werke für Text- und Data-Mining
im Sinne von § 44b UrhG behalten wir uns explizit vor.
Redaktion: Isa Theobald
Covergestaltung: ZERO Werbeagentur GmbH, München,
Übernahme des Originals von Penguin Random House UK
Coverabbildung: ZERO Werbeagentur unter Verwendung
des Designs und der Illustration von Irene Martinez Costa/TW
Illustration im Innenteil: Mahomed Dibirov / Shutterstock.com
Satz und Layout: Adobe InDesign im Verlag
Druck und Bindung: GGP Media GmbH, Pößneck
ISBN 978-3-426-44705-5

2   4   5   3   1

AMUSE-GUEULE

Sonntag, 29.06.2003

Der Chef hat mir das Versprechen abgenommen, ein Rezept-Tagebuch zu führen. Unerlässlich für jemanden, der eines Tages sein eigenes Restaurant aufmachen oder ein Kochbuch schreiben will. Von wegen.

Er hat mich als »amuse« einen Käsecracker entwickeln lassen, also bitte sehr. Wir haben diesen neuen Typen in der Küche — er heißt Paul und ist ein eingebildeter Schnösel —, der die Idee hatte, den Teig zu einer Rolle zu formen und in einer Saatenmischung zu wälzen. Dann schneidet man sie vor dem Backen in Scheiben, und die Cracker haben einen hübschen Rand. Es war ziemlich viel Arbeit, aber irgendwann habe ich es hingekriegt. Ziemlich brillant, würde ich sagen.

Also hier ist es: Christians Kochbuch, Rezept Nr. 1.

Parmesan-Happen

170 g Weizenmehl, jeweils 150 g geriebenen Parmesan und gut gekühlte, gewürfelte Butter, einen Teelöffel schwarzen Pfeffer (frisch gemahlen, wie IMMER), ½ Teelöffel Meersalzflocken und eine Prise Cayenne zu einem Teig verarbeiten.

Zu zwei gleichmäßigen Rollen mit etwa 2,5 cm Durchmesser formen und kühlen, bis der Teig fest ist. Mit verquirltem Ei einstreichen und in einer Saatenmischung aus Sesam, Schwarzkümmel und Mohn wälzen (ungefähr je zwei Esslöffel) und erneut kühl stellen. In dünne Scheiben schneiden und bei 160 °C Umluft 16–18 Minuten backen, bis sie ein dunkles Goldbraun angenommen haben.

Ergibt 50–60 Stück. Halten sich gut in einer Vorratsdose und passen hervorragend zu Sherry. Der Clou ist, dem Teig kein Wasser zuzusetzen. Ein Backblech ist zu lange im Ofen geblieben – so schmecken sie noch besser. Glücklicher Zufall.

PROLOG

Sonntag

Ich schaue zum zehnten Mal auf die Uhr, als er hereingeschneit kommt.

»Du siehst fürchterlich aus«, sage ich. »Was in aller Welt ist passiert?«

»Sieht schlimmer aus, als es ist«, erwidert er so fröhlich wie immer. »Hatte eine Auseinandersetzung mit einer Rolltreppe.«

Wir sind in einem dieser gehypten Bar-Restaurants am Sloane Square. Es gibt zu viele Spiegel hier, zu viele Leute, die ihre Frisur darin überprüfen, und noch dazu verkaufen sie den Taittinger glasweise. Christians rechter Arm steckt in einem Gips, sodass nur die Finger herausschauen, am linken trägt er einen Verband ums Handgelenk. Nicht gerade ideal für einen Chefkoch.

Er bestellt einen Vodka Negroni mit der Bitte, ihn in einem Highball-Glas serviert zu bekommen, damit er ihn besser halten kann, und beäugt zwei junge Damen in der Nähe, was trotz der Blutergüsse in seinem Gesicht den gewohnten Effekt hat. Warme Augen, gewinnendes Lächeln – er musste sich noch nie besonders viel Mühe geben.

Es ist Sonntag, also bestelle ich eine Bloody Mary.

»Wir haben uns zu lange nicht gesehen«, sagt er und hält mir sein Glas zum Anstoßen hin. »Tut mir leid wegen Marcus – wie geht's dir?«

»Sorry, dass ich dich nie zurückgerufen habe. Es ist eine schwierige Zeit. Aber ich komme langsam wieder auf die Beine.«

»Wie lange ist es jetzt her?«

»Fast zehn Monate.« Dreihunderteins Tage, um genau zu sein.

»Oh«, sagt er, und dann, in einem Versuch, die Stimmung zu heben: »Aber in eurer Luxusvilla wohnst du noch?« Das kommt ziemlich taktlos rüber, was ihm im selben Moment auch klar wird. »Das kleine Juwel von einem Haus, das ihr hier in der Nähe zusammen hattet?«, fügt er schnell hinzu.

»Jubilee Cottage«, erwidere ich. »Es gibt ein paar Probleme, aber noch halte ich daran fest.« Vielleicht liegt es an all den Monaten des Trübsalblasens, aber ich scheine die Kunst des Small Talks verlernt zu haben.

»Ich habe neulich an diesen Job gedacht, den wir vor ein paar Jahren in Cannes hatten«, fährt er fort. »Das waren wilde Zeiten! Weißt du noch, wie die Langustine auf der Meeresfrüchteplatte zum Leben erwacht ist und Kate Beckinsale gebissen hat? Ich werde nie wieder auf einer Yacht kochen.«

Ich lächle und rühre mit dem übergroßen Selleriestängel in meinem Drink. Ein Teller voll gegrillter *Pimientos de Padrón* wird aufgetragen, und ich bestreue sie mit Meersalzflocken. Spanien ist ein Land der strahlenden Farben – da kann man mutig würzen.

»Na ja ... Jedenfalls habe ich gedacht, du könntest einem alten Freund aushelfen, gewissermaßen als mein Retter in der Not. Sagt dir die Chester Square Cookery School irgendwas?«

Auf dem Weg nach Victoria bin ich wahrscheinlich schon tausendmal an dem Laden vorbeigelaufen – typische Belgravia-Villa mit dekorativem weißem Stuck, wie die Glasur auf einer Hochzeitstorte. Deutlich herrschaftlicher als die Durchschnitts-Kochschule, aber dass Christian dort arbeitet, ist mir neu.

»Ich bin seit meiner Geschäftsauflösung da – die Besitzerin ist eine alte Freundin von mir. Hatte wohl Mitleid. Zum Job gehört eine hübsche kleine Wohnung im hinteren Teil des Hauses, und es macht mir nichts aus, mit den Damen ein wenig zu flirten, während ich koche. Was mich zu meinem Anliegen bringt.«

Offenbar hat Christian ein Problem. Die Schule veranstaltet Kochkurse mit Unterbringung für Amateurköche und -köchinnen, die den Wunsch haben, ihr kulinarisches Talent »auf die nächste Stufe« zu heben. Der September-Kurs beginnt morgen, aber er kann ja schlecht einhändig unterrichten.

»Ich dachte, wenn ich das *Meet-and-Greet* übernehme, wen könnte es da Besseres geben als meinen alten Freund Paul, um mich im Kurs zu vertreten? Ich wollte eigentlich einen Unterrichtsplan mitbringen, aber es sind ohnehin nur die Basics – Umgang mit dem Messer, braten, Schokolade. Hauptsächlich Ladys, die gerne mittags essen gehen und sich eine Pause von ihren Ehemännern gönnen. Alles Zeug, das ein Experte wie du sogar mit einem auf den Rücken gebundenen Arm unterrichten könnte.« Er wackelt mit den Fingern und lacht.

Armer alter Christian. Seit den glorreichen Tagen seiner Kochshow »*Pass the Gravy!*« und zwei Michelin-Sternen ist er wahrhaft tief gefallen. Sein letzter Fehlschlag war eine Brasserie-Kette, die, wie ich gehört habe, eine Menge Leute eine Menge Geld gekostet hatte.

Ich wäge sein Angebot ab. Chester Square ist keine zehn Minuten zu Fuß von meinem Haus entfernt, über den Arbeitsweg kann ich mich also nur schlecht beschweren. Andererseits – bin ich bereit, mich vor eine Klasse voller unbekannter Gesichter zu stellen? Mit Fremden zu arbeiten? Ich bin aus der Übung. Vielleicht bleibe ich lieber daheim.

»Peinliche Frage«, sage ich. »Was wird gezahlt?«

Er setzt sich sichtbar erleichtert ein wenig aufrechter hin. »Da werden wir uns schon einig, keine Sorge. Aber toll, dass du es machst – mir fällt echt ein Stein vom Herzen.«

»Das ist noch keine feste Zusage. Ich muss erst in meinen Kalender gucken«, protestiere ich. Worauf lasse ich mich da gerade ein? »Hör zu, ich rufe dich an.«

Er ignoriert das einfach. »Wir sehen uns morgen. Ich stelle dich dem Team vor und zeige dir alles, bevor die Leute kommen.« Er legt seine linke Hand sanft auf meinen Arm. Der Verband sieht ziemlich schmuddelig aus. »Das mit Marcus tut mir leid, ehrlich.«

Dann steht er auf, schenkt den Mädchen noch einen weiteren seiner stahlgrauen Blicke und lässt sie dann mit schwungvollen Schritten an der Bar sitzen – genau wie mich mit der Rechnung.

Ich hasse es, über Geld zu reden, aber seit Marcus' Tod musste ich feststellen, wie absolut ahnungslos ich bin. Er wusste, wie man Finanzen verwaltet und mit schwierigen Situationen umgeht, während ich immer nur überfordert bin und um mich selbst kreise. Ich kann nicht fassen, wie viel es kostet, ein Haus zu unterhalten – sogar ein so winziges wie das meine. Dem Himmel sei Dank für meine Arbeit als Freelancer für *Escape*, damit ist zumindest der Grundstock abgedeckt. Ich liefere acht Seiten jeden Monat – Rezepte *und* Food-Styling. Und dem Himmel sei Dank für Julie, die dort zufälligerweise die Stelle als Food-Editor innehat und mich damit beauftragt.

Zurück im Jubilee Cottage rufe ich sie an, um ihr von Christian zu erzählen. Am frühen Sonntagabend geht sie vielleicht sogar ran. Mein Partygirl feiert mit ein paar lauten Medien-Leuten in einer Bar in Covent Garden – angeblich eine Atmosphäre wie auf dem Montmartre. »Ich rufe dich über FaceTime zurück«, schreit sie. Sie findet moderne Technologie wunderbar, völlig egal, was ich davon halte.

Ein paar Sekunden später vibriert mein Handy, und ihr strahlendes Gesicht erscheint. Heute hat sie sich für den Latina-Look entschieden, mit hochgesteckten Haaren und dramatischem

Eyeliner. »Das ist besser«, sagt sie vor dem im Hintergrund an- und abschwellenden Blöken eines Akkordeons. »Es ist der Wahnsinn hier – du solltest kommen und mit uns feiern!«

Die Zeiten meiner Sauftouren mit Julie sind vorbei, aber es ist nett von ihr, mich einzuladen.

»Lustigerweise war ich selbst gerade was trinken«, antworte ich mit einem Anflug von Stolz. Seit Wochen versucht sie, mich dazu zu bringen, den Hintern hochzubekommen und auszugehen. »Aber du errätst nie, mit wem.«

»Lady Gaga? Elton John? Dolly Parton?«

»Viel besser – *Christian!*«

Sie staunt. Seit dem Start seiner Brasserie-Kette hat sie ihn nicht mehr gesehen. »Wow! Ich dachte, der wäre nach dem Absturz von der Bildfläche verschwunden. Sieht er immer noch so gut aus?«

»Ein paar Abnutzungserscheinungen«, sage ich kritisch.

»Weißt du noch, als er sich mit dieser Oligarchentochter eingelassen hat und wir überzeugt waren, dass man ihn nach Sibirien verschleppt hat?«

Oder die anderen Male, als er in Tokyo von einem Fan-Mob überwältigt wurde oder im Weißen Haus gekocht hat: An Material für eine zukünftige Biografie mangelt es nicht.

Ich erzähle ihr von Christians Unfall und von seinem Wunsch, dass ich den Retter spiele und für ihn einspringe.

Wie erwartet fährt Julie die Beschützerin auf. »Bezahlen sie anständig?« Ich gestehe, dass das noch nicht abschließend geklärt ist. »Nagel sie fest, Paul, und bestehe auf die Hälfte vorab. Ansonsten ist es – wenn du meine Meinung hören willst – eine hervorragende Idee.«

»Aber eigentlich habe ich mir selbst versprochen, nach der letzten Woche ein paar Tage freizunehmen«, entgegne ich lahm.

»Aber du bist ein fantastischer Lehrer. Es wird dir Spaß machen. So kommst du unter Leute, und vom Honorar kannst du dir einen Urlaub gönnen. Einen richtigen Urlaub, so wie du ihn verdienst.«

Es stimmt: Ich könnte eine Woche Strand vertragen. Für Zeitschriftenmenschen bedeutet Anfang September Weihnachten, und wir haben gerade einen nervenaufreibenden Zwei-Tages-Fotoshoot für die *Escape*-Festausgabe hinter uns. Das Thema war *Der Nussknacker.* Zusätzlich zum unvermeidlichen vollgestopften Truthahn nebst Beilagen hatte die Redaktion auf einen dreieinhalb Meter großen Tannenbaum (ganz in Blau und Silber geschmückt), drei kleine Kinder (dito) und eine Französische Bulldogge (blau-weißes Bandana) bestanden. Überall, wo man hinsah, standen bärtige Spielzeugsoldaten, zudem loderte – ich fühle, wie mir bei der Erinnerung der Schweiß ausbricht – ein knisterndes Kaminfeuer. Und das am heißesten Tag des Jahres.

»Ich hoffe, sie ist mit den Bildern einverstanden«, sage ich. »Sie« ist unsere Redakteurin, Dena, eine Tyrannin, die Karrieren so beiläufig beendet, wie sie die Dunhills ausdrückt, die sie immer noch im Büro raucht, weil niemand wagt, etwas dagegen zu sagen.

»Ich schreibe dir gleich morgen früh, sobald sie sie gesehen hat. Und *bitte* sag Christian zu.«

Während wir uns unterhalten, erhasche ich einen Blick auf mein Spiegelbild. Es ist schwer, sich selbst objektiv im Spiegel zu betrachten, aber die letzten paar Jahre sind nicht gerade freundlich zu mir gewesen: Marcus' schreckliche Krankheit, gefolgt vom Unvermeidlichen. Für zweiundvierzig bin ich wohl noch recht gut in Form – nicht, dass ich bis auf das Rumgerenne bei der Arbeit irgendwelchen Sport machen würde. Aber in meinen Augen liegt eine Traurigkeit, eine Art Skepsis, die da vorher nicht war. Auch mein Haar wird langsam grauer. Was bei Marcus vornehm aussah, lässt mich nur verblasst wirken. Von Trauer gezeichnet ist wohl der ehrliche Ausdruck. Ich versuche zu lächeln, und es ist eine deutliche Verbesserung.

Vielleicht hat Julie recht, und diese Chester-Square-Geschichte wird mir dabei helfen, aus mir herauszugehen und aufzuhören, in einem leeren Haus herumzugeistern und Marcus zu vermissen. Vielleicht erhasche ich ja einen Blick auf den Christian, den ich früher einmal gekannt und geliebt habe, bevor die Ex-Freundinnen und das Finanzamt ihn mürbe gekocht haben wie einen Sonntagsbraten.

»Okay, ich denke darüber nach«, sage ich. »Wir hören uns morgen.«

KAPITEL 1

Montag

Die Eingangstür zur Hausnummer einundvierzig liegt überhaupt nicht am Chester Square, sondern auf der Seite des Gebäudes in der Eccleston Street. Dieses spezielle Haus hat mich schon immer fasziniert, weil irgendwann am hinteren Teil ein viereckiger Anbau mit einer Fensterreihe, die sich im oberen Bereich um den gesamten Anbau zieht, errichtet wurde – eine Galerie vielleicht oder eine Bibliothek?

Nach Belgravia-Standard sieht das Haus heruntergekommen aus. Die Grosvenor Estate, der alles hier gehört, hat drakonische Regeln, was die Fassadenpflege angeht, also reden wir nicht von abblätternder Farbe oder gesprungenen Fensterscheiben, aber das Gebäude wirkt ungeliebt. Die Aschenblumen in den Fensterläden sehen aus, als könnten sie neue Erde und etwas Wasser vertragen, und die Treppe müsste einmal gekehrt werden.

Neben der Tür – in regelkonformem schwarzem Lack, leicht abgenutzt – befindet sich ein Touchpad mit Zahlen und ein runder Knopf mit der Aufschrift BESUCHER. Den drücke ich, und es erklingt ein schriller Glockenton, gefolgt vom Geräusch der sich öffnenden elektrischen Schlösser. Die Tür öffnet sich ein Stück weit. Eine blasse, schlanke junge Frau in einer hochgeschlossenen weißen Kochjacke erscheint und mustert mich. Sie sieht aus, als hätte sie sich ungeheure Mühe gegeben, nicht aufzufallen. Keinerlei Make-up oder Schmuck, dazu eine glanzlose Frisur.

»Ich bin Suzie«, sagt sie. »Suzie Wheeler.«

Nicht gerade die begeisterte Begrüßung, auf die ich gehofft hatte ... *Vielen Dank, dass Sie so kurzfristig einspringen, Paul!* Oder: *Sie müssen Paul Delamare sein – unser Retter in der Not!*

»Ich zeige Ihnen den Weg. Christian ist noch nicht da.«

Sie ist eine rhotische Sprecherin – rollt ihre Rs wie im Westen des Landes. Meine Mutter sprach auch so. Als die Tür hinter uns ins Schloss fällt, fällt mir auf, dass sie an den Nägeln kaut.

»Gibt es einen Code, sodass ich selbst rein- und rausgehen kann?«, frage ich.

»1904«, erwidert sie.

Zu meiner Zeit habe ich die Fragen zu mehr als einem Küchenquiz entwickelt, also gebe ich spontan zurück: »Die Erfindung des Teebeutels.«

»Und der Geburtstag vom Boss.« Sie lächelt vorsichtig. »Nicht das Jahr natürlich, der neunzehnte April.«

Das Erste, was mir beim Eintreten auffällt, ist der Geruch. Ich habe einen äußerst ausgeprägten Geruchssinn – den entwickeln alle Küchenchefs. Hier herrscht der unverkennbare »Anstalts«-Dunst aus Abendessen und Desinfektionsmittel. Sonst keine Überraschungen: ein dicker, ziemlich ausgetretener Teppich in angegrautem Gold, Beistelltische mit Zeitschriften, langweilige Vasen mit Chrysanthemen und düstere viktorianische Gemälde an Bilderschienen.

Ich folge Suzie eine breite Treppe hinauf – »Die Prunktreppe«, sagt sie naserümpfend – und einen Flur entlang. Während es unten aussieht wie in einem Wartezimmer, herrscht in diesem Stock eher Auktionshaus-Atmosphäre. Alles ist voller Schaukästen aus Holz und Glas. Ich werde mich später noch einmal genauer umsehen, aber offenbar haben wir jemanden mit Sammelleidenschaft für antike Küchenutensilien unter uns.

Wir gehen im Slalom darum herum zu einer Tür, die von einem handgemalten Schild geziert wird: *Shelley Room*. Suzie klopft kurz und ruft: »Ihr Besuch, Mrs Hoyt!« Dann verschwindet sie.

Ich betrete die eichengetäfelte Höhle der Eigentümerin und Direktorin der Kochschule in Personalunion. Sie steht an den bodentiefen Fenstern, von mir abgewandt mit Blick nach draußen. Ihre Silhouette – an den Säumen eingefasster Tweed-Hosenanzug und aschblondes Haar, das von einem breiten Band zurückgehalten wird – wirkt schmal vor dem grünen Hintergrund der Platanen, die sich um den kleinen Privatpark im Zentrum des Platzes reihen.

In der Mitte des Raumes steht ein riesiger, antiker Schreibtisch im Bankdirektoren-Stil mit grüner Lederauflage, gerahmten Fotos und einem Laptop darauf. Ein paar ordentliche Papierstapel werden von antiken Messingbeschwerern in Schach gehalten. Es sind diese glockenförmigen mit Griff am oberen Ende. An den Wänden reihen sich weitere Schaukästen und eine verzierte, schmiedeeiserne Schatulle mit einem in Gold gefassten Wappen aneinander. An der Vertäfelung hängen: Drucke von Kräutern, Obst und Gewürzen; gerahmte Werbeanzeigen viktorianischer Backwaren und Apparaturen; eines dieser Arcimboldo-Ölgemälde, in denen das Gesicht der porträtierten Person aus Gemüse besteht.

Ich bin noch dabei, all das in mich aufzunehmen, als die Frau sich umdreht. Sie ist nicht viel älter als ich, Ende vierzig vielleicht, elegant geschminkt und gekleidet, aber sie hält ihr Gesicht zur Seite gedreht, als verberge sie etwas.

»Rose Hoyt«, sagt sie und hält mir eine Hand entgegen. Mit der anderen betupft sie ihr Auge mit einem Taschentuch. »Bitte verzeihen Sie meinen Anblick. Ihrem überraschten Gesichtsausdruck entnehme ich, dass Christian nichts erwähnt hat.«

Mit einer gemurmelten Entschuldigung wende ich den Blick ab. Ihr Gesicht hängt auf einer Seite schlaff herunter, vielleicht wegen eines Schlaganfalls oder einer Lähmung. Etwas Ähnliches war während meiner Ausbildung in den Ferien einer der Hausmütter passiert – wir hatten furchtbare Angst, es könnte ansteckend sein.

»Allerdings«, sagt Rose mit einer nervösen Handbewegung, »habe ich ihn gebeten, zumindest zu versuchen, pünktlich zu sein.« Neben einem Verlobungs- und einem Ehering erspähe ich einen riesigen, von Diamanten eingefassten Cushion-Cut-Smaragd, wahrscheinlich Art Déco und mehr wert als mein Jahreseinkommen.

»Während wir warten, erzähle ich Ihnen ein wenig über unsere Schule und unsere Arbeit hier. Dieses Haus ist seit 1900 im Besitz meiner Familie – den Strangs –, und ich wohne hier schon mein ganzes Leben. Wie Sie sehen können, ist es recht groß. Nach dem Tod meines Mannes – Hoyt ist mein Ehename – hat unsere Tochter einen Kurs bei Leith's absolviert. Und da dachte ich, wir könnten hier vielleicht etwas Ähnliches aufbauen. Wir unterrichten hier das, was ich ›klassische Küche‹ nenne. Eine Menge Kochschulen scheinen nur daran interessiert, dem neuesten Trend hinterherzurennen, ›Macaron Masterclass‹, ›Schnell und Vegan‹, Sie wissen schon. Aber wenn man hierherkommt, lernt man das wahre Kochen – wie man eine anständige Béchamel macht, französisch parierte Lammkoteletts oder pochierten Lachs. In anderen Worten grundlegende Küchenpraxis. Unsere Klassenstärke liegt bei acht Personen, Unterbringung eingeschlossen. Ich denke, Teil unserer Anziehungskraft ist die Tatsache, dass die Lernenden in Belgravia untergebracht sind, was sie normalerweise ein Vermögen kosten würde. Aus unserer Sicht betrachtet können wir all diese Räume, wenn wir sie schon haben, auch füllen.«

Sie blickt noch einmal auf die Uhr. Laut der meinen geht sie vier Minuten vor, aber vielleicht will sie es so.

»Ist Christian mit Ihnen den Lehrplan durchgegangen?«

»Nein«, erwidere ich. Sie reicht mir ein Blatt Papier. Ich will die Frage meines Honorars ansprechen, aber sie ist schon aufgestanden und zum Kamin hinübergegangen, neben dem ein kunstvoll vergoldeter Knauf in einen hübschen Stuckrahmen eingelassen ist. Sie zieht ihn nach unten und merkt auf meinen interessierten Blick hin an: »Sie werden feststellen, dass wir hier in vielerlei Hinsicht den alten Techniken anhängen. Das hier ist eine der originalen Dienstbotentrakt-Klingeln aus dem neunzehnten Jahrhundert, auch wenn mein Vater sie natürlich hat elektrifizieren lassen.«

Ich senke den Blick auf das Blatt Papier. Himmel! Auch dort wartet eine Art Zeitreise – zurück in die Kochausbildung der 1970er: *Die Kunst der Teigherstellung meistern. Wohltemperierte Schokolade. Läuterzucker, gesponnen und als Dekor.* Was hat Christian mir da eingebrockt?

»Ähm. Besteht Flexibilität hinsichtlich des Lehrplans?«, frage ich.

»Sie werden feststellen, dass der Plan eine gute Struktur vorgibt – er deckt die grundlegenden Techniken ab und schafft über den Tag hinweg ein zufriedenstellendes Gleichgewicht. Ich weiß, manche Kochschulen richten ihre Kurse darauf aus, dass die Lernenden am Ende erfolgreich ein paar bestimmte Gerichte kochen können, aber ich finde das ein wenig, nun ja, billig. Außerdem haben wir dafür Suzie«, fügt sie hinzu, als die junge Frau eintritt.

»Sie haben geläutet, Mrs Hoyt.« Fast wie in *Downton Abbey*.

»Kein Zeichen von ihm, nehme ich an?«, fragt Rose.

»Ich glaube, er war gestern erst spät zurück«, erwidert Suzie.

Rose spielt mit einem Ohrring. »In diesem Fall führen Sie doch Mr Delamare durchs Haus und zeigen ihm, wo alles ist.«

Ich folge Suzie nach draußen und sage, sobald die Tür ins Schloss gefallen ist: »›Mr Delamare‹ gibt mir das Gefühl, ungefähr hundert Jahre alt zu sein. Bitte nennen Sie mich Paul. Und gerne können wir uns auch duzen, schließlich sind wir Kollegen.«

Sie nickt, und wir gehen wieder hintereinander durch die Museumsstücke.

»Ich fühle mich tatsächlich ein wenig im Stich gelassen von Christian«, fahre ich in der Hoffnung fort, dass sie mir erzählt, was los ist. »Er hat versprochen, hier zu sein.«

Sie zuckt – kaum merklich – mit den Schultern, dann führt sie mich nach unten zu einer prunkvollen Tür, flankiert von einem riesigen Messing-Gong. *Pink Room* verkündet das Namensschild.

»Hier essen wir«, sagt sie und stößt die Tür auf.

Rosafarbene Speisesäle haben etwas an sich, dass mir die Galle aufsteigen lässt, auch wenn ich zugeben muss, dass der Raum selbst mit seinem Blick auf den Chester Square und all dem glänzenden Mahagoni durchaus elegant wirkt. An einer Wand, diskret in die bienenwachspolierte Vertäfelung eingelassen, erkenne ich einen alten Speiseaufzug und frage Suzie, ob er noch funktioniert.

Ich bin ein Fan von altertümlicher Haushaltstechnik. Als ich ein Kind war, hat meine Mutter mich immer mit in einen Porzellanwarenladen genommen, der eine magische Fußmatte besaß: Wenn man daraufgetreten ist, hat das Körpergewicht einen Mechanismus in Gang gesetzt, der ruckelnd die Tür geöffnet hat. Mein erster Anzug stammte von einem Herrenausstatter, der ein Druckluft-Röhrensystem hatte, um Bar- und Wechselgeld zwischen dem Laden im Erdgeschoss und der Rechnungsabteilung im ersten Stock hin- und herzuschicken.

»Bis ganz nach oben«, erwidert sie. In alten Zeiten zweifellos nützlich, als die Dienerschaft den trägen Herrschaften das Frühstück ans Bett bringen musste. »Aber Mrs Hoyt mag die Störung nicht, während die Leute essen, also latsche ich ziemlich viel hoch und runter.« Suzie zeigt auf eine mit grünem Fries bespannte Tür – echter Fries, den man heutzutage außer auf Spiel- und Billardtischen kaum noch zu Gesicht bekommt.

Wir lassen den Pink Room hinter uns. Sie führt mich zurück in den Flur, vorbei an den Beerdigungsblumen im hinteren Teil des Hauses. Ich wusste, dass diese alten Gebäude geräumig sind, aber dieses hier scheint sich endlos hinzuziehen. Wir treten in einen dunklen, kleinen Hof, der von Ziegelmauern umgeben ist und eine riesige schwarze Stahltür im hinteren Teil hat, die laut Suzie hinaus nach Eaton Mews führt. Eine schmale schmiedeeiserne Treppe – ähnlich einer altertümlichen Feuertreppe – führt hinauf zu einer lasierten Tür. Christian hatte mir erzählt, er habe eine Wohnung über dem alten Kutschenhaus. Das hier muss sie sein. Suzie steigt die Treppe hinauf, klopft an und wartet eine Minute, bevor sie wieder herunterkommt.

»Hast du eine Idee, wo er hingegangen sein könnte?«, frage ich.

Sie hebt eine Augenbraue, um mich wissen zu lassen, dass sie das nichts angeht, und ich folge ihr wieder ins Haus. Eine fixe Idee flattert mir durch den Kopf: Warum nicht einfach aus der Tür schlüpfen und so tun, als sei das Ganze nie geschehen? Dann denke ich an Julie, und wie sehr ich sie damit enttäuschen würde.

Also folge ich Suzie einen langen, von Deckenfenstern erhellten Flur entlang und eine kurze Rampe hinunter. Sie drückt einen grünen Knopf, und die Türen öffnen sich zischend. »Der Alte Ballsaal«, verkündet sie.

Weder eine Galerie noch eine Bibliothek, sondern ein Ballsaal – natürlich! Und jetzt das HQ der Chester Square Cookery School. An einem Ende eine Lehr-Küchenzeile, zu Demonstrationszwecken mit Deckenspiegeln ausgestattet, um dem Kochnachwuchs die Ansicht von oben zu gestatten. Davor zwei Reihen Arbeitsplätze, jeder mit eigenem Kochfeld und Waschbecken. An einer Wand Backöfen, an der anderen Kühlschränke. Marmor, Edelstahl, Gaggenau, Liebherr – ich bin beeindruckt.

Eine Türklingel erklingt – die Kundschaft trifft ein. Bevor sie verschwindet, um zu öffnen, zeigt Suzie noch auf ein Stück Papier auf der Arbeitsfläche:

NAME	ANMERKUNGEN	ZAHLUNGSSTATUS
Lady Brash (Serena)	Reist von Bath an	✓
The Hon. Harriet Brash	s. o.	✓
S. Cartwright	London SE25	Ermäßigung (unter 26)
De'Lyse	Presse/Medien	kostenlos
Gregory Greenleaf	Ank. Gatwick, 9:10 Uhr	✓
Victoria Mortimore	Aus King's Lynn. Keine Avocados.	✓
Lilith Mostyn	Nordwales. <u>Glutenfrei.</u>	✓
Melanie Hardy-Powell	*Freundin von R. H.*	*(zahlt bei Ankunft)*

Die Frau, deren Name handschriftlich ganz unten steht, musste in letzter Minute gebucht haben – immer Vorsicht bei Freundschaft mit der Chefetage. Bei dem Namen Gregory Greenleaf läutet eine Glocke bei mir, aber mir fällt nicht ein, warum.

KAPITEL 2

Irgendetwas am Licht im Alten Ballsaal erinnert mich an unsere alte Schulturnhalle.

An einem sonnigen Tag muss es reizvoll sein, aber heute fühlt es sich kalt und grau an – wie in einem Gefängnis. Nachdem ich die Lichter an- und ausgeschaltet habe, was nicht hilft, logge ich mich ins Chester-Square-WLAN ein – Passwort *HummerThermidor* – und checke meine Nachrichten. Julie weiß, was ich von Emojis halte, was sie nur zu ermutigen scheint.

    🙂🎃 hat schon den ganzen Morgen 📖 zu! 🐙bilder 🐱, aber irgendwas ⚠. 😉 im 🎃 = 😺 🔮 🔮 ➡. Gehe davon aus, dass du es zum Chester ☐ geschafft hast?

Verständlicherweise macht meine Freundin sich Sorgen, ob ich vor der Kochschule gekniffen habe. Ein Teil von mir wünscht sich, ich hätte es. Der Teil davor bedeutet »Vollmond im Wassermann – seltsame Zeiten voraus.« Sie glaubt fest an Astrologie oder tut zumindest so, also bekomme ich täglich ein persönliches Horoskop.

Der erste Teil der Nachricht ist allerdings etwas besorgniserregender. Grob übersetzt: »Nicht sicher, was los ist, aber Dena« – das Hexen-Symbol – »hat schon den ganzen Morgen ihre Bürotür zu. Truthahnbilder sehen super aus, aber irgendwas stimmt nicht.«

Hmmm ... Es ist eine wohlbekannte Tatsache im Journalismus, dass die Türen in der Redaktion nur dann geschlossen werden, wenn sich etwas zusammenbraut. Ich rufe Julie an, auch wenn ich weiß, dass sie nicht drangehen wird, und hinterlasse ihr eine Nachricht mit der Bitte, mich weiter auf dem Laufenden zu halten. Dieses Shooting hat mich beinahe umgebracht, und ich werde keine ruhige Minute haben, bis es nicht von Dena abgesegnet ist.

Zurück in der echten Welt überprüfe ich schnell die Küchen- und Kühlschränke sowie die Schubladen und frage mich die ganze Zeit, wo Christian abgeblieben ist. Wenn ich Glück habe, hat er sich den Neuankömmlingen im Pink Room angeschlossen, um sich Roses Begrüßungsrede über Notausgänge und Defibrillatoren anzuhören.

Ich nutze die kurze Pause, um meine Messer bereitzulegen. Wie jeder Profikoch reise ich mit meinem eigenen Set, auch wenn es heutzutage eigentlich keine gute Idee ist, sie durch eine Stadt wie London spazieren zu tragen. (Meine stecken in einer äußerst schneidigen Lederhülle mit Riemen und Schnallen, die wiederum in meinem Rucksack verstaut ist. Sicher verpackt und dann ratzfatz und ohne Umwege ans Ziel!)

Zuerst kommt mein treuer Wetzstahl – ohne großen finanziellen Wert, aber eines meiner am meisten geschätzten Besitztümer. Ich habe ihn an meinem achtzehnten Geburtstag von unserem ortsansässigen Metzger bekommen, nachdem Mum ihm erzählt hatte, dass ich mich fürs Kochen interessiere. Sie hat mich in dem Glauben bestärkt, dass ich ein erfolgreicher Koch werden könne (Dad wollte lieber, dass ich etwas »Lohnenswerteres« lerne), und jedes Mal, wenn ich ihn benutze, denke ich an sie, wie sie über meine Schulter guckt.

Ich lege ihn auf die Arbeitsfläche, daneben das kleine und das mittlere Kochmesser. Deutsche Herstellung, graviert mit meinen Initialen, gelegentlich poliert mit einem Tropfen Kamelienöl, wie man es in Japan macht. Wenn ich es auftrage, lässt es mich an wächserne Blüten und *Madame Butterfly* denken. Oder sollte es eher *La Traviata* sein?

Meine nächste Wahl fällt auf ein bescheidenes *Couteau à Pamplemousse*, ein Grapefruitmesser, das ich vor fünfzehn Jahren in einem Kaufhaus in Toulouse erworben habe. Klein, mit Wellenschliff und geformt wie ein Krummsäbel – die besten drei Euro, die ich je ausgegeben habe: schnell, tödlich und das Beste, um Tomaten zu schneiden und Zitrusfrüchte zu filetieren. Davon abgesehen beinhaltet meine Waffenkammer ein paar Keramikmesser und mein hochgeschätztes Filetiermesser aus Karbonstahl. Seine lange, schmale, leicht biegsame Klinge gleitet durch Räucherlachs und kaltes Fleisch und lacht einem *Jamón Ibérico* einfach ins Gesicht.

Da der Unterricht ziemlich kurz ausfallen wird, wenn wir nichts zum Schneiden haben, stelle ich eine Auswahl an Gemüse zusammen und besehe den Inhalt des Kühlschranks, in dem zwei Ebenen für Fleisch und Geflügel reserviert sind. Interessante Auswahl. Ich lege insbesondere ein Paket zur Seite und hoffe, dass meine Schützlinge nicht allzu zartbesaitet sind, als die Doppeltür sich öffnet und sie die Rampe herunterkommen.

KAPITEL 3

Die Frauen, einschließlich einer auffallend hübschen, führen den Marsch an. Das Schlusslicht bilden ein sehr junger Mann und – der Gruppe etwas hinterherkeuchend – einer, der sein Großvater sein könnte.

Als sie mich sehen, bleiben sie plötzlich stehen. Großväterchen bemerkt es zu spät und tritt einer Frau vor sich in die Hacken, die daraufhin laut quietscht. Sie spähen in den Raum, gucken in alle Ecken und sogar hoch zur Decke. Dann tritt die Rudelführerin, eine zielstrebige Frau mit beeindruckender Haltung im Hosenanzug, vor und bellt: »Wo ist er denn?«

»Es tut mir leid«, sage ich und lächle sie direkt an. »Ich bin Paul Delamare. Ich leite diese Woche den Kurs.« Das kollektive enttäuschte Ausatmen klingt wie ein Luftballon mit Loch.

»Aber wir sind wegen Christian hier«, protestiert sie, sieht sich zustimmungsheischend um und klopft mit dem Fuß auf den Boden. Die anderen zucken mit den Schultern und werfen mir anklagende Blicke zu, als hätte ich ihn in einen Küchenschrank gesperrt, damit ich seinen Kurs übernehmen kann.

»Es tut mir leid«, wiederhole ich, so herzlich ich kann. »Ich dachte, Christian hätte sich Ihnen vielleicht zum Kaffee angeschlossen. Hat Mrs Hoyt nichts erzählt?«

Ich sehe, dass die Rädelsführerin eine etwas weniger zielstrebige und aufrechte Version ihrer selbst mitgebracht hat – eine Art Miniaturausgabe ihres Selbst. Laut meinem Spickzettel muss es sich bei den beiden um das Mutter-Tochter-Duo handeln, Lady Serena Brash und *The Honorable* Harriet.

»Was nicht erzählt?«, ruft ihre Ladyschaft und stößt ihre Tochter ohne erkennbaren Grund mit dem spitzen Ellbogen in die Seite.

»Von dem Unfall?«, erwidere ich vorsichtig.

Noch mehr Gemurmel und Kopfschütteln. Innerlich koche ich vor Wut: Wie kann Rose es wagen, die Nachricht über Christian auf mich abzuschieben? Und wo zur Hölle steckt er? Dessen ungeachtet hole ich tief Luft und sage in meinem beruhigendsten Tonfall: »Christian wird demnächst hier eintreffen – ich erkläre alles, wenn Sie sich eingerichtet haben. Suchen Sie sich einen Arbeitsplatz aus und machen Sie es sich bequem.«

Ein Gerangel um die hinteren Plätze beginnt – was wohl ausgeblieben wäre, wenn die Hauptattraktion die Gnade besessen hätte, aufzutauchen. Der ältere Herr ist nicht schnell genug und somit gezwungen, in die erste Reihe zu schlurfen. Namensschilder wären vielleicht hilfreich gewesen, auch wenn mir irgendetwas sagt, dass das hier Gregory Greenleaf ist. Er sieht aus wie ein Gregory.

Wenn Lehrer vor einem Klassenzimmer voller neuer Gesichter stehen, denken sie sich Eselsbrücken aus, um sich die Namen zu merken, also durchforste ich mein Gehirn, um mir etwas für Gregory auszudenken. Gregorianische Kirchengesänge? Nein, von einem Mönch hat er nichts. Mit der Hornbrille, den Tränensäcken und der Höckernase sieht er eher aus wie ein Vogel – ein Huhn vielleicht. Gregory *Pick*, wie Gregory Peck, der Schauspieler. Das wird reichen müssen.

Als alle ihren Platz gefunden haben, verteile ich die offiziellen Chester-Square-Cookery-School-Kurs-Schürzen – in strengem Weiß mit einer schwarzen Strichzeichnung der Gebäudefassade. Es erstaunt mich immer wieder, wie sehr sogar Millionäre Gratisgeschenke lieben. Die Laune im Raum scheint sich etwas zu heben.

Ich beginne damit, Christians Unfall zu erklären, auch wenn die Rolltreppengeschichte etwas dürftig klingt, und sehe, wie Lady Brash die Lippen schürzt.

Dann sage ich ein paar Worte über mich selbst. Was die Kochwelt angeht, habe ich so ungefähr alles gemacht, was man sich denken kann. Aber was die Leute *wirklich* interessiert, ist, wie es ist, im Fernsehen zu sein. (Antwort: angsteinflößend, grelle Lichter, Horden von Produktionsmenschen, die einen umschwärmen wie fliegende Ameisen.) Und ob ich eigentlich den und den TV-Koch kenne? (Antwort: Wir kennen einander alle und kommen, bis auf den einen, dessen Namen ich nicht nenne, gut miteinander aus.) Ein paar der Anwesenden sagen, sie kennen mich, aber vielleicht sind sie auch nur höflich. Dann schlage ich vor, dass wir uns duzen, weil das in der Küche oft so gehandhabt wird, und bitte alle, sich vorzustellen und kurz zu erzählen, was sie sich von diesem Kurs erhoffen.

Eine junge Schwarze Frau spricht zuerst. Es ist De'Lyse, die laut Rose eine erfolgreiche Bloggerin (»Callaloo and Bammy«) mit einer Trillion Social-Media-Followern ist. Sie winkt mit ihrem iPhone – das neueste Modell, wasserdicht, Teleobjektiv – und verkündet, dass sie den ganzen Kurs über Bilder und Videos auf Instagram posten wird. »Wenn irgendjemand nicht in den Videos vorkommen will, einfach aus dem Bild bleiben.« Ich sehe, wie Lady B die Oberlippe schürzt.

Ich bin kein Experte, aber wahrscheinlich stünde man nur ungern in der Schlange vor dem Badezimmer, wenn De'Lyse morgens ihre *Maquillage* auflegt. Sorgfältiges Contouring, schillernder Lidschatten, Hochglanzlächeln. Mehr Catwalk als Küche, aber wir werden ja sehen.

Dann übernimmt ihre Ladyschaft und verkündet, ohne Luft zu holen: »Lady Brash, aber bitte nennt mich Serena, und das hier ist meine Tochter Harriet, die im Frühjahr heiratet, also dachten wir, Zeit, die Kochkünste aufzupolieren!« De'Lyse verdreht die Augen. »So schade, dass Christian nicht da ist. Wir haben ihn ein paarmal in seinem Restaurant in Bath getroffen.« Sie zupft sich etwas vom Ärmel, das wie ein langes, seidiges Haar aussieht. Ein Collie-Haar, wenn mich nicht alles täuscht. Collies brauchen mindestens zwei Stunden Bewegung am Tag. Das dürfte erklären, warum sie so schlank ist.

Als Nächstes lächle ich der Honorable Harriet, ihrer ehrenwerten Tochter, aufmunternd zu.

»Wie Mummy schon sagte, ich bin Harriet.« Und nach einem kurzen Innehalten: »Sorry! Mir ist immer noch ein bisschen schlecht von der Taxifahrt von Paddington hierher. Nachher bin ich wieder unterhaltsamer.«

Danach fange ich Gregorys Blick ein. Im hellen Deckenlicht ist zu erkennen, dass die Büschel seiner verbliebenen Haare sandfarben getönt sind; passend zu seiner senfgelben Cordhose. Mir ist aufgefallen, dass ältere Herren gern zu Cordhosen greifen, aber leider betont irgendetwas an dem Material den Bauchspeck.

»Eigentlich aus Warwickshire, aber die meiste Zeit des Jahres verbringe ich in Biarritz.« Zustimmendes – oder neidvolles – Gemurmel. »Kleine Wohnung, Meerblick, bin heute Morgen schnell rübergeflogen. Meine wahre Leidenschaft sind gute Weine – vor allem Rotweine –, aber als ich in der *Financial Times* von dem Kurs gelesen habe, dachte ich mir, es ist an der Zeit, mein, äh … kulinarisches Repertoire zu erweitern.« Ich bemerke, dass er die Angewohnheit hat, beim Sprechen die Augen zu schließen. Oft ein Zeichen mangelnden Selbstbewusstseins.

Als Nächstes hebt eine lebhafte Frau Ende vierzig die Hand und winkt damit wie ein eifriges Schulmädchen. Sie hat große grüne Augen, Sommersprossen und eine Mähne aus rotem Haar. Sie wirkt wie eine katzenhafte Version von Fergie, der Duchess of York. Ihr Name ist Melanie, wie der meiner Mutter, das ist also leicht zu merken. Melanie Hardy-Powell wohnt in der Tite Street, Chelsea (eine sehr gute Adresse, wie Marcus sagen würde), und ist eine alte Freundin von Rose, auch wenn sie sich nicht oft sehen, weil sie beide so beschäftigt sind.

Ich frage, ob sie jeden Abend nach Hause fährt (mit dem Taxi ungefähr fünf Minuten). Nein, die Unterbringung ist im Kurs inklusive, also dachte sie, warum nicht einmal eine Pause von den Haushaltspflichten einlegen und ein bisschen gehobene Küche in angenehmer Gesellschaft genießen? Bei diesen Worten wirft sie mir ein flirtendes Lächeln zu – einschließlich aufblitzender Zähne.

Jetzt ist die Studentin dran, die mir zu Beginn schon aufgefallen war. Sie ist mit einer dieser neuen Haarfarben aufs Ganze gegangen, die gerade der letzte Schrei sind. Das erste Wort, das mir dazu in den Sinn kommt, ist mauve. Lilith kommt aus einer unmöglich auszusprechenden Stadt in Nordwales und hat den Kurs von ihrer besseren Hälfte zum Geburtstag bekommen. Sie spricht mit einem dieser sanften, walisischen Akzente, die einen an grüne Täler und Wasserfälle denken lassen. Gut gebaut, regenbogenfarben und nach einem biblischen Bad Girl benannt – ich weiß, dass ich keine Probleme haben werde, mich an sie zu erinnern.

Am Arbeitsplatz neben ihr – irgendetwas sagt mir, dass diese beiden entweder Freundinnen oder Feindinnen werden – sitzt »Nennt mich Vicky«, eine Apothekerin aus Norfolk. Ich kann mir gut vorstellen, wie sie durch ihre runden Brillengläser Rezepte studiert und ihren Kunden mitteilt, sie sollen morgen wiederkommen. Sie und ihr Mann machen getrennt Urlaub (bei diesen Worten zwinkert sie), und sie hat sich für den Kurs angemeldet, weil sie ihren Tiefkühlschrank mehr nutzen möchte. Nicht sehr inspirierend, aber ich verspreche, es im Hinterkopf zu behalten. Hier ist es leicht, weil sie ein Outfit mit Schlangenlederaufdruck trägt: Viper Vicky. Es ist ja nicht so, als müsse sie es je erfahren.

Zu guter Letzt bleibt noch ein schüchterner junger Kerl, der aussieht, als sei er aus Versehen hier gelandet und habe eigentlich einen Kurs für Wasserfarbenmalen oder Flötespielen buchen wollen. Stephen Cartwright trägt eine Harry-Potter-Brille, den kürzesten aller raspelkurzen Haarschnitte und hat zarte, blasse Haut. Er sieht aus, als sei er zu jung, um sich einen Bart wachsen zu lassen. Ich schätze ihn auf Anfang zwanzig.

Er wurde von seinem Arbeitgeber in den Kurs geschickt, weil er darüber nachdenkt, zum Koch umzuschulen. Sein Arbeitgeber? The Royal Parks, ein Wohltätigkeitsverein, der sich um den Erhalt der königlichen Parkanlagen kümmert. Ich weiß, wie es sich anfühlt, wenn alle älter – und gefühlt wichtiger – sind als man selbst, und beschließe, ein wohlwollendes Auge auf ihn zu haben.

Plötzlich höre ich ein Quietschen aus der hinteren Reihe. Die Honorable Harriet hat eine Spinne in ihrem Messerblock gefunden, und Mama setzt ihr mit einem Holzlöffel nach.

»Du musst sie nicht gleich umbringen«, ruft die Hon. »Die ist doch so klein.«

»Reiß dich zusammen, Harriet«, erwidert ihre Ladyschaft. »Du bist schon den ganzen Morgen so zartbesaitet – die Quittung dafür, dass du das Frühstück ausgelassen hast.«

Mit zusammengebissenen Zähnen sieht Harriet zu, wie ihre Mutter die aufgeschreckte Arachnide seitlich den Arbeitsplatz hinab verfolgt, wo diese zwischen zwei Dielen verschwindet. »Verflixt«, sagt die glücklose Spinnenjägerin und dreht den Fuß auf der Stelle hin und her. »Entwischt.«

Als ich den darauffolgenden Moment der Stille gerade nutzen will, um mit dem Unterricht anzufangen, steht eine bleiche Harriet auf, entschuldigt sich und verlässt – gefolgt vom finsteren Blick ihrer Mutter – hastig den Raum.

KAPITEL 4

»Wer hat Lust auf ein kleines Quiz?«, frage ich, nachdem wieder Ruhe ein- und die Hon. Harriet, noch etwas blass und zittrig, an ihren Arbeitsplatz zurückgekehrt ist. »Was ist der wichtigste Gegenstand in eurer Küche?«

»Der Aga«, erklärt Lady B unumwunden. Julie und ich haben eine Art Insiderwitz darüber, dass jeder, der einen dieser britischen Premium-Herde besitzt, es dir innerhalb der ersten fünf Minuten erzählt. Ihre Ladyschaft, Gregory und Melanie von York haben alle einen Aga, und ich sehe, wie sie Lilith mitleidige Blicke zuwerfen, die versucht mitzureden, aber nur einen Rayburn besitzt.

»Nein«, erwidere ich. »Ein Messerschärfer. Und ich rede nicht von den kleinen effekthascherischen Dingern mit sich drehenden Rädchen oder gar von elektrischen, die einem so viel Klinge wegschleifen, bis keine mehr übrig ist. Wenn das alles ist, was ihr während dieser Woche lernt, dann war der Kurs schon sein Geld wert. Was man braucht, ist ein *Wetzstahl*. Falls ihr nicht bereits einen besitzt: Es gibt sie für fünfzehn Euro online zu kaufen. Haltet ihn am Griff fest und stellt ihn senkrecht auf die Arbeitsfläche. Dann nehmt mit der anderen Hand das Messer und fahrt daran herunter, während ihr es gleichzeitig zu euch hinzieht, damit die gesamte Länge der Klinge den Stahl berührt. Benutzt eure Ohren – man sollte das Messer singen hören.«

Jeder Arbeitsplatz hat ein eigenes Messerset, also reichen wir den Wetzstahl herum, und alle probieren es selbst aus. Ich muss feststellen, dass es mir sogar ein wenig Spaß macht. Es ist interessant, Novizen bei der Arbeit zuzusehen. De'Lyse legt los, als wolle sie jemanden aufschlitzen, und massakriert dabei fast ihr Schneidbrett. Vicky und Lilith können sich nicht einigen, wer weitermachen soll, und werfen eine Münze, während der Wetzstahl unterdessen zu Vogelmann Gregory wandert, der auf ihn einhackt wie ein Specht am Baumstamm. Die Hon. Harriet übergibt ihr Messer ihrer Mutter, weil das Geräusch ihr Gänsehaut verursacht, und lässt sich anschließend bereitwillig von Melanie überreden, mit ihr Messer zu tauschen, weil Melanie die Farbe von Harriets Griff besser gefällt. Stephen scheint alles falsch herum zu machen – wie sich herausstellt, ist er Linkshänder.

Mit glänzend scharfen Klingen geht es los. Manche Menschen haben ein natürliches Talent fürs Tanzen, andere sind unglaublich gut im Bett, und ich – nicht, dass ich angeben will – kann gut mit einem Messer umgehen. Das können die meisten Küchenchefs: die elegante Drehung des Handgelenks, die fließende Anmut, die Finesse. Gib mir ein Messer und ich raube dir den Atem. Nichts verschafft mir größere Freude, als eine knubbelige Ananas mit ein paar geschickten Schnitten und Drehungen in einen Haufen goldener Dreiecke zu verwandeln oder einen Granny Smith so zu schälen, dass sich die Schale in eine einzige glänzend grüne Spirale verwandelt.

Schnitttechniken sind nicht schwer zu erlernen, erkläre ich, aber das A und O allen Tuns ist, sein Arbeitsgerät korrekt zu halten: »Um eine bequeme, natürliche Griffposition zu finden, schüttelt eurem Messer ›die Hand‹, wobei ihr die Finger der freien Hand – die das Schnittgut hält – zu ›Krallen‹ formt, um sie aus der Gefahrenzone zu bringen.«

Beim »Chef-Chopper« hält man das Handgelenk frei und führt die Klinge in einer Art Hackbewegung schnell auf und ab. Ich habe einmal gestoppt und bin auf 190 Schnitte pro Minute gekommen. Pflichtschuldig demonstriere ich die Technik an einer Reihe Champignons, die nach wenigen Sekunden verschwunden ist. Bei der »Säge« wiegt man die Klinge vom Griff zur Spitze im Zickzack über das Schnittgut. Innerhalb eines Augenblicks verwandle ich ein Bund Petersilie in grünen Staub. Beim »Quetschen« drückt man die flache Klinge auf das Brett. Pressen, schieben – pressen, schieben – wiederholen. Ergebnis: flüssiger Knoblauch.

Im Fernen Osten geht man etwas anders mit Messern um – man schneidet eher, als dass man hackt. Besser für das Messer und für das eigene Handgelenk. Ich hole mein zuverlässiges Kyocera heraus – weiße Keramikklinge, schwarzer Pakkaholzgriff – und zeige meinen Schützlingen einen Trick, den mir ein koreanischer Freund beigebracht hat. Fünfundsechzig undurchschaubare Schnitte später, zuzüglich einiger extra Kniffe und Schnörkel für De'Lyses Video, und die Zwiebel besteht aus 1104 identisch winzigen Würfeln.

Als die Vorführung begeisterten Applaus erntet, fühle ich mich tatsächlich geschmeichelt. Es ist seltsam, aber auch aufregend, nach all den Monaten des Rückzugs plötzlich im Zentrum der Aufmerksamkeit zu stehen: Ich verbeuge mich.

Jetzt sind die anderen dran. Melanie zuerst. Sie fixiert die Zwiebel wie eine Katze die Maus, dann legt sie mit voller Geschwindigkeit los. Ich erinnere alle daran, – *bitte!* – ihre nicht schneidenden Finger mit dem Krallengriff in Sicherheit zu bringen. Kochen kann tödlich sein.

Lilith lässt ihre Zwiebel herunterfallen, und sie rollt unter die Arbeitsfläche. Ich schlage vor, dass sie eine andere nimmt und die verlorene später wieder hervorholt, aber nein, sie wird diese Zwiebel schneiden oder keine. Mein Gefühl sagt mir, sie ist der Klassenquerulant. Jede Klasse hat einen.

Lady B legt eine übertriebene Sägebewegung an den Tag, als dirigiere sie ein Orchester, während ihre Tochter geistesabwesend wirkt und nach der Hälfte aufgibt. Vicky verkündet, sie kaufe ihre Zwiebeln tiefgefroren und vorgewürfelt.

»Tiefgefroren?«, wiederholt Lady B verächtlich.

»Tiefkühlgemüse ist nährstoffreicher«, erklärt Vicky. Ich pflichte ihr bei, weil es in den meisten Fällen stimmt.

Der stille Stephen geht in der Aufgabe auf und bewegt das Messer mit seiner zarten Hand sorgfältig auf und ab. Von allen Anwesenden scheint er mir der Einzige mit tatsächlichem Kochverstand zu sein, auch wenn es vielleicht noch etwas zu früh ist, um das zu sagen.

Ich bin erleichtert, wenn auch leicht peinlich berührt, als plötzlich der Titelsong von *Let's Dance* aus meinem Handy dröhnt – der Wecker, den ich mir zum Kursende gestellt hatte. Noch einer von Julies Streichen. Ich hätte sie nie auf meine Einstellungen loslassen dürfen.

»Für heute sind wir beinahe fertig«, verkünde ich, »aber bevor wir zusammenpacken, würde ich gern noch das Fleisch für die Einheit morgen vorbereiten, die, äh ... *Die Edle Kunst der Fleischzubereitung* heißt. Nur, um noch mal sicherzugehen: Niemand hier ernährt sich vegetarisch?« Ihr wärt überrascht, wie oft einem das durch die Lappen geht.

Viper Vicky meldet sich zu Wort: »Ich habe fünf Jahre lang vegetarisch gelebt, aber am letzten *Guy Fawkes Day* habe ich aufgegeben. Die Bratwürstchen waren schuld.«

Um nicht übertrumpft zu werden, hebt Lilith eine mit glitzernden Acrylnägeln verzierte Hand. »Glutenfrei«, sagt sie stolz.

Ich nicke und fahre fort. »Nun, über die Frage, ob man Fleisch vor, während oder nach dem Kochen würzen soll, wird eine endlose Debatte geführt, aber bei größeren Stücken oder ganzem Geflügel empfehle ich nachdrücklich den Vortag.«

Ich lege eine Auswahl an Fleischstücken und Vögeln auf die Arbeitsfläche. Der Lieferant von Chester Square ist die teuerste Metzgerei ganz Londons, was bedeutet, Rose legt mal eben 70 £ für eine Lammkeule hin.

Mit dem Ausbeinen der letzteren fange ich an: Ich entferne den Lendenknochen, dann das Kugelgelenk mit Kopf und Pfanne (der knifflige Teil) und schließlich den Schenkelknochen. Als ich beim Würzen angekommen bin, atmet Vicky scharf ein. »Ist das nicht ein bisschen viel Salz?«

»Die meisten Köche benutzen weit mehr Salz, als man es zu Hause tun würde – ebenso mehr Butter und Sahne: Das ist der Grund, aus dem das Essen im Restaurant so viel Aroma und Tiefe hat. Das Argument ist, dass ein Restaurantbesuch für die meisten Menschen etwas Besonderes ist und kein Gesundheitsausflug. Wie man zu Hause würzt, bleibt natürlich jedem selbst überlassen, aber das hier ist ein großes Stück Fleisch, und wir wollen, dass es durch und durch gut schmeckt.«

Gregory nickt wie ein Vogel auf der Stromleitung, als wolle er sagen, dass er das alles schon wusste.

Danach öffne ich ein Hühnchen, klappe es auf und entferne ein paar Rippen, bevor ich als Letztes mit meinem Kabinettstück aufwarte. Ich bin fest davon überzeugt, dass man in der Küche nicht zartbesaitet sein darf, also gehe ich zum Kühlschrank und hole das Fleischpaket heraus, das ich zuvor beiseitegelegt hatte: Es ist Tauben-Zeit. Lilith verzieht das Gesicht.

»Wildtaube. Keine von denen, die am Trafalgar Square herumflattern«, sage ich.

Mein eigenes Hackmesser passt nicht in mein Lederetui, also habe ich mir das Fleischerbeil der Kochschule bereitgelegt, ein fesches Gerät mit rotem Griff. Das Publikum keucht hörbar auf, als der erste Taubenkopf im Müll landet, gleich gefolgt vom zweiten.

»Die erste Regel des Metzgerhandwerks: ab mit dem Kopf.« Und Christian betritt die Arena.

KAPITEL 5

1,92 m pure Männlichkeit. Beeindruckendes, silbern durchzogenes Haar, frisch geschnitten und gestylt. Perfekt sitzende Jeans und Slim-fit-Hemd, ein Stück aufgeknöpft, um genau das richtige Maß gebräunter Brust zu entblößen. Ein Hauch *Tom Ford for Men*.

Er hat es sogar geschafft, seinen Verletzungen Sex-Appeal zu verleihen. Das Handgelenk steckt in einem strahlenden, brandneuen Verband. Der andere Ärmel ist aufgerollt (wie hat er es überhaupt geschafft, das Hemd anzuziehen?), um seinen Gips zur Schau zu stellen. Dort prangen seine Initialen C.S.W. in flottem Graffiti-Design, einschließlich eines roten Ballonherzens als Hommage an Banksy. Eine unwiderstehliche Mischung aus Stärke und Verletzlichkeit – und die perfekte Erinnerung daran, warum die Öffentlichkeit ihn liebt. Oder geliebt hat.

»Da ist Christian!«, verkünde ich.

Unnötigerweise, da er bereits von einer Gruppe bewundernder Fans umringt ist. Mir wäre es peinlich, so viel Aufmerksamkeit zu bekommen. Alle wollen ein Selfie mit ihm, und Lady B zaubert ihr »*Pass the Gravy!*«-Kochbuch hervor, um es signieren zu lassen. *Für die wunderbare Lady Serena* kritzelt er (interessant, wie er die Hand plötzlich benutzen kann).

De'Lyse nimmt ihn für ein Mini-Interview in Beschlag, während die anderen um sie herumstehen. »Stimmt es, dass du beim Dschungelcamp mitmachen wirst?«, fragt sie. Er verschließt seine Lippen mit einem imaginären Reißverschluss, und alle lachen gemeinsam.

»Wird es ein Weihnachts-Special geben?«

»Abwarten und Tee trinken!«, erwidert er mit einem vielsagenden Grinsen. Ich bezweifle es – er hat sein Mindesthaltbarkeitsdatum überschritten –, aber seine Bewunderinnen quietschen und kichern.

Mir fällt auf, dass sein Fanclub nur aus Frauen besteht. Gregory ist vorhin auf die Toilette verschwunden, aber wo steckt Stephen? Ich sehe mich um und entdecke zu meinem Entsetzen, dass er von seinem Stuhl gerutscht ist und bäuchlings auf dem Boden liegt – ohne dass es jemandem in der Hysterie um Christians Auftauchen aufgefallen war. Wie furchtbar!

Ich renne zu ihm hinüber, um seinen Puls zu prüfen – das angemessene Vorgehen in einer solchen Situation. Meine Großtuerei mit dem Fleischerbeil muss wohl zu viel gewesen sein. Ich war immer der Meinung, dass der Umgang mit Fleisch ein wichtiger Teil der Kochausbildung ist, aber die Zeiten ändern sich. Vielleicht sollte ich diese besondere Nummer aus meinem Repertoire streichen.

Als Nächstes höre ich eine Frauenstimme rufen: »Beiseite, beiseite!« (als stünden wir in einer Menschenmenge), und Lilith wirft sich neben mir auf den Boden. »Ruft einen Krankenwagen!«, schreit sie und reißt am Kragen des jungen Mannes, um sein Hemd zu öffnen. Er sieht sehr blass aus, und ich entdecke ein kleines Tattoo an seinem Schlüsselbein: ein kleiner, Harfe spielender Engel. Ich habe nichts übrig für Tattoos, aber das hier ist wenigstens unaufdringlich.

Dann materialisiert sich plötzlich Suzie neben uns und wirft sich auf ihn. »Ich übernehme das«, sagt sie und schiebt eine überraschte Lilith aus dem Weg. Wir sehen zu, wie sie seine Kleider richtet und seine Brille nach oben schiebt. »Ich bin die Gesundheits- und Sicherheitsbeauftragte. Er ist ohnmächtig geworden, das ist alles. Überlasst es mir.« Eine Minute später sitzt Stephen auf einem Stuhl, und Lilith wird losgeschickt, um eine Tasse Tee zu machen. »Er nimmt ein Stück Zucker«, ruft Suzie.

Stephen bemerkt, dass ihn alle ansehen. »Entschuldigung«, murmelt er. »Ich habe mich auf einmal ganz komisch gefühlt.«

»Diese Wirkung habe ich normalerweise nicht auf die Leute«, sagt Christian nonchalant, und alle lachen. »Aber jetzt muss ich mich verabschieden – ärztlicher Befehl.« Noch mehr Gurren und Aufplustern, während er seinen Abgang macht. Ich versuche, seinen Blick aufzufangen, aber er ignoriert mich einfach.

Inmitten des allgemeinen Geplauders bemerke ich, dass im Türrahmen eine geflüsterte Unterhaltung stattfindet. Christian ist auf seinem Weg nach draußen von Harriet abgefangen worden, und eine ungewöhnliche Abfolge von Emotionen spiegelt sich auf seinem gutaussehenden Gesicht. Überraschung – Entsetzen – und ... Ich kann nicht genau sagen, was noch.

Als alle den Alten Ballsaal verlassen haben, bleiben mir nur noch anderthalb Stunden bis zum Abendessen. Ich bin stinksauer auf Christian. Einfach für einen Kurzauftritt hereinzuschneien, ohne meine Anwesenheit auch nur zur Kenntnis zu nehmen! Und was war das bitte für ein seltsames Gespräch im Türrahmen? Während ich darüber nachgrüble, fällt mir auf, dass ich noch immer nichts von Julie gehört habe. Hat Dena die Bilder freigegeben, oder werden wir den Löwen zum Fraß vorgeworfen?

Dabei kommt mir eine Idee. Chester Square liegt auf Julies Heimweg. Sie wohnt in einer hellen, geräumigen Wohnung nahe der Putney Bridge, halb vergraben unter Büchern, Partituren und Möbeln aus der Mitte des letzten Jahrhunderts. Statt ins Jubilee Cottage zurückzukehren, um mich frischzumachen, könnte ich hierbleiben und fragen, ob sie für einen kurzen Besuch und eine Hausführung vorbeikommen möchte.

Da es wohl höflicher ist, das von Rose absegnen zu lassen, laufe ich hinauf in den Shelley Room. Dabei fällt mir ein, dass ich *immer noch nicht* nach meinem Honorar gefragt habe. Ich bin mir sicher, Julie wird es wissen wollen.

Die Tür steht offen, und als ich näherkomme, kann ich sehen, dass die Rektorin aufgewühlt ist. Suzie tröstet sie, eine Hand auf ihrem Arm. »Wie man jemanden so hintergehen kann«, sagt Rose und hebt geistesabwesend ein paar Papiere auf, nur um sie gleich wieder hinzulegen. »Und das, wo alles auf Messers Schneide steht ...«

Als ich eintrete, tupft sie sich die Tränen von den Wangen. »Suzie ist eine große Unterstützung«, sagt sie. Sie spricht es *Soo-Zee*, als sei es eine exotische Frucht. »Bei dem ganzen Durcheinander mit ohnmächtigen Schülern und Christian, der vogelfrei spielt, kann ich kaum einen klaren Gedanken fassen. Aber *Soo-Zee* hat mir versichert, es ist alles in Ordnung. Christian ist natürlich ein wunderbarer Lehrer.« Mit der Hand umklammert sie die Tischkante, und ich setze mich auf den leeren Stuhl ihr gegenüber. Sie fährt sich über die Augen und holt tief Luft. »Es waren ein paar harte Jahre für die Schule. Die Kosten, ein so großes historisches Anwesen zu erhalten, ständig steigende Preise ... Offen gestanden leben wir von einem Kurs zum nächsten.« Noch mehr gedankenverlorenes Papierverschieben.

Es ist wohl nicht der richtige Zeitpunkt, um über meine Bezahlung zu sprechen, aber ich frage sie, ob es in Ordnung sei, Julie einzuladen.

»Natürlich, Ihre Freundin soll ruhig kommen«, sagt Rose durch ihr Taschentuch hindurch und versucht sich tapfer an einem Lächeln. »Geben Sie ihr den Code für die Eingangstür, damit die Türklingel nicht alle aufschreckt.«

Ich lasse die beiden wieder allein. Vielleicht habe ich Suzie falsch eingeschätzt. Sie wirkt cool und distanziert, aber dieser Vorfall hat eine fürsorglichere Seite an ihr offenbart: Sie ist reif für ihr Alter.

Ich schreibe Julie eine Nachricht, um sie einzuladen, und schicke ihr wie angewiesen den Türcode. Ihre Antwort kommt nur Sekunden später:

> Sorry, stecke im Büro fest. Morgen früh 🆘-Treffen, alle Abteilungs-👤. 🏢. Gerüchte ✈️. ● im 👻 = 😯 🎥

Das Ende scheint ein Horoskop-Update zu sein – »Mars im Sternzeichen Widder – eine Überraschung wartet«. Davon hatte ich in letzter Zeit genug. Auch der Rest ihrer Nachricht klingt nicht besonders gut: »Notfall-Meeting morgen früh, alle Abteilungsleiter. Mache mir Sorgen. Gerüchteküche brodelt.«

Ich beschließe, einen kleinen Spaziergang zu machen, um den Kopf freizubekommen. Es ist ein warmer, feuchter Abend, und in dem kleinen privaten Park in der Mitte des Platzes ist der Rasen frisch gemäht worden. Die Vorstellung eines Notfall-Meetings in der Redaktion jagt mir Angst ein, aber der würzige Grasduft ist angenehm und beruhigend. Ich spähe neidvoll durch die Hecke, wo Anwohner – oder, was wahrscheinlicher ist, Hausangestellte und bezahlte Hunde-Nannys – ihre Cockapoos und Chihuahuas auf dem Abendspaziergang durch die Japanischen Aukuben und Rhododendren führen.

Ich laufe an einem der Tore vorbei, durch die man in den kleinen Park gelangt und auf denen die strenge Aufschrift *Nur für Schlüsselinhaber* prangt, und werfe einen Blick hindurch. Tatsächlich sitzt dort in der goldenen Abendsonne auf einer Bank, vertieft in einen Stapel Papiere, niemand anders als De'Lyse, neben einer recht jungen Frau in einem Business-Hosenanzug und mit bemerkenswert aschblondem Haar.

Vielleicht spürt De'Lyse, dass jemand sie durch das Blattwerk hindurch beobachtet, jedenfalls flüstert sie ihrer Begleiterin etwas zu, woraufhin die beiden mit ihren Papieren hinter eine Gruppe Hortensien verschwinden.

KAPITEL 6

Am Chester Square scheint mehr vor sich zu gehen, als ich erwartet hatte. Vielleicht bin ich auch nur das normale Leben nicht mehr gewöhnt. Und schon wartet eine neue Feuerprobe auf mich: das Abendessen.

Von einem Gongschlag, der so laut ist, dass ich den Nachhall noch volle fünf Sekunden lang mitzählen kann, werden wir zum Essen gerufen. Bei meiner Ankunft treffe ich auf Suzie, die in ihrer weißen Kochuniform Teller und Servierbesteck auf dem Sideboard bereitstellt und Kerzen anzündet. Heute Abend scheint es ein Büfett zu geben. Angestellte und Kursteilnehmer haben freie Platzwahl an dem langen, mit Strang'schem Familiensilber und Blumenbouquets hübsch eingedeckten Tisch. Aber die Atmosphäre hat – wie alles hier – Risse.

Auf dem Nebentisch steht der Wein, daneben ein Buch, in das man seinen Konsum einträgt. Da ich nicht weiß, wie lange der Grenache schon offen ist – ein Wein, der sich geöffnet nicht gut hält –, entkorke ich einen Merlot.

Ich fühle mich ein Stück weit für die Gruppe verantwortlich, deshalb mache ich die Runde, damit alle das Gefühl haben, eingebunden zu sein. Ich frage Lady B, wie sie mit ihrer Unterbringung zufrieden ist, wobei ihre Antwort aus einem knappen »sehr geräumig« besteht. Allerdings ist Rose nur einen Meter entfernt, vielleicht ist es also nicht die ganze Wahrheit. Die Hon. Harriet hält sich wie immer im Schatten ihrer Mutter. Wieder denke ich über ihr seltsames Verhalten nach und frage mich, ob man es wohl auf Heiratslampenfieber schieben kann.

Melanie von York und Gregory Peck tauschen sich über die Île de Ré aus, wo Melanies Stieftochter letzten Sommer als Au-pair gearbeitet hat. (Eine Katastrophe, sie ist nach drei Tagen beleidigt wieder abgereist, als man sie bat, den Familienkühlschrank zu reinigen.) Ich frage Melanie, ob sie nach Olivia de Havillands Figur aus *Vom Winde verweht* benannt wurde, so wie meine Mutter. Sie lacht – ein offenes Lachen mit viel Zahn. Ein zartes Paar Schnurrhaare und eine Untertasse mit Milch würden gut ins Bild passen. »Definitiv nicht – nach Melanie, der Sängerin.«

Gregory beginnt – nicht sehr melodiös – zu singen: »Look what they've done to my song, Ma ...«

Melanie unterbricht ihn mit einem höflichen Nicken. »Genau die. Meine Eltern waren Hippies – sie waren in Woodstock.«

»Mel ist ein Blumenkind«, verkündet Gregory. Die anderen betrachten sie mit plötzlicher Neugier, als erwarteten sie, dass Melanie sich auf den Boden setzt und einen Joint anzündet.

»Ich bin nicht in einem Kornfeld gezeugt worden, wenn du das meinst«, erwidert sie mit einem Schütteln ihrer Mähne. »Außerdem nennt mich niemand Mel.«

Ich kannte einmal einen jungen Koch, der in einer Kommune in der Nähe von Lampeter aufgewachsen war und gegen seine Hippie-Eltern rebelliert hatte, indem er in ein Immobilienmakler-Imperium eingeheiratet hat und nach Croydon zog. Ihrem Kaschmir-Polo und dem maßgeschneiderten Rock nach würde ich sagen, Melanie ist denselben Weg gegangen: mehr Burberry als Bohème.

Mir fällt auf, dass Rose vom Licht abgewandt etwas abseitssteht. Ich gehe zu ihr hinüber.

»Ich denke, wir fangen wohl besser ohne ihn an«, sagt sie mit einem Blick auf die Uhr.

Als die Klasse ihren Kommentar hört, geht das Gemurmel wieder los. In Anbetracht meiner heroischen Bemühungen, den Kurstag heute interessant und unterhaltsam zu gestalten, macht dieses ständige *Christian Christian Christian* mich wahnsinnig. Rose klingelt mit einer kleinen Handglocke – aus Messing, wie die um den Hals von Schweizer Kühen –, und wir nehmen unsere Plätze am Tisch ein. Suzie erscheint, stellt das Essen auf dem Sideboard ab, und rundherum werden die Ellbogen ausgefahren.

Als Appetizer erwartet uns eine Auswahl dreier herzhafter Tartes in Einwegbackformen. Direkt von Marks & Spencer an der Victoria Station, wenn mich nicht alles täuscht. Wenigstens hat sie sich die Mühe gemacht, sie aufzuwärmen. Lilith fragt demonstrativ, wo sie die glutenfreie Alternative finden kann, und Suzie deutet auf einen fluoreszierenden Krabbencocktail in einem Plastikbecher. Der Hauptgang besteht aus einer schleimigen Fischpastete (frisch aus dem Tiefkühler), dazu Ofenkartoffeln (warum?) nebst einem »Gemüsepotpourri« aus Möhren, Erbsen und Mais.

Wenn das hier die typische Chester-Square-Dinner-Erfahrung ist, sollte Rose sich schämen. Einige von Londons besten Feinkostläden sind nur einen Steinwurf entfernt, da könnte sie es wirklich besser machen. Ich denke an gutes Brot und Olivenöl zum Dippen, ein paar spannende Salate, italienischen Aufschnitt und eine kleine Käseauswahl ... Das kostet nicht die Welt. Vielleicht kann ich im Laufe der Woche Suzie ein paar diskrete Vorschläge machen oder sie sogar einmal mit zum Einkaufen nehmen.

Die Unterhaltung mäandert vor sich hin, und als die Leute anfangen, sich eher zu zweit zu unterhalten als in der großen Gruppe, wende ich mich an De'Lyse, die neben mir sitzt. Beiläufig erwähne ich, dass ich sie im Park gesehen habe. »Es sah so friedvoll aus dort drinnen, abgeschieden von den Autos und Bussen. Ich glaube, du hattest eine Freundin dabei?«

»Oh, ja«, antwortet sie. Wirkt sie ein wenig aufgeschreckt? »Das war ein Fan. Ich werde ständig erkannt.«

Als Nächstes lausche ich einer Unterhaltung ein Stück weiter den Tisch hinunter, was aufgrund der Lautstärke, in der das Gespräch geführt wird, nicht schwierig ist. Lady B hat herausgefunden, dass Gregory ihren Ex-Mann kennt, der nach Cheltenham gezogen ist. Tatsächlich hat Gregory schon mit Lord Brash zu Abend gegessen.

»Ach, wie *überaus* interessant«, ruft ihre Ladyschaft gedehnt und befeuchtet sich die Lippen. »Ich habe gehört, sie hätten das Haus *entsetzlich* geschmacklos renoviert – Wandmalerei, falsche Säulen, überall Seidenblumen. Sie ist Halb-Libanesin, wisst ihr?«

Viper Vicky scheint in dem Zustand zu sein, den der Psychologe Mihály Csíkszentmihályi als »Flow« beschreibt: Mühselig separiert sie die winzigen Würfel ihres Gemüsepotpourris in einzelne Häufchen. Sie sehen aus wie Mosaiksteine, die darauf warten, in ein Muster geklebt zu werden.

»Warum tust du das?«, fragt Lilith. Sehr direkt, aber um ehrlich zu sein, fragen wir uns das alle.

»Ich mag es eben, wenn die Dinge ihre Ordnung haben«, sagt Vicky und blickt auf. »Ich behalte gern den Überblick.«

»Da hast du ein Maiskorn vergessen«, sagt Lilith und zeigt mit ihrem Messer darauf.

Vicky ignoriert sie und setzt ihren Selektionsprozess fort.

»Wird dein Essen so nicht ganz kalt?«, fragt Lilith.

»Nur wenn mich ständig jemand unterbricht.«

Ich stehe am Büfett und versuche, eine Kartoffel zu finden, die nicht in der Mitte roh ist, als die Tür aufgeht und Ihr-wisstschon-wer hereinkommt. Wie immer ist der Effekt elektrisierend.

»Hallo zusammen!«, sagt er und zeigt sein makelloses Lächeln. (Das war es übrigens nicht immer, nur so nebenbei.) »Ich hoffe, es macht niemandem etwas aus, wenn ich mich euch ein paar Minuten anschließe. Eigentlich hatte ich Lust auf Baked Beans, aber ich habe die Dose nicht aufbekommen.«

Allgemeines Gelächter. Christian ist der archetypische Womanizer – die Damen liegen ihm zu Füßen, während die Männer ihn durchschauen wie eine Fensterscheibe.

»Suzie, sei ein Schätzchen und bring mir doch ein bisschen von allem. Geschnitten, für den verletzten Krieger?«

Ich bemerke, dass Gregory Christian, ohne zu blinzeln, fixiert. Es dauert ein paar Sekunden, bis Christian ihn bemerkt, aber als er es tut, verrutscht sein Lächeln. Der Austausch ist so schnell vorüber, dass ich mich frage, ob ich ihn mir eingebildet habe.

Suzie geht schweigend zum Sideboard hinüber – ich glaube nicht, dass junge Frauen heutzutage noch gerne »Schätzchen« genannt werden –, und alle am Tisch überstürzen sich, Christian Platz zu machen. Eine Sekunde lang sieht es so aus, als würde Melanie gewinnen, aber Lady B schubst sie erfolgreich beiseite, indem sie ein Gedeck zwischen sich und die Hon. Harriet stellt. Der scheint das Platzarrangement unangenehm zu sein, und sie vergräbt sich in ihrer Handtasche. Als Christian sich setzt, fällt sein Blick auf den jungen Stephen am anderen Ende des Tisches, der versucht, sich unsichtbar zu machen.

»Hey!«, ruft Christian ihm zu und winkt mit einer Gabel zwischen den Fingern mit seinem Gipsarm. »Gab's noch ein paar Ohnmachtsanfälle? Ihr Jungs heutzutage, ihr seid einfach zu empfindlich ... Wie soll denn da mal ein echter Mann draus werden?«

Stephen wird rot, während Christian das Gelächter anführt.

Die Unterhaltung verlagert sich auf Knochenbrüche. Da ich nie einen hatte, interessiert mich das Gespräch nicht besonders. Vicky hat sich beim Eislaufen einmal ihren Knöchel gebrochen, was schnell von Melanie übertrumpft wird, die sich auf der schwarzen Piste in Megève einen Oberschenkelbruch zugezogen hat.

»Mein Problem ist, dass die Gefahr mich magisch anzieht«, gesteht Melanie, ungeachtet des augenscheinlichen Missfallens von Lady B über diesen Wortbeitrag. »Setz mich in einen Hubschrauber oder einen Ferrari, und ich kann für nichts garantieren.«

Christian geht natürlich darauf ein. »Es scheint, als seien die Ladys hier im falschen Kurs. Wir sollten Paul fragen, ob er nicht einen Exkurs über Bungee-Jumping einbauen kann.« Nicht besonders lustig, aber sie zwitschern alle wie die Wellensittiche.

Christians seltsam gehobene Laune hält an, bis er recht unmittelbar aufsteht. Er und Gregory haben noch immer kein Wort gewechselt, wie mir auffällt, und mich hat er kaum zur Kenntnis genommen.

»Ich weiß nicht, wie es mit den anderen hier aussieht, aber mir wurde Bettruhe verschrieben«, verkündet er und schafft es, diese Aussicht nach allem klingen zu lassen außer nach Ruhe. »Gute Nacht allerseits!«

Trotz seines schnellen Abgangs lasse ich ihn diesmal nicht entkommen. Mit dem Gefühl zunehmender Wut laufe ich zur Tür und komme ihm zuvor.

»Christian, du hast mich hier reingeritten«, zische ich und versuche, leise zu sprechen, »und jetzt lässt du mich hängen! Wo warst du die ganze Zeit?«

»Sorry, Kumpel, mir ist was dazwischengekommen«, erwidert er, ohne richtig zuzuhören. Es ist, als befände er sich in einem ganz anderen Universum.

»Dann bist du morgen wieder dabei?«

»Das ist jetzt kein guter Zeitpunkt. Wir sprechen uns später, okay?«

»Du hast gesagt, wir würden das hier zusammen machen, aber es ist genauso wie immer. Es täte dir gut, gelegentlich auch mal an jemand anderen zu denken als nur an dich.«

Der Anflug eines Lächelns scheint über sein Gesicht zu flackern, während er sich an mir vorbeiquetscht und die Flucht ergreift. Als ich mich umdrehe, sind alle zehn Augenpaare auf mich gerichtet.

»Diese Vorstellung tat nicht not«, murmelt Rose leise, als ich mich wieder setze.

KAPITEL 7

Kurz darauf wird eine riesige Schüssel *Eton Mess* aufgetragen. Ich bin nicht der Einzige, dem bei dem Anblick des Berges aus Schlagsahne, Meringuen und Erdbeeren flau im Magen wird. Die Hon. Harriet, die den ganzen Abend über kaum ein Wort gesagt hat, rennt direkt zur Tür. Auch Stephen steht auf, aber ich schaffe es noch, ihn abzufangen.

»Es tut mir leid, dass Christian sich über dich lustig gemacht hat«, sage ich leise. »Er meint es nicht böse, aber so geht man heutzutage mit niemandem mehr um. Ein solches Verhalten ist mehr als unangebracht.«

Ein Hauch von Röte – oder eher ein Schatten – gleitet über das Gesicht des jungen Mannes, bevor er ein Nicken andeutet und davongeht.

Um der glanzlosen Abendveranstaltung den letzten, tödlichen Touch zu verleihen, kehrt Suzie mit einem schwarzen Lacktablett, bestückt mit einigen *Cafetières* und ein paar staubig aussehenden »*Gourmandises*«, zurück. Lilith nimmt drei Stück Zucker, was mir bei den kleinen Tassen doch übertrieben scheint. Ich beobachte, wie Gregory seinen halb gegessenen Trüffel in eine eingetopfte Apidistra fallen lässt.

Nachdem die Gäste sich nach und nach verabschiedet haben, helfe ich Suzie, den Speiseaufzug zu füllen. Sie scheint überrascht.

»Die meisten Leute machen sich aus dem Staub, wenn es ans Aufräumen geht. Wahrscheinlich denken sie, sie sind schließlich im Urlaub.«

Gestern Abend habe ich mir online die Preise angesehen, die

Rose für diese kurzen Kurse berechnet, und finde, dass sie damit wohl recht haben.

»Wann isst du zu Abend?«, frage ich.

»Entweder vorher oder danach. Es bleibt immer jede Menge übrig.«

Keine große Überraschung, wenn man nach dem heutigen Abend geht. Sie sieht aber auch nicht aus wie eine große Esserin.

»Rose scheint eine schwierige Zeit durchzumachen«, fahre ich fort, während ich ihr Tassen und Besteck reiche. »Es ist eine Menge Verantwortung, allein eine Kochschule zu leiten.« Sie zuckt mit den Schultern, und ich sehe, wie sie sich auf die Lippe beißt. »Wahrscheinlich ist es nicht besonders hilfreich, dass Christian so unzuverlässig ist.«

Sie zögert einen Moment, dann beugt sie sich zu mir und senkt die Stimme. »Alle lieben ihn, aber wenn du mich fragst, ist er eine Katastrophe für die Schule. Unzuverlässig, unhöflich ...«

»Das bedeutet sicherlich zusätzlichen Druck für dich – für alle hier.«

»Es ist mittlerweile so schlimm, dass Mrs Hoyt ihn nur noch loswerden will, aber er verlangt eine riesige Abfindung.« Sie wendet sich wieder dem Geschirr zu.

»Sie muss aber doch gewusst haben, wie er ist?« Ich sehe zu, wie sie unnötigerweise das Geschirr im Speiseaufzug noch einmal umstapelt. »Warum hat sie ihn überhaupt angestellt?«

»Sie haben schon seit ein paar Jahren etwas miteinander.«

Meine Güte ... Rose und Christian? Sie kommen aus verschiedenen Welten. Aber vielleicht liegt darin ja der Reiz.

»Zumindest, bis es gekracht hat. Im Januar hat Mrs Hoyt herausgefunden, dass er wieder in alte Muster zurückgefallen ist – mit einer Barista aus der King's Road –, und es kam zum Showdown. Am nächsten Morgen ist sie aufgewacht und hat nur noch ein Auge aufgekriegt. Stell dir vor, du guckst in den Spiegel und siehst das.«

»Das kann ich mir gut vorstellen«, sage ich.

»Im Übrigen – das alles hast du nicht von mir gehört«, schließt sie und drückt auf den Knopf, um den Aufzug nach unten zu schicken. »Jobs wie diese kriegt man nicht geschenkt, und der alte Drache ist eigentlich ganz in Ordnung, wenn man sich an sie gewöhnt hat.«

Die dunklen Holztüren des Aufzugs schließen sich und erinnern mich an etwas, das ich nicht ganz einordnen kann, während Suzie wieder hinter dem grünen Fries in ihr Kellerversteck verschwindet.

Als ich nach Hause aufbreche, sind alle bereits in ihren Zimmern verschwunden, aber ich kann noch den Klang von Stimmen hören. Ich lasse den Blick durch den Hof schweifen und sehe, dass das Kutschenhaus hell erleuchtet ist. Mit dem Rücken zum Fenster gießt Christians unverkennbare Silhouette jemandem ein Glas Wein ein. Nett von ihm, mich zur Aftershow-Party einzuladen.

Ich trotte lieber nach Hause. Irgendetwas liegt im Argen mit dieser Schule (wie mein Vater sagen würde), außerdem wird sie von der Addams Family geleitet ... Aber Himmel, es sind nur ein paar Tage, also mache ich einfach das Beste daraus.

Ich laufe am Duke von Wellington vorbei (uns Ortsansässigen als der Gummistiefel-Duke bekannt), gehe die Caroline Terrace hinauf und biege dann rechts in die Bourne Street ab. Die Leute denken, es müsse wunderbar sein, hier zu leben. Natürlich ist es das auch, aber Jubilee Cottage ist weder groß noch prächtig. Tatsächlich wollte Marcus eine Blaue Plakette anbringen lassen, die es zum »kleinsten Haus Belgravias« erklärt.

Es versteckt sich am Ende eines schmalen Weges, der von einer Sackgasse namens Skinner Place abzweigt. Streng genommen wohne ich in einer Sackgasse einer Sackgasse. In dieser Gegend gibt es viele solche Seltsamkeiten. Die anderen Häuser sind alle aus alten Londoner Ziegelsteinen erbaut, die meisten in einer Art Gelbbraun, nur meines sticht mit seinen roten Ziegeln hervor. Außerdem ist es das kleinste: Souterrain, zwei Zimmer unten, zwei Zimmer oben, hinten ein winziger Garten. Ursprünglich wurde das Haus von einem Bahnwärter und seiner Familie bewohnt, was sicher praktisch war, weil es genau über der U-Bahn-Station Sloane Square liegt. Von meinem Garten aus könnte ich mich auf den Bahnsteig abseilen, und wenn ich das Schlafzimmerfenster öffne, kann ich die Lautsprecherdurchsagen für die District und die Circle Line hören.

Als ich in die schmale Gasse abbiege, bleibe ich plötzlich wie angewurzelt stehen. Vor meinem Cottage liegt mein Mülleimer umgeworfen auf der Seite. Ausgerechnet der schwarze, für all das eklige Zeug, das man nicht recyceln kann. Und irgendein VOLLHONK hat den Inhalt auf meiner Kellertreppe verteilt.

Ich spüre Galle in mir aufsteigen. Meine Kehle fühlt sich an wie zugeschnürt. Ich weiß genau, wer dieser Vollhonk ist. Ich hatte mir versichern lassen, dass wir das hier hinter uns gebracht haben, dass er das Land verlassen hat. Aber er ist wieder da. Und er will, dass ich es weiß.

KAPITEL 8

Dienstag

Mein direkter Nachbar vermietet seine Wohnung über Airbnb, und ich sehe, wie ein Pärchen im Pyjama durch das obere Fenster zu mir herunterstarrt, als ich mit extradicken Haushaltshandschuhen über die Treppe stapfe. Es dauert ganze zehn Minuten, bis ich das klebrige, stinkende Durcheinander beseitigt habe, einschließlich mehrerer Zigarettenkippen – die unmissverständliche Visitenkarte meines ungebetenen Besuchers –, einer fettigen Portion Fish and Chips von Gott weiß woher und eines halben Dutzend Rubbellose. Irgendwann blicke ich auf und sehe, dass der Mann mich filmt. *Guck dir mal an, was diese lustigen Londoner nachts so machen!* Ich winke ihm sarkastisch zu, stopfe alles in eine Tüte und spritze die Treppe mit dem Gartenschlauch ab, bevor ich wieder ins Haus gehe.

Es ist sinnlos, ins Bett zu gehen, bevor ich mich beruhigt habe, also bleibe ich noch eine Weile sitzen. Unweigerlich fällt mein Blick auf Marcus' Rechtsbücher – sie liegen überall verstreut. Neben dem Kamin steht sein Lieblingssessel, eins der wenigen Dinge, die er nach seiner Trennung von Olinda retten konnte. Auf dem Schreibtisch liegt sein Füller, und das Badezimmerregal beherbergt eine Flasche seines Aftershaves. Ein hässlicher Keramikkrug, ein Erbstück seines Patenonkels, nimmt einen Ehrenplatz auf dem Kaminsims ein.

Früher war ich ein hervorragender Schläfer, aber diese Zeiten sind vorbei. Als ich endlich ins Bett gehe, wälze ich mich herum, denke an Marcus und frage mich, ob ich jemals aufhören werde, ihn so schrecklich zu vermissen.

Um sechs Uhr, lange bevor der Wecker klingelt, bin ich wieder auf den Beinen. Ich dehne das Frühstück aus, so lange ich kann, dann mache ich mich auf den Weg zum Chester Square, auch wenn ich erst in einigen Stunden dort sein müsste. Ich hoffe darauf, Christian vor dem Unterricht für ein kurzes Gespräch abfangen zu können, um reinen Tisch zu machen.

Die Luft ist kühl geworden, also trage ich zum ersten Mal seit Monaten eine dünne Jacke. Beim Anblick meiner Restmülltonne überkommt mich ein banges Gefühl: Ich werde mich umsehen müssen.

Der Spaziergang an der frischen Luft tut mir gut und beruhigt mein Gemüt. Ich lasse mich durch die Vordertür ein und gehe an den Mänteln und Regenschirmen vorbei in den Eingangsbereich. Unter der Prunktreppe wende ich mich nach rechts und laufe durch den verglasten Durchgang in Richtung des Alten Ballsaals.

Die Fenster hier gehen hinaus auf den Hinterhof, der dunkel und schattig ist und wie mit Frost überzogen wirkt. Bei näherer Betrachtung sieht es so aus, als käme der Glanz von verstreuten Glasscherben. Ich öffne die Tür nach draußen, blicke hinauf zu Christians Wohnung und sehe, dass die Scheibe seiner Eingangstür zerbrochen ist.

Ist er gestolpert und dagegengestürzt? Hat er sich nach dem Abendessen betrunken und alles kurz und klein geschlagen? Ist er im Schlaf ausgeraubt worden?

Vorsichtig steige ich die schmiedeeisernen Stufen hoch und versuche, den schlimmsten Scherben und Splittern aus dem Weg zu gehen. Oben angekommen rufe ich nach ihm – nicht zu laut, schließlich will ich nicht die ganze Chester Square Nummer einundvierzig aufwecken.

Ich drücke gegen die Tür, aber sie ist abgeschlossen. Eigentlich ist daran nichts Seltsames, aber ich spüre ein Pochen im Brustkorb, und mein Atem beschleunigt sich. Ich strecke meine Hand an den gezackten Splittern vorbei durch die Überreste der Tür und taste nach dem Schlüssel, den ich erfolgreich umdrehe. Das verschafft mir Zutritt zu einem schmalen Flur. Alles scheint so weit in Ordnung zu sein: Am Haken hängt ein Mantel, Schuhe und Stiefel stehen ordentlich aufgereiht daneben. Auch wenn ich mir nicht sicher bin, warum, versuche ich, mir alles genau einzuprägen.

An der einen Wand befindet sich eine Pinnwand aus Kork, an der ein paar Zettel mit Arztterminen und ein Sportwetten-Kalender der *Racing Post* befestigt sind. Gegenüber liegt, auf dem Fensterbrett, ein Stück zusammengeknülltes Geschenkpapier mit einem bunten Schal dazwischen. Sauber aufgerollt, als sei er nie anprobiert worden, und handgestrickt – das sehe ich sofort. Im Hintergrund läuft leise Musik, irgendetwas Altmodisches, ein Foxtrott.

Adrenalin schießt mir durch die Adern. Eine Art Hyper-Wachheit, das Damoklesschwert drohender Gefahr – kein unvertrautes Gefühl für einen Chefkoch. Ich blinzle und bemerke, dass meine Hände zittern: wie im Abendgeschäft in einem vollen Restaurant, wenn die Teller dreimal so schnell abgerufen werden wie sonst.

Ich versuche es noch einmal. »Christian … Christian?« Meine Stimme klingt schriller als gewöhnlich.

Ich folge der Musik durch eine leicht angelehnte Tür und betrete ein bescheidenes Wohnzimmer. Die Vorhänge sind zugezogen. Als ich ihn gestern Abend beim Einschenken gesehen habe, waren sie offen.

Es liegt ein Duft im Raum, der mir irgendwie bekannt vorkommt, ein schwerer, altmodischer Geruch, der Teppichen und Polstermöbeln anhaftet, noch lange, nachdem die Bewohner verschwunden sind.

Auf dem Sofatisch liegen ein Ordner mit der Aufschrift »Farson Holdings« und die Kursliste – dieselbe wie meine, allerdings noch ohne den Eintrag für Melanie. Daneben zwei Gläser, schmierig und mit eingetrockneten Resten, und eine Weinflasche – Château Palmer 2017, ein Viertel voll, kein Korken oder Korkenzieher. Ein goldenes Blitzen auf dem Teppich erregt meine Aufmerksamkeit. Es ist ein Lippenstift, eher sanfter Farbton, auf der Unterseite steht »Old Flame«. (Wer denkt sich diese Namen aus?)

Der Song, der aus einem iPad dringt, kommt zum Ende, und eine Stimme beginnt zu reden: Ich erkenne sie als Teil des Nostalgie-Radio-Moderatorenteams. Als Nächstes wird »All I Have To Do Is Dream« von den Everly Brothers gespielt. Eines meiner Lieblingslieder, aber ich summe nicht mit. Ich gehe zurück in den Flur und klopfe laut an die andere Tür, die geschlossen ist. Dann öffne ich sie ein Stück: Ich höre einen Wasserhahn tropfen, und in der Luft liegt ein seltsamer Geruch, den ich erst nicht zuordnen kann. Aber es riecht nicht gut. Der Raum hat kein Fenster nach draußen, also schalte ich das Licht an.

Heutzutage haben Küchen ihre Einzigartigkeit verloren, und auch an dieser ist nichts Bemerkenswertes: weiße Küchenschränke in L-Form, Edelstahlgeräte, Fliesenboden ... wahrscheinlich von oben bis unten IKEA.

Bis auf ein herausstechendes Merkmal: Auf dem großen französischen Bauerntisch liegt bäuchlings ein Mann mit beinahe abgetrenntem Kopf. Ein Fleischerbeil mit rotem Griff steckt daneben in der Tischplatte. Das dichte, ergrauende Haar ist blutverklebt. Und auch auf dem Fliesenboden ist Blut. Sofort weiß ich, dass es Christian ist. Genau wie ich weiß, dass es sinnlos ist, nach seinem Puls zu tasten.

Ich habe erst einmal in meinem Leben eine Leiche gesehen. Diese hier wirkt unecht, wie eine Skulptur. Ich kann die Sehnen und Muskelstränge an seinem Hals und Oberkörper erkennen. Wenn es der Körper einer Färse oder eines Schweins wäre, könnte ich sie alle benennen: Kamm, Bäckchen, Bruststück. So viel Blut. Was das für eine Arbeit wird, das aus dem Tisch herauszubekommen.

Was habe ich gestern im Unterricht gesagt? »Die erste Regel des Metzgerhandwerks: Ab mit dem Kopf.« Hier hat jemand genau das ziemlich erfolgreich umgesetzt.

Ich fühle, wie mir der Schweiß ausbricht. In meinem Kopf pocht es. Das hier ist *Christian*. Christian, einstmaliger Promikoch, Gastronom, Pin-up-Boy. Christian, der noch vor wenigen Stunden Charme und Vitalität versprüht, den Raum in seinen Bann geschlagen hat, wie nur er es kann. Oder ab jetzt: konnte. Christian, mein alter Freund.

All die Jahre, die wir miteinander gearbeitet, gelacht, Geheimnisse geteilt haben, während wir die kulinarische Leiter erklommen. Und wie endet unsere Freundschaft? Mit einem Ausbruch von Zorn und Bitterkeit meinerseits inmitten seines Fanclubs. Und jetzt das.

Ein Schluchzen entringt sich meiner Kehle, und ich schnappe nach Luft. Es riecht widerwärtig – der schwere, metallische Geruch frischen Blutes, vermischt mit *Tom Ford for Men*. Durch den Schleier des Entsetzens spüre ich, wie meine Knie nachgeben und ich zu Boden sinke.

Als ich wieder zu mir komme – keine Ahnung, wie viel später – bemerke ich eine verschwommene Gestalt, die sich durch den Raum bewegt. Langsam wird sie deutlicher, dann beugt sie sich über mich. »Paul, es ist alles in Ordnung, ich bin da«, sagt eine sanfte Stimme. Ich sehe etwas Weißes aufblitzen, und jemand nimmt meine Hand. »Komm, ich helfe dir.« Es ist Suzie, Gott sei Dank.

Ich habe es geschafft, nicht in der Blutlache zu landen, aber dafür auf etwas anderem, das unter meinem Gewicht knirscht, als ich versuche, mich aufzusetzen. Getrocknete Pasta. Völlig ohne Grund, vielleicht als letzte erbärmliche Erinnerung an Christian, greife ich eine Handvoll und stecke sie mir in die Jackentasche.

Suzie mustert mich, als ich unsicher auf die Beine komme. »So ein Glück, dass ich vorbeigekommen bin«, sagt sie, den Blick auf den mit ausgestreckten Gliedern daliegenden Körper gerichtet. Auch ich sehe meinen Freund an: Das zurückgekämmte Haar, die breiten Schultern, der Gips, auf den irgendein Fan liebevoll mit Filzstift eine kleine Schlangenform gezeichnet hat. »Mrs Hoyt hat mich gebeten sicherzustellen, dass Christian heute im Unterricht auftaucht«, sagt Suzie und führt mich sanft davon. »Besser, wir gehen jetzt hier raus und rufen den Notruf an.«

HORS D'ŒUVRE

Montag, 26. Juli '04

Morgen ist der große Tag – Vorkochen bei der BBC. Der Fernseh-Typ hat mich gebeten, ein »Retro-Canapé« zu entwickeln. Nicht wirklich mein Ding (fummelig), aber ich habe mich für etwas Narrensicheres entschieden, damit ich mich entspannen und LÄCHELND in die Kamera gucken kann.

Paul hatte eine seiner verrückten Ideen – die Eier auf einem Bett aus feinen Salatstreifen zu servieren. Zuerst hab ich gedacht, er will mich verarschen (macht er ja gerne), aber es sieht ziemlich cool aus. Wie Stroh – nur, dass man es essen kann.

Also: bald im Fernsehen (mit ein bisschen Glück) Die Christian-Wagner-Show. Oder Christians Cookalong. Oder – wenn sie Lust auf was Flottes haben – Pass the Gravy!

Russische Eier

7 Eier hart kochen und abkühlen lassen. Schälen, ordentlich halbieren und das Eigelb in eine Schüssel geben. Die zwei hässlichsten Eiweißhälften an den Hund verfüttern.

Das Eigelb mit 3 Esslöffeln Mayonnaise, 1 Teelöffel körnigem Senf, ½ Teelöffel Weißwein- oder Apfelessig und einem Schuss Worcestershire Sauce zerdrücken, großzügig würzen. Mit einem Spritzbeutel in die Eiweißhälften füllen, wenn man die Schwiegereltern beeindrucken will, sonst einen Löffel benutzen.

In einem Nest aus feinen Salatstreifen (+ Vinaigrette) anrichten. Ergibt eine nette Vorspeise oder ein kleines Mittagessen, dann drei Hälften pro Person servieren.

Sie haben mich gebeten, Variationen vorzuschlagen: In das Eigelb kann man gut gehackten, ausgelassenen Speck geben, zerdrücktes Krebsfleisch oder Blauschimmelkäse. Ich war der Meinung, ein Klecks Kaviar würde nicht schaden, aber die Geizkragen von der Produktion wollten das Geld nicht rausrücken.

KAPITEL 9

Manche Menschen führen ein hartes Leben, aber ich kann mich nicht beschweren. Glückliche Kindheit, liebende Eltern (auch, wenn sie zu jung gestorben sind), damals nie Geldsorgen. Zehn wunderbare Jahre mit Marcus, der Liebe meines Lebens. Interessanter Job, traumhaftes kleines Zuhause, Julie! Ich bin vom Glück verwöhnt.

Wie sinnlos einem doch alles erscheint – wie eitel und kleinlich all die Kämpfe und Erfolge des Lebens – in Anbetracht eines solchen Ereignisses. Nicht nur ein vorzeitiger, plötzlicher Todesfall – sondern Mord. Mord, der grausamer und schauriger kaum sein könnte. Ein Mensch, abgeschlachtet wie ein Tier ... Doch einem Tier hätte man mit derart vorschriftsmäßiger Schlachtung wenigstens ein Mindestmaß an Würde erhalten.

Die nächsten paar Minuten fühle ich gar nichts. Ich weiß, dass ich Suzie die schmiedeeiserne Treppe hinunter folge, weil ich sehe, wie meine Füße sich über die Stufen bewegen. Ich weiß, dass ich Tee trinke, weil sie mir eine Tasse in die Hand gedrückt hat und ich höre, wie die Flüssigkeit beim Schlucken durch meine Kehle rinnt. Aber irgendwie bin ich nicht Teil meines Körpers, so als geschähe das alles einem anderen.

Dann lässt die Taubheit nach, und das Entsetzen kehrt zurück. Ich will nicht so tun, als wäre Christian wie ein Bruder für mich gewesen, oder dass er eine große Leere in meinem Leben hinterlassen wird – all die Plattitüden, die breitgetreten werden, wenn ein alter Popstar oder ehemaliger Fußballmanager »dahinscheidet«. Er war kein Heiliger. Aber wir waren zwanzig Jahre lang befreundet, und während der ersten davon haben wir Schulter an

Schulter zusammengearbeitet. Wenn man nicht selbst in der Küche arbeitet, kann man sich die Konzentration aufs Detail, die Geduld und das Maß an Teamwork nicht vorstellen, das nötig ist, um hundert Teller auf Michelin-Niveau herauszuschicken. Oder das Hochgefühl danach, wenn der Chef sagt: »Danke, Team«. Es ist mehr als Kameradschaft. Es schafft eine echte Verbindung.

Und trotz seiner Selbstsucht, der Schürzenjägerei und den geschäftlichen Katastrophen hatte Christian immer ein gutes Herz. Er hat das Leben geliebt. Ich glaube, deshalb sah er immer so unglaublich gut aus – man hat ihm die Lebensfreude angesehen. Sogar gestern, zerkratzt und angeschlagen, hat er den Raum noch zum Strahlen gebracht.

Und nicht zu vergessen: Wenn er wollte, konnte er *alle* in Grund und Boden kochen.

Ich weiß noch, wie ich kurz nach der Eröffnung in Christians Brasserie in Oxford gegessen habe, vor ungefähr drei Jahren, zusammen mit unserem alten Freund Jerome. Es war Christians großes Comeback nach dem Rausschmiss aus Channel 4 und der Insolvenz. Er hatte neue Investoren gefunden und strotzte vor Begeisterung und Erfolgswillen. Aber am allerwichtigsten: Er stand selbst in der Küche und führte sein Team an.

Solange er vor Ort war, war das Essen unfehlbar, und seine Leute liebten ihn. Er schrie und schimpfte nicht: Er ging mit gutem Beispiel voran und arbeitete mit absoluter Konzentration. Egal, worum es ging, ob er auf Fischcremesuppe schwebende Schaumnocken formte oder *Beurre blanc* zu weißer Seide aufschlug. Die Probleme begannen erst, wenn er nicht da war. Entweder, weil er die nächste Brasserie eröffnete, oder, was regelmäßig geschah, vorübergehend das Interesse verlor. Normalerweise, weil er eine neue Frau kennengelernt hatte. Das ist der Grund, aus dem solche Expansionen, Restaurantketten oder -ableger, wie auch immer man sie nennen will, unweigerlich enttäuschen.

Wenn man Restaurants klonen will, muss man zuerst lernen, wie man den Chefkoch oder die Chefköchin klont.

Meine Vorspeise in Oxford war ein Entenleber-Parfait mit Bergamottemarmelade und Brioche-Streifen. Christian hätte sich mit einer traditionellen Präsentation zufriedengeben können, aber stattdessen wurde die butterzarte Pâté in Form einer kleinen Birne serviert – so sieht eine Bergamotte aus –, und die hauchdünnen Brotstreifen waren militärisch exakt im Kreuzmuster arrangiert.

Ich fotografiere eigentlich nicht in Restaurants, es sei denn, ich habe einen guten Grund dafür. Es fühlt sich immer an wie angeben: »Seht her, ich esse im Sketch zu Abend!!!!« (Die Toiletten sind übrigens wirklich der Wahnsinn, nur so nebenbei.) An diesem Abend habe ich es aber getan. Ich wollte Marcus zu Hause zeigen, wie findig Christian sein konnte, wenn er etwas wirklich wollte, weil er schon so viel über das gefallene Wunderkind von mir gehört hatte.

Zum Hauptgang entschied ich mich für den französischen Bistro-Klassiker, Steak Frites. Das Steak war aus der Nuss geschnitten, ein vergessenes Stück Fleisch, das er wieder modern gemacht hatte. Die Pommes werde ich nie vergessen – eine Art Vogelnest knuspriger Kartoffel-Schnürsenkel. Christian erzählte mir, dass er ein Rezept für eine Sauce béarnaise entwickelt hatte, die man stundenlang warmhalten oder sogar wieder aufwärmen konnte. Ich frage mich, ob er es jemals aufgeschrieben hat.

Ich bin kein Dessert-Mensch, aber Jerome bestand darauf, seines mit mir zu teilen – eine neue Version des klassischen *Sticky Toffee Pudding*. Stellt euch samtiges Karamell-Biskuit getoppt mit knusprigem Schokoladenkrokant und Knisterbrause-Eis vor.

Danach konnte ich es kaum erwarten, nach Hause zu fahren und Marcus zu erzählen, was er verpasst hatte. Es bricht mir das Herz, wenn ich daran denke, aber später habe ich herausgefunden, dass er mich nicht begleiten konnte, weil er in der Wimpole Street die Ergebnisse jener verhängnisvollen medizinischen Tests bekommen hat, von denen er mir nichts erzählt hatte. Marcus konnte dieses unglaubliche Essen nie kosten. Und jetzt wird es auch sonst niemand mehr.

Als die Uhr auf dem Kaminsims acht schlägt, sitze ich im Shelley Room. Rose telefoniert seit einigen Minuten, beantwortet mit leiser Stimme Fragen und gibt Anweisungen.

»Ich bin nicht mit Mr Wagner verwandt. Wir haben … eine geschäftliche Beziehung.«

Wenn sie ihn immer noch liebt, müssen sich diese Worte anfühlen wie ein Messerstich mitten ins Herz.

»Dürfte ich Sie bitten, dass Ihre Officer nicht mit Blaulicht und Sirenen hier ankommen? Das ist nicht notwendig, und ich möchte die umliegenden Anwohner nicht alarmieren.«

Glaubt sie wirklich, sie könne das hier unter Verschluss halten? Sie geht hinüber zum Fenster und verharrt dort wie festgefroren, den Blick auf den Platz gerichtet, genau wie in dem Moment, als ich sie zum ersten Mal gesehen habe.

Ich komme nicht umhin zu denken: Hätte sie Christian das antun können? All die Jahre angestauter Wut – die Qual, dabei zuzusehen, wie er vor ihrer Nase mit seinen ewig neuen Liebschaften anbandelte –, seine Drohung, die Schule zu ruinieren?

Erschöpfung überkommt mich. Ich erinnere mich daran, dass ich mich nach Marcus' Tod auch so gefühlt habe – das Gefühl, von einer Kraft nach unten gezogen zu werden, die stärker war als die Schwerkraft. Aber Marcus ist einen friedlichen, natürlichen Tod gestorben, umgeben von Menschen, die ihn liebten, umsorgt von umsichtigem medizinischem Personal. Auch wenn das Ende plötzlich kam, ist er doch gestorben, wie er gelebt hat, mit Takt, Würde und Mut. Nicht abgeschlachtet auf einem Küchentresen.

Als ich aufstehe, um zu gehen, trifft eine Nachricht von Julie ein. Es fühlt sich unbegreiflich an, dass die Welt sich immer noch dreht, das normale Leben weitergeht, wenn alles in mir danach schreit, mich zusammenzurollen und zu verstecken. Aber sie ist meine allerbeste Freundin, und ich muss ihre Nachricht lesen.

📞 später. Meeting auf nachmittags verschoben. 🧑‍🍳 🔥 . ⚡ 📋
= ⏰ ⏰

KAPITEL 10

Ich kann Julies Nachricht nicht entnehmen, ob Dena in Flammen aufgegangen ist oder beim Rauchen den Feueralarm ausgelöst hat (mal wieder), aber es sind auf jeden Fall schlechte Neuigkeiten. Da braut sich was zusammen, und ihr Team wird es abbekommen.

Eine von Denas ärgerlichsten Gewohnheiten ist die Art, wie sie die Vergangenheit umschreibt, damit niemals irgendetwas ihre Schuld ist. Kürzlich hat sie das Beauty-Team für ein Special über das »Innere Strahlen« damit beauftragt, über den neusten Promi-Wahn zu schreiben: Detoxing mit Blutegeln. Als der Text dann fertig war, hat sie sich beschwert, er würde Tierquälerei verherrlichen. (Laut Julie ist übrigens die gesamte Beauty-Redaktion verrückt. Das kommt davon, wenn man seinen Lebensunterhalt damit verdient, Unsinn zu schreiben.)

Ich nehme an, der letzte Teil ist wieder mein Tageshoroskop. Spannung in der Luft und doppelter Wecker: *Notfall!* Das kannst du laut sagen.

Ich teile Rose mit, dass ich hinunter in den Alten Ballsaal gehe – sie zeigt keinerlei Reaktion –, und schaffe es, mich vor Lady B zu verstecken, die gerade aus einem höher gelegenen Stockwerk die Treppe herunterkommt. Zu *Guten Morgen! Gut geschlafen? Was steht heute auf dem Stundenplan?* bin ich aktuell nicht in der Lage. Aus irgendeinem Grund ist ihre Ladyschaft erzürnt, und ich mache mir Sorgen um die Treppe. Stampf STAMPF stampf STAMPF stampf stampf stampf stampf, wie Strawinskys *Le Sacre du Printemps*. Hinter sich her zieht sie, wie einen Fisch am Haken, eine fahlgesichtige Harriet.

Ich beeile mich, durch den Flur zu kommen, wende den Blick vom Innenhof des Grauens ab und drücke auf den grünen Knopf, um die Tür zu öffnen.

Wie jedes Mal fliegen die Türflügel auf – man fühlt sich wie auf dem Flughafen. Wenn ihr mich fragt, müsste das dringend einmal neu eingestellt werden, bevor sich noch jemand verletzt.

Nach dem Chaos, das ich gerade durchgemacht habe, ist der Alte Ballsaal eine Oase des Friedens und der Ordnung. Meine Messertasche liegt genau dort, wo ich sie abgelegt hatte. Alle meine Messer sind noch da und korrekt angeordnet.

Was mich auf das Fleischerbeil bringt. Wenn das, welches ich heute Morgen gesehen habe, dasselbe ist, das ich gestern benutzt habe, um die Tauben vorzubereiten, wie ist es dann in Christians Wohnung gekommen? Der rote Griff sah jedenfalls genau gleich aus.

Ich rufe Julie zurück, aber sie geht nicht dran. Das hätte ich erwarten sollen, aber mir fällt beim besten Willen nicht ein, was ich auf die Mailbox sprechen sollte. *Der Tag hat ziemlich mies angefangen.* (Das kannst du laut sagen.) *Habe gerade Christian mit einem Fleischerbeil im Kopf gefunden.* (Sie würde glauben, dass ich Witze mache.) Schließlich sage ich etwas, das den richtigen Ton trifft. »Ähm … mit mir ist alles in Ordnung, aber in der Schule ist etwas Schreckliches passiert. Ruf mich an, wenn du kannst. Und ich meine anrufen. Keine albernen Smileys und Einhörner.«

Gerade als ich auflege, fliegen die Türen wieder auf. Es ist Suzie, die zwei Polizeibeamte hereinführt, einen Mann und eine Frau.

Der Mann, den Kopf gekrönt von blonden Locken, trägt einen dunklen Anzug mit Krawatte und stellt sich selbst als Detective Sergeant vor. Die Frau, in voller Polizeimontur, ist ein Sergeant. Wie heiß und anstrengend muss es sein, den ganzen Tag in einer steifen Stichschutzweste herumzulaufen und dabei noch einen Schlagstock, Handschellen, ein Funkgerät, eine Bodycam, Tränengas, ein Notizbuch mit Stift und Gott weiß was sonst noch mitzuschleppen. Der Detective bittet Suzie, den Raum zu verlassen. Dann verfällt seine Verbrechensverhinderungskomplizin in einen monotonen Singsang, als lese sie jemandem die Sterbesakramente vor.

»Bitte erzählen Sie uns, was geschehen ist, Mr Delamare. Lassen Sie sich Zeit.« Gedämpft, höflich, voller Mitgefühl, als sei Christian mein teuerster Begleiter und nicht mein sorglos hedonistischer Freund aus alten Zeiten.

Ich registriere kaum, was die beiden sagen oder ich selbst – alles, was ich mitbekomme, ist, dass die Frau ständig ihren Kugelschreiber klicken lässt. Ich wünschte, sie würde aufhören. Irgendwann geben die beiden auf.

»Wir unterhalten uns noch einmal, wenn Sie sich ... ein wenig gefasst haben«, sagt sie. Die beiden sprechen in ihre Funkgeräte. Dann kommt Suzie herein und führt sie nach draußen.

Mein natürlicher Instinkt ist, der Polizei zu vertrauen: Gleich mehrere Mitglieder meiner Familie mütterlicherseits haben auf die eine oder andere Weise für die Exekutive gearbeitet. In meiner Wahrnehmung waren sie also immer die Guten. Was nicht bedeutet, dass ich immer auf der richtigen Seite des Gesetzes geblieben bin ... Aber das war nur einmal, und dank Marcus und natürlich Julie wird es nie wieder passieren.

Julie wird natürlich in den vollen Verteidigungsmodus schalten, wenn sie hört, was geschehen ist. Sie ist abhängig von True-Crime-Serien (abgesehen davon begeistert sie sich derzeit leidenschaftlich für »Vollpfosten beim Autofahren« und »Hochzeitskatastrophen«) und weiß alles über Befragungstechniken und Körpersprachenanalyse. Sie sagt immer, in der Mehrzahl der Fälle ist die Person, die ein Verbrechen meldet, selbst dafür verantwortlich. Was mich in eine ziemlich unangenehme Situation bringt.

Als Suzie zurückkommt, frage ich sie, ob es zufällig Brandy im Haus gibt. »Schließlich stolpert man nicht jeden Tag auf dem Weg zur Arbeit über eine Leiche.«

Sie zeigt kein Anzeichen von Belustigung, geht aber zu einer Schrankwand hinüber, zieht ihre Schlüssel aus der Tasche und schließt einen der Spinde auf.

»Christians Schrank«, erklärt sie. Wahrscheinlich versteckt er dort eine Flasche für den alten Flambier-Trick, und als ich ein Glas davon herunterkippe, scheint der Courvoisier tatsächlich zu helfen.

»Ich kann dir nicht genug danken für vorhin – dass du mir geholfen hast«, sage ich. »Aber geht es dir denn gut?«

Sorgenvoll schüttelt sie den Kopf. »Nicht wirklich. Ich halte einfach den Kopf unten und tue für Mrs Hoyt, was ich kann.«

»Dann hat sie es den anderen gesagt?«, frage ich.

»Die wissen nur, dass es einen Unfall gegeben hat.«

Ich spüre, wie Wut in mir aufflammt. »Das ist doch ein Witz! Du meinst, sie hat es ihnen nicht gesagt? Aber die Wohnung wird doch sicher abgeriegelt – und wir alle nach Hause geschickt?«

»Noch nicht«, erwidert Suzie. »Die Polizei sagt, alle müssen hierbleiben, bis wir die Erlaubnis erhalten zu gehen. Und Mrs Hoyt lässt ausrichten, dass wir in Kürze mit den Leuten von der Antiterroreinheit rechnen müssen.«

»Warum um alles in der Welt?« Meine Stimme ist deutlich lauter, als sie sein sollte.

»Wegen der Art, wie es passiert ist«, antwortet sie und fügt mit leiser Stimme hinzu: »Du weißt schon … das Köpfen. Dschihadisten und so. Man kann nichts ausschließen. Jedenfalls habe ich mir einen Weg durchs Haus überlegt, auf dem die Leute vom Kurs nicht ständig an der Polizei vorbeimüssen.«

»Das kann doch nicht euer Ernst sein! Das hat Rose nicht durchdacht. Es ist respektlos.«

Suzie scheint mir zuzustimmen und fügt entschuldigend hinzu: »Sie sagt, sie kann es sich nicht leisten, allen die Kursgebühr zu erstatten.«

Die Türen gehen auf, und der Küchennachwuchs trabt gut gelaunt und enthusiastisch herein. Irgendwer wird es ihnen früher oder später sagen müssen, aber ich sehe nicht ein, warum ich das sein sollte.

»Guten Morgen allerseits. Es ist wirklich furchtbar – mit dem Unfall«, sage ich. Gelächter und Gekicher. Dann ziehen sie alle ihre Schürzen an.

»Wenn sich irgendjemand nicht nach Unterricht fühlt, dann kann ich das gut verstehen«, füge ich hinzu. Mein Blick fällt unweigerlich auf die Hon. Harriet, die geisterhaft blass ist und sich eine Hand vor den Mund hält. Verfolgt vom Gorgonenblick ihrer Mutter verlässt sie fluchtartig den Raum.

»Ich habe mich gefragt, ob wir den Unterricht heute Morgen lieber verschieben sollten«, fahre ich zögerlich fort.

Aus Richtung Lilith dringt ein raschelndes Geräusch an mein Ohr. Sie plaudert mit Vicky, ihre mauvefarbene Mähne wippt hin und her wie der Schweif eines Pferdes, das nach Fliegen schlägt.

»Manche von uns hatten eine sehr lange Anreise«, sagt Lilith langsam und ein wenig drohend.

Vicky nickt und fixiert mich durch ihre gewölbten Brillengläser. »Schließlich gab es nur irgendeinen Unfall.« Sie hält ihren Kursplan in die Höhe, der in einer mit Aufklebern verzierten durchsichtigen Plastikhülle steckt. »*Fonds, Saucen und Jus* – darauf habe ich mich gefreut.«

»Ziemlich unwahrscheinlich, zweimal so schnell nacheinander einen Unfall zu haben«, murmelt Melanie.

De'Lyse sieht nervös aus. »Draußen standen Polizeiautos. Vielleicht ist es schlimmer, als wir denken.«

»Rose hat uns versichert, dass es nach aktuellem Stand nichts gibt, was wir tun können«, sagt Gregory.

Ich habe das Bedürfnis, zu schreien und meinen Kopf auf die Arbeitsfläche zu schlagen.

Stattdessen hole ich tief Luft und versuche, der Krise mit der einzigen Methode Herr zu werden, die ich kenne: Ich stürze mich ins Kochen. Balsam für die Seele eines Küchenchefs. Und zudem genau das, was Christian tun würde.

KAPITEL 11

Das Kochen eines Fonds ist einer der Vorgänge in der Küche, die man mit genügend Erfahrung automatisch ablaufen lässt, während man in Gedanken woanders ist. Manchmal, nach einer besonders stressigen Phase – und davon gab es ein paar während der letzten Jahre –, bin ich extra einkaufen gegangen, um Hühnerkarkassen und Gemüse zu besorgen, und habe ihnen dann stundenlang beim Köcheln zugesehen, immer wieder die Temperatur eingestellt, um den Topf genau auf dem Siedepunkt zu halten, Schaum abgeschöpft und probiert.

In solchen Momenten fällt man in eine Art Trance. Das Gehirn ist frei, um sich ohne das Hindernis des bewussten Denkens mit Schwierigkeiten zu beschäftigen und Probleme zu lösen.

Damit will ich nicht sagen, dass alle Fonds kochen sollten. Vielleicht wollen sie das ja gar nicht. Auch Brühwürfel haben ihre Berechtigung, da muss niemand die Nase rümpfen. Wenn allerdings das Gericht auf Fond als Hauptzutat aufbaut – Suppe, Bratensauce, Risotto –, dann muss man sich entscheiden, ob man will, dass es nach Huhn oder nach Brühwürfel schmeckt.

Gregory, heute in kastanienbrauner Cordhose, meldet sich zu Wort und erzählt, er hätte einmal Fischfond für eine Bouillabaisse gemacht, woraufhin die Nachbarn ihn wegen der stinkenden Mülleimer bei der Hausverwaltung angezeigt hätten. Seine Wohnung in Warwickshire liegt in einem umgebauten Herrensitz, da wird so etwas ernst genommen. Lilith, die ein Rattenproblem hat, schwört auf ein Produkt namens *Whiffs Away*. Melanie will sich gerade ins Gespräch einklinken – hoffentlich mit einem

Beitrag über Fond statt über Ungeziefer –, als zum dritten Mal innerhalb von zehn Minuten ihr Telefon klingelt.

Vickys Hand geht nach oben. Sie hat das gestrige Vipern-Outfit gegen ein eng anliegendes Leoparden-Print-Ensemble getauscht, das besser in ein Fitnessstudio gepasst hätte als in eine Küche. Es überrascht mich nicht, dass das Thema Fond sie anspricht – der perfekte Auftritt für ihre sorgsam zusammengestellte Sammlung von Tiefkühltüten, Verschlussclips und Beschriftungsaufklebern. Aber nein. »Da steht ein Polizist vor der Tür«, sagt sie.

Ich drücke den Knopf, um ihm zu öffnen, und herein kommt die uniformierte Frau von vorhin. Entsetzt starrt die kleine Schar sie an.

Sie bittet mich, eine Minute mit ihr nach draußen zu gehen, und informiert mich, dass sie gleich alle Anwesenden einzeln für eine kurze Routinebefragung nach draußen rufen wird – Name, Adresse, so etwas. Sie hat ihren Kugelschreiber dabei, und natürlich lässt sie ihn die ganze Zeit klicken.

»Keiner von ihnen weiß, was geschehen ist – Mrs Hoyt hat ihnen lediglich gesagt, es hätte einen Unfall gegeben.«

Sie ignoriert diesen Einwand, wir kehren zurück in den Ballsaal, und sie erklärt ihr Vorhaben.

»Was ist Christian denn zugestoßen?«, will Lady B wissen.

»Ich kann Ihnen derzeit nichts sagen, Madam. Mrs Hoyt hat uns ihr Arbeitszimmer zur Verfügung gestellt und mir eine Kursliste ausgehändigt, also möchte ich Sie jetzt alle nacheinander nach draußen bitten. Angefangen mit … Mr Cartwright.«

Stephen steht auf und folgt der Polizistin aus dem Raum. Danach löst sich verständlicherweise jegliche Hoffnung auf einen Kochversuch auf, und in der Klasse bricht Chaos aus. Wenn die Polizei gerufen wurde, ist ganz sicher irgendein Verbrechen geschehen. Hat jemand Christian verletzt? Gab es einen Kampf?

Währenddessen schleicht sich ein unangenehmer Gedanke in mein Bewusstsein. Ich sehe mich im Raum um und spüre, wie mir ein kalter Schauder über den Rücken läuft. Könnte etwa jemand aus meinem Kurs etwas mit der Sache zu tun haben?

Natürlich besteht immer noch die Möglichkeit, dass es ein Einbruch war. Die Polizei wird sich der Sache bereits angenommen haben: In London wird mittlerweile jede Straße von Sicherheitskameras überwacht.

Stephen kehrt zurück, und die Polizistin ruft: »Miss De'Lyse.«

»Nur De'Lyse«, sagt sie und folgt ihr nach draußen.

Lilith kratzt sich am Kopf. Jetzt erkenne ich, dass ihr Haar nicht nur mauve, sondern in *mehrfarbigen* Schattierungen von Lavendel, Flieder, Veilchen und Pflaumenblau gefärbt ist. Wie macht man das überhaupt?

»Ich habe Stimmen gehört«, sagt sie bedeutungsschwer. »Es klang nach einem Streit. Ich konnte nicht verstehen, was gesagt wurde, aber ich habe bis spät in die Nacht Stimmen gehört.«

»Es tut mir leid, wenn wir jemanden vom Schlafen abgehalten haben«, erwidert Lady B leichthin. »Das waren bestimmt Harriet und ich. Wir haben die halbe Nacht getratscht.« Ihre Schlafzimmer liegen im zweiten Stock, gegenüber von Liliths. »Es gibt so viel zu entscheiden: Freesien oder Rosen, wie viele Stockwerke soll die Torte haben ... und ist Jasons Schwester schon zu groß, um noch Blumenmädchen zu werden?« Ein perlendes Lachen. »Achtzehn Jahre alt und ›voll entwickelt‹ – ich glaube wohl schon!«

»Ein ziemlich erhitztes Gespräch, so wie es klang«, merkt Lilith stirnrunzelnd an.

»Ach, man weiß doch, wie Mütter und Töchter sind, wenn es um die Hochzeitsplanung geht!« Noch ein trillerndes Lachen.

»Ich bin sofort eingeschlafen«, sagt Melanie. »Es ist so hübsch und friedlich hier, und aus dem Fenster konnte man den Vollmond sehen. Keine Hausarbeit, keine Familie.« Sie seufzt: So wie ihr Handy die ganze Zeit klingelt, hat ihre Familie wohl nicht vor, sie so bald vom Haken zu lassen.

Gregory, dessen Zimmer im ersten Stock liegt, erinnert sich an nichts – er ist mit Kopfhörern eingeschlafen, während er einen Podcast über Schuberts Unvollendete Sinfonie gehört hat. Seine eulenartigen Augen wirken glasig, als hätte er es beim Abendessen mit dem Wein übertrieben. Auf demselben Stock liegt auch Stephens Zimmer – den bisher alle ignoriert haben. Er war bis in die frühen Morgenstunden online und hat ein Videospiel gespielt. Ungefähr um Mitternacht hat er gehört, wie die Schlösser der vorderen Haustür aufgegangen sind.

»Nur einmal oder hast du sie später auch noch mal gehört?«, fragt Lilith. »Wenn jemand hereingekommen ist, muss er oder sie ja auch wieder gegangen sein.« Stephen murmelt eine Antwort, aber ich kann nicht heraushören, ob es ein Ja oder ein Nein ist. Es wirkt, als stünden ihm pro Tag nur eine bestimmte Anzahl Wörter zur Verfügung und er hätte Angst, sie zu schnell aufzubrauchen.

»Hat sonst noch jemand das Geräusch von zerbrechendem Glas gehört?«, fragt Vicky, die sich diese Enthüllung offenbar bis zum Schluss aufgehoben hat, um maximale Wirkung zu erzielen. Ihr Zimmer geht nach hinten raus, mit Blick auf den Innenhof. »*Klirr – splitter. Klirr – splitter.* Dann Schritte. *Tapp tapp tapp.*« Sie läuft mit den Fingern über die Arbeitsfläche. Offensichtlich genießt sie das Drama.

»Bist du dir sicher?«, fragt Lilith, die sich übertrumpft fühlt. »Ich habe einen leichten Schlaf. Als Kind bin ich sogar geschlafwandelt.«

»Schlafwandeln geht eigentlich mit sehr tiefem Schlaf einher«, wirft Gregory ein. Lilith wirft ihm einen vernichtenden Blick zu.

»Ich würde mir das doch nicht ausdenken«, erwidert Vicky

mit einem überlegenen kleinen Nicken. Nicht die Art Apothekerin, mit der man sich wegen unangemessenen Erwerbs von Hustensaft auseinandersetzen will. »Heute Morgen zwischen fünf und zehn nach sieben.«

Nach De'Lyse ist Gregory mit der Befragung dran. Er wirkt nervös, als er hinausgeht, und reibt die Handflächen an seiner Cordhose. Er ist länger weg als die anderen, und die Polizistin hat ein verhaltenes Lächeln auf den Lippen, als sie ihn wieder hereinbegleitet. Nervöses Schweigen empfängt ihn: Wir würden alle gerne wissen, was er so lange gemacht hat, aber er verrät nichts.

Als Nächstes geht Melanie – sie hüpft aufgeregt aus dem Raum und überprüft unterwegs ihr Aussehen im Spiegel. Bei ihrer Rückkehr sind ihre Wangen leicht gerötet: »Was für ein *reizender* Detective.« Auf sie folgt Vicky, dann Lilith.

De'Lyse hat strikte Anweisungen, nichts über Christians »Unfall« in den sozialen Medien zu posten, und sie tut mir leid – es ist, als hätte man ihr die Stimme weggenommen.

»Ich bin mir nicht sicher, ob sie das dürfen«, sagt sie. »Alle werden sagen: *Was ist mit De'Lyse los?*«

»Ich sollte meinen Mann anrufen«, sagt Melanie. »Ben war beim Militär, der ist hier wie der Blitz, wenn er glaubt, wir wären in Gefahr.«

»Ich glaube nicht, dass De'Lyse das gemeint hat«, erwidere ich. Obwohl, jetzt wo ich darüber nachdenke ... Was, wenn wir tatsächlich einen Psychopathen unter uns haben, und er oder sie beschließt, noch einmal durchzudrehen? Im Alten Ballsaal herrscht nicht gerade ein Mangel an Waffen, und Roses wahnwitzige Küchen-Nostalgie-Sammlung steht als Reserve bereit.

In diesem Moment fliegt zischend die Tür auf, und Lilith kommt geschäftig herein, den Detective im Schlepptau. »Es tut mir leid, dass das hier so lange dauert, aber wir haben es bald geschafft«, sagt er und streicht sich eine widerspenstige Locke aus der Stirn. »Ist eine Harriet Brash anwesend?«

»Ich bin ihre Mutter«, verkündet Lady B und tritt vor. »Meine Tochter fühlt sich nicht wohl, aber ich antworte gerne an ihrer Stelle.« Der Polizist gefällt ihr – er gefällt ihnen allen.

»Früher oder später müssen wir mit ihr sprechen, aber Sie sind ohnehin als Nächstes dran, Mrs Brash.«

»Lady Brash«, sagt sie, nur um dann kokett hinzuzufügen: »Aber Sie können mich Serena nennen.«

Als sie draußen sind, hebt Lilith die Hand.

»Ich bin ja keine Expertin, aber wenn sich eine Lady von einem Lord scheiden lässt, ist sie doch nicht mehr Lady Brash, oder? Sie ist Serena, Lady Brash.« Noch jemand, der zu viel *Downton Abbey* geguckt hat.

»Ich glaube, das gilt nur für offizielle Schreiben«, sagt Melanie. »Persönlich kann man sie immer noch Lady Wieauchimmer nennen.«

»Vielleicht leben sie nur vorübergehend getrennt«, sagt Vicky. »Unser Sohn hat sich letztes Jahr von seiner Frau getrennt, und jetzt sind sie wieder zusammen und versuchen, eine Familie zu gründen.«

»Ich würde sagen, Serena hat das gebärfähige Alter überschritten«, sagt Lilith. Die Katze zeigt ihre Krallen.

Gregory hüstelt. »Ich weiß jedenfalls, dass sie geschieden sind. Es gibt eine neue Lady Brash.«

»Sage ich doch«, nickt Lilith, die, wie ich bereits bemerkt habe, immer das letzte Wort haben muss.

Als die Befragung vorüber ist, komme ich zu dem Schluss, dass, bis auf Gregory, der noch nervöser ist als sonst, alle den ganzen Vorgang eher *unterhaltsam* fanden. Wahrscheinlich werden sie ihre Meinung darüber demnächst ändern. Aber bis dahin können wir uns auch gut mit dem Kursinhalt beschäftigen.

Wir machen Béchamel auf die alte französische Art (was Rose zusagen würde). Dazu schwitzen wir Mehl an und fügen langsam angewärmte Milch hinzu. Als Nächstes versuchen wir die moderne Methode, indem wir alles gleichzeitig in einen Topf schütten und wie verrückt rühren (was ihr nicht zusagen würde). Dann ist die Mayonnaise dran. Das Geheimnis, verrate ich ihnen, ist, das Öl *wortwörtlich* tröpfchenweise zuzugeben, bis man sieht, dass die Masse einzudicken beginnt. Ich lasse Gregory rühren und Stephen das Öl zugeben und sehe ihnen beim Arbeiten zu. Gregory wird schnell ungeduldig, aber Stephen macht beharrlich weiter: *Tropf. Tropf. Tropf.*

Vicky meldet sich und erzählt, dass sie einmal in Christians Brasserie eine Fisch- und Salatplatte gegessen hat, die *Le Grand Aïoli* hieß. Ob ich ihr zeigen könnte, wie man Aïoli macht? (Sie spricht es *Äoli*). Vicky hatte bislang nicht erwähnt, dass sie auch ein so begeistertes Mitglied des Christian-Fanclubs ist – tatsächlich fand ich sie ungewöhnlich scheu, als er gestern hereingeschneit ist –, aber ich komme ihrem Wunsch gerne nach. »Zerdrück den Knoblauch mit dem Messer, so wie ich es gestern vorgeführt habe.« Es fühlt sich an, als sei es ein Jahrhundert her. »Dann einfach mit der Mayonnaise weitermachen wie gerade eben, am Ende noch eine Prise Zucker mit dazugeben.«

Danach zeige ich ihnen, wie man eine Hollandaise mit dem Mixer macht – noch ein praktischer, zeitsparender Trick. Lilith hat offensichtlich nicht zugesehen, weil sie fragt, ob die Sauce glutenfrei sei. Vicky fragt, ob man sie einfrieren kann. Das Lustige ist, dass man das tatsächlich kann, wenn man ein paar Eiweiße steifschlägt und sie unterhebt.

So gut es geht, arbeite ich mich durch den Unterricht. Um die letzten Minuten vor der Kaffeepause herumzukriegen, lasse ich zu, dass De'Lyse mich dabei filmt, wie ich eine Sauce herstelle. So hat sie gleich ein Video zum Veröffentlichen, sobald die Polizei ihr Okay gibt.

Ich biete ihr schicke Optionen wie Chimichurri oder Gribiche an, doch dann bemerke ich, dass vor mir eine Flasche Brandy steht. Vielleicht fragt meine Klasse sich schon, warum. Wie wäre es mit einer Sauce Diane? Ein bisschen retro, aber De'Lyse sagt, ihre Mum heiße Diane, also ja, bitte. Süßes Mädchen.

Die Kamera läuft, und ich erkläre das Rezept, während ich koche. Nachdem ich in Birmingham vor 3000 Leuten einen *Croquembouche* auf dem Messegelände aufgetürmt habe, ist das hier ein Kinderspiel. Das Aufregendste ist das Anzünden. Man muss einen guten Schluck Cognac in die Pfanne gießen, ihn ein paar Sekunden warm werden lassen und dann ein Streichholz anreißen. *Whoosh* – Stichflamme! De'Lyse ist begeistert und hocherfreut, als ich noch einmal einschenke und anzünde.

Als die Flammen verlöschen, denke ich mit einem Stich an Christian. Flambieren war absolut sein Ding. Er sagte immer, wenn der strenge Geruch verschmorter Haare aufsteigt, weil die Flammen einem den Handrücken ansengen, wisse man, dass man alles richtig gemacht hat.

Ich beende gerade meine Vorstellung, werfe De'Lyses Mum eine Kusshand zu und rufe ihr und ihren Followern rund um die Welt in Erinnerung, dass es in jeder Küche einen Feuerlöscher geben sollte, als die verfluchte Tür wieder aufzischt, um die Polizistin einzulassen. Ob ich sie bitte für eine kurze Unterredung mit ihr und ihrem Kollegen begleiten würde?

Ich dachte, das hätten wir bereits hinter uns gebracht – ist das wirklich notwendig? Während die anderen in Richtung Pink Room zu trockenem Gebäck und einer Tasse von Suzies giftigem Kaffee trotten, folge ich der Polizistin hinauf in Roses Arbeitszimmer. Genauso hätte sie mich zum Galgen führen können. Zumindest fühlt es sich so an.

KAPITEL 12

Der Shelley Room ist ein seltsamer Ort für eine polizeiliche Befragung. Ich frage mich, ob die beiden das wohl ebenso sehen, eingepfercht zwischen Roses Sammelstücken viktorianischer Kochutensilien und unter den düsteren Blicken gerahmter Lithografien von gekochten Kaninchen und Sphinx-Kuchen. Ich überlege, ob sie überhaupt wissen, wer Mrs Beeton ist ... Aber vielleicht tue ich ihnen damit unrecht.

»Mr Delamare, vielen Dank, dass Sie sich Zeit für uns nehmen«, sagt der blonde Detective. Sogar meinen Namen spricht er richtig aus – wie der Dichter (auch wenn man den anders schreibt), nicht wie »Dalamere«, was entweder ein Ort in Cheshire oder eine Autobahnraststätte an der M4 ist.

Sie sind freundlich genug, mir ein Glas Wasser anzubieten. Ich erwidere mutig, dass ich eine Tasse Tee vorziehen würde. Einer von ihnen geht los, um sie zu machen, der andere wird an die Haustür gerufen. Das gibt mir ein paar Minuten, um mich zu fassen und meine Geschichte noch einmal durchzugehen. Natürlich gibt es da auch noch das unwesentliche Detail meiner früheren Festnahme.

Hier der Hintergrund, nur ganz kurz. Der einzige Mensch, der davon weiß, ist Julie. Aus Gründen, die gleich offensichtlich werden, ist es nichts, was ich in meinen Lebenslauf schreibe.

Es begann mit dem Tod meines Vaters im September 2009. Er war Allgemeinarzt in einer malerischen Kleinstadt in Dorset – stellt euch honigfarbene Häuser und Kopfsteinpflasterstraßen vor – und im Ortsleben eine wichtige und angesehene Person. Zwei Jahre vor seinem Tod hatte er ein sechsmonatiges Sabbatical eingelegt, um eine Weile bei *Ärzte ohne Grenzen* arbeiten zu können, und sich damit einen lange gehegten Traum erfüllt. Bei seinem zweiten Einsatz hat er es geschafft, sich in Bagdad von einer Autobombe umbringen zu lassen.

Danach hat sich meine Mutter das Leben genommen. Daran möchte ich derzeit wirklich nicht denken.

Mir fiel eine bescheidene Erbschaft zu – nicht annähernd so viel, wie es hätte sein sollen, weil die Praxispartner meines Vaters mich über den Tisch gezogen haben. Aber ich war ein Einzelkind, und damals schien es mir viel. Und damit fing mein Absturz an.

Zuerst war es harmlos. Alkohol und tanzen bis spät in die Nacht, dann ausschlafen am Tag danach. Samstags kam Julie manchmal mit, dann hat es noch mehr Spaß gemacht. Auch wenn sie ein paar Jahre jünger ist als ich (und zehnmal so wild), waren wir schon damals beste Freunde. Unser Running Gag ist es, dass wir uns durch Ahornsirup kennengelernt haben und dann aneinander kleben geblieben sind. Es war die Markteinführung von *Maple of Canada,* und ich habe immer noch den Löffelhalter – aus echtem Ahornholz geschnitzt –, um es zu beweisen.

Ein paar der Gesichter der Clubszene kannte ich schon, aber zu dem Zeitpunkt begann ich, Freundschaften zu schließen. Alle schienen ungewöhnliche Arbeitszeiten zu haben (an der Bar, im Club, am DJ-Pult), niemand musste am nächsten Morgen im Büro auftauchen. Es war ein berauschendes Gefühl, plötzlich zu den hippen Leuten zu gehören, statt neidvoll von außen zuzusehen. Ich hing in zwielichtigen Underground-Clubs in King's Cross, Mile End oder London Bridge herum. Dort lernte ich, dass sowohl die lange – meist ermüdende – Erwartung als auch der Kick, tatsächlich »einen Treffer zu landen«, von chemischer Unterstützung profitierten. Auch das fing ganz harmlos an – ein

Schluck GHB hat noch nie jemandem geschadet. Eine Runde E einwerfen. Eine kleine Line ziehen, warum denn nicht?

Das Ganze hatte einen eigenen Soundtrack, und noch heute versetzen mich manche Songs direkt zurück in diese berauschten, lusterfüllten Monate. »Grenade« von Bruno Mars ... Lady Gagas »Born This Way« ... Katy Perry, die »Firework« singt. Ein oder zwei Takte reichen aus, und eine Welle der Übelkeit überkommt mich.

Julie hat mir wegen der Partydrogen furchtbar den Marsch geblasen, also nahm ich ihre Anrufe nicht mehr entgegen. Daher kommt ihre Gewohnheit, stattdessen Nachrichten und Emojis zu schicken, womit sie nie wieder aufgehört hat.

So kam es dazu, dass ich am 5. Juli 2011, high wie ein Spaceshuttle und mit dem dringenden Bedürfnis nach einem Cheeseburger, durch die Vauxhall Arches geschwebt und direkt in den Armen einer Polizeistreife gelandet bin. Nach einem kurzen Geplänkel beschloss ich, abzuhauen, und es kam zu einem Handgemenge. Sie waren zu schnell für mich, und bevor ich mich versah, saß ich in Handschellen in einem Polizeiwagen und danach in der Kensington Road Police Station.

Was dann kam, habe ich größtenteils verdrängt, auch wenn ich mich daran erinnere, stundenlang in einer weiß gefliesten, nach Urin stinkenden Zelle gesessen zu haben. Ich war erleichtert, dass ich das hier weder meinen Eltern noch sonst irgendwem würde erklären müssen.

Ich wurde wegen unerlaubten Drogenbesitzes verurteilt und kam mit einer Bewährungsstrafe und einem Bußgeld von 300 £ davon. Es schien mir nicht besonders viel – deutlich weniger, als ich für die Ecstasy-Pillen, die ich am frühen Abend geschluckt hatte, und das Kokainbriefchen, das sie in einem meiner Socken gefunden hatten, losgeworden war.

Falls mein Name jemals in einer Zeitung oder online aufgetaucht ist, habe ich es nie gesehen. Jedenfalls hat es mir gegenüber seitdem nie jemand erwähnt. Im Hinterkopf verfolgt mich manchmal der Gedanke an eine möglicherweise bestehende Strafakte mit meinem Namensaufkleber, aber ich habe keine Ahnung, wie ich das überprüfen sollte. Außerdem schien es nie eine Rolle zu spielen – bis jetzt.

Da ich die Energie nicht aufbringen konnte, rauszugehen und meiner Karriere neues Leben einzuhauchen, bin ich zu Hause geblieben und habe *Die Simpsons* angesehen. Ich habe einen dichten Bartwuchs – mein 17-Uhr-Bartschatten wurde bereits schmeichelhaft mit dem von Don Draper in *Mad Men* verglichen – und muss mich jeden Tag rasieren. Erst fing ich an, es drei, vier Tage lang sein zu lassen, dann eine Woche. Ich habe billigen Pinot Grigio getrunken und mich nicht mehr oft genug umgezogen.

Es war Julie, die mich gerettet hat. Vielleicht dachte sie, mir nach der Estland-Katastrophe etwas schuldig zu sein, nachdem ich sie aus einem »romantischen« Seebad gerettet habe, wo sie von einem angeblichen Krypto-Millionär ausgenommen und verlassen worden war. Aber so funktioniert unsere Freundschaft nicht. Wir führen keine Strichliste.

Nachdem ich sie wochenlang geghostet hatte, ist Julie durch ein Fenster eingebrochen. Ich habe lange in ihrem Arm geweint. Dann, statt es mit »und jetzt reiß dich zusammen« oder »du brauchst professionelle Hilfe« zu probieren, sagte meine stets pragmatische Freundin: »Warum fängst du nicht mit einem Haarschnitt an?«

Das schien machbar. Am nächsten Morgen saß ich in einem schicken kleinen Friseursalon an der Ecke Chester Row und Bourne Street, der sich dem Hochadel verschrieben hat. Ich bin nicht adlig, aber mein Friseur ist ein alter Freund und gewährt mir immer Studenten-Rabatt (nicht, dass dort jemals irgendein

Student vorbeikommen würde). Es ist ziemlich lustig, sich zwischen Herzogswitwen und ihren Dackeln die Haare schneiden zu lassen.

Wie das Schicksal so spielte, saß auf dem Stuhl neben mir ein Geschäftsmann. Er war in eine Unterhaltung mit seinem Stylisten vertieft, nicht über Haarlänge oder verschiedene Conditioner, sondern über Bratpfannen.

»Als ich gestern Abend ein Omelett gemacht habe, ist mir der Griff abgebrochen«, erklärte er. Ein angenehmer, selbstbewusster Tonfall – kein Vorstandssitzungsbefehlston, sondern die Stimme eines Menschen, der mit sich und der Welt im Reinen ist.

Ich lehnte mich zurück und drehte den Kopf, um besser sehen zu können – dafür sind die Spiegel in Friseursalons schließlich da. Charmant. Ende vierzig. Funkelnde blaue Augen. Ein freundliches Lächeln.

Dann sah ich mich selbst an. Ich war vielleicht fünfzehn Jahre jünger als Mr Businessman, aber die letzten Monate waren nicht gut zu mir gewesen: Ich spielte absolut nicht in seiner Liga. Aber wenigstens mit der Pfanne konnte ich ihm helfen.

Eine halbe Stunde später standen wir bei Peter Jones und sahen einem Verkäufer dabei zu, wie er eine glänzend schwarze Staub-Gusseisenpfanne mit Buchenholzgriff in zahllose Lagen Luftpolsterfolie und Papier einschlug.

»Zu schade, dass ich es eilig habe – ich muss in die Innenstadt zu einem Meeting«, sagte mein Businessman. »Du hast nicht, ähm, zufällig heute Abend Zeit? Du hast erwähnt, dass man Gusseisen einbrennen muss – vielleicht könntest du mir das zeigen?«

Ich zögerte. Könnte dieses perfekte Exemplar – dieses Wunder der Männlich- und Höflichkeit – sich jemals für jemanden interessieren, der so kaputt war wie ich?

»Ich bin übrigens Marcus«, fügte er hinzu und schüttelte mir die Hand. »Marcus Berens.« Dann, zum Verkäufer: »Das ist genug Papier, vielen Dank – es ist nur eine Bratpfanne.«

»Das würde ich sehr gerne. Ich bin Paul.«

»Wunderbar. Ich bin um halb sieben wieder zu Hause. Jubilee Cottage, am Skinner Place. Wir sind auf dem Weg hierher daran vorbeigelaufen – grüne Tür, vorne mit Efeu bewachsen. Kleinstes Haus in Belgravia.«

KAPITEL 13

Als mein Tee kommt, bitten mich die beiden Officer, noch einmal alles von Anfang an zu erzählen. Die Atmosphäre ist nicht ganz so warm und rücksichtsvoll wie beim letzten Mal, und der blonde Detective guckt die ganze Zeit auf seine Notizen. Der Anzug, den er trägt, ist gut geschnitten und perfekt gebügelt. Vielleicht ist er gerade erst befördert worden, und das hier sein erster großer Fall.

Sie versichern mir, dass es sich nur um eine informelle Unterhaltung handelt, um ein paar Hintergrundinformationen zu klären. Von besonderem Interesse ist mein Verbleib während des gestrigen Abends zwischen 23 Uhr abends und 1 Uhr nachts. Bin ich direkt nach Hause gegangen oder habe ich noch irgendwo einen Zwischenstopp eingelegt? Bin ich später aus irgendeinem Grund noch einmal zum Chester Square zurückgekehrt? Um wie viel Uhr bin ich zu Bett gegangen? War jemand über Nacht bei mir? (Ich unterdrücke ein hohles Lachen.)

Der Detective fragt sich, wie ich es in Anbetracht des Zustands von Christians Küche geschafft habe, nicht voller Blut zu sein. Dafür habe ich selbst keine gute Erklärung. Ich bin zum Glück nicht in der Blutlache in Ohnmacht gefallen. Außerdem war die Szenerie derart abstoßend, dass der Wunsch, ihn oder irgendetwas anderes im Raum zu berühren, gar nicht erst aufkam. (Wenn ich darüber nachdenke, hätte ich erwähnen können, dass ich gerade in der Küche besonderen Wert auf Sauberkeit und Ordnung lege. Ganz im Gegensatz zu vielen anderen Köchen, die es als Zeichen der Ehre betrachten, verschmiert und vollgespritzt auszusehen. Nicht, dass ich Mord mit Kochen gleichsetzen will. Würde mir im Traum nicht einfallen.)

Jetzt schaltet sich seine Kollegin ein und möchte wissen, was genau ich möglicherweise angefasst habe – Arbeitsfläche, Tisch, die Leiche, die Mordwaffe. Sie klickt schon wieder mit diesem gottverdammten Kugelschreiber. Ich versuche, nicht allzu gereizt zu klingen, als ich wiederhole, dass ich gar nichts angefasst hätte.

»Was ist mit dem Handlauf an der Treppe zur Wohnung? Den Türgriffen?«, fragt sie. *Klick, klick.*

Erwischt. »Den Handlauf habe ich vielleicht schon benutzt, auf dem Weg nach unten ganz bestimmt. Was die Türgriffe angeht, ich bin in die Wohnung rein und wieder raus, und Türen öffnen sich normalerweise nicht von selbst, oder?« Ich versuche ein kleines Lächeln.

»Höchstens, wenn sie schon offenstehen«, sagt sie.

Ich halte inne und denke nach. »Jetzt, wo Sie es erwähnen, die Wohnungstür war von innen verschlossen. Ich erinnere mich daran, hindurchgegriffen zu haben, um sie zu öffnen, damit ich hineingehen konnte.« Das schreibt sie auf.

Dann fragt der Detective: »Nur, um noch einmal ganz sicherzugehen, Sie haben die Glasscheibe nicht selbst zerbrochen?«

»Natürlich nicht! Das Glas lag überall verstreut, als wäre irgendwer eingebrochen.«

»Und Sie haben mit der Hand durch die Scheibe gegriffen?«

»Mit was denn sonst? Mit meinen Fühlern? Einem Tentakel?« Keine Spur eines Lächelns.

»War die Tür mit einem Riegel verschlossen oder mit einem Schlüssel?«

»Mit einem Schlüssel«, erwidere ich. »Aber sobald das Glas zerbrochen war, hätte man die Tür genauso gut von außen wie von innen abschließen können.«

»Natürlich«, sagt der Detective mit einem abschätzigen Schütteln seiner Locken. Er fährt fort: »Was ist mit der Tür zum Wohnzimmer? Mussten Sie dort einbrechen?«

»Hören Sie, ich bin nirgendwo eingebrochen. Sie war angelehnt, also habe ich sie vielleicht aufgestoßen oder die Türklinke berührt. Ich bin mir sicher, Sie werden alles auf Fingerabdrücke untersuchen, dann können Sie das selbst entscheiden.«

Die beiden Officer wechseln einen Blick. Das bin ich falsch angegangen – jetzt habe ich sie gegen mich aufgebracht.

»Haben Sie in diesem Raum irgendetwas berührt?«

»Wahrscheinlich. Die Weinflasche zum Beispiel«, erwidere ich.

»Gab es dafür einen bestimmten Grund? Sind Sie sich bewusst, dass Sie den Tatort manipuliert haben? Absichtliches Kontaminieren von Beweismitteln ist ein Straftatbestand.«

»Das ist doch lächerlich«, protestiere ich. »Woher hätte ich wissen sollen, dass es ein Tatort war?« Langsam begreife ich, wie sich Zeugen bei Befragungen um Kopf und Kragen reden. »Ich habe auch etwas vom Boden aufgehoben. Einen Lippenstift, den ich auf den Tisch gelegt habe.«

Bevor sie mich gehen lassen, fragen sie mich nach meinen Plänen für die nächsten paar Tage. (Ich bin versucht zu sagen: »Lustig, dass Sie fragen, ich fliege nach Bogotá, um ein bisschen Sonne zu tanken« oder »Morgen geht es nach Algerien, um mich der Fremdenlegion anzuschließen«.) Stattdessen erzähle ich ihnen, dass wir planen, den Kurs fortzusetzen. Sie wirken kurz überrascht.

»War das Ihre Idee?«

»Ganz sicher nicht. Es war Mrs Hoyts Wunsch, und die Teilnehmer und Teilnehmerinnen haben zugestimmt. Ich weiß nicht, wann Sie vorhaben, ihnen zu sagen, dass es sich hier um eine Mordermittlung handelt, aber das wird die ganze Sache wahrscheinlich nur noch interessanter machen. So etwas erlebt man nicht alle Tage hautnah.«

Sie tauschen einen angewiderten Blick aus, dann sagt der Detective: »Wir betrachten unsere Arbeit nicht als Unterhaltungsprogramm, Mr Delamare. Bleiben Sie bei Cupcakes und Profiteroles und überlassen uns die ernsthaften Angelegenheiten. Das wäre erst mal alles. Allerdings wäre es noch hilfreich, Ihre Fingerabdrücke zu nehmen. Zu diesem Zeitpunkt ist das freiwillig, aber es wird uns helfen, Sie als Verdächtigen auszuschließen.«

Das letzte Mal, dass ich meine Fingerabdrücke abgeben musste, war in Vauxhall, und wir wissen, wie das ausgegangen ist. Die Technologie hat sich verändert – heutzutage drückt man seinen Finger auf einen kleinen Metall-Scanner, der mit einem Handy verbunden ist. Es dauert keine Minute, dann bin ich entlassen.

Ich habe noch fünfundzwanzig Minuten, bis der Unterricht wieder losgeht, und ich verspüre das dringende Bedürfnis, der feindlichen Atmosphäre des Hauses zu entfliehen. An der Tür steht ein junger, freundlich aussehender Constable, und ich frage ihn, ob es mir erlaubt ist, draußen ein bisschen frische Luft zu schnappen.

»Eine sehr gute Idee, Sir. Ich brauche nur Ihren Namen und den Zeitpunkt, zu dem Sie voraussichtlich zurückkehren werden.« Ich gebe ihm die Informationen, und er schreibt sie umständlich auf. Ich weiß nicht, ob es an der vielen frischen Luft liegt oder am Kleidungsstil, aber bei der Polizei sehen alle immer gesund und ansprechend aus. Während ich ihm beim Schreiben zusehe, gewinnt meine Neugier die Überhand.

»Schreiben Sie alle auf, die kommen und gehen, oder nur die Verdächtigen?«, frage ich mit einem fröhlichen Lächeln. Bislang hatte ich nie das geringste Interesse an Polizeiarbeit. Das ändert sich, wenn man selbst mit drinhängt.

»Das hier ist ein Tatortprotokoll, Sir. Es werden alle Personen aufgezeichnet, die im Verlauf der Ermittlung kommen und gehen.«

»Interessant. Haben Sie irgendeine Vorstellung, wie lange wir hierbleiben müssen? Bevor alle wieder gehen können?«

»Sie dürfen jederzeit gehen, Sir, es sei denn, Sie wären verhaftet. Aber wenn Sie meinen, wie lange die Ermittlungen hier andauern, ist das sehr schwer zu sagen.«

»Eine grobe Schätzung?«

»Meiner Erfahrung nach würde ich erwarten, dass die Spurensicherung heute Abend oder morgen fertig ist.«

»Hat sie denn irgendetwas Interessantes gefunden, wenn Sie mir das überhaupt verraten dürfen?«

»Da kann ich Ihnen leider nicht helfen. Aber es herrscht reges Kommen und Gehen, und die Kollegen haben ein breites Lächeln im Gesicht, wenn Ihnen das als Information ausreicht.«

KAPITEL 14

Draußen an der frischen Luft gucke ich auf mein Handy: nichts von Julie. Ich kann mir lebhaft vorstellen, wie sie und der Rest der Abteilungsredaktion in erwartungsvollem Grauen herumschleichen und auf den gellenden Schrei warten, der sie in Denas Notfall-Meeting ruft. Ihr Büro entspricht dem »Loft Style«-Konzept, alles Hochglanz in Weiß und Schwarz, um einzuschüchtern und kleinzumachen. Alle Besucher werden auf rutschige, tiefliegende Sofas verbannt – neuste Errungenschaft: ein furchtbarer PVC-Sitzsack –, über denen sie erhaben auf einem monströsen Ledersessel thront. Dieser hat so viele Schwenk- und Drehgelenke, dass sie sich mit der Berührung eines einzigen Knopfes aus dem Fenster katapultieren kann.

Um diese Horrorvision zu vertreiben, mache ich mich auf zu einem Spaziergang. Der Chester Square wurde angelegt, um biederen viktorianischen Bankier- und Anwaltsfamilien ein prunkvolles Zuhause zu schaffen, aber im Laufe der Jahre hat sich die Klientel erweitert. Er ist nicht nur in politischen Kreisen eine beliebte Adresse – Macmillan und Thatcher haben hier gewohnt –, auch Julie Andrews und Mick Jagger waren hier eine Zeit lang als ungleiche Nachbarn vereint. Eines der Eckhäuser gehörte Yehudi Menuhin – er hat eine Stradivari verkauft, um es zu bezahlen. Auf der Straße versammelten sich seine Fans, in der Hoffnung, einen Triller oder eine Kadenz aus seinem Studio im obersten Stock zu erhaschen.

Heutzutage wohnen hier vor allem ranghohe Bankangestellte, Scheckbuchhippies und Oligarchen. Immer noch wunderschön, aber ohne Herz. Während der Woche herrscht wenigstens ein bisschen Betrieb, aber sobald der Freitag kommt, pfeift nur noch der Wind durch die Gassen. Dann sind alle ausgeflogen, in ihre Landhäuser, zum Skifahren in Zermatt oder zum Sonnen auf ihren Yachten an der Côte d'Azur. Wenn man doch einmal ein paar Leute sieht, sind es Touristen auf einem Lord-Lucan-Spaziergang. Gleich hier um die Ecke hat der blutdürstige Adlige die arme Sandra Rivett erschlagen, und seine Frau Veronica lief blutüberströmt zum *Plumbers Arms,* einem ansonsten sehr hübschen ortsansässigen Pub. Vielleicht planen sie zukünftig einen Abstecher zur Kochschule ein, um die Haustür zu beäugen, hinter der jemand einen Promikoch geköpft hat.

Ich laufe bis zur Elizabeth Street, die sich in den letzten Jahren von der langweiligsten Straße Londons – Immobilienmaklerbüros, eine Reinigung, ein Laden für Elektrogeräte, ein Schreibwarengeschäft – in einen gastronomischen Hotspot verwandelt hat. Ich weiß nicht, wo die Bewohner Belgravias vorher eingekauft haben, aber jetzt sind die Bürgersteige gesäumt von Boulangerien, Restaurants, Patisserien, Chocolaterien, einem Biodelikatessengeschäft, einer Weinhandlung, Coffeeshops, Teeläden und einem rosa gestrichenen Cupcake-Salon, der ständig von japanischen Reisegruppen für Instagram-Posts belagert wird. Näher an das Gefühl, in Paris zu leben, kommt man in London nicht. Wenn ich reich wäre, glaube ich ernsthaft, würde ich das Kochen aufgeben und mir jeden Abend eine Plat Préparé besorgen.

Mein Ziel ist ein Feinkost-Café an der Ecke. Normalerweise würde ich nur äußerst ungern fast 12 £ für ein Bacon-Sandwich ausgeben, aber gerade würde ich meine eigene Großmutter für eines verkaufen. Draußen ist kein einziger Stuhl mehr frei, und auch drinnen ist alles voller junger hübscher Mütter, durchtrainierter junger Männer (ihren Personal Trainern?) und Touristen. Ich gebe meine Bestellung zum Mitnehmen auf.

Als kurz darauf mein Name gerufen wird, wird mir klar, dass ich keine gute Wahl getroffen habe. Laut meiner Mutter ist Diana

Dors aus der Rank Charm School geworfen worden, weil sie bei einem Spaziergang über die Knightsbridge Kirschen aus der Tüte gegessen und die Kerne ausgespuckt hat. Ich hoffe, ich treffe keine Bekannten, während ich versuche, im Gehen ein Bacon-Sandwich zu verspeisen.

Während ich kauend weiterspaziere, gibt es keinen Mangel an interessanten Schaufenstern. Eine Kaschmir-Boutique, Lederstiefel und Handtaschen, französische Heimtextilien, Designer-Klamotten für Kinder, ein Zigarrenladen und mein persönlicher Favorit, das *Belgravia Pet Emporium*. Ein Paradies für Tierliebhaber, in dem man seinem Liebling ein handgefertigtes Lederhalsband, die letzte Haute-Couture-Tier-Tragetasche, Kuscheltiere aus Toile-de-Jouy und – um sich nach all dem Spaß angemessen zusammenzurollen – ein Miniatur-Sofa mit Polsterknopf-Lehne in Schottenmuster-Velours, inklusive Memory-Schaum und Deko-Kissen, kaufen kann.

Die Leute sagen immer: »Ich bin ein Hunde-Mensch« oder »Ich bin ein Katzen-Mensch«, aber für mich sind beide gleich liebenswert, wenn man sich ihre lustigen Eigenarten anschaut. Irgendwann lege ich mir vielleicht selbst eine Katze oder einen Hund zu. Ich denke oft daran.

Der Bacon ist herrlich – saftig und rauchig und reichlich –, und ich kaue genüsslich, während ich überlege, ob ich mir ein Stück tunesischen Orangen-Polenta-Kuchen für den Rückweg hätte gönnen sollen, als ich einen Schatten im Schaufenster erhasche. Jemand überquert hinter mir hastig die Straße.

Man kann es spüren, wenn man beobachtet wird – eine Art sechster Sinn, der die Stelle zwischen den Schulterblättern zum Prickeln bringt. Blitzschnell sehe ich mich um und entdecke eine vertraute Gestalt. Schlank, mit dunklem, kurzem Haar. Zerrissene Jeans, Biker-Jacke – mehr Dalston als Belgravia.

Himmel! Nicht schon wieder. Man hat mir mitgeteilt – versprochen –, er wäre außer Landes. Südamerika ... Würde monatelang wegbleiben. Allerdings hat mir ja schon die letzte Nacht gezeigt, dass dem nicht so ist.

Rasch drehe ich mich noch einmal um und sehe, wie er in die Gerald Road verschwindet. Dabei bemerke ich den gesenkten Kopf und den seltsam gekrümmten Gang, der an einen getretenen Hund erinnert, und das Aufblitzen eines silbernen Daumenrings.

Eine Sekunde lang bleibe ich wie festgefroren stehen, weiß nicht, ob ich weglaufen oder ihm folgen soll. Dann zerknülle ich den Rest meines Sandwichs im Papier und laufe schnellen Schrittes zur Straßenecke. Nichts zu sehen: Er ist in einen Hauseingang oder hinter einen Van geschlüpft.

Also überquere ich die Straße zum Weinladen und starre ins Schaufenster auf die Magnumflaschen roter Weine und die farbenfrohen Spirituosen. Und tatsächlich kann ich sehen, wie sein Spiegelbild aus der Gerald Road herauskriecht und sich vor dem auf alt gemachten Drogeriemarkt an der Ecke aufstellt. Er weiß, dass ich ihn gesehen habe – das ist Teil des Spiels –, und zeigt mir den Finger, bevor er sich umdreht und das Schaufenster betrachtet, das voller herrenloser Schwämme ist. Vielleicht überlegt er, ob Naturschwämme eine nachhaltige Ressource darstellen. Aber wahrscheinlicher ist, dass er wie immer darüber nachdenkt, mich fertigzumachen.

Die dringende Frage ist, wie ich zurück zum Chester Square komme, ohne dass er mir folgt. Wenn er weiß, dass ich dort arbeite, wird er es gegen mich verwenden, wie früher schon. Einen Ziegelstein durchs Fenster schmeißen. Ein Paket in den Keller werfen und der Polizei sagen, es sei eine Bombe.

Diesmal habe ich keine Wahl, ich muss ihm davonrennen – und jetzt hoffe ich *wirklich,* niemanden zu treffen, den ich kenne.

Ich sprinte los, so schnell ich kann, rase um die Ecke und lasse die St Michael's Church links liegen. Einen verrückten Moment lang denke ich darüber nach, hineinzulaufen und um Schutz zu bitten. Aber dann erreiche ich den Chester Square und laufe die Gartenseite entlang, wo der Bürgersteig schmal und von überhängendem Laub geschützt ist. Auf ungefähr halber Höhe bleibe ich hinter einem Umzugslaster stehen, und – verdammt! – da ist er und läuft mit schnellen Schritten hinter mir her.

Einen Moment lang bleibe ich stehen, um nachzudenken. Er bleibt auch stehen, hustet und spuckt aus. Eine eklige Angewohnheit.

Ich renne über den Platz – hinter mir höre ich seine Schritte auf dem Kopfsteinpflaster –, bis ich vor der Nummer einundvierzig stehe, direkt unter den Fenstern des Shelley Room. Was ich nicht erwartet hatte, ist Rose, die an der Haustür steht und jemanden verabschiedet.

Eine letzte, verzweifelte Idee schießt mir durch den Kopf. So gut ich kann, ducke ich mich hinter die geparkten Autos, renne an Rose und ihrem Besuch vorbei – aus irgendeinem Grund kommt mir die Gestalt bekannt vor – zur nächsten Ecke und biege scharf um das Hinterhaus des Gebäudes ab.

Nach ein paar Metern entdecke ich die schwere schwarze Eisentür, von der Suzie mir erzählt hat, dass sie für Lieferungen benutzt wird. Ja, es gibt ein Touchpad. Mit zitternder Hand tippe ich 1904 ein und spreche ein stummes Stoßgebet.

Geräuschlos gleitet die Tür auf – *Danke, Gott* – und ich schlüpfe durch den Spalt und außer Sicht.

Ich habe ihn abgeschüttelt und bin endlich innerhalb der Schutzmauern der Nummer einundvierzig in Sicherheit.

Mit einem Seufzer der Erleichterung sehe ich mich um. Der Hof sieht vollkommen verändert aus.

Überall ist Polizeiabsperrband. Große Leute in weißen Overalls laufen wie ein Imker-Trupp unter dem Gewicht der Lampen und des Kamera-Equipments schwankend die schmale schmiedeeiserne Treppe hoch und runter.

Ich überquere den Hof in Richtung der Tür, die in den Flur führt, und frage mich dabei, in welcher Beziehung Rose zu ihrer Besucherin steht – die, wie mir jetzt einfällt, die mysteriöse Aschblonde war, die ich gestern im Gespräch mit De'Lyse gesehen habe –, als das Dynamische Duo aus der Tür tritt.

»Haben Sie es eilig, Mr Delamare?«, fragt Ms Klick-Kugelschreiber.

»Wir haben Sie aus Mrs Hoyts Fenster beobachtet«, erklärt der Detective. »Praktisch, die Hintertüren dieser großen Villen. Vor allem, wenn man kommen und gehen will, ohne gesehen zu werden.«

KAPITEL 15

»Entschuldigt die Verspätung«, sage ich beim Eintreten in den Alten Ballsaal, wo sich pflichtbewusst bereits alle versammelt haben. Es ist erst drei Minuten nach zwei, aber Vicky sieht auf die Uhr, als sei ihr plötzlich ein zusätzlicher Zeiger gewachsen.

Offensichtlich haben sie etwas gehört, aber ist es die ganze Geschichte? Melanie hat geweint, und Lady B versucht, sie mit einem Päckchen Taschentücher zu trösten. Vickys Augen sind gerötet und treten sogar noch stärker hervor als sonst. Gregory trägt eine düstere, gefasste Miene zur Schau und klopft mit den Fingern auf die Arbeitsfläche. Die Hon. Harriet, die sich der Klasse wieder angeschlossen hat, aber aussieht, als wünschte sie sich, sie hätte es nicht getan, wiegt sich auf dem Stuhl vor und zurück, während sie ein Kissen umarmt, das sie irgendwo gefunden hat.

Vorsichtig sage ich: »Ein ziemlicher Aufruhr dort im Hof«, und Melanie stößt ein ersticktes Schluchzen aus.

De'Lyse springt ein. »Nun, wir sind ja nicht blöd – wir haben gehört, was geschehen ist. Es ist alles online. Warst du es, der ihn gefunden hat?«

»Vielleicht möchte er darüber lieber nicht sprechen«, sagt Harriet schniefend. (Danke, Harriet.)

»Es ist nie gut, die Dinge in sich hineinzufressen«, wirft Lilith ein. »Erzähle es uns. Rede es dir von der Seele.«

»Dann wusstest du die ganze Zeit Bescheid?«, fragt De'Lyse. »Stehst da und machst Witze über klumpige Bratensauce, während draußen eine Mordermittlung läuft? Findest du nicht, du hättest etwas sagen sollen?«

Ich hole tief Luft. »Es tut mir aufrichtig leid, dass ihr es so herausfinden musstet, aber wir hatten Anweisung, mit niemandem darüber zu sprechen, was geschehen ist«, sage ich, ohne es mit der Wahrheit allzu genau zu nehmen. »Die Polizei hat Mrs Hoyt und mich gebeten, bis zur offiziellen Verkündung zu warten.«

Warum decke ich Rose?

»Entsetzlich, so zu sterben«, sagt Lilith. »Auf den Mann einer Freundin meiner Mutter ist in Port Talbot eine Glasscheibe gefallen. Hat ihn fast in zwei Hälften geschnitten.«

»Auf Twitter sagen sie, dass Christians gebrochener Arm kein Unfall gewesen ist, sondern dass er verprügelt wurde«, fährt De'Lyse fort. »Glaubt ihr, das hängt alles zusammen?«

»Die Ermittlungen laufen«, sage ich, »und ich bin mir sicher, die Polizei zieht alle Möglichkeiten in Betracht.« Hört, hört! Ich klinge wie ein Pressesprecher im Staatsdienst. »Also, was wollen wir tun? Ich kann mir nicht vorstellen, dass unter diesen Umständen jemand in der Stimmung ist zu kochen ...«

»Wie lange wird die Ermittlung andauern?«, unterbricht mich Vicky, während sie ihre Augen betupft. Sie ist abgelenkt und hat nicht zugehört. »Ich habe mein Zugticket für Donnerstag nach dem Mittagessen gebucht. Am Samstag hat mein Mann Geburtstag, wisst ihr, und ich muss noch so viel vorbereiten.«

»Oh, ich bin auch Jungfrau«, sagt Lilith.

»Backst du einen Kuchen?«, fragt Melanie.

Wie kann man nach einer solchen Nachricht so schnell zu derartigen Banalitäten zurückkehren?

»Ich habe vorhin inoffiziell mit dem Beamten an der Tür gesprochen«, sage ich und versuche, wieder eine ernste Atmosphäre herzustellen. »Er ist sich nicht sicher, denkt aber, dass die Ermittlungen hier morgen abgeschlossen sein sollten. Mit etwas Glück können wir dann nach Hause.«

Melanie sagt: »Ich werde vor Donnerstagnachmittag nicht zu Hause erwartet. Bis das alles passiert ist, habe ich es hier sehr genossen.« Interessant, wo sie doch bisher nichts anderes getan hat, als zu telefonieren. »Auf das Schokoladen-Thema hatte ich mich wirklich gefreut.«

»Ist bei euch die Schokolade schon mal so komisch krisselig geworden beim Schmelzen?«, fragt Gregory.

»Gib sie dem Hund«, rät Lilith.

»Schokolade ist giftig für Hunde«, sagt Melanie schnell.

»Das habe ich noch nie gehört«, erwidert Lilith. »Betsy hat für Chocolate Drops gelebt, und sie ist siebzehn Jahre alt geworden.«

»Wenn man uns keine Rückerstattung anbietet, denke ich, würden Harriet und ich wohl bleiben«, sagt Lady B. »Auch wenn es natürlich nicht dasselbe sein wird.« Alle scheinen zuzustimmen, also ist die Entscheidung nach aktuellem Stand einfach: Wir machen weiter.

Ghule, allesamt.

Nach dem Stundenplan sollen wir heute Nachmittag braten und schmoren. Und auch – was mir, gelinde gesagt, ehrgeizig scheint – Brot *und* Gebäck machen. Ich kann mir nicht vorstellen, wie Christian das alles unterbringt. Es sei denn – und das ist wahrscheinlich –, er hat das Unterrichten einfach sein lassen und die ganze Zeit über seine Glanzzeiten geredet.

Das Fleisch haben wir schnell abgehakt, auch wenn es eine kleine Auseinandersetzung mit (wie könnte es anders sein) Lilith gibt. Mysteriöserweise steckt einer ihrer korallenfarbenen Acrylnägel in den Querrippen. Und als wäre das nicht schlimm genug, nimmt Vicky die Schuld auf sich, nachdem sie zugegeben hat, ihn auf dem Hackbrett gefunden und an einen sicheren Ort gelegt zu haben (was wohl bei den Karotten war).

Die Gemüter sind erhitzt. Mir fällt auf, wie gleich mehrere Augenpaare unwillkürlich in die Richtung von Christians Wohnung zucken und sie sich gegenseitig Seitenblicke zuwerfen. Gut, dass unser nächstes Thema so beruhigend ist: Brotbacken. Ein Freund von mir hat ein Buch über »Brot-Therapie« geschrieben. Ich glaube, es gibt nicht viele Probleme, die nicht mit einer Runde Teigkneten behoben werden können. Die Ärzte sollten anfangen, es als Diazepam-Ersatz zu verschreiben.

»Wenn man sich die Mühe macht, Brot zu backen, sollte man keine falsche Sparsamkeit walten lassen«, verkünde ich. »Biomehl und Meersalz.«

»Bestimmt sieben wir das Mehl?«, sagt Lady B. »Mir wurde immer gesagt, das Sieb hoch über die Schüssel zu halten und zu schütteln.«

»Anständig durchseihen«, bestätigt Vicky.

»Durch*sieben*«, betone ich. Seihen ist für Flüssigkeiten, da bin ich pedantisch. »Aber es ist sinnlos. Und das Mehl landet einfach überall.«

»Es *belüftet* das Mehl«, protestiert Lady B.

»Unnötige Sauerei. Dasselbe Ergebnis erzielt man auch, wenn man es mit einem Schneebesen kurz in der Schüssel durchrührt – das ist wissenschaftlich bewiesen.«

Lady B schüttelt trotzig den Kopf und sorgt für einen Mehlstaub-Blizzard, bei dem Lilith sich hastig in Deckung bringen muss. De'Lyse postet ihn auf Instagram mit dem Hashtag #winteriscoming.

»Jetzt das Wasser hinzufügen. Man kann es aus dem Hahn nehmen, sollte aber zuerst probieren – vor allem im Sommer schmeckt es hierzulande manchmal nach Chlor. Sonst aus dem Wasserfilter oder aus der Flasche.

Wenn man möchte, kann man es mit einem Holzlöffel einarbeiten, aber backerfahrene Menschen nutzen ihre Hände, damit sie fühlen können, was passiert. Weitermischen, bis der Teig sich in eine klumpige Masse verwandelt. Wenn am Boden noch trockene Krümel hängen, geben wir ein wenig Wasser darüber, damit sie mit aufgenommen werden.«

Ich gehe durch die Reihe und bleibe bei Lilith stehen. »In Wales ist das Leitungswasser bestimmt hervorragend, oder?«

»Kristallklar«, sagt sie. »Damit schmeckt der Tee wie Champagner.«

»Wenn ich euch alle kurz unterbrechen dürfte: Ihr werdet bemerken, dass Lilith aufgrund ihrer speziellen Ernährungsbedürfnisse andere Zutaten benutzt als der Rest der Klasse.«

Lilith gefällt die Aufmerksamkeit, und sie blickt lächelnd in die Runde. Ohne dass es ihr bewusst ist, wende ich eine psychologische Technik für anstrengende Menschen im Unterricht an. Man braucht etwas Mut, aber man konzentriert sich einfach auf die Nervensäge und macht sie zum Zentrum nicht nur der eigenen Aufmerksamkeit, sondern der ganzen Klasse. Die Theorie ist, dass sie einem, indem man ihnen gibt, was sie (insgeheim) wollen, aus der Hand fressen.

»Deshalb macht Lilith Sodabrot mit glutenfreiem Mehl. Es geht viel schneller als normales Brot, und wir können es rechtzeitig zum Tee fertig haben. Das Mehl sieht aus wie normales Mehl, würdest du nicht auch sagen, Lilith?«

»Ich fasse es trotzdem nicht an«, erklärt sie und schwelgt in der Aufmerksamkeit. »Das Risiko möchte ich nicht eingehen.«

»Hmm. Irgendwie müssen wir es nachher in die Form bekommen. Soll ich mal nachsehen, ob wir ein paar Latexhandschuhe haben?«

»Darum geht es nicht, ich mache mir Sorgen um meine Nägel. Wegen vorhin.« Sie bedenkt Vicky mit einem giftigen Blick, dann fügt sie mit einem Lächeln hinzu: »Bitte, würdest du das für mich erledigen, Paul?«

Gnädig stimme ich zu und setze meine Runde fort.

»Jetzt fangen wir mit dem Kneten an«, verkünde ich. Wahrscheinlich die sinnlichste Küchenerfahrung, die es gibt. Die Art, wie sich der Teig unter den eigenen Fingern von klebrig zu seidig verwandelt, wie aus einer klumpigen beigefarbenen Masse eine glänzende, geschmeidige Kugel wird. Der heimelige Geruch von 140 Milliarden Hefebakterien (pro Laib!), die sich ausdehnen und ausatmen, das rhythmische Geräusch beim Dehnen und Falten, Dehnen und Falten. Manche Brotverrückte probieren sogar ein Stück Teig, auch wenn ich dem sandigen Gefühl rohen Mehls auf der Zunge nichts abgewinnen kann.

»Einfach weitermachen«, sage ich. »Mindestens noch fünf Minuten – wenn ihr es richtig macht, wird euch warm und eure Wangen leuchten. Versucht, einen Rhythmus zu finden und ihn aufrechtzuerhalten.« Friede senkt sich über die Klasse.

Als ich bei De'Lyse ankomme, erwähnt sie, dass sie es gerne einmal mit Sauerteig versuchen würde, der in den sozialen Medien so durch die Decke gegangen ist. Ich schlage ihr vor, es einfach einmal auszuprobieren. Manche Menschen lieben es, andere finden es langweilig.

Vicky hat gehört, dass Brotteig bei feuchtem Wetter weniger Wasser braucht.

»Das wäre mir nie aufgefallen – ich denke, das ist ein Mythos«, antworte ich. »Wenn man allerdings ein Barometer hat, kann man feststellen, dass der Reifeprozess bei niedrigem Luftdruck länger dauert.«

Stephens Teig ist der erste, der fertig ist. »Sieht gut aus«, sage ich – ich glaube, das ist das erste Mal, dass ich ihn lächeln sehe. »Alle mal aufgepasst. Wenn der Teig geschmeidig ist, kann man zwischendurch eine Pause machen und ihn auf die Arbeitsfläche werfen, so fest man kann. Versuch es mal, Stephen.«

Er hebt die Augenbrauen und hält inne.

»Wirklich?«, fragt er.

»So fest du kannst.«

Daraufhin holt er Luft, lehnt sich zurück und schleudert den Teig auf die Arbeitsfläche. Er landet mit einem lauten Knall – die Fenster wackeln, die Klasse applaudiert.

»Ich wusste nicht, dass du so viel Power hast«, sage ich aufrichtig überrascht. Für so ein Leichtgewicht war das ein ganz schöner Wurf.

»Und warum macht man das?«, fragt Gregory. Ich hatte nicht bemerkt, dass er Hörgeräte trägt – teure, beinahe unsichtbare –, die er jetzt zurechtrückt.

»Die Technik nennt man ›Abschlagen‹. Es drückt das Wasser ins Mehl. So bekommt man einen geschmeidigeren Teig und eine bessere Krume.«

Alle versuchen es, und bald hallt der Alte Ballsaal von Schlägen und Knüffen wider. Fast erwarte ich, dass die Antiterroreinheit hereinstürmt und uns allen befiehlt, uns flach auf den Boden zu legen.

Lady B lässt all ihre Wut raus. Diese Frau hat Aggressionsprobleme. Gregory sieht nicht aus, als sei er besonders stark, aber sein Timing beim Loslassen ist perfekt.

»Aha!«, sagt er, als ich ihm ein Kompliment mache. »Ich habe früher Cricket gespielt – Fast Bowler. Ich wusste, es würde sich irgendwann mal als nützlich erweisen.«

Harriet hat ein Problem. Sie leidet unter etwas, dem ich in meiner Karriere bereits ein paarmal beggegnet bin – ich nenne es das Klebhand-Syndrom. In dem Moment, in dem eine betroffene Person den Brotteig berührt, verwandelt er sich in Kleister. Es gibt tatsächlich eine medizinische Ursache (palmare Hyperhidrose), die für übermäßige Schweißproduktion an Händen und Füßen sorgt, aber ich vermute, in Harriets Fall sind es nur, na ja, die Nerven.

Bis ich bemerke, dass etwas nicht stimmt, ist es zu spät. Das Zeug klebt auf ihren Klamotten und in ihren Haaren, ist in ihre Handtasche getropft und über den Boden verteilt. Da Lady B sich von der Unfähigkeit ihrer Tochter losgesprochen hat, bleibt es an mir hängen, die Sauerei mit Küchenkrepp, Geschirrtüchern und einem Eimer Wasser zu beseitigen.

Ich hätte Harriet als Person eingeschätzt, die ob einer solchen Niederlage in Tränen ausbricht, aber sie bleibt gelassen. Tatsächlich ist heute irgendetwas anders an ihr. Sie ist noch immer befangen und nervös, aber es liegt ein trotziger Unterton in ihrer Haltung. Der Streit mit Mama – denn offensichtlich gab es den – hat die Machtverhältnisse in ihre Richtung verschoben.

Das Teig-Fiasko bringt auch in einer anderen Teilnehmerin etwas Unerwartetes hervor. De'Lyse nimmt sich Harriet warmherzig an und schlägt vor, ihren Teig mit ihr zu teilen. Wir stellen unsere Bemühungen über Nacht in den Kühlschrank: ein Kompromiss, den ich mir habe einfallen lassen, um den absurden Lehrplan zu retten, der mir aufgedrückt wurde.

Gerade als ich in Gedanken über die Toten schimpfen will, vibriert mein Handy.

OMG ! ! Gerade das mit Christian gehört! Bist du OK? 📞
ASAP. Sag mir, dass nicht ausgerechnet du ihn gefunden hast.

KAPITEL 16

Als wir zum Tee in den Pink Room gehen, wird deutlich, dass wir uns im Epizentrum eines offiziellen Tatorts befinden. Über dem Teppich wurden Tücher ausgelegt und wo auch immer man hinsieht, ist Polizei. Die Tür in den Hof wird von einem Drehkurbel-Butterfass offengehalten (Eiche, Mitte neunzehntes Jahrhundert: Rose wird nicht erfreut sein), und neben der schmiedeeisernen Treppe wurde ein Arbeitszelt errichtet. Liegt Christian immer noch da oben? Was hat die Polizei sonst noch in seiner Wohnung gefunden?

Rose beehrt uns mit ihrer Anwesenheit, als Suzie den Tee einschenkt. Ihr Erscheinungsbild hat einen negativen Quantensprung erfahren. Ihre Frisur ist durcheinander, und die Perlenkette hängt schief.

»Ich möchte Ihnen allen für Ihre ... Nachsicht danken«, sagt sie schniefend. Melanie tritt vor, und sie umarmen sich steif.

Ich kreise pflichtschuldig durch den Raum, um mit allen ein paar Worte zu wechseln, bis ich es endlich schaffe, Rose in eine ruhige Ecke zu ziehen.

»Ich finde es wirklich schwierig, das Ganze hier am Laufen zu halten«, sage ich leise.

»Es ist für alle eine schwierige Situation«, stimmt sie zu. »Wenigstens habe ich den Shelley Room zurückerobert. Mein Schreibtisch ist übersät mit kreisförmigen Flecken von Teetassen oder was auch immer diese Leute trinken.«

»Es ist für die Atmosphäre jedenfalls nicht gerade förderlich, dass sie hier überall herumlaufen. Oder dass man sich einer Polizeikontrolle unterziehen muss, wenn man aus der Haustür will«, sage ich.

»Ich habe sie gefragt, ob sie sich nicht etwas beeilen könnten. *Die Ermittlungen laufen rund um die Uhr, solange es notwendig ist,* haben sie gesagt. In anderen Worten: Überstunden auf Kosten der Steuerzahler. Ich habe sie gebeten, nicht immer durchs Haus zu laufen, sondern den Hintereingang zu benutzen, aber nein, sie müssen mit ihren schweren Stiefeln den Teppich ruinieren. Ständig poltern sie die Treppe hoch und runter, durchwühlen den Dachboden, nehmen die Mülltonnen auseinander, klopfen an die Türen der Nachbarhäuser. Ich kann mir nicht vorstellen, was sie zu finden hoffen.«

»Bestehen sie immer noch darauf, dass die Kursteilnehmer und -teilnehmerinnen hierbleiben? Man sollte annehmen, sie hätten das Haus gerne leer, damit das Forensik-Team seine Arbeit machen kann.«

»Alle müssen bleiben, bis etwas anderes verlautbart wird«, erwidert Rose eisig.

Ordnungsgemäß gescholten entferne ich mich, um Suzie zur Hand zu gehen, die gerade die Reste von Liliths bleischwerem Sodabrot – das offenbar keinen besonderen Anklang gefunden hat – in den Speiseaufzug schaufelt.

»Hast du schon die neusten Nachrichten über Christian gehört?«, frage ich leise. Sie hört auf, klirrend Tassen und Untertassen zu stapeln. »Sie sagen, dass er zusammengeschlagen wurde«, fahre ich fort. »Dass er gar keine Rolltreppe heruntergefallen ist.«

Das Klirren fängt wieder an. »Es geht mich zwar nichts an, aber ich habe mir auch schon Gedanken darüber gemacht.«

»Aus irgendeinem besonderen Grund?«

»Er hat behauptet, die Rolltreppe in einer U-Bahn-Station runtergefallen zu sein, oder? Aber er ist überall mit dem Taxi hingefahren – die U-Bahn hat er nie benutzt.«

»Aber ich kann mir einfach nicht vorstellen, wer so etwas tun würde. Er ist – er war ein ziemlich entspannter Typ. Niemand, der Feinde gehabt hätte.«

Sie hält inne und sieht mich an. »Da wäre ich mir nicht so sicher.«

»Was meinst du damit?«

»Ach, nichts.«

»Wenn du etwas weißt, solltest du es der Polizei mitteilen.«

Sie zögert – offensichtlich wünscht sie sich, sie hätte gar nicht damit angefangen.

»Jetzt spielt es keine Rolle mehr – aber er ist nicht hier durchs Haus spaziert und hat sich überall Freunde gemacht. Wenn du es unbedingt wissen willst, hat er sogar versucht, mich rumzukriegen.«

»Wie bitte?«

»Hat sich eines Sonntagnachmittags hier runtergeschlichen, als ich alleine war – mir irgend so ein Schokoladen-Ding geschenkt, das er gemacht hatte, mit Marshmallows obendrauf. Brrr.«

»Oje«, sage ich. »Das muss unangenehm gewesen sein. Du meinst also, er hat vielleicht irgendeine Frau belästigt und wurde deshalb verprügelt?«

»Nein, überhaupt nicht. Alles, was ich meine, ist, dass er vielleicht nicht immer Mr Nice Guy war und dass es da draußen durchaus irgendwelche fiesen Typen geben könnte, die eine Rechnung mit ihm offen hatten.«

Ich kehre in den Alten Ballsaal zurück, wo sich alle um De'Lyses iPad versammelt haben.

»Okay, was gibt es Neues?«

Es gibt sogar gleich ein paar Neuigkeiten. Es wurde bestätigt, dass Christian letzten Samstag in West London verprügelt wurde. Drei Typen haben ihm den Arm gebrochen – irgendeine Art

Gang. Der Angriff wurde von einer Überwachungskamera vor seinem Fitnessstudio aufgezeichnet. Die Online-Berichterstattung verrät auch, dass sein Tod ungefähr um Mitternacht eingetreten ist.

Es gibt eine Menge sorgenvolles Kopfschütteln, aber sie wollen immer noch alle, dass wir den Unterricht fortsetzen. Also stürzen wir uns in den letzten Teil dieses surrealen Tages – Gebäck.

Es scheint absurd, sich mit etwas so Vergänglichem zu beschäftigen, wenn die Welt in den Grundfesten erschüttert wurde, aber unter besseren Umständen wäre es eine Unterrichtseinheit, die ich, ebenso wie Brotbacken, gerne unterrichten würde. Tatsächlich wäre ich, wenn mein Leben etwas anders gelaufen wäre, vielleicht Patissier geworden. Als Patissier arbeitet man getrennt von der Küchenbrigade – präziser und unabhängiger –, und ihr wissenschaftliches Herangehen spricht den Nerd in mir an.

Ich teile die Klasse in Paare auf. Jedes wird eine andere Art Teig zubereiten. De'Lyse teile ich mit Stephen ein (Mürbeteig), Melanie mit Gregory (Plunderteig). Das nächste Team sind Lady B und Vicky (Brandteig), und Harriet bitte ich für die große Nummer zu mir – Blätterteig. Ich bin immer noch entschlossen, herauszufinden, was es mit ihrem Türrahmengeflüster mit Christian auf sich hatte.

Wo ist Lilith – die neue, zahme Lilith – bei der ganzen Geschichte, fragt ihr euch? Nun, in Anbetracht ihrer Weizenphobie und in Einklang mit dem Klassennervensägen-Prinzip ernenne ich sie zur Herstellerin aller Füllungen: Zitronencreme für den Mürbeteig, Schinken und Lauch für den Plunderteig, Crème de Chantilly für den Brandteig und mediterranes Gemüse für den Blätterteig. Eine ziemliche Aufgabe, und ich hoffe, sie bringt nicht alle Geschmacksrichtungen durcheinander.

»Dem Himmel sei Dank für Lilith«, erkläre ich laut. »Was sollten wir nur ohne sie tun?«

Es sind actiongeladene neunzig Minuten. Im Lady-B-Team zeigen sich schon bald die ersten Risse. Beide beschuldigen die jeweils andere der Sabotage und des falschen Abwiegens.

De'Lyse fängt als Leiterin der Operation Mürbeteig an, massiert die Butter allerdings etwas zu tatkräftig ein, bis Stephen fast unbemerkt die Führung übernimmt. Er gibt gerade genug Wasser über die Krümel und verwandelt sie dann mit seinen langen, eleganten Fingern geduldig in einen geschmeidigen Teig. Er schwört, es ist sein erstes Mal, aber es scheint ihm zuzufliegen.

Gregory und Melanie habe ich den Vorschlag gemacht, die Butter für ihren Plunderteig einzufrieren und dann auf das Mehl zu reiben, weil sie sich dann zu knusprigen, goldfarbenen Taschen ausbackt. Gregory reißt Melanie die Butter aus der Hand – ich sehe, wie sie ihre spitzen, kleinen Zähne bleckt – und knallt sie auf die Reibe. Man muss aufpassen, wenn man mit der Reibe arbeitet, und es dauert nicht lange, bis ich ein Jaulen höre. Suzie kommt mit blauen Pflastern, um seine aufgeschürften Knöchel zu verarzten.

Währenddessen haben sich Lady B und Vicky den Krieg erklärt: Sie wollen ihre bisherigen Bemühungen wegschmeißen und es beide noch einmal allein versuchen. Wir werden eine Menge Eclairs essen müssen.

»Das machst du sehr gut«, sage ich zu Harriet, die stumm vor sich hin arbeitet.

»Danke«, erwidert sie, die Brauen konzentriert zusammengezogen.

»Wie geht es dir mit Christians Tod? Es ist schwer, das zu verdauen.«

»Es ist furchtbar. Ich kann es immer noch nicht glauben.« Sie rollt den Teig schneller aus. Ihr Kiefer ist angespannt.

»Er war nicht immer der Umgänglichste, aber er hat es immer gut gemeint.«

Sie senkt die Stimme. »Ich würde lieber nicht über ihn sprechen. Es ist schlimm genug, dass Mum die ganze Zeit über ihn redet.«

»Entschuldige – ich wollte dich nicht aufwühlen. Wir stehen alle noch unter Schock.«

Nach einem Augenblick hält sie inne und sieht mir in die Augen. »Ich weiß, dass Christian und du Freunde wart«, sagt sie vorsichtig. »Hat er sich dir anvertraut?«

»Wir hatten uns ziemlich aus den Augen verloren – die letzten Jahre über habe ich ihn kaum noch gesehen. Warum fragst du?«

Sie sieht erleichtert aus und wendet sich wieder ihrer Arbeit zu. »Ach, nur so. Ist das zu viel Mehl?«

»Bürste es mit deinem Backpinsel herunter«, erwidere ich. Lilith unterbricht mich, um mir mitzuteilen, dass ihre Zitronencreme geronnen ist, und ich muss weg, um sie zu retten.

Alle Gebäcksorten profitieren davon, den Teig über Nacht kühl zu stellen – ja, sogar Brandteig –, also packen wir die Früchte unserer Arbeit in den Kühlschrank. Offensichtlich haben wir einen schönen Back-Rückstand entwickelt, aber morgen ist, dem Himmel sei Dank, ein neuer Tag.

Als ich aufgeräumt habe und die anderen alle verschwunden sind, bemerke ich einen Geldbeutel auf Gregorys Arbeitsfläche. Es ist augenscheinlich die Börse eines Gentlemans, wahrscheinlich aus der Bond Street, und sie trägt das Monogramm *G. F.* Hmm. Das sind nicht die Initialen von Gregory Greenleaf – ein Name, der mir immer noch zu denken gibt.

Vielleicht gehört sie gar nicht Gregory. Ich werfe einen kurzen Blick hinein. Ein Stoß Pfundnoten, ein Stoß Euroscheine und ein halbes Dutzend französischer Visitenkarten. Ein Ticket für *Die Komödie der Irrungen* in zwei Wochen in Stratford. Er teilt seine Zeit zwischen Frankreich und seinem Geburtsort Warwickshire auf – es muss sein Geldbeutel sein. Und was ist das? Zwei Kondome.

Nun, das ist peinlich.

Ich verwahre den Geldbeutel sicher in der Schublade von Gregorys Arbeitsplatz. Schließlich haben wir einen Mörder unter uns, vielleicht treibt sich ja auch ein Dieb herum.

KAPITEL 17

Noch anderthalb Stunden, bis das wunderbare Chester-Square-Abendessen mit weiteren Köstlichkeiten von Küchenchefin Suzie aufgetragen wird.

Ganz sicher werde ich jetzt nicht das Risiko eingehen, zurück zum Jubilee Cottage zu laufen. Nicht mit der äußerst wahrscheinlichen Aussicht, verfolgt oder angesprungen zu werden, also beschließe ich, mir eine ruhige Ecke zu suchen, um nachzudenken. Ich weiß noch, wie Christian und ich uns als Jungköche zwischen den Schichten wie zwei Katzen im Gemeinschaftsraum auf Stühlen, Sofas oder unter Tischen zum Schlafen zusammengerollt haben. Genau danach wäre mir jetzt.

Ich schlendere in Richtung Eingangshalle. Der junge Polizist von heute Mittag ist nicht mehr im Dienst, und seine Ablösung hat sich einen kleinen Tisch besorgt, hinter dem er sitzt. Ein bisschen wie ein Concierge. Er blickt von seiner Ausgabe des *Evening Standard* auf und lächelt mich an.

»Auf dem Weg nach draußen?« Er greift nach seinem Kugelschreiber.

»Erst später. Haben wir es schon in die Zeitung geschafft?«

»Ein kurzer Artikel auf der Titelseite über einen Todesfall in Belgravia«, erwidert er. »Morgen früh gibt es eine Pressekonferenz, dann geht der Spaß wohl los.«

»Wenn es für Sie in Ordnung ist«, sage ich, »suche ich mir hier bis zum Abendessen eine ruhige Ecke.«

»Natürlich, lassen Sie sich von mir nicht stören.«

Gegenüber vom Pink Room gibt es eine Tür mit der Aufschrift STRANG ROOM, der mich schon die ganze Zeit interessiert. Ich öffne sie und entdecke einen steifen, quadratischen Salon, der die vordere Ecke des Hauses für sich beansprucht. Er verfügt über die gleichen hohen Flügelfenster wie der Rest des Erdgeschosses und Seidenvorhänge in Stahlgrau. Ich nehme an, er ist für die Kochkurse als Ort der Entspannung gedacht, aber die Atmosphäre erinnert mich an das Wartezimmer meines Zahnarztes. Ich könnte schwören, sogar den gleichen Desinfektionsgeruch in der Nase zu haben. Es gibt einen Broadwood-Flügel, Sessel mit hohen Lehnen, ein Brokat-Sofa und Dutzende Porträts, die von den Wänden auf einen herunterstarren. Trotzdem wirkt der Raum leer und spärlich möbliert. Ein Kamin aus Marmorplatten, wahrscheinlich seit den 50er-Jahren nicht mehr in Benutzung, verstärkt die kühle Beerdigungsatmosphäre.

Die Strang-Ahnen sehen nach einem unglücklichen Haufen aus. Ein paar Militärs, ein Bischof, ein paar Bankertypen. Offensichtlich fühlten sie sich auch nicht zu gesellschaftlichen Schönheiten hingezogen: Die Ehefrauen sehen alle aus, als hätten sie Essig getrunken. Während ich durch den Raum gehe, fühle ich mich, als folgten mir hundert wachsame Augenpaare.

Ich stamme nicht aus einer adligen oder wichtigen Familie, aber ich kann mir nicht vorstellen, dass es Rose viel Spaß macht, ständig unter dem strengen Blick ihrer Vorfahren zu leben, die zurückreichen bis in die Zeit, als Captain Cook und Napoleon die Schlagzeilen beherrschten. Betrachtet sie es als ihre Pflicht, die hallenden Flure auf- und abzuschreiten, bis sie selbst nichts mehr ist als ein unvorteilhaftes Ölgemälde? Ist ihr Lebensziel, das Problem weiterzureichen – alle vier stuckbesetzten Stockwerke –, damit die nächste Generation sich damit herumschlagen muss? Ich wäre versucht, die ganze Bude zu Geld zu machen und eine Villa in Südfrankreich zu kaufen.

Währenddessen, ob Rose will oder nicht, steht der Skandal schon vor der Tür. Selbst wenn sich herausstellt, dass Christians

Tod nichts mit der Schule zu tun hat – selbst wenn sich herausstellt, dass irgendein Serienmörder oder Aliens ihn geköpft haben sollten –, kann ich mir nicht vorstellen, wie die Schule das Drama überstehen soll. Ich möchte mir nicht einmal ausmalen, unter welchem Stress sie steht, und beschließe, nachsichtiger mit ihr zu sein. Freundlicher.

Als Nächstes führt mich mein Streifzug zu einer Mahagoni-Tür mit der Aufschrift LIBRARY. Ich nehme an, es war ursprünglich einmal eine Art Dienstpersonalraum – ein Rückzugsort für den Butler vielleicht –, denn er ist einladend klein und schummrig. Nach Chester-Square-Standards ist er auch gemütlich eingerichtet: Ledersessel, ein durchgesessenes Chesterfield-Sofa, niedrige Tische und ein Sideboard mit einem Wasserkessel, Teedosen und Keksen. Und am allerbesten – die regalgesäumten Wände sind vollgestopft mit einem Durcheinander hunderter Bücher. Kochbücher!

Ich atme ein. Es gibt nichts Besseres als den Duft von Büchern, Papier und Tinte – ein süßer, moschusartiger Geruch mit Tönen von Kaffee und Schokolade. Ich könnte Stunden damit verbringen, sie alle durchzublättern – vor allem die Kapitel über Techniken und Warenkunde –, auch wenn ich mehr als tausend davon selbst zu Hause habe.

In Jubilee Cottage liegt der Koch- und Essbereich im Souterrain, und die Wände sind von oben bis unten mit Kochbüchern bedeckt. Es ist gemütlich dort unten – Bücher sind eine hervorragende Wärmedämmung, selbst wenn sie, wie Marcus so oft erwähnte, die Raumgröße um zehn bis fünfzehn Prozent verringern und den Großteil des Lichts schlucken.

Sein Tod ist ganze zehn Monate her, aber ich kann immer noch nicht aufhören, an ihn zu denken. Was mir am meisten fehlt, ist sein trockener Humor, verbunden mit seinem zurückhaltenden Charme. Ich muss mir in Erinnerung rufen, dass unser Leben nicht nur ein Strauß Rosen gewesen war. Vor allem am Anfang. Mein Erscheinen war der SuperGAU für sein Familienleben. Zudem sollte niemand unterschätzen, welch persönliches Opfer ich gebracht habe, als ich erkennen musste, dass ich mich in einen Mann verliebt hatte, der keinen Knoblauch mag.

Meine Wahl fällt auf einen besonders bequem aussehenden Ohrensessel in der Ecke, und als zusätzlichen Luxus hole ich mir noch ein paar Kissen vom Platz am Fenster. Ich glaube nicht, dass irgendjemand mich stören wird, also ziehe ich mir noch einen Fußschemel heran. Liebend gerne würde ich eine halbe Stunde dösen, aber keine Chance. Ich kann noch immer fühlen, wie das Adrenalin des heutigen Tages durch meine Adern fließt.

Was ich noch viel lieber tun würde, ist, mit Julie zu sprechen, aber den Moment habe ich verpasst. Dienstag ist ihr Orchesterabend. Ja, ihr habt richtig gehört – Julie ist eine begeisterte Musikerin und spielt in einer Gruppe namens *Putney Pops Orchestra*. Sie betrachten sich als Amateur-Äquivalent zum *John Wilson Orchestra*.

Momentan probt das PUTPO für sein größtes Konzert des Jahres – *Magical Christmas Mystery Tour* im New Wimbledon Theatre. Vor zwei Jahren habe ich dort ein unvergessliches Kinder-Weihnachtsstück mit Julie, ihrer Nichte und ihrem Neffen gesehen. Was es so unvergesslich machte, war nicht Lesley Garrett als Feen-Patin, sondern Noah, der zu viele M&Ms gegessen und sich in der Pause spektakulär übergeben hat. In leuchtenden Farben.

Wenn man Julie ansieht, würde man vermuten, sie würde im Alt singen, Posaune oder Cello spielen, irgendetwas Üppiges. Tatsächlich ist sie Klarinettistin. Sie hat Musik studiert und hätte als Berufsmusikerin arbeiten können, hat sich aber entschieden, stattdessen Zeitschriftenjournalistin zu werden. Als Musikerin kommt die wahre Julie zum Vorschein: in sich ruhend, selbstsicher, eine Meisterin ihres Instrumentes.

Als ich damals mit Marcus zusammengekommen bin, war sie ganz die misstrauische beste Freundin, entschlossen, nicht zuzulassen, dass ich ausgenutzt oder verletzt werde.

»Wenn er gemein zu dir ist, schlage ich ihm den Schädel ein«, sagte sie, obwohl sie die freundlichste, sanfteste und lämmchenzarteste Person ist, die man sich vorstellen kann.

So ging es über Monate, bis ich zufällig erwähnte, dass Marcus klassische Musik liebte.

»Was für klassische Musik?«, hat sie vorsichtig gefragt.

»Klavier und so.«

Ihre Augen verengten sich. »Welche Komponisten?«

Wenn ich Liszt, Hindemith oder Boulez gesagt hätte, wäre er sofort zur Persona non grata geworden.

»Mozart und Schubert.«

»Gut. Und?«

»Chopin, Rachmaninow. Und er mag Ravel sehr gerne«, erwiderte ich.

»Warum um alles in der Welt hast du mir das nicht früher erzählt? Er ist *perfekt* für dich.«

Nach einer Weile erhebe ich mich von meinem Sessel-Arrangement und trotte hinüber zum Sideboard. Wenn ich es mir nur fest genug wünsche, vielleicht materialisiert sich dann eine Flasche leicht gekühlter Amontillado. Als nichts passiert, schalte ich stattdessen den Wasserkocher an.

Meine Gedanken wandern von Julie zum Magazin und von dort zu Dena und ihrem Wutanfall. Vergangene Erfahrung hat uns gelehrt, dass sie sich normalerweise nach ein oder zwei Tagen wieder beruhigt. Wenn Julie sich bedeckt hält, zieht der Sturm vielleicht einfach vorüber.

Wie aufs Stichwort spüre ich mein Handy in der Tasche vibrieren. Es ist Julie. Und nicht etwa eine ihrer idiotischen Nachrichten, sondern ein FaceTime-Anruf.

»Ich glaube es nicht«, sage ich. Heute Abend hat sie ihr Haar im Ballerina-Stil zurückgesteckt, mit einer riesigen roten Pfingstrose an der Seite. »Dein Haus steht in Flammen. Du bist in ein Erdloch gestürzt.«

»Hör auf! Ich will doch nur wissen, ob alles in Ordnung ist mit dir.« Im Hintergrund höre ich Musikinstrumente. Der alberne Klang von Fagotten und Flöten und Posaunen beim Einspielen. »Ich habe genau zehn Minuten. Es kam in den Abendnachrichten – was zur Hölle ist passiert?«

So schnell ich kann, bringe ich sie auf den neusten Stand.

»Ein *Fleischerbeil?* Das ist ja grauenhaft! Im offiziellen Statement kommt davon nichts vor – es hieß nur ›unter ungeklärten Umständen‹. Du bist bestimmt von der Polizei befragt worden?«

»Zweimal, aber inoffiziell. Ich bin nur zufällig die Person, die ihn gefunden hat – kein Verdächtiger. Aber was ist mit dir? Was gibt's Neues vom Weihnachtsshooting?«

»Es ist nicht, was du hören möchtest, aber Dena läuft Amok.«

Redakteurin eines Hochglanzmagazins zu sein, klingt glamourös, sieht in Wahrheit aber ganz anders aus. Denas Leben besteht darin, über Budgets zu streiten, Deadlines einzuhalten und sich über Verkaufszahlen zu sorgen. Und das alles, während ihr die ganze Zeit über der Lektoratsantichrist, bekannt als »der Publisher«, im Nacken sitzt. Namentlich ist es in diesem Fall Richard Buzz, der Inhaber von Buzz Publications.

Richard Buzz hat in Harvard BWL studiert – das sagen zumindest alle –, wo er die Idee aufgeschnappt hat, dass man konkurrierende Produkte seines Portfolios gegeneinander ausspielen sollte. Besondere Freude bereitet es ihm, das Feuer der Zwietracht zwischen der *Escape* und ihrer Schwester-Zeitschrift *Lovely* zu schüren, die von Denas Erzrivalin Tammy geführt wird. Sein derzeitiges Buzz-Word ist »smart-sizing« – ein Euphemismus dafür, Angestellte zu entlassen und Freelancer über den Tisch zu ziehen.

Gestern hat Richard Dena gegenüber verkündet, dass er vorhat, die Koch-Teams der *Escape* und der *Lovely* zu einem »foodstyle-hub« zu verschmelzen. Das Team, dessen Weihnachtsausgabe sich besser verkauft, wird überleben.

Als weiteren Schlag hat Denas Maulwurf bei der *Lovely* ihr heimlich die Weihnachts-Layouts des rivalisierenden Magazins geschickt. Dena hat die verbotenen PDFs eins nach dem anderen geöffnet, und jedes Mal war ihr beinah das Herz stehen geblieben: Wie im Namen der Hölle konnte es dazu kommen, dass beide Magazine mit demselben bescheuerten Nussknacker-Thema gearbeitet hatten? In derselben abgeschmackten blau-silbernen Farbkombination? Um dem Ganzen die Krone aufzusetzen, auch noch mit dem Phantombild ihres eigenen (blau-silbernen) Weihnachtsbaumes, unter dem dieselbe bandanatragende Französische Bulldogge sabberte?

Den Rest des Tages über hatte sich Dena in ihrem Büro eingeschlossen, um Budgets umzuplanen und sich mit der Finanzabteilung anzulegen. Heute Morgen hat sie dann die Leute von der Produktion so lange angeschrien, bis sie nachgaben und die Deadlines für den Druck nach hinten verschoben. Und während ich im Alten Ballsaal auf einen Teigklumpen einschlug, eröffnete Dena Julie gerade, dass der gesamte Weihnachtsbeitrag bis Donnerstagabend neu aufgesetzt werden muss. Ziel Nummer eins: Weg mit dem Nussknacker. Ziel Nummer zwei: die *Lovely* am Zeitungsstand pulverisieren.

»Du weißt, ich würde dich nicht in die Sache reinziehen, wenn ich es irgendwie ändern könnte«, sagt Julie. »Aber ich brauche dich. Wenn wir das versauen, bin ich meinen Job los und du deinen gleich mit.«

»Julie, Liebes, das ist unmöglich – ich sitze auf Anweisung der Polizei erst mal hier fest. Aber du hast doch schon mehrere Shootings geleitet – du schaffst das. Du *musst* das schaffen.«

»Oh, ich bitte dich – ein paar Obstschalen und zehn Arten, ein Toastbrot zu belegen. Das ist ja wohl kaum vergleichbar.«

»Immer stellst du dein Licht unter den Scheffel. Du weißt, wie man Rezepte schreibt, wie Foodstyling für die Kamera funktioniert, wie man Fotografen anleitet – das ist deine Chance, dich zu beweisen.«

»Dena hat ausdrücklich gesagt, du musst es sein. Und du weißt, wie rachsüchtig sie sein kann, wenn sie der Meinung ist, jemand hätte ihre Entscheidungen nicht respektiert. Dann arbeitet keiner von uns jemals wieder für irgendein Magazin der Welt.«

»Dann sagen wir es ihr einfach nicht.«

»Was?«

»Du leitest das Shooting, lässt sie aber glauben, ich sei es gewesen. Du wirst sie gar nicht direkt anlügen müssen. Tu einfach so, als sei alles normal.« Den letzten Satz füge ich hinzu, weil Julie Katholikin ist, wenn auch keine besonders strenge. Trotzdem will ich ihr keine unnötigen Schuldgefühle machen.

»Ich wüsste nicht mal, womit ich anfangen soll.«

»Am besten damit, an dich selbst zu glauben. Du warst mit mir beim Weihnachtsshooting – du weißt ganz genau, wie man so etwas angeht. Ich lasse mir ein paar klingende Ideen einfallen, und nachher sprechen wir sie gemeinsam durch.« Alle Redaktionen lieben Themenbeiträge, weil sie die Inhalte zusammenfassen und zwischen all dem Werbemüll für Kontinuität sorgen. Das Problem ist, das richtige Thema zu finden ... Und schon das erste Mal war es eine richtig harte Nuss gewesen.

Aus der Leitung dringt das Klappern von Notenständern, und ich höre sie *Bin sofort da!* rufen. Dann folge ich ihr auf dem Weg durchs Orchester – Kontrabässe, Tuben und ein Fagott.

»Es ist unmöglich«, sagt sie hastig. »Ruf mich sofort an, wenn du zu Hause bist.«

Ein klopfendes Geräusch ertönt, gefolgt von plötzlicher Ruhe – der Dirigent ruft das Orchester zur Ordnung.

Dringlich flüstert Julie: »Eins noch – und hör gut zu. Die Sache mit der Polizei. Du steckst da drin, ob es dir passt oder nicht. Du warst als Erster am Tatort – das macht dich zum Hauptverdächtigen. Du musst ihnen beweisen, dass die Sache nichts mit dir zu tun hat. Versprich mir, dass du das tust – lass nicht zu, dass sie dir was anhängen!«

»Okay, versprochen«, sage ich mit einem müden Achselzucken.

»Halte Augen und Ohren offen. Vertrau niemandem – vor allem nicht der Polizei. Und jetzt habe ich nur noch sechzehn Takte bis zu meinem Einsatz. Bis nachher.«

Ein Versprechen an Julie ist heilig: Ich kann nicht länger unbeteiligt herumsitzen und auf das Beste hoffen. Sie weiß viel mehr über Polizeiarbeit als ich, und wenn sie glaubt, ich stehe in der Schusslinie, tue ich besser, was sie sagt.

Und das, während offenbar gleichzeitig meine Lebensgrundlage auf dem Spiel steht.

KAPITEL 18

Ehe ich es mich versehe, läutet der Gong und ruft uns zum Abendessen. Von ganz oben erging der Erlass, dass wir uns früher als gewöhnlich im Pink Room einzufinden haben, da Rose ein paar Worte an uns richten möchte. Ein bisschen fühlt es sich an wie eine königliche Ansprache.

Sie ist bereits dort, als ich eintreffe. Ich weiß nicht, ob sie es Christian zu Ehren tut, aber in ihrem langen schwarzen, bis zum Hals zugeknöpften Samtkleid und den Yin-und-Yang-Perlenohrringen, schwarz auf der einen, weiß auf der anderen Seite, gibt sie die perfekte trauernde Ex-Geliebte.

Mit einem langen erhobenen Zeigefinger winkt sie mich heran und bedeutet mir, die Tür zu schließen.

»Bevor die anderen eintreffen, möchte ich Ihnen danken, dass Sie mir Ihr Geheimnis anvertraut haben«, sagt sie mit einem ergriffenen Flüstern.

»Was für ein Geheimnis?«

Ein verwirrter Ausdruck flackert über ihr Gesicht, dann spricht sie einfach weiter. »Ich möchte, dass Sie wissen, dass auch ich bereits dunkle Stunden erlebt habe und Sie *verstehe*. Auch ich habe die Boulevards der Verzweiflung durchschritten.« Sie blickt gen Himmel. »Habe mit den Göttern der Gram gespeist.«

Ich blinzle. Wovon spricht sie? Für einen Augenblick flackert Zweifel in ihrer Miene auf, aber dann hält sie inne und bleibt bei der eingeschlagenen Spur.

»Es ehrt mich, dass Sie mich als ... eine Freundin in der Not betrachten.« Sie legt die Hände zusammen wie zum Gebet. »Als Estella für Ihren Pip, wenn ich so frei sein darf.«

Wohl eher Miss Havisham, um bei Charles Dickens zu bleiben. »Hören Sie«, sage ich alarmiert. »Worum geht es hier?«

»Um Ihren Anruf natürlich!«

»Ich habe Sie nicht angerufen. Sie müssen sich irren.«

»Mein armer Junge«, sagt sie und legt eine Hand auf meinen Arm. Ihre Finger sind eiskalt – sie muss ein Problem mit dem Blutdruck haben. »Meine geliebte Tante hatte Krebs. Die Behandlungsmöglichkeiten sind so viel besser geworden – Radiotherapie, Chemotherapie, Sophologie ...«

»Rose.« Ich löse mich aus ihrem Griff. »Hören Sie auf. Ich war unten im Erdgeschoss. Warum sollte ich Sie anrufen? Und Sofology ist ein Geschäft für Polstermöbel – das hat mit Krebs nichts zu tun.«

»Aber ... vor nur einer Stunde haben Sie mir noch Ihr Herz ausgeschüttet! Sie haben am Telefon geweint! Geschluchzt wie ein Baby!«

Aargh! Das war *er.* Er hat es schon wieder getan.

Ich hole tief Luft. »Rose, versuchen Sie, sich zu erinnern. Hat der Anrufer Sie beim Namen genannt?«

Sie denkt einen Moment nach. Dann schüttelt sie den Kopf.

»Hat er irgendetwas Konkretes gesagt – über den Kurs, die Schule?«

»Jetzt, da Sie fragen, ich glaube nicht«, erwidert sie. »Sie haben gesagt – der Anrufer hat nur gesagt –, Sie hätten schlechte Nachrichten aus dem Krankenhaus erhalten und der Krebs sei zurückgekehrt.«

»Es tut mir sehr leid, aber offenbar sind Sie das Opfer eines bösartigen Streichs geworden. Es ist nicht Ihre Schuld. Das passiert leider nicht zum ersten Mal.«

»Aber warum sollte jemand so etwas tun?«, fragt sie empört.

»Sein Name ist Jonny«, setze ich zögerlich an. »Er ist ein sehr ... tragischer Charakter.«

»Oh, bitte!«, ruft sie. »Ich wünsche nicht, in die Niederlande Ihres Privatlebens hinabgezogen zu werden.«

»Ich glaube, Sie meinen niedere Gefilde.«

Sie spricht einfach weiter: »Jetzt wurde ich zu allem Überfluss auch noch Opfer eines grausamen und rücksichtslosen Betrugs. Ich möchte Sie doch in aller Höflichkeit bitten, in Zukunft mehr darauf zu achten, mit wem Sie sich vergesellschaften.«

»Er ist nicht mein Partner, er ...«

»... geht mich überhaupt nichts an«, schließt Rose. Sie legt sich die Hände auf die Ohren, entschlossen, nicht mehr zuzuhören.

»Nur aus Neugier, haben Sie den anderen von ... dieser Krebs-Geschichte erzählt?«

»Ich hatte vor, es nach dem Abendessen zu verkünden, um die heitere Stimmung nicht zu beeinträchtigen«, sagt sie so trocken, als hätte sie einen Löffel Stärke im Mund.

Heitere Stimmung? »Dann hatten Sie vor, alle nach Hause zu schicken? Oder wollten Sie den Rest dieses Problemkurses selbst unterrichten?«

»In Krisenzeiten müssen alle mit anpacken.«

»Nun, zumindest mit dem Lehrplan sollten Sie sich ja auskennen«, entgegne ich bitter.

Plötzlich richtet sie sich auf und fixiert mich. »Dieses Haus ist ein Ort der Erbaulichkeit, Paul. Seit Ihrer Ankunft hat es sich in eine Kammer des Grauens verwandelt.« Das stimmt wohl, aber wenn Netflix sich der Sache annimmt, kann sie ihnen das Gebäude wenigstens für ein Vermögen vermieten. »Zudem glaube ich, das Schlimmste steht uns noch bevor.«

»Meinen Sie die Presse?«, frage ich. Sie nickt.

»Bislang habe ich mich immer von ihr ferngehalten. Sie haben da sicher mehr Erfahrung?«

»So wie ich das kenne, verlieren sie bald das Interesse und ziehen ab.«

Sie betrachtet ihre Nägel, um mir zu bedeuten, dass das Thema abgeschlossen ist.

Ich lasse mich nicht abschrecken und schlage einen neuen Kurs ein. »Die Polizei scheint die Ermittlungen ja wirklich sehr ernst zu nehmen. Wie ist denn Ihre Befragung gelaufen?«

Ihr Gesicht zuckt. »Warum fragen Sie?«

»Nur so. Wir anderen haben darüber gesprochen, wo wir waren, als es passiert ist, sonst nichts.«

»Sie müssen nicht um den heißen Brei herumreden, Paul. Ich war in meinen Privaträumen.«

Ich warte. Unterschätze nie die Macht des Schweigens, um die Wahrheit ans Licht zu bringen.

»Ich habe Abrechnungen gemacht«, sagt sie schließlich. »Bis in die frühen Morgenstunden.« Ich stelle mir vor, wie sie im Kerzenschein über einem Rechnungsbuch brütet und mit einem Bonspieß Kassenzettel pfählt. »Profan, ich weiß, aber selbst hier am Chester Square müssen wir Mehrwertsteuer bezahlen.«

Sie schüttelt sorgenvoll den Kopf, fährt herum und stößt beinahe Suzie um. In diesem Haus erscheinen die Leute immer so plötzlich und lautlos. Wie Ektoplasma.

»Das Abendessen ist bereit, Mrs Hoyt.«

»Leg noch ein Gedeck auf, *Soo-Zee*. Mr Delamare hat eine Wunderheilung erfahren.«

Ich stehe neben Rose am Sideboard, als die anderen nach und nach hereinkommen. Sie hat das Menü auf eine Karte geschrieben: Trotz der Aussage, sie halte es für geizig, das Essen zu servieren, das während des Unterrichts zubereitet wird, weist der Hauptgang verblüffende Ähnlichkeit zu den Braten auf, die wir zuvor zubereitet haben.

Ich bin mir nicht sicher, ob die anderen sich abgesprochen haben oder ob sie sich als spontane Reaktion auf die ernsten Geschehnisse des Tages alle für das Abendessen schick gemacht haben. Jetzt fühle ich mich in meinen Jeans und dem zerknitterten Hemd vollkommen fehl am Platz. Wie bei einer Kreuzfahrt, bei der einem niemand gesagt hat, dass der Dresscode, sobald das Schiff auf See ist, zum Dinner einen Smoking vorschreibt.

Während ich so tue, als studiere ich das Menü, konzentriere ich mich auf das Make-up der weiblichen Gäste, vor allem auf ihren Lippenstift. Ich versuche zu erkennen, ob eine von ihnen plötzlich eine andere Farbe trägt, weil sie »Old Flame« am Tatort verloren hat.

Rose zählt durch, dann läutet sie ihre Kuhglocke, um zu verkünden, dass sie eine Ansprache zu halten wünscht. Es ist ein so hübscher, melodischer Klang, dass er als Hintergrund eine Alpenwiese verdient hätte statt dieser Kulisse aus *Arsen und Spitzenhäubchen*.

»Guten Abend allerseits, und vielen Dank für das pünktliche Erscheinen.

Es ist für uns alle ein entsetzlicher Tag gewesen, und ich würde gerne meinen aufrichtigen Dank für Ihre Geduld und Ihr Feingefühl aussprechen. So etwas geschieht normalerweise nicht in der Chester Square Cookery School. Vor allem muss ich Sie um Ihr Verständnis bitten, dass es aus den bekannten Gründen unseren Reinigungskräften heute nicht gestattet war, das Gelände zu betreten, was bedeutet, dass die Betten nicht gemacht wurden, der Boden nicht gewischt, et cetera.«

Mitleids- und verständnisvolles Murmeln erfüllt die Runde.

»Ich hoffe, das Leben kann über die nächsten ein, zwei Tage wieder zu seinem gewohnten Lauf zurückkehren, aber nun wollen wir erst einmal versuchen, einen ruhigen und zivilisierten Abend miteinander zu verbringen. Als bescheidenes *Remercie-*

ment möchte ich Ihnen gerne ein Glas Wein auf Kosten der Chester Square Cookery School zum Dinner anbieten. Soo-Zee, wenn Sie so freundlich wären, jetzt auszuschenken.«

Mit einem Ruck setzt sich Suzie in Bewegung. »Es sind diese nervigen Flaschen mit Korken«, murmelt sie mir leise zu. »Wärst du so nett?« Sie reicht mir einen Korkenzieher.

Ich öffne drei Flaschen Weiß- und zwei Flaschen Rotwein. Der Weiße ist ein Bergerac, der rote ein *Vin de Pays* aus dem Languedoc – nichts Besonderes –, aber er kostet nichts, also stellen sich alle für ihren Teil der Beute an. Während ich einschenke, sehe ich, wie Suzie die Alukapseln und Korken im Speiseaufzug verstaut. Auch wenn sie nicht die inspirierendste aller Kolleginnen ist, ordentlich ist sie immer.

»Tut mir leid, dass es kein guter Bordeaux ist«, sage ich leise zu Gregory, als ich sein Glas fülle.

»Keine Sorge«, erwidert er. »Ich habe vorsichtshalber ein paar Flaschen Margaux eingepackt, falls sich der chestersquaresche Weinkeller als unbefriedigend erweisen sollte.«

Der Alkohol hat den gewünschten Effekt, und die Stimmung im Raum erwärmt sich.

Die lauteste Stimme gehört, wie immer, Lady B. In elegantem königsblauen Seidenjersey schwelgt sie mit Gregory in Erinnerungen an den Ableger von Christians Brasserie in Bath, für die man ein altes Bankgebäude umgebaut hatte.

»So tragisch – wir haben ihn ständig dort getroffen. Harriet und ich waren quasi ›Groupies‹, nicht wahr, Darling?« Sie spricht mit diesem überlauten Tonfall, mit dem man Touristen adressiert, selbst wenn sie mit ihrer eigenen Tochter redet. »Harriet, ich erzähle Gregory gerade vom Milsom Place.«

Ihre Tochter, wie ein Jungfrauenopfer in schneeweiße englische Spitze gehüllt, hat ein Glas Gratiswein in Empfang genommen, scheint aber nur damit zu spielen. Sie wirkt geistesabwesend. »Ja, Mummy, wir haben ihn dort zwei- oder dreimal gesehen. Er war immer sehr charmant.«

Gregory gibt ein Geräusch von sich, das wie ein Schnauben klingt, und trinkt einen Schluck. Er trägt eine prunkvolle, scharlachrote Hose. Nebeneinander sehen die drei aus wie die Trikolore. Er sagt: »Christian wird immer in warmer Erinnerung bleiben. Ich denke gerne, dass ich ein klein wenig zu seinem Erfolg beigetragen habe.«

»Wie denn?«, fragt Lady B und legt in gespielter Anteilnahme die Stirn in Falten. *Das klingt interessant,* kann ich dort beinahe lesen.

Gregory sieht aus, als hätte er lieber nicht davon angefangen, und richtet sein Hörgerät. Ich hoffe, es gibt eine Einstellung für schrille Stimmen auf nahe Distanz. »Ach, nur ... Ich habe eine Menge Geld für ihn ausgegeben, so oder so. Nicht, dass es ...«

»Er hat doch aber hoffentlich nicht zu viel berechnet«, ruft ihre Ladyschaft, bevor sie weiterspricht. »Wir waren mal an der Amalfiküste, und in einem Restaurant hat man versucht, uns die Rechnung eines anderen Tisches vorzulegen. Es war ein abgekartetes Spiel – das Personal war eingeweiht. So sehr ich die neapolitanische Landschaft auch schätze ...«

»Gregory versucht, etwas zu sagen, Mummy«, unterbricht Harriet sie.

»Nein, nein, es ist nichts«, murmelt Gregory. »Bitte, ich höre mir die Geschichte gerne an.« Er nimmt noch einen Schluck Wein und senkt den Kopf.

Lady B versucht, ihre verbale Attacke fortzusetzen, aber Harriet lässt es nicht zu. »Bitte, Gregory, wir sind ganz Ohr. Erzähle uns doch, was du sagen wolltest.« Ihre Mutter wirft ihr einen finsteren Blick zu.

Er blinzelt langsam. »Ähm, ich habe in der Vergangenheit mal in ein oder zwei seiner Unternehmen investiert.«

»Oho!«, ruft Lady B. »Und wusste er, dass du an diesem Kurs teilnimmst? Oder hattest du vor, ihn damit zu überraschen?«

»Ach, er hätte sich nicht an mich erinnert – ich war nur ein kleiner Spieler.«

»Du Schlitzohr«, sagt Lady B und tippt sich neckisch an die Nase. Für ein einstiges Mitglied der Adelsriege hat sie etwas erstaunlich Vulgäres an sich. »Hat er dich erkannt oder dir die kalte Schulter gezeigt?« Vielleicht war ich der Einzige, der es bemerkt hat, aber der Moment, in dem Christian und Gregory beim Dinner aufeinandergetroffen waren, war durchaus seltsam gewesen. Zumindest für Christian schien es eine unschöne Überraschung gewesen zu sein.

»Mummy, so war Christian nicht«, sagt Harriet. »Erinnerst du dich noch an diesen unglaublich höflichen Brief, den er uns geschrieben hat, als das Restaurant in Bath geschlossen wurde, um uns zu sagen, wie sehr er uns als Gäste geschätzt hat?«

Lady B erdolcht ihre Tochter mit ihrem Blick. »Du bist ein liebes Mädchen, Harriet, aber das war ein Rundbrief, den hat Gott und die Welt bekommen. Ich habe es schon so oft gesagt – du bist viel zu gutgläubig.«

Gregory schließt die Augen und sieht aus, als würde er sich wünschen, einfach in einem Loch im Erdboden verschwinden zu können.

Rose und Melanie sind in einer Ecke in ein leises Gespräch vertieft, und ich fülle ihre Gläser auf, um etwas von ihrer Unterhaltung aufzuschnappen. Zur Abwechslung geht es einmal nicht um Christian.

»Das Problem mit Cressida ist, dass sie will, was sie nicht haben kann. Sie wirft einen Blick auf ihren Vater und denkt: Wenn er einen Porsche fahren kann, warum dann ich nicht? Wenn er es sich leisten kann, ein paar Tausender beim Pferderennen in Newmarket rauszuwerfen, warum kann ich dann keine Loewe-Handtasche haben?«

»Das ist ein Problem unserer Zeit – Materialismus«, sagt Rose. Ich kann mir gut vorstellen, wie diese beiden alten Freundinnen an einem gemeinsamen Abend mit ein paar Flaschen Vino die heutige Welt und alles, was darin falsch läuft, sezieren. »Ben geht es gut, hoffe ich?«, fügt sie hinzu.

»Er schickt liebe Grüße.«

Das scheint die Unterhaltung ins Stocken zu bringen, also gehe ich weiter zu Vicky und Lilith, die schon beim dritten Glas sind. Irgendwann muss irgendjemand zu Vicky gesagt haben, Tiermotive stünden ihr. Vielleicht hat sie auch in einer Umstyling-Show die Idee eines »Signature-Looks« aufgeschnappt: Heute Abend ist es jedenfalls das Zebra.

Keine Oberfläche ist ungestreift geblieben: Kleid, Strumpfhose, Schuhe, Tasche. Auf dem Kopf trägt sie eine kokette Zebra-Schleife zu Zebra-Perlen und -Ohrringen. Die Wirkung ist ziemlich umwerfend: Wenn man zu lange hinsieht, beginnen die Linien, zu pulsieren und sich zu bewegen wie bei einer optischen Täuschung.

Was Lilith angeht ... Ich beanspruche nicht für mich, ein Experte für Damenmode zu sein, aber ich kann mir nicht vorstellen, dass man Menschen mit einer üppigeren Figur zu Rüschen rät. Sie sind weich, sie sind hübsch, man will die Hand ausstrecken und sie anfassen, unter gewissen Umständen will man vielleicht sogar sein Gesicht darin vergraben, aber trotz allem bringen sie viel Volumen auch dorthin, wo bereits reichlich Volumen vorhanden ist.

Soweit ich erkennen kann, hat Vicky gerade ein Geheimnis verraten.

»Du bist in *allen* gewesen?«, fragt Lilith und streicht sich das Haar hinter die Ohren, um ja kein Wort zu verpassen.

»Na ja, ja. Tatsächlich gab es ja nur die fünf«, erwidert Vicky verteidigend.

»*Fünf!* Aber sie waren doch im ganzen Land verteilt. Du musst *tagelang* unterwegs gewesen sein«, sagt Lilith.

»Zu dem nach Cambridge war es nicht mal eine Stunde – mit dem Zug.«

»Aber war es, um Christian zu sehen, oder nur wegen seines Essens? Oder wolltest du am Ende gar nicht sein Dessert, sondern *ihn* vernaschen?«

»Spül dir den Mund aus, Lilith. Aber man kann wohl schon sagen, ich bin ein Fan. *War* ein Fan.«

»Klingt eher nach einer Fixierung«, schnaubt Lilith. »Und als du quer durchs Land gereist bist, in der Hoffnung, einen Blick auf ihn zu erhaschen, war er dann wenigstens da?«

»Ich habe immer vorher überprüft, ob er kocht, wenn ich angerufen habe, um zu reservieren. Der Wein hier schmeckt mir, dir auch?«

Ich finde eine Ausrede, um in Hörweite bleiben zu können – eine herabhängende Vorhangkordel, die dringend meiner Aufmerksamkeit bedarf. Lilith lässt ihr Opfer glücklicherweise nicht vom Haken.

»Also *hast* du Christian dann gesehen?«

»Natürlich«, erwidert Vicky. Ich kann sie im Spiegel sehen, während ich die Kordel entwirre, und sie wird unbestreitbar rot. »Drei Mal. Vielleicht vier. Lass mich überlegen: Cambridge, wie schon erwähnt … Oxford … Winchester – zweimal, glaube ich … Bath – zum Glück bin ich dort nicht auf Lady *Loudmouth* getroffen.«

»Nur, dass ich das richtig verstehe. Du tauchst ständig in seinen Restaurants auf, sitzt allein in der Ecke, stocherst in einem Salat und hoffst, dass er herauskommt und dir Hallo sagt? Vielleicht sogar, dass du ihn berühren, ihm in die Augen sehen kannst? Fand er das nicht ein bisschen komisch?«

»Es ist heutzutage vollkommen normal, als Geschäftsfrau allein essen zu gehen. Findest du nicht, dass es hier am Fenster etwas zieht?«

»Es muss wehgetan haben – als er dich gestern nicht erkannt hat, meine ich«, sagt Lilith und beäugt ihr Opfer aufmerksam.

Vicky geht zum Angriff über. »Wer sagt denn, dass er mich nicht erkannt hat? Du warst so damit beschäftigt, ihn zu betatschen, dass du es nicht mitbekommen hast. Er hat mir einen sehr bedeutungsvollen Blick zugeworfen.«

»Da wette ich drauf! Hat er eine einstweilige Verfügung gegen dich erwirkt?«

»Mach dich nicht lächerlich. Ich bin doch keine Stalkerin.« Mittlerweile ist sie zinnoberrot im Gesicht.

»Was hält denn dein Ehemann davon?«

Gerade als es interessant wird, muss ich meinen Horchposten verlassen, weil De'Lyse mich mit einer Handbewegung dazu auffordert, mich ihr und Stephen anzuschließen, die sich neben der Tür unterhalten. Sie sind die jüngsten Kursmitglieder, könnten aber unterschiedlicher nicht sein: Stephen mit seinem babyhaften Look – rasierter Kopf und Flüsterstimme – und De'Lyse, die in ihrem mit Goldpailletten besetzten Top und der schwarzen Hose, die sie zu einem kunstvoll gebundenen karierten Kopftuch und großen Creolen trägt, Selbstvertrauen und Glamour ausstrahlt. Es ist rührend, wie sie es auf sich nimmt, mit ihm zu plaudern. Auch wenn ich mir nicht sicher bin, ob das Gespräch so richtig in Gang kommt.

»Wir haben gerade herausgefunden, dass wir Nachbarn sind«, sagt De'Lyse. »Ich bin in Tooting geboren und aufgewachsen.« Sie nickt in Stephens Richtung.

»Crystal Palace«, murmelt er.

»In Chrissy Pally bin ich immer ins Fitnessstudio gegangen«, sagt De'Lyse. Ich mache mir eine mentale Notiz, das Viertel in Zukunft auch so zu nennen. »Taekwondo.«

»Ich stehe mehr auf Karate«, erwidert Stephen mit einem Handkantenschlag in der Luft.

»Schön, dass dir das Kochen so Spaß macht«, sage ich zu ihm.

»Es ist ja doch etwas anderes als Gartenarbeit.« Er sieht nach unten, eine ausweichende Geste. Er wirkt wie ein Teenager, den man daran erinnert hat, seine Hausaufgaben zu machen, statt Videospiele zu spielen. »Und ich hoffe, ihr beide lernt hier etwas, trotz dieses ... Zwischenfalls.«

»Ich mag es am liebsten, wenn wir etwas machen. Zugucken ist nicht so mein Ding«, sagt De'Lyse.

»Eine Frau der Tat«, sage ich, und sie wendet sich kichernd ab.

Ich werfe noch einen Blick auf ihre geschmeidige Statur und frage mich, wie viel Kraft man wohl braucht, um Christian zu überwältigen, vor allem, wenn er einen Arm im Gips hat. Mit Kampfkunst habe ich mich noch nie näher befasst, aber ich weiß, dass es dort Techniken gibt, mit denen man jemanden zu Boden werfen kann, der doppelt so groß wie man selbst ist, sollte man das Bedürfnis danach verspüren.

KAPITEL 19

Ich bemerke, wie Suzie Rose bedeutet, dass das Essen fertig ist, und wappne mich für den Moment des Stühlerückens, während wir aushandeln, wer wo sitzt. Bei Gelegenheiten wie diesen entscheidet die Sitzordnung, ob man zwei Stunden Fröhlichkeit oder Trübsinn vor sich hat. Wenn ich es schlau anstelle, habe ich vielleicht sogar die Chance, ein paar nützliche Fragen zu stellen.

Wegen Jonnys Telefonscherz wurden nur neun Gedecke ausgelegt, was mir die Möglichkeit eröffnet, selbst zu entscheiden, wo ich den zusätzlichen Teller, den ich von Suzie bekommen habe, hinstelle. Ich wähle den besten Platz, um in alle Richtungen an den Unterhaltungen teilnehmen zu können, stelle schwungvoll mein Weinglas ab und ziehe mir einen Stuhl heran.

Mittlerweile hat der Großteil der Kochtruppe sich an der Vorspeise bedient, einer Räuchermakrelenpastete (die ich mit gehackten Kapern, Anchovis und Kräutern bestreut hätte, um sie farblich etwas ansprechender zu machen). Wie immer fragt Lilith, ob sie auch glutenfrei sei, um sich dann, ohne die Antwort abzuwarten, einen großen grauen Batzen aufzutun.

»Was passiert, wenn du Gluten isst?«, fragt Vicky. Lilith wirft ihr einen finsteren Blick zu. »Aus Versehen, meine ich. Wenn du zum Beispiel eine dicke Scheibe Toast zum Frühstück essen würdest. Oder einen Schokoladenmuffin.«

»Das willst du nicht wissen«, schnaubt Lilith.

»Ich weiß, dass es oft zu Blähungen kommt«, beharrt Vicky. »Und zu Bauchkrämpfen.« Sie ballt demonstrativ die Faust. »Hast du es mal mit Kohletabletten ausprobiert?«

»*Cau dy geg*, wie wir in Wales sagen.« Halt den Mund.

Durch eine glückliche Fügung finde ich mich zwischen Melanie und Harriet wieder. Mit Melanie habe ich bislang kaum ein Wort gewechselt, und Harriet ziehe ich ihrer Megafon-Mutter deutlich vor.

»Etwas Brot?«, frage ich Harriet. Sie nimmt ein Stück und bestreicht es großzügig mit Butter. Es ist das erste Mal, dass ich sie etwas essen sehe. »Huch, ich dachte, Bräute stellen normalerweise das Essen ein, damit das Brautkleid enger genäht werden kann.« Das kam jetzt irgendwie falsch heraus – habe ich gerade impliziert, dass ich sie für verfressen halte? –, und als Antwort wirft sie mir einen seltsamen Blick zu. Aber wenn wir gerade schon beim Heiratsthema sind …

»Für welche Farbpalette hast du dich entschieden?« Ich liebe diese Moodboards, die Hochzeitsplaner heutzutage entwerfen, damit der Brautstrauß zur Stickerei zur Pavilloneinfassung passt. Es schadet nicht, das Eheleben in perfekter Harmonie zu beginnen, auch wenn es nicht so bleibt.

»Oh, können wir vielleicht über etwas anderes sprechen?«, sagt sie.

Oje! Eine Braut, die nicht über ihre Hochzeit reden möchte? Themenwechsel, *sofort*. »Ich bin schon gespannt zu sehen, wie unser Brot morgen wird«, sage ich ohne auch nur den Hauch einer Pause.

Aufmerksamkeitsheischend mischt sich Melanie von der anderen Seite ein. »Wir könnten nach dem Abendessen ja mal nach dem Teig schauen. Nachsehen, wie er sich entwickelt.«

Unter den gegebenen Umständen halte ich es für besser, nicht mitten in der Nacht durchs Haus zu schleichen. »Schlafende Hunde soll man nicht wecken«, erwidere ich, was schon wieder irgendwie falsch klingt. Plötzlich habe ich einen Geistesblitz. »Dein Outfit zieht heute alle Blicke auf sich, Melanie«, sage ich. Es ist keine Übertreibung: Sie trägt eine grüne Seidenbluse mit ausgestellten Ärmeln und einen engen schwarzen Schwalbenschwanzrock.

»Oh, vielen Dank. Nett, dass du das sagst.«

»Es begeistert mich immer, was für wunderbare Dinge Frauen tun, um so zauberhaft auszusehen.«

»Glaub mir, verglichen mit anderen Leuten bin ich eine blutige Anfängerin«, sagt sie und wirft einen ziemlich eindeutigen Blick in Richtung De'Lyse. »Aber ich gebe mir Mühe.« Sie wirft mir einen Blick zu, die Augen spekulativ zusammengezogen. Sicher weiß sie doch, woran sie bei mir ist?

»Weißt du, was ich liebe?«, sage ich schnell, um den Moment zu zerschlagen. »Dass sie Make-up für Frauen immer so lustige Namen geben. Wie ›Pinkissimo‹ oder ›Devil-May-Care‹ oder ›Sex Kitten‹. Ich wette, dein Lippenstift hier zum Beispiel heißt auch ganz verrückt.«

»Ha! Wie lustig! Den hier habe ich noch nie getragen, meinen muss ich irgendwo verloren haben. Rose hat mir einen von ihren gegeben. Lass mich nachsehen. Du hast recht – er heißt ›Dark Deed‹.«

»Ich wollte schon die ganze Zeit fragen – wie läuft es in der Tite Street? Es muss seltsam sein, wenn man gleich die Straße hinunter wohnt.« Ich versuche, herauszufinden, warum sie die ganze Zeit telefoniert.

»Chester Square fühlt sich an wie eine andere Welt«, sagt sie verträumt. »Ich habe es so sehr genossen, bis – du weißt schon. Aber meiner Familie geht es gut. Wenn die Katze aus dem Haus ist!« Mir fällt auf, dass ihr Blick ständig nervös umherhuscht. »Tatsächlich haben sie wahrscheinlich ohne mich mehr Spaß. Mein Mann zumindest hat den Tag mit einem echten englischen Frühstück begonnen, das kriegt er ganz sicher nicht, wenn ich zu Hause bin.«

Ich finde, das *Full English Breakfast* hat etwas aggressiv Heterosexuelles. Es ist nicht so, als sei ich ein Chia-Porridge-und-

Grühnkohl-Smoothie-Typ, aber das ganze fettige Zeug lässt meine Zuckerwerte so durchdrehen, dass ich am späten Vormittag einfach zusammenbreche. Wahrscheinlich ist es für bullige Rugby-Spieler-Typen anders.

»Und ich nehme an, Cressida und ihre Clique haben Pizza bestellt«, fährt Melanie fort. »Oder sind ins Pancake-House gefahren.«

»Cressida ist deine Tochter?«

»Stieftochter. Sie ist siebzehn.«

»Bestimmt vermissen sie dich. Hast du denn schon etwas Nützliches gelernt bislang im Kurs?«

»Jede Menge neue Ideen, vielen Dank. Ich bekomme schon Lust, eine Dinnerparty zu schmeißen, das haben wir schon eine Ewigkeit nicht mehr gemacht.«

»Du könntest Rose einladen – mit deinen neuen Fähigkeiten angeben.«

»Ich glaube lieber nicht. Ben ist nicht ...« Sie senkt die Stimme. »Unter uns, er mag sie nicht besonders.«

»Aber warum denn?«, frage ich.

»Er mochte diese ganze Christian-Geschichte nicht, von allem anderen mal ganz abgesehen.«

»Was meinst du?«

»Roses Affäre – ich bin mir sicher, du weißt Bescheid.« Ich nicke und vergewissere mich, dass sie nicht zuhört. »Ben fand jedenfalls, dass Christian ein echter Lump ist und mal eine Tracht Prügel verdient hätte. Und dass Rose sich damit blamiert hat, dass sie sich überhaupt mit ihm eingelassen hat. Es ist ja nicht so, als hätte einer der beiden Ehebruch begangen oder so, aber er ist ein bisschen altmodisch, was das angeht.«

»Dann kannte dein Mann Christian?«

»Nur seinen Ruf.«

»Was ist mit dir? Bist du mit ihm befreundet geblieben nach dem Bruch?«

»Mit Christian? Ach, ich habe ihn nur ein- oder zweimal getroffen. Ganz sicher war er nicht der Grund, aus dem ich mich für den Kurs angemeldet habe.« Ihr Blick scheint meinem auszuweichen.

Interessant.

Danach beginnt sie eine Unterhaltung zu ihrer anderen Seite, was mir die Chance eröffnet, Rose zu beobachten. Sie sitzt zwischen Lady Brash und Gregory und scheint sich mehr zu amüsieren als sonst.

»Oh, das wäre wunderbar!«, ruft das menschliche Megafon auf der einen Seite, während Vogelmann auf der anderen spechtartig seine Zustimmung nickt.

»Wir werden sehen, was wir tun können«, sagt Rose. »Natürlich liegt es am Ende bei Paul.« Sie winkt mir gebieterisch zu und ruft über den Tisch: »Ihre Schützlinge haben sich etwas einfallen lassen.«

Oh-oh.

Zum Hauptgang gewinnt das Essen an Schwung, als das Fleisch zu verschiedenen Sorten gekauftem Relish und Salat aufgetragen wird. Es erfüllt mich mit Stolz, dass die Rinderhochrippe perfekt rosa ist und die Schweineschulter – nach toskanischer Art gerollt und gebraten – gehaltvoll und saftig, mit einer betörenden Rosmarin-Note. Das Lamm war fast den ganzen Nachmittag über im Ofen und ist so zart, dass man es mit dem Löffel servieren kann. Mir fällt auf, dass niemand die geschmorte Querrippe anrührt.

Unter dem Deckmantel höflicher Konversation wende ich mich wieder an Melanie. »Ich weiß, du kennst Rose schon lange. Ist hier früher schon einmal irgendetwas passiert? Etwas, das mit der Presse zu tun hatte? Sie hat da etwas erwähnt, aber ich wollte nicht ins Fettnäpfchen treten.«

Sie wirft einen kurzen Blick zu ihrer Freundin hinüber, die einem akustischen Kampfgeschwader von Lady B zum Thema Reinigungskräfte ausgesetzt ist. Offenbar ruinieren diese die guten Möbel mit Silikon-Politur und schlagen mit den Staubsaugern Macken in die Bodenleisten.

»Nun ja«, sagt Melanie leise, »ich bin nicht überrascht, dass sie nicht darüber sprechen möchte. Es war ein paar Jahre, nachdem Ben und ich geheiratet hatten, also vor ungefähr zehn Jahren. Ihr Mann hatte einen schrecklichen Unfall.« Sie zieht die Brauen zusammen und überlegt, wie viel sie mir erzählen soll.

»Ich verspreche, es bleibt unter uns.«

»Alan war Banker. Ziemlich verschroben – mochte keine Partys oder sonst irgendwelche Veranstaltungen. Ein gewöhnungsbedürftiger Charakter, aber das ist natürlich nebensächlich.« Sie wird rot und spielt mit ihrer Serviette.

»Vielleicht wollte er Rose lieber für sich behalten«, sage ich. »Manche Ehemänner sind so.«

Melanie sieht mich einen Moment lang bedeutsam an, dann setzt sie die Erzählung fort.

»Es war jedenfalls ein heißes Wochenende, und es war stickig im Haus. Diese Riesengebäude muss man gut belüften, also ist er ins Obergeschoss gegangen, um die Fenster zu öffnen, damit es ein wenig Durchzug gibt. Niemand ist sich sicher, wie es passiert ist, aber eines der Fenster muss kurz geklemmt haben. Er hat versucht, es aufzustoßen, und ist hinausgefallen.«

»Was für eine furchtbare Geschichte!«, sage ich und beuge mich vor.

»Sicher hast du damals in der Presse davon gelesen? Er ist kopfüber hinausgestürzt und – ich weiß nicht, wie ich es sonst sagen soll – hat sich auf dem Geländer des kleinen Balkons vor Roses Arbeitszimmer gepfählt. War sofort tot.«

Ich nehme einen Schluck Landwein – keine der größten Errungenschaften des französischen Südwestens. Rose Hoyt, so scheint es, ist eine Serienunglücksfrau.

Zum Dessert serviert Suzie Tiramisu (schlabberig – die Savoiardi müssen in den Kaffee eingetaucht werden, nicht ertränkt). Der Einzige, dem es zu schmecken scheint, ist Gregory, auch wenn ich bemerke, dass Lilith schwach geworden ist und sich unter dem Deckmantel, einen Joghurt zu essen, das Zeug löffelweise in den Mund schiebt.

Eine Atmosphäre der Unruhe scheint sich am Tisch auszubreiten, und erstes »Bereit fürs Bett«-Gemurmel kommt auf, als plötzlich ein helles Läuten erklingt.

»Sie haben mich lange genug bearbeitet«, verkündet Rose, als sie die Glocke abstellt, und breitet die Hände aus wie der Papst am Ostersonntag. »Wenn Ihr Lehrer einverstanden ist, wäre es mir eine Ehre, morgen nach dem Frühstück eine Führung durch meine Sammlung historischer Koch- und Küchenutensilien zu geben. Es sind wirklich nur ein paar Erbstücke der Familie …«

Ein Geräusch an der Tür unterbricht sie, als versuche jemand, einzutreten, der nicht weiß, wie man einen Türknauf benutzt. Nach einer Sekunde wird sie schwungvoll aufgestoßen, und zwei große Männer im Anzug marschieren herein, einer blond, einer dunkel. Wir springen alle auf.

»Entschuldigen Sie die Störung«, sagt der Ältere mit einer tiefen Stimme und hält einen Dienstausweis im Lederetui hoch.

»Wir möchten niemandem den Nachtisch verderben«, sagt der Hellhaarige und blickt neidisch auf das Tiramisu. Es ist der blondgelockte Detective von heute Morgen.

»Hier ist ein Gentleman, mit dem wir gerne sprechen würden«, sagt der Erste. Es sitzen drei Männer am Tisch – wenn man Stephen mitzählt –, also warum starrt er dann mich an? »Ein Mr Paul Delamere.«

»Delamare«, sage ich, als würde ich damit irgendwie vom Haken kommen.

»Wären Sie so freundlich, mit uns nach draußen zu kommen, Sir?« Als ich an der Tür ankomme, bemerke ich, wie der Jüngere einen letzten wehmütigen Blick auf die Überreste des Büfetts wirft.

Ich werde durch den Flur an den Tisch neben der Eingangstür geführt, wo der Ältere sich vorstellt – Detective Chief Inspector Irgendwas – und dann fortfährt: »Paul Delamare, wir verhaften Sie wegen des Verdachts auf den Mord an Christian Wagner. Sie haben das Recht zu schweigen, aber wenn Sie bei der Befragung etwas zurückhalten, auf das Sie sich später bei der Verhandlung berufen, kann dies Ihre Verteidigung schwächen. Wir möchten Sie gerne darüber befragen, wo Sie sich Montagnacht aufgehalten haben. Sie werden uns jetzt zur Belgravia Police Station begleiten.«

Grundgütiger. Mit einem letzten verzweifelten Versuch klammere ich mich an der Normalität fest. »Darf ich noch meine Jacke anziehen? Ich, äh, es ist recht kühl.« Ich zeige auf den Mantelständer.

»Natürlich.«

Schon besser. Bis der Jüngere mich bittet, die Hände vor den Körper zu halten, und mir *Handschellen* anlegt.

Auch wenn es Jahre her ist – und ich damals vollkommen zugedröhnt war –, erinnere ich mich an das Gefühl aus Vauxhall. Der kalte Stahl beißt mir in die Handgelenke. Passiert mir das gerade wirklich?

Julie hatte recht. Ich habe mir zu viel Zeit gelassen, meine Unschuld zu beweisen. Ich will protestieren, sagen, dass das alles ein schreckliches Missverständnis ist, aber dann entscheide ich mich dafür, ruhig zu bleiben, vollumfänglich zu kooperieren und sie es selbst herausfinden zu lassen. Sie haben den Falschen verhaftet.

KAPITEL 20

Nun, das ist eine Premiere«, sage ich. Die gesetzestreuste Person des Universums sitzt mit Handschellen im Fond eines Polizeiwagens mit eingeschaltetem Blaulicht. Zwei Officer und ein Fahrer, nur für den Fall, dass ich versuchen sollte, abzuhauen. Ihre Walkie-Talkies knistern.

»Sind Sie zum ersten Mal verhaftet worden?«, fragt eine schroffe Stimme von vorne – der DCI.

»Na ja, zum ersten Mal wegen Mordes.« (*Verflixt!* Jetzt tippen sie gleich auf ihren kleinen Computern herum und finden das mit Vauxhall heraus. Wenn sie das nicht ohnehin schon wissen.)

Ich wechsle das Thema. »Zu Fuß wären wir schneller«, sage ich. (*Klugscheißer*, denken sie jetzt.)

»Schätzen Sie sich glücklich – es fängt gerade an zu regnen«, sagt der blonde Jüngere, Detective Sergeant Irgendwas. Viel schönere Haare kann man nicht haben, und das ist ihm bewusst. Er hat seine Pracht mit einem »Haarprodukt« zu klebefreier Perfektion gestylt.

Drei Minuten später halten wir vor der Belgravia Police Station, einem modernen Ziegelbau an der Ecke der Buckingham Palace Road. Zum Unmut der Anwohner haben sie vor Kurzem den vorderen Schalter geschlossen (jetzt muss man nach Charing Cross laufen, wenn man seine Tiara verloren hat oder einem der Pudel weggelaufen ist), aber hinten wird weiter geschuftet.

Als ich aussteige, wobei ich mich sehr unbeholfen fühle, weil ich mich mit gefesselten Händen nirgendwo festhalten kann, sehe ich mit Erleichterung, dass niemand da ist, um ein Foto von mir zu schießen oder mich zu verhöhnen. Der jüngere Beamte führt mich am Ellbogen – sanft, was ich zu schätzen weiß – in eine Art Empfangsbereich mit Namen »Custody Suite«, wo man mir die Handschellen abnimmt.

Dann folgt eine Menge ermüdender Bürokratie, was mir ein besseres Verständnis dafür schafft, was ein Postpaket oder eine Amazon-Lieferung auf der Reise vom Depot zum Zielort durchlaufen muss, während es oder sie weitergereicht, inspiziert, abgehakt, gestempelt und mit Unterschriften quittiert wird. Irgendwer trägt meine Jacke weg.

Schließlich finde ich mich mit einem Glas Wasser vor mir an einem Holztisch in einem grell ausgeleuchteten Befragungsraum wieder.

Möchte ich einen Anwalt?

Nun, das ist eine schwierige Frage. Ich kann Julie in meinem Ohr kreischen hören: NATÜRLICH *willst du!*

Aber ich will das Ganze hier so schnell wie möglich hinter mich bringen und nicht die halbe Nacht auf jemanden warten. Wenn ich freundlich und unbefangen bleibe, sind wir hier schnell fertig, und ich habe eine lustige Geschichte, die ich auf Dinnerpartys erzählen kann.

Nein, ich brauche keinen Anwalt.

Möchte ich jemanden anrufen?

Nein. (Die einzige Person, von der ich mir *erträumen* würde, sie anzurufen, ist Julie, aber nicht auszudenken, was für Auswirkungen das auf mich hätte.)

Für die Akten halten die Polizisten noch einmal meinen ganzen Namen fest, ich dagegen habe nicht zugehört, als sie mir gesagt haben, wie sie heißen. Ihre Namensschilder kann ich nicht lesen. Julie findet, ich sollte gelegentlich meine Brille aufsetzen, obwohl ich nicht weiß, was sie in diesem Bereich zur Expertin macht, schließlich trägt sie Kontaktlinsen. Ihre Augen, das habe ich schon immer gesagt, gehören zu ihren größten Vorzügen –

hell und funkelnd in einem leuchtenden Haselnussbraun, das ich so noch nie bei jemand anderem gesehen habe. Sie hat keine Ahnung, wie wunderschön sie ist. Wenn sie jetzt hier wäre, würde ein einziger Aufschlag ihrer Wimpern mir die sofortige Freilassung einbringen.

Es ist nicht ganz meine Schuld, dass meine Gedanken ständig abschweifen, weil der jüngere Detective mich mit monoton brummendem Tonfall über meine Rechte belehrt und mir in Erinnerung ruft, dass alles per Audio- und Videoaufzeichnung festgehalten wird.

Ich frage, was mit der Polizistin von heute Morgen passiert ist. So nervig sie mit ihrem Kugelschreiber auch war, es liegt Trost im Vertrauten. Offenbar ist das hier ein bedeutender Fall, und ich bin in der Beamten-Nahrungskette nach oben gewandert. Sie fragen, ob ich Einwände hätte, dass mein Handy kurz »durchgesehen« wird, was einfach passieren kann, während wir uns »unterhalten«. Da ich nichts zu verbergen habe, entsperre ich es für sie.

Schließlich kommen wir zur Sache. Der DCI mit seinem selbstsicheren Bass fängt an.

»Also, Mr Delamare, es gibt da ein paar offene Fragen, die wir gerne klären würden. Würde es Ihnen etwas ausmachen, uns noch einmal zu erzählen, was genau an diesem Morgen nach Ihrer Ankunft am Chester Square geschehen ist?«

Ich weiß, was sie tun: Sie bringen einen dazu, seine Geschichte wieder und wieder zu erzählen, bis man sich irgendwo verheddert. Danach gehen sie noch einmal alles durch, was man gesagt hat, fragen nach, sezieren deine Worte, bringen die Reihenfolge durcheinander und versuchen, dich bei einer Lüge zu erwischen. Wie Kolibris, die Nektar aus einer widerspenstigen Blume saugen. Irgendwann werde ich dann, müde und verwirrt, einen fatalen Fehler machen, und schon bin ich auf dem Weg nach Moskau als Teil eines Agentenaustausch-Deals.

Der Blonde kommt immer wieder zurück auf das Fleischerbeil. Ich kann mir vorstellen, wie der Boss vorher zu ihm sagt: »Frag immer weiter nach dem Beil, bis er einen Fehler macht.«

Ja, ich bin in Christians Küche gegangen. Ja, ich habe ein Fleischerbeil gesehen. Ja, ich habe gesehen, dass es dazu eingesetzt wurde, eine tödliche Verletzung zuzufügen. (Höchst unwahrscheinlich, dass ich das je wieder vergesse!) Nein, das Beil gehört mir nicht. Hellrot ist nicht meine Farbe.

»Spaß beiseite, haben Sie das Beil angefasst, als Sie Mr Wagner gefunden haben?«

»Natürlich nicht! Warum sollte ich so etwas tun? Ich war zu Tode entsetzt.« Eine unglückliche Redewendung. »Ich meine, ich bin ohnmächtig geworden, das habe ich Ihnen doch gesagt.«

Sie sitzen da und sehen mich an, dann fällt der Groschen. »Ach so, jetzt verstehe ich, worauf Sie hinauswollen«, sage ich. »Fingerabdrücke.« Sie wechseln einen Blick – ich habe recht.

»Aber ganz sicher wissen Sie doch, dass es sich um das Fleischerbeil der Kochschule handelt.«

Es tritt eine Pause ein. »Ja, dessen sind wir uns bewusst«, sagt er kühl. »Laut Rose Hoyt« – er wirft einen Blick in seine Notizen – »wurde es in einer Schublade aufbewahrt, und sie kann sich nicht daran erinnern, wann es zuletzt benutzt worden ist. Also verraten Sie uns, Mr Delamare: Warum sind überall auf dem Ding Ihre Fingerabdrücke?«

»Wahrscheinlich hat Suzie es nicht richtig abgewaschen.«

Sie sehen verwirrt aus.

»Sicher hat Ihnen doch jemand erzählt, dass ich das Beil während der Fleisch-Einheit benutzt habe?«

»Eine Fleisch-Einheit, Mr Delamare?«, sagt der Blonde, beugt sich vor und leckt über seinen Bleistift.

»*Die Hohe Kunst der Fleischzubereitung*«, erwidere ich. »Also, Kunst wie Handwerk, nicht wie im Museum.«

»Es besteht kein Grund, herablassend zu werden, Mr Delamare«, sagt Blondie.

Der DCI stößt ein warnendes Husten aus, als wolle er sagen: Reißt euch zusammen, ihr beiden. »Lassen Sie mich das zusammenfassen«, knurrt er. »Jetzt sagen Sie, dass Sie das Beil *doch* angefasst haben, dies aber gestern Nachmittag im Unterricht geschehen sei.« (Blondies Bleistift macht sich an die Arbeit. Wahrscheinlich: *Verdächtiger inkonsistent, widerspricht sich.*) »Irgendeine Erinnerung daran, wie viel Uhr es gewesen sein könnte?«

»So gegen fünf Uhr nachmittags – kurz bevor Christian seinen Auftritt hatte. Er ist kurz vorbeigekommen, um Hallo zu sagen.«

»Hat er gesehen, wie Sie das Beil benutzt haben?«

»Ich weiß nicht, was für eine Rolle das spielt, aber ich bezweifele es. Er war ziemlich belagert.«

»Was bedeutet das?«

»Wie Sie sicher wissen, ist er ein Fernsehkoch. Sie haben ihm quasi die Klamotten vom Leib gerissen.«

Blondie reibt sich über das Kinn. Es ist babyzart – ich wette, er muss sich nur einmal die Woche rasieren. Oder vielleicht benutzt er auch Wachs. Dann fährt er fort: »Interessant, dass Sie das ansprechen. Uns gegenüber wurde erwähnt, Sie seien vielleicht ein wenig ... *neidisch* auf Mr Wagner. Missgönnten Sie ihm seinen Ruhm und Erfolg?«

Ich springe beinahe von meinem Sitz. »Wer hat das gesagt? Da will doch nur jemand Öl ins Feuer gießen!«

Der DCI hebt die Hand. »Schon gut, jetzt beruhigen wir uns erst mal wieder. Uns liegen Informationen vor, die andeuten, Sie seien Mr Wagner zum Zeitpunkt seines Todes nicht unbedingt herzlich verbunden gewesen. Wer hat gesehen, dass Sie das Fleischerbeil benutzten, Mr Delamare?«

»Alle! Der ganze Kurs hat zugesehen. Da können Sie jeden fragen.«

»Und Sie haben es am Griff gehalten, Mr Delamare?«

Wenn man einen Autounfall hat, wiederholen die Sanitäter auch ständig deinen Namen, um dich davon abzuhalten, ohnmächtig zu werden. Es macht einen ganz verrückt. »Nein, ich habe die Klinge mit den Zähnen festgehalten und ein Rad geschlagen.«

»Kein Grund für Sarkasmus«, knurrt der DCI.

Er hat recht. Das hier läuft wirklich mies. Ich muss mich zusammenreißen. »Ich denke, ich weiß, was hier passiert ist«, sage ich langsam und vernünftig. »Sie haben meine Fingerabdrücke auf dem Beil gefunden, das ich am Nachmittag zuvor in der Hand hatte. Es hätte nach dem Unterricht gereinigt oder sogar in die Spülmaschine gesteckt werden sollen. Ich weiß nicht, warum das nicht geschehen ist.«

Eisiges Schweigen.

»Auch wenn ich das nicht empfehlen würde – Messer in die Spülmaschine zu stellen, meine ich. Die Temperaturschwankungen und das starke Reinigungsmittel schaden der Klinge.«

Blondie zieht eine Augenbraue hoch. Wahrscheinlich denkt er, er sieht dabei aus wie Dirk Bogarde, und übt es vor dem Spiegel.

Der DCI kommt sofort wieder zur Sache. »Das müssen wir mit den Zeugen klären.« Betont auffällig guckt er auf die Uhr. »Vielleicht müssen wir damit bis morgen warten.«

Mich über Nacht in eine Zelle stecken? Das geht nicht!

»In der Zwischenzeit«, sagt der Junior Detective mit einem Blick auf seine Notizen, »gibt es noch etwas anderes, das wir uns gerne noch einmal von Ihnen in Erinnerung rufen lassen würden.« Ich merke, dass er aufgeregt ist. Wenn ich richtig liege und es seine allererste Mordermittlung ist, will er sich wohl unbedingt beweisen. »Wären Sie so freundlich, uns zu erzählen, was passiert ist, nachdem sie den Chester Square gestern Abend verlassen haben?«

Noch einmal von vorne. Ich beschreibe, wie ich nach Hause gelaufen bin, das Haus betreten habe, ins Bett gegangen bin. Ich gebe mir Mühe, es interessant klingen zu lassen, aber es gibt nicht viel zu erzählen.

»Und auf dem Heimweg, haben Sie da jemanden getroffen, den Sie kannten? Vielleicht ein ... *Rendezvous?*« Er lässt das Wort im Raum schweben.

Wenn die Chester Row zum Cruising genutzt wird, so ist mir das neu.

»Natürlich nicht!«, erwidere ich. »Es war Montagabend – alles ruhig. Ein paar Leute vor den Pubs, Taxis, die jemanden abgeholt oder gebracht haben.«

»Ihnen ist bekannt, dass heutzutage beinahe alle Straßen in London von Sicherheitskameras überwacht werden«, sagt der DCI und wirft mir einen ernsten Blick zu.

»Das habe ich gehört«, sage ich. »Und das ist auch gut so.« Auch wenn mir die Vorstellung eines Polizeistaats nicht gefällt, bin ich durchaus für jede Form der Überwachung. Her mit der Ausweispflicht und den DNA-Registern für die gesamte Bevölkerung, die Kriminalitätsraten würden abstürzen. Marcus hat immer gesagt, diese Sichtweise sei naiv und kurzsichtig, und Julie sieht das genauso, aber da ich kein Krimineller bin, dachte ich immer, ich hätte nichts zu befürchten.

»Gut, Mr Delamare. Sie sagten, Sie leben allein?«

»Ja, seit zehn Monaten«, erwidere ich.

»Ein hübsches kleines Haus haben Sie.«

»Danke.«

»Bestimmt nicht ganz ohne Wert, nehme ich an«, wirft der DCI ein. Das geht sie gar nichts an!

»Haben Sie irgendwelche besonderen Freunde ... Jemanden, mit dem Sie ausgehen, Mr Delamare?«, fragt Blondie.

Was für ein gezierter Ausdruck – »besonderer Freund«, wie in der Grundschule. »Derzeit gehe ich mit niemandem aus, nein.« Ich widerstehe der Versuchung, ihn zu schockieren, indem ich irgendetwas wie *Aber am Samstagabend schmeiße ich eine Nacktparty für Singles, falls Sie beide auch Lust haben* nachschiebe.

»Hatten Sie zufällig für Montagabend ein Treffen in Ihrem Haus ausgemacht?«, fragt Blondie.

»Warum sollte ich das tun?«

»Wir stellen hier die Fragen, Mr Delamare«, sagt der DCI. Seine Stimme hat einen schärferen Tonfall angenommen. Er wird langsam müde – so wie wir alle.

Ich sage nichts.

»Okay«, sagt Blondie und genießt den Moment. »Die ersten Bilder der Überwachungskameras von gestern Abend liegen uns bereits vor.«

»Das freut mich zu hören«, sage ich.

»Die Kameras haben zufällig jemanden aufgezeichnet, der gestern Abend um 21:55 Uhr vor der Chester Square Cookery School gewartet hat, bis er um 22:05 Uhr plötzlich gegangen ist. Dieselbe Person wurde beobachtet, wie sie um 22:14 Uhr am Jubilee Cottage eintraf, an der Tür klingelte und die Kellertreppe hinunterging. Dann, um 22:27 Uhr, kam die Person wieder die Treppe hoch und klingelte noch einmal. Dabei stieß sie versehentlich gegen Ihre Mülltonne und ging. Um 22:32 Uhr kamen Sie nach Hause und liefen direkt die Kellertreppe hinunter, als würden Sie nach jemandem suchen ...«

»Natürlich!«, rufe ich. »Es tut mir *so* leid. Das habe ich ehrlich vergessen – ich kann nicht glauben, dass ich es nicht erwähnt habe. Mein Fehler. Auch wenn es ganz offensichtlich nichts mit der ganzen Sache hier zu tun hat.«

Sie tauschen einen Blick aus.

»Als ich letzte Nacht nach Hause gekommen bin«, erkläre ich, »habe ich meine Mülltonne umgeworfen vorgefunden. Jemand hat sich in meinem Kellerzugang herumgetrieben. Aber derjenige war schon weg, als ich nach Hause gekommen bin – ich habe niemanden gesehen.«

»Wer ist dieser *Jemand*, von dem Sie vergessen haben, uns zu erzählen, Mr Delamare?«, fragt Blondie.

»*Jemand*, den Sie zu einem Stelldichein eingeladen haben?«, wirft der DCI ein.

»Oder *jemand*, der vorbeikommt, wenn er Lust dazu hat, einfach so«, sagt Blondie und schnipst mit den Fingern.

»Sehen Sie …«, sage ich, »wenn es ein Freund gewesen wäre, hätte er ja kaum überall Müll verstreut, oder?«

»Vielleicht war er verärgert, dass Sie so spät kamen oder ihn haben sitzen lassen. Aber die interessante Frage ist: Was wollte er bei Ihnen?«, fragt Blondie.

»Und wer war es?«, fügt der DCI hinzu. Mir fällt auf, dass Blondies Stimme immer höher wird, je aufgeregter er ist, die des DCIs tiefer.

»Ich verspreche, dass es bezüglich dieser Angelegenheit hier nicht relevant ist.«

»Überlassen Sie diese Entscheidung uns, Mr Delamare«, sagt der DCI mit Bassstimme. »Sollen wir Ihrem Gedächtnis vielleicht etwas auf die Sprünge helfen? Wir könnten Ihnen Ausschnitte aus dem Filmmaterial zeigen, wenn das hilft?«

Blondie zaubert ein großes, glänzendes Foto hervor. Ich hätte ein Schwarz-Weiß-Bild erwartet – verpixelt mit jeder Menge Schatten –, aber es ist in Farbe und überraschend gut ausgeleuchtet. Deutlich ist eine Gestalt zu erkennen, die mit einer Zigarette in der Hand am Zaun zu meinem Grundstück lehnt.

»Jonny«, sage ich durch zusammengebissene Zähne. »Sein Name ist Jonny.«

»Und wer ist Jonny? Jemand, den Sie irgendwo aufgelesen haben? Ein Liebhaber?«

Ich verdrehe die Augen. Das ist schon das zweite Mal, dass das heute Abend jemand anspricht. Was stimmt nicht mit diesen Leuten?

»Jonny Berens. Er ist mein Stiefsohn«, sage ich.

KAPITEL 21

Meine Befrager wollen alles Erdenkliche über Jonny wissen. Irgendwie ist es fast schon schade, dass er nicht in den Chester-Square-Fall verwickelt ist, weil er ein so perfekter Sündenbock wäre. Die kaputte Kindheit, der Schulverweis, die Unfähigkeit, auch nur einen einzigen Job zu behalten. Ich bin versucht, noch eine Narbe und eine Vogelspinne als Haustier mit einzuwerfen, um ihn noch niederträchtiger klingen zu lassen.

Ich erwähne die polizeiliche Verwarnung wegen Belästigung, die er Anfang des Jahres erhalten hat – es war mein letzter Ausweg –, und sie fordern alle Details. Eigentlich will ich das Ganze nicht wieder aufwirbeln, also bleibe ich vage: versuchte Brandstiftung, eingeworfene Fensterscheiben, mich in den fahrenden Verkehr stoßen.

Ich gebe ihnen Jonnys Telefonnummer – die ich auswendig kann – und schlage vor, dass sie ihn sofort anrufen. Derzeit lebt er in Earls Court mit einem australischen Mädchen zusammen (das ich nie getroffen habe, aber aus tiefstem Herzen bedauere) und geht nie vor drei oder vier Uhr morgens ins Bett. Insgeheim würde ich gerne sein Gesicht sehen, wenn die Polizei ihn fragt, warum er gestern Abend vor meinem Haus herumgelungert hat.

»Er ist ein sehr, ähm, erratischer Mensch. Ich habe keine Ahnung, was er Ihnen sagen wird, aber ich kann Ihnen versichern, dass er nichts mit … dem hier zu tun hat.«

DCI und Blondie verschwinden für das Telefonat – sie scheinen ohneeinander nicht zu können –, und ich bleibe allein zurück.

Zehn Minuten später sind sie wieder da. Ich weiß, dass sie mit Jonny gesprochen haben, weil sie ... aufgewühlt aussehen. Ich frage mich, ob er die Gelegenheit genutzt hat, um sie mit einer Auswahl seines umfangreichen Vokabulars an Kraftausdrücken zu unterhalten oder um ihnen unverblümt seine Ansichten über die Londoner Polizei mitzuteilen. Er hat ein besonderes Talent für Worte, unser Jonny.

»Zu blöd, dass Sie diese Erinnerungslücken haben, Mr Delamare«, sagt der DCI.

»Das ist eine ziemliche Verschwendung von Polizeiressourcen, Mr Delamare«, stimmt Blondie zu.

»Wir würden Sie gerne nach Hause schicken und das hier beenden, aber für den Seelenfrieden aller Beteiligten müssen wir diese Sache mit dem Beil noch überprüfen. Das müssen wir natürlich mit den Kursmitgliedern abklären.«

»Die mittlerweile alle im Bett sind«, sagt sein Sidekick.

Dann, ganz plötzlich, fällt es mir ein. »Sind Sie mit meinem iPhone fertig?«

Der DCI nickt müde. Das Handy wird geholt und trifft in einem Beweisbeutel ein. Noch mehr unnötiges Plastik, an dem am Ende die Delfine ersticken.

Ich schalte es ein und öffne Instagram. Ohne auf das Gähnen meiner Befrager zu achten, tippe ich linkisch »Callaloo and Bammy«. Sofort taucht De'Lyses Gesicht und ein Hinweis auf ihre 18 971 Follower auf. Ich muss nicht weit nach unten scrollen, um ein Vorschaubild einer in eine Schürze gekleideten Gestalt zu finden, die ein Fleischerbeil mit rotem Griff schwingt.

Niemand guckt sich selbst gerne an, also reiche ich mein Handy an den DCI. »Ein Video von gestern Nachmittag«, sage ich, unfähig, meine Befriedigung zu verstecken.

Sie beugen sich über den kleinen Bildschirm. Eine Gestalt –

unverkennbar die meine – hüpft das Beil schwingend durch das Bild, und dann erklingt zweimal ein dumpfer Ton, als die Taubenköpfe im Mülleimer landen.

Dann höre ich eine fröhliche Stimme, die ich als meine eigene erkenne: »Die erste Regel des Metzgerhandwerks: ab mit dem Kopf.«

Die Beamten sehen angewidert zu mir auf, dann schreibt Blondie eine Notiz. »Gibt es sonst noch irgendetwas, das Sie uns mitteilen möchten?«, fragt er.

»Ja«, erwidere ich und hole tief Luft. »Sie haben den Falschen verhaftet. Einer meiner Freunde wurde letzte Nacht kaltblütig ermordet. Ich möchte Sie bitten, nicht Ihre Zeit mit Menschen wie mir zu verschwenden, die ganz offensichtlich unschuldig sind.«

Der DCI zuckt abschätzig mit den Schultern, dann beendet er die Befragung. »Okay, Mr Delamare, wir lassen Sie ohne Anklage gehen. Der Detective Sergeant hier wird Sie jetzt nach draußen begleiten und alles Bürokratische regeln. Ich hoffe, es hilft Ihnen, wenn ich Ihnen sage, dass Sie ein wenig, nun ja, uneindeutig herüberkommen. Falls wir Sie noch einmal befragen müssen – was wahrscheinlich ist –, versuchen Sie, Ihre Geschichte komplett zu erzählen. Interview beendet um 23:38 Uhr.«

»Nur noch eins«, sage ich. »Ich finde meinen Namen morgen nicht in allen Zeitungen wieder, oder?«

»Wir haben nicht vor, Ihren Namen bekannt zu geben. Jedenfalls nicht aktuell.«

Durch heftigen Nieselregen fahren wir nach Hause. Ich hoffe, mein Nachbar sieht nicht, wie ich aus einem Streifenwagen steige.

Ich bin erledigt, genauso wie mein Handy. Ich schließe es ans Ladekabel an und gehe unter die Dusche.

Zum Plätschern des heißen Wassers gehe ich die katastrophale Befragung noch einmal durch. Ich bin gerade so davongekommen und habe mir dabei noch die Polizei zum Feind gemacht. Darüber hinaus scheint irgendwer sie mit falschen Informationen zu füttern – die den Verdacht auf mich lenken.

ENTRÉE

Silvester 2008

WAS FÜR EIN JAHR!
Der Vertrag für eine weitere Staffel ist unterschrieben – mein zweiter Michelin-Stern – Nationaler Fernseh-Award – und jetzt dieser £££-Abschluss mit den Emiraten (Daumen sind gedrückt) ... Ich weiß, dass ich kochen kann, aber wer hätte das erwartet?
Mein Agent hat mich zu einem Vermögensberater geschickt (hätte nie gedacht, dass ich so was mal brauchen würde), der will, dass ich investiere, solange der Rubel rollt. Gähn. Man lebt nur einmal. Geld sollte man genießen.
Nächste Woche tanke ich ein bisschen Sonne – Barbados –, dann geht's zurück in die Küche, wo ich hingehöre. Momentan koche ich mich durch ein paar französische Klassiker, und das hier ist meine Version von »Huhn in Halbtrauer«, ein Gericht, das sie in Lyon mit Scheiben vom schwarzen Trüffel unter der Haut zubereiten. Meiner Meinung nach ist der Trüffel hier Verschwendung, also hat meine Version zwei Saucen: eine schwarz, eine weiß.
Ich habe Barbara angerufen, um ihr ein schönes neues Jahr zu wünschen. Sie war überrascht, von mir zu hören.

Poularde demi-deuil

Fülle einen Topf mit ein paar Zwiebeln, Sellerie, Knoblauchscheiben, 5 Lorbeerblättern, einem Bouquet garni, einer Handvoll Pfefferkörnern, einer halben Zitrone in Scheiben, Salz und Pfeffer und einem schönen, fetten Huhn. Dann fülle ihn mit Wasser auf. Zugedeckt für 1 1/4 bis 1 1/2 Stunden pochieren, bis das Huhn gar ist. In der Brühe abkühlen lassen. Wenn es kalt genug zum Anfassen ist, das Huhn herausnehmen (die Brühe für Suppe verwenden) und das Fleisch entfernen und zerkleinern. Dabei das helle und das dunkle Fleisch voneinander trennen.

Für das weiße Huhn 25 g Butter in 300 ml Sahne schmelzen, 3–4 Minuten köcheln lassen, bis die Sauce andickt, dann den Saft einer viertel Zitrone, Salz und Pfeffer hinzufügen. Das helle Fleisch nur so lange hinzufügen, um es zu erwärmen.

Für das dunkle Huhn 3 Esslöffel Öl mit 2 Esslöffeln Dijonsenf, Mango-Chutney, Worcestershire Sauce und einer guten Prise Cayenne verrühren, bis die Masse breiig ist. Das dunkle Fleisch damit überziehen und grillen, bis Röststreifen entstehen, 3–5 Minuten.

Helles und dunkles Fleisch nebeneinander servieren. Eine Mahlzeit für 4, dazu passt Reis.

KAPITEL 22

Mittwoch

Viel zu früh erwache ich zum Geräusch des Regens, der gegen mein Schlafzimmerfenster prasselt. Mein erstes Ritual des Tages ist der Blick auf mein Schreibbarometer. Ich weiß nicht mehr über unser Inselklima als sonst irgendwer, aber zufällig bin ich stolzer Besitzer eines dieser altmodischen meteorologischen Instrumente, die man benutzt, um den atmosphärischen Druck zu messen.

Die Apparatur besteht aus Messing und verfügt über eine Schreibfeder, die eine winzige Menge Tinte enthält, mit der sie eine gewellte Linie auf ein Kurvenblatt zeichnet, das auf einer sich langsam drehenden Rolle befestigt ist. Die Linie ist schon die ganze Woche über nach unten gewandert und hängt aktuell am unteren Ende des Blattes fest. Nass und gewittrig: Herbst liegt in der Luft.

Zusätzlich wird meine Stimmung von dem Wissen gedrückt, dass ich Julie in ihrer Not allein gelassen habe: Gestern Abend habe ich versprochen, sie zurückzurufen, es dann aber nicht getan. Wie aufs Stichwort trifft ihre erste Nachricht des Tages ein.

> Hoffe, du hast gut 😌 und heute wird 👍. Habe 🤔, 📞 später, wenn du einen Moment hast? ● ⏪ im 🐑 = Ruhe vor dem ☂

An ihrer Stelle hätte ich etwas Giftiges geschrieben – *Du nennst dich einen Freund? Danke für nichts!* –, aber so ist sie nicht, was mein schlechtes Gewissen nur noch schlimmer macht. Sie hofft, dass ich gut geschlafen habe, und wünscht mir einen guten Tag. Sie hat nachgedacht und würde gerne später mit mir sprechen. Dann der übliche Astro-Müll – rückläufiger Mars im Widder, Ruhe vor dem Sturm.

Ich verspüre einen Anflug von Panik – ich habe ihr eine gute Idee für den Reshoot versprochen, aber alles, was mir bislang eingefallen ist, ist furchtbar: *Weihnachten rund um die Welt. Nachhaltige Weihnachten. Weihnachten im Metaverse.*

Nach einem Stoßgebet für die Rückkehr meiner Inspiration lenke ich mich damit ab, Requisiten für den Unterricht heute zusammenzusuchen. Das heutige Thema lautet: *Eine Prise Magie.* Ungeachtet des gekünstelten Namens geht es um Kräuter und Gewürze, und das ist ein faszinierendes Gebiet.

Mein Lebensunterhalt hängt von meinem Geschmacks- und Geruchssinn ab. Ungefähr jeder vierte Mensch kommt als »Supertaster« zur Welt und besitzt mehr Geschmacksknospen als der Rest der Bevölkerung. Den Geruchssinn dagegen entwickelt man beim Heranwachsen. Seit ich mich erinnern kann, sammle ich schon olfaktorische Erinnerungen.

Es gibt allerdings ein Talent, das ich leider nicht habe. Ein paar ganz wenige Menschen – und nur Frauen – werden mit einer genetischen Mutation geboren, die sie in die Lage versetzt, bis zu 100 Millionen mehr Farbtöne zu sehen als wir anderen. (Ich frage mich, was sie zu Lilith sagen würden.)

Extra für heute habe ich Dads alte Arzttasche herausgekramt – die, mit der er immer seine Hausbesuche gemacht hat. Es ist eine echte altmodische Gladstone-Tasche aus hellbraunem Leder, mit jeder Menge Fächer und Klappen – wahrscheinlich gibt es welche, die ich noch gar nicht entdeckt habe. Aber es macht sie zum idealen Aufbewahrungsort für die paar Dutzend kleiner Gläser, Dosen, Fläschchen und Schachteln, die meine Aroma-Sammlung beinhalten, sowie meine Peugeot-Mühlen (Wunderwerke der Technik – die Firma baut auch Autos).

Als ich die Hausnummer einundvierzig erreiche, ist der Himmel ein bisschen heller geworden, auch wenn es immer noch in Strömen regnet. Ich sehe, dass der Constable von gestern Abend recht hatte – die Heuschrecken sind eingetroffen. Ein Schwarm von Zeitungsleuten, Paparazzi, Schaulustigen und Polizeikräften hat das Gebäude umstellt. Es ist so schlimm, dass sie die Eccleston Street gesperrt haben. Das wird die Leute auf dem Weg zur Arbeit in den Wahnsinn treiben, es sei denn, sie sind mit dem Fahrrad oder Roller unterwegs. In diesem Fall greifen die Verkehrsregeln nicht.

Einige der Anwesenden halten Regenschirme, andere werden einfach nass, einschließlich einer Handvoll durchweichter, unglücklich aussehender Police Officer. Ich fange den Blick der am wenigsten unfreundlichen Beamtin auf, die daraufhin irgendwelche Anweisungen in ihr Funkgerät bellt und mich dann am Arm nimmt.

»Bleiben Sie nah bei mir – wir gehen durch.«

Es ist entsetzlich! Alle drehen sich um und sehen mich an. Kameras klicken und Selfiesticks recken sich in die Luft. Jetzt weiß ich, wie es sich anfühlen muss, Minister des Kabinetts zu sein. »Waren Sie es, der ihn gefunden hat?« »Paul, gucken Sie hierher!« »Sind Sie Paul Delamere?«

DelaMARE will ich zurückbrüllen. Aber woher kennen die überhaupt meinen Namen?

Als wir die Stufen hinaufgehen, öffnet sich glücklicherweise die Haustür und meine Beschützerin schubst mich in die Eingangshalle.

Am Tisch sitzt ein neuer Constable, diesmal ein so junger, dass ich mich frage, ob er überhaupt schon seine Ausbildung beendet hat. Irgendjemand an der Polizei-Charme-Akademie hat ihm die Kunst beigebracht, argwöhnisch dreinzublicken, wenn man höflich gegrüßt wird.

Er hat sich eine ordentliche kleine Tabelle gemalt, um aufzuzeichnen, wer kommt und geht, und es tut mir leid, dass meine Ankunft sein Kunstwerk besudeln wird. Er schreibt meinen Namen auf, dann 7:49 Uhr daneben.

»Viel los gewesen heute Nacht?«, frage ich.

»Ich habe meinen Dienst gerade erst angetreten«, sagt er und blättert eine Seite zurück, um zu offenbaren, dass die vorherige Aufsichtsperson gerne vor sich hingekritzelt hat.

»Darf ich mich kurz an Ihnen vorbei zum Schirmständer drücken?«, frage ich. »Ich versuche auch, Sie nicht vollzutropfen.«

Während des Manövers werfe ich einen heimlichen Blick über die Schulter des Constables. Der Name wird von Gänseblümchen und Spinnennetzen verdeckt, aber ich kann erkennen, dass *irgendwer* um 00:11 das Haus verlassen hat und um 01:48 Uhr wiedergekommen ist.

Pünktlichkeit ist etwas, das ich erst spät im Leben gelernt habe – ich würde es jedem empfehlen –, aber langsam übertreibe ich es. Über anderthalb Stunden vor Unterrichtsbeginn geistere ich durch das düstere Haus, durchlebe noch einmal die Ereignisse von gestern und mache mir Sorgen. Und wer ist der mitternächtliche Wanderer, der sich hinausschleicht, wenn alle schlafen?

Ich schleppe mich und meine Tasche den Flur entlang zum Pink Room. Der Plan sieht so aus: Ich koche mir einen *anständigen* Kaffee, dann sehe ich mich fix um, ob ich irgendetwas übersehen habe.

Auch wenn es gerade Mode ist, von einer großen, glänzenden Maschine aufgebrühten Espresso zu trinken, ziehe ich den guten altmodischen Filterkaffee aufgrund seines sauberen, leichten Geschmacks vor. Drei Teelöffel Kaffee (vorzugsweise sehr fein gemahlen) auf dreihundert Milliliter Wasser, erhitzt bis knapp über neunzig Grad, das kann man sich leicht merken. Ein befreundeter Kaffee-Experte behauptet zwar, dass die French Press aufgrund des gröberen Siebstempels ein breiteres Spektrum an Geschmacksstoffen durchlässt als ein Papierfilter, aber ich empfinde das Resultat als dickflüssig und schlammig.

Die Häuser hier in Belgravia sind gebaut wie Festungen. Während ich auf den Wasserkessel warte, höre ich klopfende Geräusche über meinem Kopf, zusammen mit dem gedämpften Klang von Stimmen. Der Pink Room liegt genau unter dem Shelley Room. Wer poltert zu dieser frühen Stunde in Roses Arbeitszimmer herum?

Unter dem strengen Blick des jungen Polizisten kehre ich zurück in die Eingangshalle. Betont lässig laufe ich zur großen Treppe hinüber und gehe hinauf. Auf halbem Wege bleibe ich stehen, um das Gemälde eines Schiffbruchs zu bewundern, mit allem Drum und Dran, samt ertrinkender Soldaten: Ich werde immer noch beobachtet. Als er mich nicht mehr sehen kann, schleiche ich auf Zehenspitzen durch den Flur und lege mein Ohr an Roses Tür.

Ich höre jemanden rufen, dann das dumpfe Geräusch von etwas Schwerem, das umfällt – ein Stuhl? Ein Mensch? –, dann ein Klirren – splitterndes Glas? Warum mussten die viktorianischen Schreiner ihre Türen so dick machen? Einem Lauscher gegenüber ist das nicht gerecht.

Ich kann Roses Stimme erkennen – sie sagt etwas wie »Nein, das werde ich nicht!« –, dann eine andere Stimme, schriller, »Du hast keine Wahl!«. Eine dritte – ebenfalls weiblich – ruft: »Versuchen wir doch, vernünftig zu sein!« Darauf folgen schwere Schritte. Sie bewegen sich.

Zwischen den Schaukästen auf dem Flur sind ein paar frei stehende Stücke platziert, einschließlich eines riesigen Metzgerblocks (Eiche, französisch, frühes zwanzigstes Jahrhundert) und eines schnörkelreichen, versilberten Tranchierwagens (aus der Zeit Eduards VII., mit einem kuppelförmigen Deckel und Löwenkopfgriffen). Ich kann mir gut vorstellen, wie ein schnurrbarttragender Maître d'hôtel ihn an den Tisch rollt und dann mit einer Verbeugung öffnet, um einen glänzenden Lammrücken oder eine Hirschkeule zu präsentieren.

Schnell wie der Blitz husche ich dahinter. Ich stehe im Schatten, und das Glitzern des Silbers wird alle Augen ablenken, die in meine Richtung blicken, aber was ist mit meinem Kopf, der dahinter hervorragt? Mein Rücken ist an die Wand gepresst, also habe ich keine Wahl, außer den großen Deckel anzuheben, meinen Kopf in die Öffnung zu stecken und ihn langsam wieder zu senken, bis er auf meinem Nacken liegt.

Es ist nicht so unbequem, wie es klingt, aber es fühlt sich trotzdem seltsam an, vornübergebeugt mit dem Kopf auf einer Servierplatte dazusitzen wie ein Stück Fleisch, das darauf wartet, angeschnitten zu werden. Mir scheint, als hinge noch immer der Duft von Braten und Sauce in der Luft. Dann wandern meine Gedanken zu Salome, die sich den Kopf von Johannes dem Täufer auf einem Tablett hat servieren lassen, und von dort dann mit grausiger Unumgänglichkeit zu Christian.

Es kommt mir wie eine Ewigkeit vor, aber irgendwann höre ich, wie Roses Tür aufgeht, jemand herauskommt und die Tür hinter sich zuwirft. Stampfende Schritte kommen den Flur entlang, gehen nur Zentimeter am Tranchierwagen vorbei zum Treppenabsatz. Ich hebe den Deckel einen Spalt breit an, gerade genug, um zwei Gestalten zu sehen, die die Treppen hinuntergehen. Vorneweg läuft die aschblonde Frau aus dem Park – wer ist sie und warum taucht sie hier immer wieder auf? Hinter ihr geht De'Lyse.

Es dauert eine Minute, bis ich mich aus meinem Versteck herausgewunden habe. Dann stehe ich auf und reibe mir den Rücken. Gerade als ich glaube, die Tortur sei vorüber, blicke ich in zwei vertraute blaue Augen unter einem bekannten Heiligenschein aus blondem Haar.

»Ja, wen haben wir denn da?«, ruft Blondie und sieht noch selbstzufriedener aus als sonst. Heute steckt eine Bodycam an seiner Hemdtasche. Ich sehe, wie er sie zurechtrückt, damit der Moment auch festgehalten wird. »Da komme ich nur kurz vorbei, um mit Mrs Hoyt zu sprechen, und wer springt mich da von hinter einem Dessertwagen an?«

»Es ist ein Tranchierwagen«, krächze ich.

»Ich bitte ihn um Entschuldigung. Jetzt spreche ich kurz mit Mrs Hoyt, dann sehen wir uns unten, damit Sie mir erklären können, was es hiermit auf sich hat.« Dann fügt er mit einem gemeinen Grinsen hinzu: »Sie haben fünf Minuten, um sich etwas Überzeugendes einfallen zu lassen. Wir wollen Sie doch nicht wieder verhaften müssen, oder?«

KAPITEL 23

Um neun Uhr bin ich immer noch nicht dazu gekommen, meinen Kaffee zu trinken, also bin ich gezwungen, dem Pink Room mit den frühstückenden Übernachtungsgästen zu trotzen. Mit dem Detective Sergeant habe ich Frieden geschlossen, nachdem ich entschieden hatte, meine Spionage-Aktivität vollständig offenzulegen. Vielleicht hilft es ihm ja zu erfahren, dass Rose frühmorgendliche Ringkämpfe mit einer mysteriösen Besucherin im Business-Hosenanzug und auf Fünf-Zentimeter-Absätzen ausrichtet.

Als wäre ich nicht ohnehin schon aufgewühlt genug, kehren meine Gedanken ständig zu Julie zurück. In ungefähr einer Stunde wird ihr Team Dena seine Idee vorstellen – wenn sie nicht zufrieden ist, wird sie ihnen die Augen auskratzen –, aber ist irgendwem überhaupt etwas eingefallen? Mir ganz sicher nicht.

Zur Begleitung des Regens, der an die Fensterscheiben trommelt, tröpfeln nach und nach alle im Ballsaal ein, wobei sie mich neugierig beäugen. Melanie kommt zu mir und legt mir mitfühlend eine Hand auf den Arm. Wenn ich so wunderschöne antike Smaragd- und Diamantringe hätte, würde ich sie auch herumzeigen.

»Alles in Ordnung?«, fragt sie. Ich nicke. Auf gar keinen Fall werde ich ihnen Details über meinen Abend in der Hölle verraten.

»Wir haben gesehen, wie du im Streifenwagen weggefahren wurdest«, sagt Vicky. Ich sehe vor mir, wie ihre Brillengläser an die Fensterscheibe stoßen, die unter ihrem ob meines Niedergangs aufgeregten Atem beschlägt.

»Mit bewaffneter Eskorte und allem Drum und Dran«, sagt Lilith.

»Unsinn«, sagt Vicky. »Diese Motorräder waren vom Pizzalieferdienst. Ich habe die Kartons hintendrauf gesehen.«

»Undercover«, sagt Lilith. »Falls Paul aus dem Auto gesprungen und weggelaufen wäre.«

»Falls er Lust auf eine scharfe amerikanische Pizza mit extra Peperoni bekommen hätte«, erwidert Vicky in gereiztem Tonfall.

»Und jetzt sind die Paparazzi angekommen«, mischt sich eine hochmütige Stimme ein. Lady B hat ihr Haar eingerollt und auftoupiert wie Zuckerwatte und eine extra Schicht Haarlack aufgetragen – vielleicht plant sie, eine Evita-Performance an der Tür zu geben.

»Ich für meinen Teil halte mich lieber bedeckt«, murmelt Gregory von hinter einer Scheibe Toast. »Die Investment-Szene schätzt es nicht«, er räuspert sich, »im Rampenlicht zu stehen.« Er hat schon wieder ganz verquollene Augen – zu viele Podcasts.

Ich bemerke, dass Suzie mich in eine Ecke winkt, und die anderen spitzen in der Hoffnung auf Gerüchte die Ohren. Sie werden enttäuscht.

»Du hast für *Mitreißende Meerestiere* heute Nachmittag keinen Fisch«, flüstert sie. »Die Lieferung wurde storniert.«

»Das überrascht mich nicht«, antworte ich. »Die Polizei sagt, der Verkehrsinfarkt reicht vom Sloane Square bis nach Victoria.«

»Daran liegt es nicht«, erwidert sie. »Die Leute vom Fischgeschäft haben unsere Geschäftsbeziehung ohne Vorwarnung aufgekündigt – sie wünschen nicht länger, mit der Schule in Verbindung gebracht zu werden.«

Arme Rose – noch etwas, auf das sie wohl gut verzichten könnte. Dann fällt mir ein, dass ich wieder einmal derjenige bin, der die Stellung halten muss. Mir steht eine stundenlange Einheit über Fisch ins Haus – ohne Fisch, um sie zu füllen.

»Was ich dich noch fragen wollte«, fahre ich fort, wo ich gerade ihre Aufmerksamkeit habe, »gab es heute Morgen irgendeinen Tumult im Shelley Room? Ich – äh – habe zufällig mitangesehen, wie eine junge Frau aus dem Haus geeilt ist.«

»Auf Mrs Hoyts Schreibtisch sind ein paar Bilder umgefallen, das ist alles. Wenn Milla vorbeikommt, gibt es immer irgendwelche Katastrophen.«

»Milla?«, frage ich.

»Mrs Hoyts Tochter. Sicher hast du schon von ihr gehört? Du wärst der Einzige, der sie nicht kennt – sie taucht ständig in den Klatschspalten auf. Laut *Tatler* eine der *Twenty-five Women to Watch Under Twenty-five*.« Dann, beißend: »Auch wenn so was wohl nicht dein Stil ist.«

Autsch!

»Jedenfalls ist sie in letzter Zeit ein echter Albtraum«, fährt Suzie fort. »Die arme Mrs H reißt sich die Haare aus vor Sorge.«

Gerade will ich sie genauer befragen, als wir durch die Ankunft von De'Lyse unterbrochen werden, die um Kaffee bittet. Suzie zieht sich ans Sideboard zurück, um eine weitere Kanne ihres toxischen Gebräus zu produzieren. Ich bemerke, dass Lilith Suzie etwas ins Ohr flüstert, sie anstößt und auf Stephen zeigt.

Ich bin mir nicht sicher, ob Rose über eine Art himmlisches Botschaftssystem verfügt, aber Gerüchte besagen, dass wir uns um 9:30 Uhr für die berühmte Haustour oben einfinden sollen. Ich mache den ersten Teil mit, dann stehle ich mich davon und rufe Julie an.

Davor helfe ich Suzie aber noch, die Frühstücksutensilien in den Speiseaufzug zu räumen, damit ich die Geschichte zu Ende hören kann.

»Was macht Milla beruflich?«, frage ich.

»Arbeitet für einen Bauträger«, antwortet Suzie. »Sie versucht aber, zurückzukommen und die Schule zu übernehmen. Sagt, sie könne es besser als Mrs Hoyt.«

»Was du nicht sagst! Und was hat das mit De'Lyse zu tun?«

»Oh, sie ist Teil des Plans. De'Lyse soll das neue Gesicht der Schule werden – jung, weiblich, jede Menge Follower. Und sobald Milla die Zügel in der Hand hält – also, das ist zumindest meine Theorie –, fällt sie den beiden in den Rücken, wandelt das Haus in zehn Luxus-Wohnungen um und verhökert sie für zig Millionen das Stück.«

Ich weiß nicht, warum die Leute immer miteinander streiten und sich gegenseitig schlecht machen müssen. Wäre das Leben nicht leichter, wenn wir alle einfach unser Leben leben würden, statt dem nachzujagen, das wir nicht haben?

Wir stellen das letzte Frühstücksgeschirr ins Aufzugabteil – es ist überraschend geräumig –, als mir auffällt, wie traurig es für Suzie sein muss, in diesem ganzen Schlamassel gelandet zu sein.

»Findest du es nicht einsam in diesem riesigen Haus, wenn gerade kein Kurs stattfindet?«, frage ich sie.

Sie hält kurz inne, bevor sie antwortet. »Das hat mich noch nie jemand gefragt. Manchmal wünschte ich ... na ja, dass ich jemanden in meinem Alter hätte, mit dem ich etwas unternehmen kann.«

»Du solltest London erkunden, solange du hier bist. Gerade für junge Leute ist es die aufregendste Stadt der Welt.«

»Alleine macht das nicht wirklich Spaß. Vielleicht, wenn ich mehr Geld hätte ...«

Kurzentschlossen entscheide ich mich für eine gute Tat. Neben der Verbesserung unseres Abendessens verschafft sie mir auch die Möglichkeit, ihr noch ein paar Fragen zu stellen.

»Suzie«, sage ich leichthin, »an der Ecke Elizabeth und Ebury Street gibt's diesen neuen Feinkostladen. Hättest du Lust, mitzukommen und ihn dir anzusehen? Vielleicht ist es ja sogar interessant für das gemeinsame Kursabendessen ... Ein bisschen neue Inspiration.«

»Willst du mir sagen, dass du nicht magst, was ich koche?«, fragt sie. Zu meiner Erleichterung umspielt ein Lächeln ihre Lippen. »Um ehrlich zu sein, ich kann wirklich nur die Grundlagen. Das habe ich Mrs Hoyt auch gesagt, als sie mich angestellt hat. Wenn sie einen Schickimicki-Koch will, muss sie wohl deutlich mehr bezahlen als den Mindestlohn.«

Mit diesen Worten drückt sie den Knopf mit der Aufschrift »DOWN«, und der Speiseaufzug beginnt seine gemächliche Reise in die Spülküche.

Um Punkt 9:30 Uhr haben sich alle dicht zusammengedrängt im Shelley Room eingefunden. Eine ziemlich enge Angelegenheit, vor allem, weil Lilith herumgeht und alles in Augenschein nimmt, als seien es Beweisstücke in einer Mordverhandlung. Ich nutze die Gelegenheit, um mir die Fotos auf Roses Schreibtisch anzusehen – diejenigen, die nicht zu Bruch gegangen sind. Sie zeigen eine Gruppe Debütantinnen in weißen Ballkleidern auf einer Treppe und ein schwarz-weißes Studioporträt von Rose. Sehr Condé Nast. Wenn ich sie wäre, würde ich die Bilder wegräumen: Sie müssen sie ständig daran erinnern, was sie verloren hat.

Melanie schlängelt sich an meine Seite. »Das bin ich«, flüstert sie und zeigt auf das Ballkleid neben Rose.

Rose rezitiert die Geschichte des Hauses, als trage sie eine Predigt vor: »*Der Raum, in dem wir stehen, wurde nach Mary Shelley benannt, die mit* Frankenstein *Berühmtheit erlangte und nur wenige Häuser weiter in der Nummer Vierundzwanzig lebte. Früher hat man sie oft in der Abenddämmerung bei einem Spaziergang im gemeinsamen Privatpark gesehen, ein Pompadour am Handgelenk ihrer lederbehandschuhten Hand. Die Chester-Square-Legende besagt, dass er das kalzifizierte Herz ihres Mannes enthielt, das bei seiner Kremation an einem italienischen Strand im Jahre 1822 nicht mit verbrannte.«*

»Wie schauerlich«, murmelt Lady B verhalten. Stephen dagegen scheint es lustig zu finden.

So sehr ich mich auch danach verzehre, den nächsten Absatz dieser fesselnden Saga zu hören, schaffe ich es doch, mich mit vorsichtigen Schritten neben der Tür in Stellung zu bringen. Unter dem Deckmantel eines halbherzigen Applauses schlüpfe ich in die Freiheit.

»Julie! Dem Himmel sei Dank, dass du drangehst!« Dem Himmel sei Dank für FaceTime, sodass ich ihr wunderbares Gesicht sehen kann. Daran, dass sie sich die Lippen leckt, kann ich erkennen, wie nervös sie ist. »Sag mir, wie es läuft.« Ich habe mich in der Bibliothek versteckt und wie durch ein Wunder Julie schon beim ersten Versuch erwischt.

»Na ja, in einer halben Stunde ist unsere Präsentation bei Dena. Wenn ich dir meine Liste vorlese, sagst du mir dann, ob ich etwas vergessen habe?« Sie hält eine Tabelle vor die Kamera. »Fotocrew, check. Location, check. Dekoration, check. Requisiten, check. Food Stylist, check. Ernährungswissenschaftler, check. Essensbestellung, check. Models, check. Aufsichtspersonal, check. Transport, check.«

Große Fotoshootings sind eine enorme Organisationsaufgabe – ungefähr vergleichbar mit einem Umzug oder einer Scheidung. Überschattet wird das Ganze diesmal noch von dem Wissen, dass Julie und ich unsere Jobs los sind, wenn wir es nicht schaffen. »Denkst du daran, dass die Schule wieder angefangen hat und der Verkehr entsetzlich ist?«, frage ich.

»Auf jeden Fall. Alle Abholtermine sind mit einer halben Stunde Verkehrspuffer geplant, außerdem sind alle gebrieft, dass es ein sehr langer Tag wird – elf Bilder, plus Reportage. Keine Chance, früher zu gehen, um dem Berufsverkehr zu entkommen.«

»Du musst die ganze Nacht wach gewesen sein«, sage ich. Ich hätte eine Woche gebraucht, das alles zu organisieren, und hätte trotzdem vergessen, irgendeine lebenswichtige Sache zu bestellen, zum Beispiel den Truthahn. »Ich bin gestern Abend aufgehalten worden, und so spät wollte ich nicht mehr anrufen.« Ich könnte Julie niemals anlügen, aber das ist nah dran.

»Mach dir keinen Kopf – du hast auch mal eine Pause verdient. Überhaupt, wie geht es dir denn?«, fährt sie fort. »Keine Begegnungen mehr mit der Polizei?«

»Hallo? Hallo?«, rufe ich und tue so, als sei die WLAN-Verbindung schlecht. »Sorry, du warst kurz weg. Hast du die Rezepte beisammen?«

»Ich habe sie, so gut es geht, umgeschrieben«, antwortet sie. »Jetzt, da der *Nussknacker* gestorben ist, haben wir es für das Sicherste gehalten, gleich alle Nüsse zu entfernen. Du weißt, wie Dena ist – wenn sie in der Füllung auch nur eine einzige Kastanie entdeckt, erleidet sie aus purer Bosheit einen anaphylaktischen Schock.« Es bricht mir das Herz, dass all meine Arbeit für den Papierkorb war, aber man kann nicht gleichzeitig im Zeitschriften-Business arbeiten und sensibel sein.

»Und, was ist das Thema?«, frage ich in der widrigen Hoffnung, dass dem Team etwas eingefallen ist.

»Na ja, wir haben uns das Hirn zermartert ...«, noch mehr Lippenlecken, »aber uns ist nicht wirklich etwas eingefallen. Für die Heimdeko-Story sagt Lucinda, sie könnte die Spielzeuge mit Sprayfarbe umfärben, die Geschenke in Sackleinen packen und alles andere mit Tüchern und Tagesdecken verkleiden, damit man das Blau und Silber nicht mehr sieht.« Lucinda ist die Home-Editorin der *Escape,* die erst vor Kurzem von einem noblen Deko-Magazin abgeworben worden war. Wie die meisten Menschen, die etwas mit Innenarchitektur zu tun haben, hält sie sich für ein bisschen besser als den Rest. »Sie redet die ganze Zeit von ›Nordic Nesting‹, was auch immer das sein soll.«

»Hmm«, sage ich. Lucinda mag mit Pippa Middleton zur Schule gegangen sein, vielleicht sogar im selben Hockey-Team gespielt haben, aber Denas Zorn hat sie noch nie erlebt ... was ihr, so befürchte ich, jetzt bevorsteht. »Was ist mit dem Mode-Teil?«

»Spencer ist unglücklich: Den *Nussknacker* hat er geliebt – all die Brustschnüre und Schulterklappen.« (Ich wette, er entfacht einen Beifallssturm, wenn er so an der Uniform-Fetisch-Nacht im *Vault 79* aufläuft). »Er will irgendwas mit Stiefeln und Gürteln pitchen.«

»Das klingt nicht besonders weihnachtlich«, sage ich. Eher nach einer weiteren Fetisch-Nacht.

»Sein Titel ist ...« Ich sehe, wie sich Julies Gesicht verzerrt, als sie versucht, das Lachen zu unterdrücken.

»Was? Sag's mir!«

Unter verhaltenem Gelächter schafft sie es gerade noch, »Der Gestiefelte Kater« zu krächzen, bevor wir beide losprusten.

Ich halte die Modeindustrie – zusammen mit den sozialen Medien und Online-Glücksspielen – für einen Fluch moderner Zeiten, aber darum geht es nicht: Das wird Dena ihm nicht abkaufen – nicht in einer Million nordischer Winter.

Wieder fährt sich Julie ernsthaft mit der Zunge über die Lippen. »Wir haben alle gehofft, du bist unsere Rettung und bringst die zündende Idee. Aber ... das Meeting ist schon in zwanzig Minuten.«

Mir sinkt das Herz in die Hose. Eine albtraumhafte Vision blitzt vor meinem inneren Auge auf: Julie, die im strömenden Regen in der Schlange vor dem Jobcenter steht, ich bettelnd auf der Straße mit einem Pappschild, auf dem *Hungrig und obdachlos* zu lesen ist.

Ich höre, wie die anderen draußen durch den Flur schlurfen. Auf dem Weg, die Tür zur Bibliothek zu schließen, sehe ich Lilith an mir vorbeischweben, heute Morgen in eine Phantasmagorie aus Türkis, Fuchsia, Scharlachrot und Limettengrün gehüllt.

»Julie!«, sage ich blinzelnd. In meinem Geist wirbeln schimmernde Farben durcheinander wie in einem sich drehenden Kaleidoskop.

»Was? Was ist los? Ist dir was eingefallen?«

Ich umklammere mein Handy, als hinge mein Leben davon ab. »Ich sage dir jetzt ganz genau, was du tun musst ...«

KAPITEL 24

Auf meinem Weg in den Alten Ballsaal schaue ich in den Hinterhof und sehe den schräg fallenden Regen. Der Wind hat aufgefrischt. Immer noch läuft das Forensik-Team in weißen Overalls herum, rein und raus aus ihrem kleinen Zelt. Ich würde mir gerne vorstellen, dass drinnen die Atmosphäre eines gemütlichen Gartenhäuschens herrscht – Teetassen, Radio 2, ein Heizlüfter –, aber alles, was man sieht, ist ein weißer Tisch und Plastikboxen.

Währenddessen stürze ich mich in die Unterrichtsvorbereitung. Wenigstens lenkt mich das von der Dena-Problematik ab. Heute Morgen – falls Rose ihr gefesseltes Publikum in die Freiheit entlässt – können wir unseren Teig »abbacken«. (Ich gebe den TV-Promis die Schuld daran, unserem Land diesen furchtbaren Küchen-Sprech eingebrockt zu haben – abbacken, abgrillen, absautieren, abkaramellisieren.) Also bleibt noch der Nachmittag, aber um den kümmere ich mich, wenn wir so weit sind.

Ich weiß, es tut meinen Nerven nicht gut, aber ich checke schnell auf dem Handy die Nachrichten. Gerade ist die Polizeipressekonferenz vorbei.

Es gibt ein paar neue Entwicklungen. Man hat ausgeschlossen, dass die Tat terroristisch motiviert war. Zudem hat die Polizei herausgefunden, dass Christian mehrere hunderttausend Pfund Schulden hatte, weshalb er sich wohl von der Londoner Mafia verprügeln lassen musste.

Wer hätte das gedacht?

Wenn er mit dem organisierten Verbrechen in Verbindung stand, hatte er vielleicht auch noch andere Geheimnisse. Mein Blick schweift durch den Alten Ballsaal zu seinem Spind.

Ich schlendere hinüber und ziehe beiläufig am Griff. Schlösser knacken gehört nicht zu meinen Talenten, aber mit dem richtigen Werkzeug wäre es wohl einfach genug. Und wo sollte man das am ehesten finden, wenn nicht in einer Küche?

Ich versuche, die Tür mit einem Glasurmesser aufzuhebeln, das danach leider nie wieder beim Auftragen eines Karottenkuchen-Frostings hilfreich sein wird. Ein Pfannenwender aus Plastik und ein Tortenheber segnen ebenfalls das Zeitliche. Also gebe ich die rohe Gewalt auf und schaffe es, stattdessen einen metallenen Teigschaber in den Türspalt zu schieben. Einmal fest dagegengeklopft und ... ping! Das Schloss springt auf.

Mich erwartet eine Enttäuschung. Zusammengerollte Socken und eine Schürze. Ein Buch mit spanischen Redewendungen und ein Maßband aus Metall. Gerade will ich aufgeben, als – was ist das denn? – ich unter dem Sammelsurium ein kleines, abgegriffenes Notizbuch entdecke, eines mit einem Gummiband um den Einband, damit es zu bleibt.

Es fühlt sich übergriffig an, etwas so Persönliches anzugucken. Es ist eine Art »Rezept-Tagebuch«, das zurückreicht bis ins Jahr 2003. Die Einträge sind sporadisch, meist nur ein paar Zeilen plus Rezept. Ein paar der letzteren erkenne ich sofort: diese Käsecracker, die die Welt so in Aufruhr versetzt haben und die nie jemand genau so nachbacken konnte. Das pochierte Huhn mit den zwei Saucen.

Ich frage mich, ob Christian vorhatte, das hier eines Tages zu einem Kochbuch zu machen. Einem echten Kochbuch, nicht diese Fernseh-Geschichten, die man unter seinem Namen veröffentlicht hat. Vielleicht finde ich ja sogar einen Hinweis darauf, was passiert ist.

Ich blättere durch die Seiten, als ich Schritte auf der Rampe höre. Schnell stecke ich das Notizbuch in die Tasche und knalle die Tür zu, aber irgendwas fällt zu Boden.

Die Tür fliegt zischend auf, und Melanie betritt den Raum. »Hab mein Ladekabel vergessen«, sagt sie und beäugt mich argwöhnisch. »Suchst du irgendetwas?«

»Äh, hab's schon gefunden«, erwidere ich und schwenke den Teigschaber.

Sie sieht mich weiter komisch an, wahrscheinlich, weil einer meiner Füße am Boden festzukleben scheint.

»Also, wir sehen uns dann beim Kaffee.«

»Ich komme gleich«, erwidere ich. Sie sieht sich noch einmal misstrauisch um, bevor sie den Raum verlässt.

Mit einem erleichterten Seufzen hebe ich meinen Fußballen, und eine laminierte pink-gelbe Karte kommt zum Vorschein. Sie muss zwischen den Seiten des Tagebuchs gesteckt haben – wahrscheinlich als Lesezeichen. Ganz oben steht:

HM Armed Forces Veteran

Darunter, in kleinerer Schrift:

D192969E
C S Wagner
gültig bis 17. Jan 29

KAPITEL 25

Man denkt, man kennt jemanden, und dann entdeckt man so etwas. Es fühlt sich an wie ein Schlag ins Gesicht. So viele Jahre waren wir befreundet, sind durch dick und dünn gegangen, und er hat nicht einmal erwähnt, dass er bei der Armee war. Ich laufe in Richtung Pink Room und nicke dem Constable an der Eingangstür abwesend zu.

Drinnen ist alles eingedeckt – einschließlich langweiliger Kekse und einem überlagerten Apfel für Lilith –, aber niemand ist da. Ich rufe an der Hintertreppe nach Suzie, in der Hoffnung, dass sie weiß, wo alle sind. Keine Antwort.

Die Keller dieser Londoner Prunkhäuser haben eine Geschichte, die genauso reich ist wie die der oberen Geschosse, und diesen hier wollte ich mir schon die ganze Zeit ansehen. Also gehe ich durch die grüne Fries-Tür und die Wendeltreppe hinunter in die Alte Spülküche. Die lasierten Stufen sind wacklig und glatt. Es gibt nicht einmal einen Handlauf: Ich kann nicht glauben, dass das hier einer Gefährdungsbeurteilung standgehalten hat.

Ich erinnere mich, dass wir im Geschichtsunterricht gelernt haben, dass die alten Wendeltreppen im Uhrzeigersinn errichtet wurden, damit die Verteidiger ihr Schwert besser ziehen konnten, zumindest wenn sie Rechtshänder waren. Diese hier läuft andersherum.

Am Fuß der Treppe begrüßen mich mausgraue Wandfarbe und ein pilzartiger Geruch. Jeder Zentimeter ist mit Roses Küchen-Nostalgiekram bedeckt, einschließlich eines antiken Küchenbüfetts aus Kiefernholz, das unter Vintage-Porzellan erstickt.

Die Regalbretter sind vollgestopft mit einer wilden Sammlung aus blauen und weißen Tellern, Ingwertöpfen, Saucieren, Terrinen und einem Wedgwood-Tortenständer. Zwischen dem Geschirr stehen kleine Porzellanfiguren – ein Bäcker, der ein Sack voller Baguettes trägt, eine Frau, die Gemüse zum Markt bringt.

Jedes Mal, wenn ich eine solche Ausstellung sehe, denke ich – eher nüchtern – ans Abstauben. Muss die arme Suzie das machen?

Da öffnet sich eine Tür, und sie kommt heraus.

»Oh, du bist es«, sagt sie überrascht. »Gibt es ein Problem?«

Ich murmele eine Entschuldigung – es tut mir leid, dass ich in ihre Privatsphäre eingedrungen bin.

»Normalerweise kommt niemand hier runter«, erklärt sie. Es muss seltsam für sie sein, Stunde um Stunde abgeschnitten vom Rest der Welt in diesem Zwielicht zu verbringen. Nicht einmal der Straßenlärm ist hier zu hören. Als lebe man in einer Höhle. Troglodyt: kein Wort, das man sehr häufig benutzen kann.

»Aber es ist schön, ein nettes Gesicht zu sehen.«

»Schläfst du auch hier unten?«, frage ich.

Sie deutet auf den Raum, aus dem sie gerade herausgekommen ist, und legt einen Schalter um, sodass eine winzige, fensterlose Zelle mit einem schmalen Eisenbett, einem Stuhl und einem kleinen Tisch mit einem Fernseher darauf sichtbar wird. Noch ein Wort springt mich an: Anachoretentum.

»Nicht ganz das Ritz«, sage ich.

»Ich habe schon an schlimmeren Orten gewohnt«, sagt sie. »Laut Mrs Hoyt leben in einigen dieser Häuser ganze Filipino-Familien zusammengepfercht unter der Treppe oder in umgebauten Kohlekellern unter der Straße. Außerdem«, fügt sie hinzu, »habe ich ein Bad ganz für mich alleine und meinen persönlichen Waschsalon.«

Ich folge ihr am ächzenden Küchenbüfett vorbei zu einer weiteren Tür. Das Erste, was mich anspringt, als sie die Tür öffnet, ist eine Geruchswolke aus Waschmittel, Bleiche und Weichspüler. Nach einem dumpfen Rumpeln schaltet sich automatisch das Licht an, um eine komplette Wand voller glänzender Waschmaschinen und Trockner zu offenbaren, alle exakt übereinandergestapelt. In einer Maschine dreht sich geschäftig die Trommel.

»Das Blöde ist, dass das meiste Zeug aus der Kochschule in der Wäscherei landet, also werden diese Maschinen kaum benutzt. Für mich ist es aber ziemlich praktisch, wenn ich mal ein sauberes T-Shirt oder ein Paar Socken brauche.«

Auf meinem Weg nach draußen durch die Küche bemerkt sie, wie ich eine interessante Wandausstellung betrachte. Aufgereiht sind Schaumkellen, Schlitzlöffel und Drahtschöpfer – auch bekannt als Spinnensiebe –, die so praktisch sind, wenn man etwas frittiert.

»Die Leute haben zu viel Zeug«, sagt sie. Dann hält sie inne, als müsse sie sich wappnen, um weiterzusprechen, bevor sie schließlich damit herausrückt: »Ich wollte übrigens vorhin nicht unfreundlich sein. Feinkostläden sind normalerweise nicht mein Ding, aber ich hätte nichts dagegen, mir diesen Neuen mal anzusehen, von dem du gesprochen hast. Wenn es dir nichts ausmacht, mich mitzunehmen. Vielleicht in der Mittagspause, wenn du Zeit hast.«

In Zweierpaaren kommt die Klasse schließlich wieder zurück in den Alten Ballsaal. Alle haben diesen glasigen Blick, den Leute in Kunstgalerien vom langen Stehen und Gucken auch immer bekommen. Der Regen prasselt laut auf das Flachdach über unseren Köpfen.

Ich wage zu behaupten, sie sind immer noch neugierig, was gestern Abend passiert ist, aber ich werde sie ablenken, schließlich haben wir viel zu tun. Und, darauf könnt ihr euch verlassen, ich werde sie aufmerksam beobachten.

Die erste Aufgabe ist das Blindbacken von De'Lyses und Stephens Mürbeteig. Seine bemehlten Finger bewegen sich geschickt durch die Backform, und ich sehe mit Freude, wie er den Teig sanft in jede Vertiefung presst, ordentlich und gleichmäßig. Sie dagegen schiebt und drückt wie ein Kind beim Kneten.

Sie ist hoffnungslos unqualifiziert dafür, eine Kochschule zu leiten. Ich hoffe, der Mangel an Talent spielt heutzutage noch eine Rolle. Vielleicht ist es aber wichtiger, dass sie fantastisch aussieht mit ihrem makellosen Teint und den dunkel geschminkten Augen. Was hat sie mit jemandem wie Milla Hoyt zusammengebracht?

Schon bald ist der Alte Ballsaal vom unverkennbaren nussig-buttrigen Duft des Backens erfüllt. Mir fällt auf, dass Vicky ihre Ofentür mit Gaffer-Tape zugeklebt hat, um jeglichen Vandalismus seitens Lady B zu verhindern – davon abgesehen sind alle friedlich und zeigen guten Willen.

Dann naht Liliths Moment des Ruhms. Sie hat ihre Füllungen auf mehrere Tabletts verteilt und sich von irgendwoher einen Rollwagen aus Stahl organisiert. Sobald irgendwo ein Ofenwecker klingelt, pflügt sie durch den Raum wie ein Sattelschlepper und schiebt alle beiseite.

Es ist so aufregend, dass wir das Mittagessen vergessen, bis Suzie kommt, um uns zu erinnern. Der Kochnachwuchs verschwindet in Richtung Pink Room, während Suzie und ich aufräumen.

»Ist Mrs Hoyt einverstanden, dass du kurz verschwindest?«, frage ich.

»Eigentlich sollten sie es dieses eine Mal ohne mich schaffen«, sagt sie. »Aber nur für den Fall, dass Ihre Majestät einen Rundgang macht, hat Stevie gesagt, er würde alles aufräu…« Scheppernd fällt ein Backblech zu Boden. Sie beugt sich nach unten, um es aufzuheben, und pustet dann auf ihre Fingerspitzen. »*Autsch!* Mir war nicht klar, dass das Ding heiß ist!«

Wenn man noch nicht lange in der Küche arbeitet, ist man sehr empfindlich gegenüber Hitze – je älter und erfahrener man wird, desto mehr lässt das nach, finde ich. Als ich das Backblech hochhebe, scheint es mir nicht besonders heiß zu sein.

Gemeinsam laufen wir zur Eingangshalle, wo der Polizeikadett sitzt und sich langweilt. Aus dem Fenster kann man sehen, dass die Menschenmenge draußen noch größer geworden ist, aber wenigstens hat es aufgehört zu regnen.

»Wäre es irgendwie möglich, dass wir stattdessen die Hintertür benutzen?«, frage ich, während ich meine Jacke anziehe.

»Es tut mir leid, Sir. Bis auf Weiteres müssen alle den Haupteingang nehmen.«

Wir rennen die Stufen hinunter und schaffen es, durch die Menge zu schlüpfen, bevor überhaupt jemand registriert, was passiert. Dann ergreife ich Suzies Arm, und wir gehen schnellen Schrittes in Richtung Freiheit.

»Können wir ein bisschen langsamer gehen?«, fragt sie. Vielleicht möchte sie die unvertraute frische Luft und das Tageslicht genießen. Oder sie hat Angst, auf dem nassen Pflaster auszurutschen. »Wir haben es ja nicht eilig.«

»Natürlich«, sage ich und verlangsame meine Schritte. »Ich wollte dich ohnehin etwas fragen.«

»Schieß los«, entgegnet sie.

»Es war wirklich Glück, dass du gestern in Christians Wohnung aufgetaucht bist – sonst hätte ich vielleicht noch stundenlang ohnmächtig dagelegen. Ich habe mich nur gefragt, warum du da warst.«

»Ach, ich hatte keinen richtigen Grund. Dachte, er hätte wahrscheinlich verschlafen. Nach einem langen Abend.«

»Ein langer Abend?«

»Du weißt doch, wie er ist – sorry, wie er *war*. Wahrscheinlich hat er jemanden auf einen Drink eingeladen. Den Kerl mit den Hosen – ich glaube, ich habe ihn nach dem Abendessen rübergehen sehen.«

»Und wahrscheinlich hast du auch die Glasscherben gesehen, so wie ich.«

»Das auch, ja.«

Als wir den Biofeinkostladen erreicht haben, führe ich sie um eine Auslage violetter Feigen, Wildpilze und gestreifter Auberginen herum, die von einer Nebelanlage feucht gehalten werden. Danach sehen wir uns die Käseabteilung an, in der stapelweise *Époisses* und *Reblochon de Savoie* ihr ganz eigenes Geruchsklima erschaffen. Sie hält sich die Nase zu. Ich kann einem ganzen, mit Roter Bete gebeiztem Graved Lachs, garniert mit violetten Zwiebelringen, nicht widerstehen. Trotz der Tatsache, dass ich ihn für das heutige Abendessen im Pink Room kaufe, greift Suzie nicht nach ihrem Geldbeutel, also bezahle ich ihn selbst (59 £, bitte) und behalte den Kassenzettel, um ihn Rose in Rechnung zu stellen.

Unsere Suzie scheint mir keine große Feinschmeckerin zu sein, aber auf dem Weg nach draußen sehe ich, wie ihre Augen beim Anblick eines Mousse au Chocolat von Valrhona, dekoriert mit Spiralen aus weißer Schokolade und *fraises de bois*, für nur 6,80 £ aufleuchten.

»Lass mich eines für dich mitnehmen«, sage ich. Ich habe wohl einen großzügigen Tag.

»Oh, danke! Mir kauft nie jemand etwas. Darf ich auch zwei haben?«

Keine Feinschmeckerin, aber ein Vielfraß!

Wir laufen den schönen Weg zurück zum Chester Square über Ebury Mews.

»Es ist ein entsetzliches Gefühl, die ganze Zeit die Polizei im Nacken sitzen zu haben«, sage ich. »Ich habe mich gefühlt wie ein Verbrecher, als ich meine Fingerabdrücke abgeben musste.«

»Ich auch. Es hat mir nicht wirklich etwas ausgemacht, aber ich habe da oben ja sowieso nichts angefasst.«

»Wie ist deine Befragung gelaufen?«

»Hatte ihnen nicht viel zu erzählen«, erwidert sie.

»Mein Alibi klang ein bisschen dürftig: Ich bin einfach nach Hause gegangen und ins Bett gefallen. Wie war es bei dir?«

»Ich habe mir einen Film auf dem Laptop angeguckt.«

»Oh, welchen? Ich liebe Filme.«

»*Terrifier 2*. Das Dumme ist nur, die Cop Lady hat meinen Laptop mitgenommen, um das zu überprüfen – reine Formalität, hat sie gesagt. Es ist ziemlich langweilig, bis ich ihn wiederbekomme.«

»Aber gut, dass sie so gründlich sind. Wenn ich einen zweiten Laptop hätte, würde ich ihn dir leihen.«

»Danke«, sagt sie und sieht aufrichtig gerührt aus. »Ich habe ja gesagt, du bist anders als die anderen.«

Im Schneckentempo laufen wir zurück zur Eingangstür der Kochschule. Sie zögert, als graue es ihr vor dem Eintreten.

»Was ich noch fragen wollte«, sagt sie. »Was ist das mit dir und diesem Jonny-Typen?«

»Ach, das – nichts, eigentlich. Er ist einfach nur ein bisschen, na ja, es geht ihm nicht so gut. Warum fragst du?«

»Nur, weil Mrs Hoyt vorhin davon gesprochen hat. Sie sagte, du wärst irgendwie verschlossen gewesen, was ihn angeht.«

»Nun, nicht absichtlich. Es ist nicht, als versuche ich, etwas zu verbergen.«

»Ich bin mir sicher, sie meint es nur gut. Sie steht einfach unter Druck – es sind schwere Zeiten.«

Als wir hineingehen wollen, blicke ich hoch zum Haus. Im Rahmen eines der oberen Fenster steht Rose und sieht auf uns herab. Ihr Gesicht liegt im Schatten.

KAPITEL 26

Ich laufe durch den Flur zum Alten Ballsaal, gebe den Zugangscode ein – und *bäm!*

Ich habe ja schon immer gesagt, diese Tür ist gefährlich, und jetzt hat sie den armen Stephen erwischt, der gerade nach draußen gehen wollte.

»Es tut mir so leid!«, rufe ich. »Ist alles in Ordnung?«

Er liegt auf dem Boden und hält sich den Kopf. In meiner Panik ist alles, woran ich denken kann, die Körperverletzungsklage, die er gegen mich erheben wird. *Sind Sie bei einem Unfall zu Schaden gekommen, den Sie nicht verschuldet haben?* Es beschämt mich, dass ich so reagiere, aber so weit ist es mit der Welt gekommen.

Nach ein paar Sekunden steht er auf. Gott sei Dank – auch wenn er immer noch innere Verletzungen haben könnte oder eine spätsymptomatische Gehirnerschütterung.

»Ich wusste nicht, dass die Tür gleich aufgeht«, murmelt er.

»Das war alles meine Schuld«, erwidere ich, weil mir zu spät einfällt, dass man niemals ein Schuldbekenntnis ablegen darf. »Möchtest du dich setzen? Ein Glas Wasser?« Was hat er sich überhaupt hier unten so ganz allein herumgetrieben? Er scheint meine Gedanken zu lesen.

»Ich bin nur rübergekommen, weil ich vorhin was vergessen habe. Die anderen sind noch beim Mittagessen im Pink Room.«

Damit hinkt er davon, und ich bin endlich allein. Ich hole das Handy aus der Tasche und gebe »CS Wagner D192969E« bei Google ein.

Warum hat er niemandem erzählt, dass er beim Militär war – sogar im *Royal Regiment of Fusiliers*? Er hatte die Ausstrahlung eines Soldaten – immer aufrecht, mit dieser selbstbewussten Wachsamkeit, die das Militärtraining mit sich bringt und die Frauen (und einige Männer) so unwiderstehlich finden. Und es hätte die fehlenden Jahre erklärt, bevor er mit der Kochausbildung angefangen hat – er war zehn Jahre älter als wir anderen Hilfsköche und hat uns nie erzählt, warum. Man könnte meinen, er wäre stolz darauf gewesen.

Als Nächstes tippe ich »christian wagner royal fusiliers« ins Suchfeld, und schon erscheint eine Nachrichtenmeldung aus dem Archiv der *Wiltshire Times*. Schon im ersten Absatz erwartet mich der nächste Schock. Wie bitte? Christian Wagner war verheiratet – und Vater?

Er hat mir nie erzählt, dass er eine Frau und ein Kind hatte ... Ich frage mich, ob ich ihn überhaupt jemals wirklich gekannt habe.

Und tatsächlich wird es noch schlimmer. 1999, so scheint es, ist seine arme Frau bei einem Unfall in ihrer Militärwohnung im Tidworth Camp, südlich von Marlborough, ums Leben gekommen. Christian kam wegen Totschlags vor Gericht. Er wurde freigesprochen, beschuldigte aber in einem knappen Statement auf den Stufen des Gerichtssaals die Armee, ihn fallengelassen zu haben. Wie kann es sein, dass die Presse das nie ausgegraben hat?

Die Enthüllung schockiert mich so sehr, dass ich mich hinsetzen muss, um sie zu verdauen. Als ich das bittere Gefühl, betrogen worden zu sein, beiseiteschiebe, wird mir klar, dass diese entsetzlichen Ereignisse wahrscheinlich weitere Folgen hatten und mit dem seinen auch andere Leben zerstört haben könnten.

Ich muss mehr über seinen früheren Lebens- und Karriereweg erfahren – und zwar schnell. Wenn es um private Hintergrundinformationen zu Christian geht, gibt es nur einen Menschen, der mir vielleicht helfen kann: Jerome.

Viel zu schnell kehren alle zum Unterricht zurück. Stephen sieht okay aus – kein Anzeichen von Schleudertrauma. Man teilt mir mit, De'Lyse komme zehn Minuten später, weil sie noch die Reste des Mittagessens an das Polizeiteam verteile. Ich hoffe, sie sind beeindruckt von unseren Anstrengungen.

Die Nachricht von Christians vorzeitigem Ende hat große Kreise gezogen, und wir befinden uns im Auge des Tornados. #RIPChristian geht in den sozialen Medien durch die Decke. Die Vierundzwanzig-Stunden-Nachrichtensender lassen Trauerreden von führenden Köpfen der kulinarischen Welt in Schleife laufen, einschließlich zweier adliger Damen und Unmengen von Leuten mit irgendwelchen Ehrentiteln. Ein Dutzend Chefköche behauptet, Christian sei »wie ein Bruder« für sie gewesen, einschließlich einem, von dem ich ganz sicher weiß, dass er ihm nie begegnet ist. Das Savoy, wo er 2003 einmal zwei katastrophale Monate lang gearbeitet hat, ruft eine Trauerwoche aus, und die Studierenden eines Catering-Colleges, an dem er nie eingeschrieben war oder es je besucht hätte, halten eine Mahnwache.

Zu Roses Missfallen türmen sich die durchweichten Blumensträuße schneller vor der Tür, als der Bestattungsunternehmer sie wegräumen kann.

Wer hätte das gedacht? Wenn ich mich einmal verabschiede, werden mich dann auch Freunde beweinen, die ich nie hatte?

Trotz des sorgfältigen Packens heute Morgen liegt in meiner Gladstone-Tasche alles durcheinander, also bitte ich des Lehrers Lieblingskind Lilith, die Gewürze in alphabetischer Reihenfolge auf meinem Arbeitstisch aufzureihen.

»Warum fangen so viele mit K an?«, fragt sie. Gute Frage, auf die ich nie eine Antwort gefunden habe. Wir reichen sie herum, reiben sie zwischen den Fingern und schnuppern. De'Lyse, die mit einem besonderen Strahlen wieder zu uns stößt (ich würde sagen, das Team der Spurensicherung hat ihr aus der Hand gefressen), erzählt, dass sie und ihre Mum Gewürze immer in großen Beuteln in einem Laden in Peckham kaufen. Sie sind ein Fünfpersonenhaushalt (einschließlich dreier jüngerer Brüder – da ist was los) und verbrauchen das Zeug in rauen Mengen.

Schließlich kommen wir zum Pfeffer. Eine unserer traditionellen Delamare-Familienweisheiten – wahrscheinlich schon weitergegeben, seit wir als hugenottische Flüchtlinge im Jahre 1685 hier angekommen sind – lautet: »Pfeffer fliegt«. Daher sollte er immer erst am Ende hinzugefügt werden. Gerade, als ich das erzähle, fängt Harriet an, unkontrolliert zu niesen – winzige Nieser, wie man es in der vornehmen Gesellschaft macht. »Pixie Sneeze« sagt man auch dazu, Feenschnupfen.

»Du musst in eine Papiertüte atmen«, sagt Lilith.

»Unsinn, das ist für Schluckauf«, widerspricht Vicky. »Sag ›Wassermelone‹ in Dauerschleife.« Zum allgemeinen Erstaunen funktioniert es.

Danach wenden wir uns den Kräutern zu. Ich werde ganz wehmütig, wenn ich an Kräuter denke, da ich kaum einen Garten habe. Mit Ausnahme des kleinen, pyramidenförmigen Lorbeerbuschs und ein paar Rosmarinpflanzen, die im Topf auf meiner Eingangstreppe stehen, muss ich Kräutersträuße zu horrenden Preisen auf dem Markt oder im Laden kaufen.

Selbstverständlich will Vicky über gefrorene Kräuter sprechen. Ich sehe, wie ein paar der anderen bei der Vorstellung die Nase rümpfen, aber ich habe es ausprobiert. Gefrorene Kräuter bringen akzeptable Ergebnisse, solange man sie in die Gerichte einrührt, statt sie nur darüberzusprenkeln. Lilith muss wie immer das letzte Wort haben und trumpft mit der Information auf, dass man frische Kräuter in Eiswürfeln einfrieren kann. Allerdings fallen mir nicht viele Dinge ein, die besser werden, wenn man Eiswürfel hineinwirft, es sei denn, ein Gin Tonic zählt.

In diesem Moment klingelt der Wecker, und es ist Zeit, unsere Brotteige, die schön aufgegangen sind, in den Ofen umzusiedeln. Während alle mit Ritzen und Einstreichen beschäftigt sind, ziehe ich mich für ein heimliches Telefonat in eine Ecke zurück, weil ich keine Minute länger warten kann.

»Jerome, hier ist Paul.«

»Mein lieber Junge!«, ruft er – über die Jahre ist er ziemlich taub geworden. Im Hintergrund höre ich laute Opernmusik, wahrscheinlich auch nicht gerade hilfreich. »Ich sitze gerade bei einem wirklich guten Mittagessen – genau das Richtige für einen Regentag. Räucherlachs von diesem Laden auf den Somerset Levels, mit einem Glas Meursault.«

Ein oder drei Gläser, so wie ich Jerome kenne.

»Sag mal!«, fährt er fort und hält sich das Telefon zu nah an den Mund, was seine Stimme verzerrt. »Hassuvonkarisanehört?«

Ich gehe davon aus, dass er fragt, ob ich von Christian gehört habe.

Auf keinen Fall kann ich jetzt ins Detail gehen, nicht, solange Lilith mit gespitzten Ohren hier herumschleicht. Also erwidere ich nur: »Ja. Einfach furchtbar. Tatsächlich ist das der Grund, aus dem ...«

»Iapasodamitiemgeschrochnn.«

»Jerome, bitte halt das Telefon ein Stück weiter weg. Ich kann nicht verstehen, was du sagst.«

»Ist es so besser? Ich habe nur gesagt, ich habe am Sonntag mit ihm gesprochen, glaube ich. Ja, es war auf jeden Fall Sonntag, weil meine Nachbarin für einen Frühschoppen vorbeikommen wollte, aber dann in letzter Minute wegen irgendeiner Krise mit ihrer Tochter abgesagt hat. Die, die mit dem Tierarzt verheiratet ist.«

Ich kenne keinen dieser Leute, und sie sind mir auch vollkommen egal. Aber es ist interessant, dass er vor so kurzer Zeit mit Christian gesprochen hat.

»Ja«, fährt Jerome fort. »Er hat mich völlig aus dem Blauen heraus angerufen und erzählt, er hätte sich irgendein Bein oder einen Arm gebrochen, und ob ich jemanden wüsste, der spontan für ihn bei einem Job einspringen könnte? Ein Kochkurs für Belgravia-Ladys. Hat gesagt, er sei sein Adressbuch von A bis Z durchgegangen und es wäre niemand dabei gewesen. Ich wünschte, ich hätte an dich gedacht, aber du bist ja heutzutage immer so beschäftigt.«

Ich atme scharf ein. Christian hat mir die Story ein wenig anders verkauft.

»Jerome«, sage ich. »Ich brauche deine Hilfe.« Im Bewusstsein einer violetten Präsenz hinter mir halte ich die Hand vor das Telefon. »Ich muss Christians Familie finden oder irgendwen, den er kannte, bevor er nach London gekommen ist. Es ist dringend. Kannst du mir helfen?«

Jerome Marnier ist ein fester Bestandteil und Inventar der Küchenszene und überall beliebt. Er stammt aus den Tagen der Gentleman-Gastherren, als man heruntergekommene Anwesen noch günstig aufkaufen und zu Landhotels umbauen konnte und Fernsehköche für einen Monat in die Toskana geschickt wurden, um ein paar Chianti-getränkte Kochshows aufzuzeichnen. Die frühen Neunzigerjahre waren seine Glanzzeit, als man mit Büchern und Schriftreihen noch Geld verdienen konnte. Als die Queen Mum zum ersten Mal in einem öffentlichen Restaurant speiste, wählte sie das von Jerome in Camden Passage.

So schnell wie er sein Vermögen angehäuft hatte, so schnell verprasste er es auch wieder, kaufte und verlor zuerst ein Riad in Marrakesch, eine Wohnung in Paris und dann eine Villa auf einer griechischen Insel. Seitdem ist er vom Wohlwollen seines freigiebigen Freundeskreises und vom Mäzenatentum abhängig.

Schon seit ich ihn kenne, wohnt er in eleganten Häusern, wo es ihm an nichts mangelt. Vielleicht liegt das daran, dass er alle ein bis zwei Jahre, wenn die Großzügigkeit seines aktuellen Mäzens ausläuft, weiterzieht. (Ich frage mich, ob es irgendwo ein Register der Reichen und Erhabenen gibt, die bereit sind, die Bedürftigen und Schützenswerten auszuhalten, und wenn ja, wo ich mich eintragen kann.) Jeromes derzeitiges Domizil ist ein erlesenes Jagdhaus aus der Regency-Zeit, mit Blick über die Teign-Mündung in South Devon, gelegen auf dem Anwesen eines Marquess-von-Irgendwas.

Christian war einer von Jeromes Protegés, und obschon sie aus sehr unterschiedlichen Welten kamen, haben sie die Gesellschaft des anderen geschätzt. Jerome war von Christians Charme und Energie angezogen, von seinem umwerfenden Aussehen ganz zu schweigen, Christian von des älteren Mannes Schlagfertigkeit und seinem grenzenlosen Vorrat an unterhaltsamen Geschichten, größtenteils über die Schönen und Reichen. Ich war ein bisschen das fünfte Rad am Wagen und hatte immer das Gefühl, Jerome fände mich nicht interessant genug.

»Christian ... frühes Leben? Nicht dass ich wüsste«, erwidert er. »Er kam aus Wiltshire – nicht gerade meine Lieblingsgegend, ganz und gar nicht. Wild und windig. Druiden. Gut, Salisbury Cathedral ist wirklich hübsch – ich hoffe, du hast Martin Chuzzlewit gelesen?« Ich fühle mich wie beim Betrachten eines Spirographen. Der Stift fährt rundherum und zeichnet wunderschöne Muster, man weiß aber nicht mehr, warum man damit angefangen hat.

Ich höre ein kratzendes Geräusch, und als ich mich umdrehe, sehe ich, wie Lilith sich in gekrümmter Pose hinter den Mülleimer quetscht.

»Jerome, kannst du dich denn an irgendetwas aus Christians Zeit vor London erinnern? Irgendwelche Freundschaften oder Kontaktpersonen?«

»Hmm«, sagt er gedehnt. »Also, vor langer, langer Zeit gab es eine Schwester, aber sie hatten keinen Kontakt mehr. Hmm ...

Lass mich kurz nach meinem Notizbuch wühlen. Mrs Vobe legt immer alle meine Sachen dorthin, wo ich sie nicht finden kann – sie ist meine *femme de ménage*. Hat eine verkümmerte Hand, wie in der Bibel. Nicht auflegen.«

Er lässt mich mit der Musik allein. Die Callas singt »Vissi d'arte«, Jerome singt in seinem Basso profundo lautstark mit. Gefühlte Stunden später klappert es laut, und er ist wieder da. Ich höre ein schmatzendes Geräusch, dann das Klicken eines Feuerzeugs.

»Entschuldige, meine Zigarre ist ausgegangen. Hier ist es. Unter W.« Papierrascheln. »Unser Christian ist wirklich oft umgezogen! Ah, da haben wir es – Barbara. Wusstest du, dass *Barbara* auf Lateinisch ›bärtige Dame‹ heißt?«

Ich notiere mir die Adresse. »Danke, Jerome. Ich muss jetzt wirklich los.« Ich halte die Hand vors Mikrofon und rufe laut: »Harriet – die Brötchen sind fertig!«

»Was hast du heute für das Abendessen geplant?«, fragt Jerome.

»Ich habe ein paar wirklich gute Lammkoteletts, die ich ...«

Als ich es endlich schaffe, das Gespräch zu beenden, drehe ich mich um und sehe, wie sich ein weiteres Drama entfaltet. Eine Sekunde lang denke ich, Melanies Gesicht ist vor Lachen verzerrt, aber dann erkenne ich, dass sie weint. Seltsam, wie man das verwechseln kann. Lady B hat einen Arm um sie gelegt, und Gregory sortiert hoch konzentriert die Kochutensilien auf seinem Arbeitsplatz. Offensichtlich ist ihm das Ganze peinlich.

»Es tut mir so leid«, schluchzt sie, als ich mich ihnen nähere. »Cressida hat schon wieder angerufen. Ben ... na ja, wir wissen einfach nicht, wo er ist.«

»Wie lange ist er schon weg?«, frage ich.

»Seit Montagnacht, laut Cressie.«

Hmm. So viel zum großen englischen Frühstück gestern Morgen.

»Ist das normal, dass er verschwindet, ohne jemandem zu sagen, wohin?«, fragt Lady B abschätzig.

»Es ist nicht das erste Mal«, gibt Melanie zu und tupft sich die Tränen von den Wangen.

»Gibt es irgendeinen Ort, wo er sein sollte? Ich meine, ist er irgendwo angestellt?«

»Ja, natürlich – er ist Leiter der Security für einen Kunsthändler. Die *Strebi Gallery* in der Old Burlington Street. Es lief so gut für ihn die letzten Monate. Diesmal dachte ich wirklich ...«

»Denkst du nicht, du solltest nach Hause fahren?«, schlägt Lady B vor.

»Nun, das ist wohl, was Cressida will. Sie ... gibt immer mir die Schuld. Aber hierher zu fahren – das war eine große Sache für mich. Ich bin es so leid, ständig das Leben aller anderen zu organisieren. Ich kann einfach nicht mehr.« Jetzt beginnt sie, ernsthaft zu weinen, und ich wende mich ab.

Die angespannte Atmosphäre dieses Nachmittags steigt noch weiter, als zwei weibliche Constables in den Saal marschieren. Sie haben den Ausdruck strenger Betriebsamkeit, wie die Verkehrspolizei, wenn sie einen im absoluten Halteverbot erwischt. Sie beziehen mit dem Rücken zur Doppeltür Stellung, bereit, jeglichen Fluchtversuch zu vereiteln. In Anbetracht des Öffnungsmechanismus eine gefährliche Position, aber das ist ihre Sache.

»Kein Grund zur Besorgnis«, versichert die Größere der beiden, auch wenn der Blick aus ihren Augen klar sagt: *Wehe, hier versucht jemand was.*

Die andere, nur halb so groß wie ihre Kollegin, meldet sich mit hoher, durchdringender Stimme zu Wort: »Wir würden gerne mit einer Miss – äh ...«

Gregory macht sich an seinen Hörgeräten zu schaffen, während sie nervös auf ein Blatt Papier blickt. »Eine Mrs Lilith Irgendwas – ich weiß nicht, wie man das ausspricht.«

Die Vierschrötige wirft ihr einen finsteren Blick zu und schnappt ihr den Zettel weg. »Lilith Mostyn. Bitte kommen Sie mit.«

Alle Augen schießen zu Lilith, die unter ihrer violetten Mähne grellrot geworden ist.

»Worum geht es?«, fragt sie. Ich habe noch nie eine Puffotter gesehen, aber ich bin mir sicher, genau so sehen Puffottern aus, wenn man sie in die Ecke treibt.

Die Augen der großen Polizistin funkeln: Vielleicht darf sie jetzt ihren Taser benutzen. »Bleiben Sie ruhig und begleiten Sie uns, Madam. Draußen wartet ein Wagen auf Sie.«

Und damit wird Lilith, zischend und schnaubend, abgeführt.

KAPITEL 27

Die anderen sind völlig entgeistert. Genau wie ich. Wer hätte gedacht, dass Lilith in die Sache verwickelt ist?

Wie schon zuvor frage ich, ob alle den Kurs fortsetzen wollen, und wie zuvor stimmen sie zu. Ich vermute eher, dass sie sonst nicht wissen, was sie mit sich anfangen sollten, als dass sie wahres Interesse an den Feinheiten der Schokolade haben. Ich werde sie sicher nicht an die ausgefallene Lektion über Fisch erinnern, am Ende brüllen sie noch nach einer Erstattung. Mittlerweile sind alle Brote prächtig goldbraun gebacken. Der Duft ist betörend.

De'Lyse macht eine Menge Fotos, aber ich bin mir nicht sicher, ob oder wann sie vorhat, sie zu posten. Heute Morgen hat sie Bilder ihrer Zitronentarte veröffentlicht. Das kam nicht gut an. »Du solltest dich schämen, De'Lyse – manche Menschen haben einfach kein 🖤 «, postete jemand als Antwort. Daraufhin fiel ein Schwarm Krähen über ihre Gefühllosigkeit und ihren Mangel an Respekt her. Sie tat es achselzuckend ab und sagte, in ein paar Stunden sei der Sturm wieder vorbei.

Ich schlage vor, dass wir die Brote, sobald sie abgekühlt sind, einfrieren, damit wir sie morgen mit nach Hause nehmen können. Das ist Musik in Vickys Ohren, und aus dem Nichts zaubert sie eine Vorratsdose voller Tiefkühlbeutel, Clips und Filzmarker in verschiedenen Farben hervor.

Endlich beginnt die Teepause. »Ich komme gleich nach«, sage ich, als alle den Raum verlassen. Melanie geht als Letzte, den Blick fest auf ihr Handy gerichtet.

Es zeugt von ziemlicher Rücksichtslosigkeit, als Ehemann einfach so zu verschwinden, also suche ich online nach diesem Ben-Hardy-Powell-Typen. Obwohl er ein Armee-Offizier war, findet man erstaunlich wenig über ihn im Internet. Die *Strebi Gallery* hat sich auf die Kunstform spezialisiert, die man »neo-realistisch« nennt – tanzende Paare, kurvige Delfine, spärlich bekleidete Frauen vor Meereshintergrund. Nicht mein Geschmack, aber auch absolut keine Erwähnung von Ben. Auch nicht auf Facebook.

Ich hoffe, mit Barbara Wagner mehr Glück zu haben. Was, wenn sie geheiratet und ihren Namen geändert hat? Jerome könnte sie einfach unter Christians Namen in sein Adressbuch eingetragen haben. Diese Art Fahrlässigkeit wäre typisch für ihn. Ich gebe den Namen in der Suchmaschine ein, aber gleich beim obersten Eintrag handelt es sich um eine brasilianische Choreografin. Ich füge »Swindon« hinzu, ohne Ergebnis, dann versuche ich es mit »Telefonnummer«. Nichts. Gegen meinen inneren Widerstand öffne ich LinkedIn (zu businessmäßig für meinen Geschmack) und erfahre, dass es über fünfhundert Barbara Wagners gibt (was ich bezweifle), allen voran eine mit dem Titel *Director of First Impressions* (eine Empfangschefin?) in einem Motel in Nevada. Also bleibt nur noch Facebook, wo ich ein Dutzend Barbara Wagner-Irgendwas finde, die meisten aus Deutschland, und dann ... *heureka!* Eine Barbara Wagner-Edwards aus Swindon.

So schnell wie mein Puls in die Höhe geschossen ist, sackt er jetzt wieder ab. Jeder kennt wohl jemanden, der nach dem Tod einer verwandten Person die nächsten fünf Jahre lang versucht, Marc Zuckerberg dazu zu zwingen, das Profil des Verstorbenen zu löschen. Ich fürchte, genau das passiert hier gerade. Der letzte Eintrag von Barbara selbst stammt aus dem Herbst 2019 – ein Foto mit ihrem Hund vor einem See –, danach stammen alle

Posts von Freunden und Familienmitgliedern, die schreiben, dass sie sie lieben und vermissen.

Ich kann die Ähnlichkeit zu Christian erkennen – vor allem in den Lippen und der Wangenpartie –, aber sie sieht älter aus, als ihr Bruder je wurde, und hat eine traurige, verhärmte Ausstrahlung. Vielleicht ist sie einer Krankheit erlegen.

Woher soll man wissen, durch welche Stürme ein Fremder in seinem Leben gerade geht? Eine Freundin von mir steckte gerade mitten in einer furchtbaren Scheidung, als sie eines Tages im Fond eines Taxis landete, an dessen Steuer ein unterirdisch gelaunter, unhöflicher Fahrer saß: Sie wurde so wütend auf ihn, dass sie einander anschrien, bevor sie Paddington erreichten. An diesem Punkt drehte sich der Taxifahrer mit tränenüberströmtem Gesicht zu ihr um. Er hatte gerade erfahren, dass der Krebs seiner Frau wieder aufgeflammt war. Er weigerte sich, das Geld für die Fahrt von ihr anzunehmen, und sie umarmten sich weinend auf den Bahnhofsstufen.

Jemand mit dem Namen Isla Edwards hat einen Kommentar hinterlassen, wie sehr sie »unsere geliebte Mum vermisst«, also rufe ich ihr Profil auf. Ende zwanzig, scharfe Gesichtszüge, Kosmetikerin. Ich schicke ihr eine kurze Nachricht mit der Bitte, mich in dringlicher Angelegenheit wegen ihres Onkels zu kontaktieren.

Unsere Unterrichtseinheit heißt *Wohltemperierte Schokolade*. Sinn des Temperierens ist, der Schokolade Glanz und »Knackigkeit« zu verleihen. Wissenschaftlich betrachtet bringt man die in der Kakaobutter enthaltenen Kristalle dazu, sich in einer bestimmten Formation zu bilden statt wild durcheinander. Um das zu erreichen, erhitzt man die Schokolade, lässt sie dann abkühlen und erhitzt sie erneut auf jeweils bestimmte Temperaturen. Es klingt kompliziert – langweilig sogar – und das ist es auch. Professionelle Chocolatiers können es im Schlaf, aber ich treffe eine Entscheidung von oben. Wir sparen uns die Mühe.

Das »Gerinnen« andererseits – wenn geschmolzene Schokolade klumpig und krisselig wird – sollte man als Phänomen kennen. Wenn das geschieht, fühlt man sich, als würde die Welt untergehen. Da ein solches Experiment gleich auf mehreren Ebenen nützlich ist, will ich sehen, wie meine Schützlinge reagieren, wenn eine solche Katastrophe eintritt.

Ich bitte alle, Schokoladen-Chips abzuwiegen und sie mit ihrer gewohnten Methode zu schmelzen. Und um jeden Preis zu verhindern, dass sie gerinnt.

»Warum Chips?«, fragt Lady B. Sie ist eine Frau, die »im Kreis der Spötter sitzt«, wie man es im Alten Testament genannt hat.

»Weil es eine solche Sauerei macht, Schokolade zu hacken«, erwidere ich. »Es sei denn, natürlich, man hat Angestellte.« Das bringt sie auf den Boden zurück.

Sie und ihre Tochter stellen Töpfe mit Wasser auf und durchsuchen dann die Schränke nach zwei Rührschüsseln. Vicky und De'Lyse liefern sich ein Rennen zur Mikrowelle. Stephen und Gregory, die offensichtlich in ihrem ganzen Leben noch nie Schokolade geschmolzen haben, schütten ihre Chips direkt in ihre Töpfe und drehen das Gas auf.

Ich interessiere mich für Zaubertricks und bin mit dem Konzept der Irreführung vertraut. Während ich durch die Reihen gehe, Worte der Ermutigung murmele und mich über das Wetter austausche, spritze ich immer wieder ein bisschen Wasser in Schüsseln, drehe das Gas auf und stelle die Mikrowelle auf »Boost«: todsichere Wege, gute Schokolade zu ruinieren.

Das erste Opfer ist Vicky. »Was zum Teufel …?«, sagt sie, als sie die Mikrowelle öffnet. Lady B gibt der Hon. die Schuld, die zu meinem Wohlgefallen zum ersten Mal widerspricht: »Ach, sei still, Mummy. Das passiert, weil du die ganze Zeit schreist.« Als Harriet dann sieht, dass ihre eigene Schokolade ebenfalls geronnen ist, zuckt sie mit den Schultern und lässt sich auf einen Stuhl fallen. Inmitten des Aufruhrs beobachte ich, wie Stephen seinen Topf im nächsten Mülleimer versenkt – komplett mit der verklumpten Schokolade –, sich einen neuen holt und ohne ein Wort von vorne anfängt: nicht gerade die feine englische Art. Gregory knallt seinen Topf auf die Arbeitsfläche. »Irgendwas stimmt nicht mit der Schokolade, fürchte ich.«

Schließlich erbarme ich mich. »Das kann den Besten von uns passieren – man muss nur wissen, was dann zu tun ist.« Sie scheinen nicht besonders amüsiert, aber ich zeige ihnen, wie man die Schokolade wieder geschmeidig bekommt: Indem man – entgegen der Intuition – teelöffelweise kaltes Wasser unterrührt. »Oder ihr benutzt sie so, wie sie ist – zum Beispiel für Chocolate-Chip-Cookies.«

Mein Blick fällt auf die Gladstone-Tasche, die immer noch vor mir auf der Arbeitsfläche steht. »Hat schon mal jemand von Tonkabohnen gehört?«

Tonkabohnen wachsen an einem südafrikanischen Baum, dem *Dipteryx odorata*. Sie sind klein und ledrig – wie verschrumpelte schwarze Mandeln. Ihren Duft zu beschreiben, ist schwer – eine Mischung aus Vanille, Waldmeister, Bittermandel und Möbelpolitur. Sie sind eines von den einzigen zwei Gewürzen, die ihre Anwesenheit verraten, noch bevor man die Dose öffnet. (Das zweite ist Asafoetida.)

Man kann Tonka in Saucen, Cremes oder Eismasse reiben, so wie man es mit Muskatnuss machen würde, aber es harmoniert auch mit Kaffee und Nüssen. Heute raspeln wir eine viertel Bohne in unseren Teig für die Chocolate-Chip-Cookies, um ihnen eine leicht tropische Würze zu verleihen. Den Rest der Bohnen reiche ich herum, damit alle einmal daran schnuppern können.

»Ich bin mir nicht sicher, ob ich das mag«, verkündet Lady B. »Riech nicht daran, Harriet, das ist nichts für dich.«

Harriet atmet tief ein. »Köstlich«, sagt sie mit einem finsteren Blick zu ihrer Mutter.

Was zum allgemeinen Nervenkitzel beiträgt – ich komme nicht umhin zu bemerken, dass vor allem Vicky ihre Ohren dabei spitzt –, ist die Tatsache, dass Tonkabohnen Cumarin enthalten, ein potentes Gift, und deshalb nur sparsam eingesetzt werden dürfen.

»Wie definiert man sparsam?«, fragt Gregory.

»Verlass dich auf deinen Geschmack«, erwidere ich. »Wenn es zu intensiv schmeckt, war es zu viel.«

»Das ist absurd«, sagt er. »Damit sagst du ja, der einzige Weg, herauszufinden, ob es giftig ist, ist, sich zu vergiften.«

Ich mache einfach weiter. »Wenn ihr den Duft mögt: Es gibt ein Parfüm, das auf Tonkabohnen basiert. Es ist vielleicht eher etwas für Liebhaber, aber ich bin mir sicher, sie verkaufen es in der Parfümerie drüben in der Elizabeth Street.« Dieses Juwel von einem Laden verkauft hunderte seltene und limitierte Düfte – aus der ganzen Welt kommen Leute, um dort einzukaufen. »Es ist ein Aftershave mit dem Namen ›Après un Rêve‹.«

Ich habe einen persönlichen Grund, es zu mögen, aber den teile ich ganz sicher nicht mit der Klasse.

Als ich darum bitte, die Tonkabohnen zurück nach vorn zu reichen, bemerke ich, dass ein paar fehlen. Ich erinnere mich an ein ähnliches Ereignis aus der Schule – ein Elternabend zum Thema Drogenprävention, bei dem alle Vorführproben verschwunden sind. Richtig verabreicht reichen zwei Bohnen aus, um einem erwachsenen Menschen ernsthaft gesundheitlich zu schaden. Aber vielleicht mag jemand auch einfach nur den Duft.

Die Cookies sind fertig, und wir haben viel mehr, als wir brauchen. De'Lyse arrangiert den Großteil in ordentlicher Formation auf zwei Tellern und springt davon, um sie mit ihren neuen Kumpels von der Polizei zu teilen.

Die anderen nutzen die Pause, um auf ihre Handys zu schauen, genau wie ich. Ein schneller Blick in meine E-Mails verrät mir, dass meine Verstrickung in die aktuelle Katastrophe bekannt geworden ist. Über die letzten Monate der Zurückgezogenheit habe ich den Kontakt zum Großteil meines Freundeskreises verloren, also nehme ich an, dass die meisten eher an spannenden Gerüchten interessiert sind als daran, »wie es mir geht«. Gerade will ich mich ausloggen, als ich eine Facebook-Nachricht bemerke ... von Isla. Mein Herz setzt einen Schlag lang aus.

> Ich habe ihn nie getroffen, es aber in den Nachrichten gesehen. Mum und er hatten keinen Kontakt. Warum schreibst du mir?

Ich erwarte nicht, dass andere Menschen ihre Nachrichten zu ähnlich lapidarer Perfektion feilen wie ich, aber das ist schon ein bisschen brüsk. Andererseits ist sie die einzige Spur, die ich habe, und sie hat mich nicht direkt abserviert. Also schreibe ich zurück:

> Bitte, würdest du mich wegen Christian einmal kurz anrufen? Ich verspreche, es dauert nicht länger als zehn Minuten.

Dann schicke ich ihr noch meine Nummer.

Als ich auf Senden drücke, fliegt die Tür auf, und De'Lyse kommt hereingaloppiert.

»Ihr werdet es nicht glauben!«, verkündet sie. »Nicht in einer Million Jahren!«

Erwartungsvoll starren wir sie an.

»Die Leute in diesen weißen Overalls – von der Forensik? Also, sie waren begeistert von unseren Cookies. Da habe ich den Netten gefragt, was es mit Lilith auf sich hat!«

Wir hängen an ihren Lippen.

»Er sagte, ich soll es nicht überall erzählen – ihr seid natürlich nicht überall, schließlich sind wir Freunde, nach alldem, was wir durchgestanden haben. Sie haben da oben etwas gefunden.« Sie gestikuliert in die Richtung des Hofes und Christians Wohnung.

Die Spannung ist unerträglich. Lady B umklammert ihre Arbeitsplatte, und ich kann sehen, wie Gregorys Adamsapfel hoch- und runterhüpft.

»Und wisst ihr, was es war?«, fragt unsere Peinigerin.

Jetzt sag schon!

»Es war ein Haar, ein menschliches Haar. Lang und dünn – wahrscheinlich das einer Frau. Aber eins daran war wirklich auffällig: Das Haar war lila.«

KAPITEL 28

Ich finde London seltsam schön während der Abenddämmerung, vor allem, wenn es regnet. Ich liebe es, wie sich das Licht der Straßenlaternen und der Scheinwerfer in den Pfützen spiegelt, das bunte Glitzern und Funkeln der Schaufenster, das gemütliche Leuchten aus den Wohnzimmern, bevor die Vorhänge zugezogen und die Jalousien geschlossen werden.

Heute habe ich beschlossen, zwischen Unterrichtsende und dem Abendessen nach Hause zu gehen: Ich habe genug Zeit, und wenn sich die anderen wieder in Abendgarderobe werfen, will ich mir wenigstens ein sauberes Hemd anziehen. Außerdem habe ich (oder eher Ms Julie Effizient) für halb sieben einen Zoom-Call gebucht.

Gedankenverloren laufe ich die Chester Row entlang und grüble über einen weiteren Tag voll unerwarteter Schrecken und Überraschungen nach. In Anbetracht der aktuellen Situation scheint es mir unglaublich, dass der gestrige Tag mit einem ganz normalen Morgen begonnen hat.

In Gedanken wandere ich zurück zu Christians Wohnung und dem Mordschauplatz selbst. Habe ich zwischen den seltsamen und anscheinend wahllos verstreuten Hinweisen irgendetwas übersehen? Der Lippenstift und der Duft nach Parfüm ... die offene Weinflasche ... der Schal, ausgepackt, aber nicht einmal anprobiert ... der Ordner auf dem Kaffeetisch. Und jetzt dieses verfängliche Haar.

Ein paarmal bleibe ich kurz stehen, einmal warte ich, um über den South Eaton Place zu kommen, dann vor dem Restaurant *Duke of Boots*, wo sie das neue Herbstmenü ausgehängt haben.

Mein anderes Stammrestaurant ist das *Fox and Hounds* in der Passmore Street, in dem es einen echten Kaminofen gibt. Dort trifft man häufig auf Schauspieler aus dem Royal Court Theatre.

Wahrscheinlich bin ich nur neurotisch, aber jedes Mal, wenn ich stehen bleibe, gucke ich in die Richtung, aus der ich gekommen bin, und eine düstere Gestalt mit Regenschirm bleibt stocksteif stehen.

An der Ecke des Skinner Place halte ich zum dritten Mal an und drehe mich um. Ich wappne mich gegen die Begegnung mit meiner Nemesis. Die Gestalt zieht einen Schlüssel aus der Tasche und betritt ein Haus in der Caroline Terrace. Nicht Jonny, sondern irgendein armer Kerl mit einer medizinischen Orthese am Fuß. Jetzt halluziniere ich schon.

Als ich an der grünen Eingangstür des Jubilee Cottage ankomme, frage ich mich wie jedes Mal, womit ich es verdient habe, hier zu wohnen. Ich bin der Sohn eines Landarztes – Leute wie ich leben nicht in Belgravia. Auch der Polizei war gestern Abend unklar, wie ich es mir leisten kann, an einem so prestigeträchtigen Ort zu wohnen. Ihre Vermutungen sind korrekt: Ich bin ein Hochstapler.

Und doch bin ich es nicht. Das hier ist mein Zuhause. Ich wohne hier und ich habe vor, das auch bis zu meinem Todestag zu tun. Nicht nur das: Ich bin gesetzlich dazu berechtigt.

Als ich in Marcus' Leben getreten bin, hatte er gerade zwei entsetzlich stressreiche und aufwühlende Jahre hinter sich. Ein Teil von mir glaubt immer noch, dass das der Grund für seine tödliche Krankheit war, auch wenn die Ärzte es bezweifeln.

Der Aufruhr war durch die Scheidung verursacht worden, die er nach seiner und Olindas Silberhochzeit eingereicht hatte. Sie hatten sehr früh geheiratet – als Marcus einundzwanzig war –, es aber all die Jahre geschafft, ein für beide Seiten zufriedenstellendes Leben zu führen. Marcus war mir gegenüber dankenswerterweise immer sehr diskret, was seine Ehe anging, aber von dem, was ich weiß, haben sie das bewerkstelligt, indem sie ein Parallelleben führten. Er hat sich in seine Arbeit als Firmenanwalt gestürzt, und Olinda ... Nun ja, sie hat sich ein schönes Leben gemacht.

Es wäre leicht, die Ex meines Lebenspartners als eingebildete, selbstsüchtige, rachgierige und unnütze Person darzustellen ... Denn genau das ist sie. Aber wir wollen uns auf die positiven Seiten konzentrieren: Sie spielt sehr gut Bridge und arrangiert wirklich himmlische Blumensträuße.

In den Neunzigern kauften sie ein riesiges Anwesen in Hampshire, und ab da bröckelte die Beziehung. Seltsamerweise war Jubilee Cottage der letzte Nagel im Sarg. Marcus hatte es aus einer Laune heraus einem alten Freund, der dabei war, in ein Seniorenheim umzuziehen, abgekauft, ohne es mit seiner Frau abzusprechen.

Damals arbeitete Marcus in London. Seine Idee war, unter der Woche im Jubilee Cottage zu wohnen. Olinda hätte in den Zug steigen und sich ihm anschließen können, wann immer sie sich verabreden wollte oder irgendetwas in der Stadt zu erledigen hatte. Er war ehrlich der Meinung, seine Frau wäre entzückt von seinem Neuerwerb und würde vor allen damit angeben.

Für ihren ersten Besuch ließ Marcus es – als Überraschung – richtig krachen. *Pulbrook and Gould* füllten das Haus mit einer Unmenge Blumen. *Mosimann's* lieferte das Abendessen (Steinbutt im Teigmantel mit Sauce Mousseline). Krug-Champagner auf Eis. Überall Kerzen.

Ob vorsätzlich oder aus einem willkürlichen Akt der Bösartigkeit heraus – Olinda wehte herein, inspizierte jeden Raum (was nicht lange gedauert haben kann) und verkündete, das Haus zu hassen. Sie befahl Marcus, ein Taxi zu bestellen, das sie, wie sich später herausstellte, nicht an den Bahnhof nach Waterloo brachte, sondern den ganzen Weg bis West Meon. 478 £, auf seine Kreditkarte.

Natürlich kann ich nicht über Olinda und Marcus sprechen, ohne ihren Sohn Jonathan zu erwähnen, oder Jonny, wie sie ihn immer nannten. Der erste relevante Punkt ist, dass er nur zwei Jahre jünger ist als ich. Das muss für ihn auf vielerlei Weise schwierig sein.

Meiner Meinung nach war er allerdings schon von Anfang an eine verlorene Seele.

Wahrscheinlich waren seine Eltern zu jung (er kam ein paar Monate nach ihrer Hochzeit zur Welt), dann begann Marcus zu reisen, und Erziehung und Ausbildung des Jungen lagen allein in den Händen seiner Mutter. Irgendwann gelangte das Bildungssystem aufgrund all der Diebstähle, Erpressungen, Messer und Drogen an einen Punkt, an dem es den Jungen endgültig aufgab. Es ist ein Wunder, dass er lesen und schreiben kann.

Aus Fairness ihm gegenüber sollte ich zugeben, dass offenbar nicht alles an ihm schlecht ist. Er ist ein talentierter Imitator (wie ich zu meinen eigenen Ungunsten feststellen musste, gibt er einen hervorragenden Paul Delamare) und kann gut mit dem Stift umgehen (er zeichnet Graphic Novels). Ich glaube, er hat auch ein Kaninchen – ein American Chinchilla Rabbit –, was viele vielleicht liebenswert finden.

Ich finde es interessant, dass ein Großteil von Jonnys frühen Problemen mit Geld zusammenhing, von dem er, ironischerweise, immer genug hatte. Seine Spezialität war es, Leuten Geld abzunehmen, die schwächer, kleiner oder jünger waren als er.

Das große Elend begann, zwangsläufig, mit Marcus' Tod. Davor hatte Olinda sich noch eine unfassbar großzügige Scheidungsvereinbarung gesichert. Offenbar gab es eine heimliche Zusammenarbeit zwischen den beiden Anwaltskanzleien – beides erfahrene Teams, die es hätten besser wissen müssen –, und sie bekam das Landhaus, die Hälfte seiner Investments und seiner Altersvorsorge, ein garantiertes Einkommen auf Lebenszeit und – hierbei musste ich lachen – ein umfassendes Aus- und Weiterbildungsbudget, um ihren eigenen beruflichen Weg zu gehen. Dazu noch ein Auto und die Hälfte des Verkaufswerts von Jubilee Cottage. Vielleicht kann man so nachvollziehen, warum Marcus, der jeden Morgen in die Stadt fuhr und sich halb totarbeitete, möglicherweise ein wenig gereizt auf seine ehemalige Frau reagierte, deren einzige Verantwortlichkeit darin bestand, sich vor dem Lunch die Nägel machen zu lassen und nachzusehen, wie viele »Swipes« sie bei Tinder gesammelt hatte.

Eines der Argumente von Olindas Anwaltsteam war, dass Marcus noch über zwanzig Jahre Berufsleben vor sich hätte, um sich finanziell wieder aufzustellen. Das erklärt, warum er zum Zeitpunkt seines Todes nur sehr wenig Geld auf der Bank hatte. Und somit auch meine aktuelle Situation. Wir hätten heiraten sollen, aber als wir an dem Punkt waren, uns darüber Gedanken zu machen, war er bereits sehr krank, und es schien ungebührlich.

Als er starb, hinterließ er mir ein lebenslanges Wohnrecht in Jubilee Cottage – eine Art eingeschränkten Nießbrauch. Ich kann hier wohnen (solange ich die Rechnungen bezahle), aber ich kann nichts verändern und das Haus weder verkaufen noch vermieten. Kurz vor seinem Tod hat er mich angefleht, meinem Stiefsohn mit Güte zu begegnen und für ihn zu tun, was ich konnte, sollte er in eine Notlage geraten.

Natürlich ist Jonny ausgerastet, als er von Jubilee Cottage erfuhr. »Warum soll ich in einem rattenverseuchten Keller in Earls Court abhängen, während die Schwuchtel in *meinem* Haus wohnt?« Er hatte eine charmante Art, es auszudrücken.

Das Erste, was er tat, war das Testament seines Vaters anzufechten, was einen Großteil seines Erbes verschlang. Danach hat er einen auf nett gemacht, mich zum Mittagessen eingeladen und mir erzählt, Marcus hätte ihm Jubilee Cottage versprochen. Warum also wollte ich nicht einfach »das Richtige« tun? Und seitdem hat er beschlossen, mir mein Leben hier so zur Hölle zu machen, dass ich meine Sachen packe und gehe.

Vor einem Monat, als das Testament endlich vollstreckt wurde, verriet mir der Anwalt, dass Jonny nach Brasilien geflogen war – und mindestens bis Weihnachten dortbleiben würde. Aber so viel Glück hatte ich nicht. Und jetzt, da er wieder da ist, weiß ich, es herrscht Krieg an allen Fronten.

Jedes Mal, wenn ich Marcus' Geschichte erzähle, fragen sich die Leute, wie er all die Jahre verheiratet gewesen sein und einen Sohn haben kann, wenn er schwul war? Das sind schwierige Fragen, und ich habe es nie als mein Recht angesehen, irgendwelche Antworten von ihm einzufordern. Ganz sicher hat er Olinda geliebt, als sie heirateten – auf den Bildern, die er aufgehoben hat, kann man es in seinen Augen sehen. Er war auch glücklich, Vater zu werden.

Ich glaube, er hat einfach an seiner Ehe festgehalten, bis er es nicht mehr ausgehalten hat. Irgendwann erkannte er, dass ihn Männer anzogen, aber er unternahm nichts, bis zu diesem einen Tag beim Friseur, an dem ihn, wie er es beschrieb, der Blitz traf. Was für eine Ehre, dass ich es war, in den er sich verliebte.

Als Olinda herausfand, dass ihr Ex-Mann einen *Boyfriend* hatte, war sie, auf ihre gewohnt verdrehte Art, erfreut. (»Dann ist es also doch nicht meine Schuld«, sagte sie sich wohl, bevor sie all ihre gemeinsamen Bekannten anrief, um es herumzuerzählen.) Jonny dagegen war ganz und gar nicht froh.

Ich fühle Marcus' Gegenwart in meinem Leben, auch wenn er schon so lange fort ist. Ich trage seine Armbanduhr. Heutzutage scheinen nicht mehr viele Leute eine Armbanduhr zu besitzen – eine Schande, schließlich ist es weitaus eleganter, auf die Uhr zu schauen, als auf ein Smartphone zu starren. Außerdem ist es eine *Audemars Piguet*, stählernes Understatement mit einem blauen Zifferblatt. Ich kann mir nicht einmal ansatzweise vorstellen, wie sie es schaffen, ein Automatik-Uhrwerk in eine so hauchdünne Hülle zu bauen.

Gerade jetzt liegt vor mir auf seinem Schreibtisch sein Schildpatt-Füller, daneben das Tintenfass. Ich habe ein Talent dafür, mir die Handschriften anderer Leute zu merken – ein Teil von mir wünscht sich, ich hätte eine Ausbildung zum Grafologen gemacht –, und ich weiß noch genau, wie es war, als ich zum ersten Mal seine schnelle, fließende Handschrift sah, den eleganten Schwung, mit dem er ein einfaches Wort wie *Paul* schrieb.

In jedem Zimmer liegt ein Hauch von »Après un Rêve«. Wenn man es nachschlägt, verrät einem der Hersteller, dass es Obertöne von Lakritz und Kaffee aufweist, Mitteltöne von Sandelholz und Iris, während die Untertöne von Tonka, Patschuli und Moschus getragen werden. Eine Zeit lang habe ich es sogar selbst benutzt – es steht ein großer Flakon im Badezimmer –, aber dann habe ich den Geruch mit der Zeit kaum noch wahrgenommen, und das hat mich nur noch trauriger gemacht.

Mein sentimentaler Moment wird vom Klang meines Computers unterbrochen, dessen Bildschirm plötzlich hell wird. Das muss Julies Anruf sein. Hoffentlich sind es gute Neuigkeiten.

KAPITEL 29

Julie hat mir diese kreisrunde Lampe geschenkt, die man am Monitor befestigt, um bei Zoom-Calls vorteilhaft beleuchtet zu sein. Sie hat vier verschiedene »Töne« und ein halbes Dutzend Lichteinstellungen, aber auf dem Bildschirm sehe ich trotzdem immer noch aus wie Banquos Geist.

Sie dagegen braucht keine künstliche Unterstützung, um großartig auszusehen. Glänzendes Haar, makellose Haut: Sie muss kein Vermögen bei La Prairie oder irgendwelchen Hairstylisten in Covent Garden lassen – sie sieht einfach so aus. Sie hat ihren Laptop mit in den *Escape*-Meetingraum genommen, eine Art Aquarium mitten in der Redaktion. Auf der anderen Seite des Glases schwirren lauter Medien-Leute mit Layouts, Kontaktabzügen, Seitenplänen und Klemmbrettern herum. Man sollte meinen, ein Meetingraum wäre am besten etwas abgelegen, damit die Leute darin wenigstens die Illusion von Privatsphäre genießen können, aber nein. Wahrscheinlich noch so etwas, das Richard Buzz während seiner Zeit in »Harvard« aufgeschnappt hat.

»Wenn du die Zoom-Lampe etwas tiefer anbringst, würde es besser aussehen«, rät Julie. »So glänzt dein Kopf irgendwie.«

Ich tue, wie mir geheißen. »Erzähl mir alles«, sage ich.

»Du zuerst«, entgegnet Julie.

»Business as usual«, erwidere ich. »So scheinen es Rose und die Gruppe zu wollen. Währenddessen wird die Schule von Paparazzi und der Bereitschaftspolizei belagert. Wie war deine Probe?«

»Oh, wie lieb, dass du fragst. Unser neuer Dirigent will diese Glenn-Miller-Choreografie umsetzen, bei der man aufsteht, wenn man ein Solo hat, und es richtig herausschmettert, was sich wegen des Mundstückswinkels der Klarinette irgendwie komisch anfühlt. Na ja, ich habe gesagt, ich würde es bei ›I Am The Walrus‹ mal versuchen, habe aber das Gleichgewicht verloren und bin auf der Ersten Trompete gelandet. Alle hatten was zu lachen, wie du dir vorstellen kannst.«

Julie ist geschickt und anmutig, aber man möchte nicht, dass sie auf einen fällt. Ich glaube, die Tatsache, dass sie nicht den Wunsch verspürt, sich auf Kleidergröße 32 zu schrumpfen, ist einer der Gründe, wegen derer Dena sich weigert, ihr Talent anzuerkennen.

»Also, erzähl mir, wie das Meeting gelaufen ist«, sage ich. »Sind wir arbeitslos?«

»Na ja ...« Sie guckt kurz, ob irgendjemand Neugieriges an der Glaswand klebt. »Willst du zuerst die guten oder die schlechten Nachrichten?«

»Ausnahmsweise mal die guten.«

»Okay, ich habe getan, was du gesagt hast, und Lucinda und Spencer in den Beauty-Schrank geschleppt.« Magazine haben immer diese riesigen begehbaren Schränke, in denen sie Proben und Requisiten für Redaktionssitzungen und Fotoshootings aufbewahren. Vielleicht erinnert ihr euch noch an den Kleiderschrank in *Der Teufel trägt Prada,* aber die Beauty-Schränke sind noch größer, weil man so viele kostenlose Proben bekommt. »Ich habe ihnen gesagt, jetzt zusammenzuarbeiten und vor Dena als Team aufzutreten, sei unsere einzige Hoffnung.«

»Wie haben sie es aufgenommen?«, frage ich.

»Rate mal. Lucinda hat angefangen, mit diesen seltsamen Dekoartikeln zu wedeln, die sie aus dem Schweden-Shop bestellt hat – Gnome und Filzmäuse, Schneeflocken aus Holz und beige Christbaumkugeln ... Und Spencer hatte offenbar kurz vorher seinen Ex angerufen, den, der bei *RuPaul's Drag Race* mitmacht, und hat ein Paar Overknee-Plateau-Stiefel hervorgezaubert.

Also habe ich meinen strengen Blick ausgepackt und gesagt, dass Dena in nicht mal einer Viertelstunde zur Berserkerin mutiert – vielleicht sogar jemanden umbringt –, wenn wir mit Skandi-Blah und den *Real Housewives of Cheshire* bei ihr auflaufen. Und dann habe ich ihnen von deiner Idee erzählt.«

»Na ja, eigentlich war es *unsere* Idee«, sage ich bescheiden.

»Und hat es Dena gefallen?«

»Gefallen?«, quietscht Julie. »Sie liebt es. Aber das bringt mich zu den schlechten Nachrichten ... Sie sagt, wenn der Shoot klappt und wir das Headcount-Massaker überleben, lädt sie uns beide zum Mittagessen ein.«

In diesem Augenblick höre ich ein seltsam gurgelndes, blubberndes Geräusch, und ein bläulicher Dunstschleier überzieht den Bildschirm. Julie weicht würgend zurück, und eine winzige, scharlachrot behangene, verschwommene Gestalt taucht auf, die an einer E-Zigarette zieht. Der Himmel bewahre. Es ist Dena.

»Paul!«, quietscht sie so laut ins Mikrofon, dass ich beinahe in die Höhe springe. Sie ist stolz auf ihre grelle Stimme, schließlich hat sie fünf ruinöse Jahre lang an ihr gefeilt. Dann kommt sie ganz nah an die Kamera. Das Licht spiegelt sich in ihren superweißen Porzellan-Veneer-Zähnen und bringt den Bildschirm zum Flackern, dann wackelt sie mit einer purpurroten Klaue.

»Julie hat mir erzählt, du hast den Reshoot gerettet – großartige Neuigkeiten! Es würde mir das Herz brechen« – sie klopft sich auf die Stelle, an der normale Menschen ihr Herz haben –, »euch beide entsorgen zu müssen!«

Julie versucht immer, mich dazu zu überreden, mich kleidungstechnisch aus meiner Komfortzone herauszubewegen, aber bislang war ich standhaft. Mein »Look« – wenn man es so nennen kann – sind graue oder schwarze Hosen oder Jeans, salonfähige Turnschuhe und ein anständiges Herrenhemd.

Marcus und ich trugen dieselbe Größe, was also das Letztere angeht, habe ich einen Vorrat fürs ganze Leben. Mit »anständig« meine ich reine Baumwolle, professionell genäht – nicht mit pummeligen Overlocknähten und abstehenden Krägen. Marcus schwor auf *Jermyn Street* – weicher Popelin oder Schweizer Baumwolle und unaufdringliche Muster, die nie aus der Mode geraten.

Zur Feier des Tages entscheide ich mich für ein cremefarbenes Hemd mit blassen blauen und dunkelblauen Streifen und ein Paar Manschettenknöpfe, die ich von Marcus bekommen habe. Sein letztes Geburtstagsgeschenk. Um den Look zu vervollständigen, setze ich auf rahmengenähte Lederschuhe, die mich laut Julie aussehen lassen wie einen Gentleman. Ich fühle mich auch anders, wenn ich in ihnen gehe – aufrechter und selbstsicherer.

Schnell springe ich unter die Dusche. Durch das Rauschen des Wassers kann ich mein Handy klingeln hören, also tropfe ich mich durchs Schlafzimmer, um abzunehmen. Die Nummer auf dem Display fängt mit 01793 an, die Vorwahl von Swindon, wie ich weiß.

»Paul Delamare«, melde ich mich. Lange Pause.

»Hier ist Isla«, sagt sie dann. »Isla Edwards.«

»Vielen Dank, dass du anrufst – das ist wirklich nett.«

»Also, worum geht's?« Ihre Stimme ist angespannt und misstrauisch, als hätte sie früher schon die Erfahrung gemacht, ausgenutzt zu werden.

»Ich war ein Freund deines Onkels ... Christian«, sage ich und gebe mir Mühe, entspannt und unaufdringlich zu klingen.

»Das sagtest du bereits in deiner Nachricht. Entsetzlich, was passiert ist. Du bist aber kein Reporter, oder?«

»Nein, nur ein alter Freund. Der Grund, aus dem ich anrufe, ist, weil ich versuche, Leute aus seiner Vergangenheit aufzuspüren, bevor er nach London kam. Um sie zu informieren, was passiert ist.«

»Ich nehme an, das haben alle im Fernsehen gesehen«, sagt sie.

»Ja, bestimmt. Aber es wird einen Gedenkgottesdienst geben. Ich möchte, dass alle eine Einladung bekommen«, füge ich wenig überzeugend hinzu.

Schweigen.

»Also versuche ich momentan, möglichst viele Namen und Telefonnummern zu sammeln.«

»Ist das nicht etwas, das die Polizei macht?«, fragt sie.

»Sie arbeiten natürlich daran, aber als alter Freund möchte ich natürlich tun, was ich kann, um zu helfen.«

»Du weißt, dass Mum vor ein paar Jahren gestorben ist? Chris war ihr kleiner Bruder.«

»Ja, das wusste ich«, erwidere ich und erwähne lieber nicht, dass ich es auf Facebook erfahren habe. »Christian – Chris – hat nicht viel über seine Familie gesprochen.«

»Sie wäre am Boden zerstört. Sie hat ihren kleinen Bruder geliebt, auch wenn sie seit Jahren keinen Kontakt mehr hatten.«

»Hast du ihn selbst gut gekannt?«, frage ich.

»Überhaupt nicht. Er ist verschwunden, als ich fünf oder sechs war.«

»Verschwunden?«

»Ist nach London gezogen. Mum hat ihn danach auch nie wieder gesehen, auch wenn sie noch eine Weile lang Kontakt hatten. Weiß man schon, wer es war?«

»Wie ich sagte, die Polizei arbeitet daran. Gibt es überhaupt irgendetwas, das du mir über sein früheres Leben erzählen könntest?«

»Nicht viel. Das war ja fast alles vor meiner Geburt. Sie haben in Dorcan gelebt.«

»Ist das ein Teil von Swindon?«

»Es gibt Dorcan und Covingham. Da hat Mum gelebt. Ich wohne in Stratton, oben bei dem großen Sainsbury-Supermarkt.«

»Er war bei der Armee, glaube ich.«

»War er.«

»Und dann gab es diesen entsetzlichen Unfall mit seiner Frau«, füge ich hinzu und deute an, er habe sich mir anvertraut, statt es mir zwanzig Jahre lang zu verschweigen.

Isla zögert. »Mum hat gesagt, es hat sein Leben zerstört. Auch wenn es ja langfristig ganz gut gelaufen zu sein scheint für ihn.« Noch eine Pause. »Bis jetzt, nehme ich an.«

»Ich habe gehofft, du könntest mir vielleicht die Kontaktdaten deines Cousins geben.«

Ihre Stimme wird scharf. »Ich habe keinen Cousin.« Noch eine Pause, dann: »Ach so, wenn du die Kinder von Onkel Christian meinst ...«

»Ja, natürlich, nicht nur ein Cousin«, sage ich. Kinder, Plural: noch etwas, das ich gerade erfahren habe, zusammen mit der Geografie von Großbritanniens langweiligster Stadt.

»Ich bin mir sicher, er hat es dir erzählt – sie waren der Grund, aus dem Mum und er sich zerstritten haben. Sie wurde zu ihrem gesetzlichen Vormund ernannt – alles ordnungsgemäß, per Gerichtserlass –, aber es gab kein Geld. Sie hatte schon meinen kleinen Bruder und mich, und sie war allein und hat Schicht gearbeitet. Sie musste sie zur Adoption freigeben – es gab keine andere Möglichkeit.«

Christian, Christian – was für ein trauriges, verworrenes Durcheinander. Und die armen Kinder!

Damit beendet Isla den Anruf so plötzlich, wie sie ihn begonnen hat.

»Das mit Onkel Christian tut mir leid, aber ich habe keine Ahnung, wo seine Kinder jetzt sind, und selbst wenn ich es wüsste, geht es dich nichts an. Bitte lass mich in Zukunft in Ruhe.«

KAPITEL 30

Der Aperitif wird heute im prunkvollen Interieur des Strang Room serviert. Es regnet wieder, und das Geräusch steuert musikalisches Hintergrundrauschen bei. Um der Gelegenheit mehr Glanz zu verleihen, hat Suzie die mitgenommenen Blumenarrangements aus der Eingangshalle herübergetragen und Schälchen mit Knabbereien aufgestellt. Chips und Erdnüsse haben ganz sicher ihre Daseinsberechtigung – zum Beispiel beim Fußballgucken –, aber es ist schade, dass ihr nicht eingefallen ist, stattdessen ein paar Oliven oder einen Käseteller zu besorgen.

Alle Gespräche drehen sich um Lilith, und De'Lyse – als selbsternannte Kriminal-Chefkorrespondentin – befindet sich im Epizentrum.

»Ich dachte mir schon von Anfang an, dass mit ihr irgendetwas nicht stimmt«, sagt sie und wackelt mit dem Finger. Sie sieht umwerfend aus in ihrem schimmernden Cocktailkleid aus Seide – in Gold, wie die Pailletten von gestern –, das sich an ihre üppigen Kurven schmiegt. »Warum bucht man einen Kochkurs, wenn man die Hälfte der Sachen nicht essen kann?«

»Sie hatte etwas Gemeines an sich«, sagt Vicky. Auch sie ist kleidertechnisch aufs Ganze gegangen, wenn auch mit weniger Erfolg: Ein Top in Tiger-Print über braunen Kunstleder-Jeggins, wie ich sie Julie habe nennen hören. In Kombination sorgen die unschuldigen Einzelstücke dafür, dass sie aussieht wie eine Großkatze im Fellwechsel.

Sogar die sanfte Harriet mischt mit: »Hat noch jemand gesehen, wie sie die Messer geschliffen hat? Da steht sie da und tut so, als würde sie sich dafür interessieren, ein Hühnchen aufzuschneiden, während sie die ganze Zeit plant ...«

Lady B zieht die Brauen zusammen. »Nun werd nicht makaber, Liebling«, sagt sie. »Ich habe dir schon vorhin gesagt, lass die Polizei ihre Arbeit tun. Was passiert ist, ist schlimm genug, ohne dass man wie ein Geier darüber herfällt.«

Heute trägt Gregory eine rosafarbene Hose, was mir definitiv ein Stück zu weit geht. »Ich glaube, Harriet, deine Mutter möchte sagen, dass es, bis wir nicht alle Fakten kennen, ungerecht wäre zu spekulieren. Obschon es, wenn ich für mich selbst spreche, doch eine Sache gibt, die ich überaus verblüffend finde. Wenn die belastende Haarlocke ...«

»Es war ein einzelnes Haar«, unterbricht Vicky. »Niemand hat gesagt, dass es eine ganze Strähne war.«

»Ich bitte um Entschuldigung. Ich denke also darüber nach, ob das fragliche ›einzelne Haar‹ während der Verübung des Verbrechens in Christians Privatwohnung geraten ist oder als Resultat einer, äh, persönlichen Interaktion zwischen den beiden. Schließlich ist allgemein bekannt, dass er den Verlockungen der Damen nicht widerstehen konnte.« Er dreht den Stiel seines Glases so fest in den Händen, dass ich überrascht bin, dass er nicht zerbricht.

»De'Lyse, haben sie es in einer Blutlache oder auf seinem Kopfkissen gefunden?«, fragt Vicky, die niemals um den heißen Brei herumredet.

»Das haben sie nicht gesagt. Aber ich kann meinen Forensik-Freund fragen.«

»Andererseits«, sagt Vicky, »könnt ihr euch die beiden wirklich vorstellen – *zusammen*?« Sie macht große Augen, ein Effekt, der durch die extrastarken Brillengläser geradezu albtraumhaft verstärkt wird.

Lady B quittiert den Einwand mit einem Schnauben und stakst hinüber zu Melanie, die still in einem Ohrensessel vor dem düsteren Kamin sitzt. Ihr flammend rotes Haar ist hübsch über die Schultern drapiert.

Stephen steht auch etwas abseits und betrachtet eines der Porträts. Wie wir anderen hat er sich heute Mühe gegeben. Er trägt einen hellblauen Anzug und ein geschlossenes weißes Hemd. Zum ersten Mal bemerke ich einen schwachen Bartschatten, so zart, dass er beinahe geschminkt sein könnte. Es scheint heutzutage ein Muss zu sein, dass junge Männer ihre Gesichtsbehaarung zur Schau tragen – wenn sie das Glück haben, welche zu besitzen –, auch wenn an einem glattrasierten Kinn noch nie etwas auszusetzen war.

Ich gehe zu ihm hinüber und werfe einen Blick auf die Gemälde. »Ich hoffe, meine Vorfahren waren ein bisschen fröhlicher als dieses Ensemble hier«, sage ich, um das Eis zu brechen.

»Ich glaube, das hier muss Roses Urgroßvater sein, der, der den Geschirrspüler erfunden hat«, erwidert er. Eine berechtigte Annahme, denn der besagte Ahn hält eine Art Turbine im Arm. Zudem hatte der Mann einen wirklich beeindruckenden Bart.

»Es tut mir leid, dass ich die Tour heute Morgen verpasst habe«, sage ich. »Wie hat es dir gefallen?«

»Hmm. Ich kann mit diesem ganzen ... *Zeug* nicht so viel anfangen. Alles über Generationen zu vererben, als wäre es eine heilige Pflicht, weil dieser Holzlöffel hier einmal deiner Großmutter gehört hat. Ich denke nicht, dass die Dinge heutzutage noch so funktionieren – man sollte mehr man selbst sein können.«

»Ich verstehe, was du meinst«, sage ich und überlege, wie ich eine Überleitung zu meiner nächsten Frage hinbekomme. »Schließlich spielt sich ein Großteil des Lebens heute virtuell ab – online, meine ich.« Er nickt. »Du hast erwähnt, dass du neulich Abend ein Videospiel gespielt hast. Aber davon verstehe ich nicht viel.«

Er sieht mich neugierig an. »Es war *Ghoulster*, ein Escape-Room-Spiel.«

»Spielt man das allein oder gegen andere Leute?«

»Es spielen immer viele zusammen. Wer es als Erstes aus seinem Grab herausschafft, hat gewonnen.«

»Ich habe gehört, die Polizei hat die Laptops mitgenommen, um zu überprüfen, wo die Leute waren, als ... es passiert ist.«

»Also, in meinem Verlauf steht alles drin, so wie ich es ihnen erzählt habe.«

Plötzlich legt sich Schweigen über den Raum und kündigt den Auftritt von Rose an. Auch sie hat sich schick gemacht und trägt ein mit Perlen versehenes dekolletiertes Abendkleid in Schwarz, dazu einen cremefarbenen Kaschmir-Pashmina über den Schultern.

Ich bemerke, dass ich sie anstarre – wenn auch nur bewundernd –, also senke ich den Blick. Das wirkt, als gucke ich ihr aufs Dekolleté. Der einzige Kommentar, der mir einfällt, ist, wie schön der Strang Room am Abend aussieht.

Danach verteilen wir uns wieder mit unseren Weingläsern im Raum. Ich bemerke, wie Stephen sich immer in der Nähe der Snacks aufhält, und höre die Hon. Harriet Gregory fragen, wo er seine Hosen kauft. Bei einem Versandhaus in Brighton – angeblich genau wie Michael Portillo, der seit dem Ende seiner politischen Karriere als Journalist modisch fragwürdigen Farben zu frönen pflegt – also hätte seine Farbwahl für die Woche wohl noch schlimmer ausfallen können.

Rose steht am Klavier, ein großes Sherryglas in der Hand, und mir ist, als warte sie darauf, dass jemand sie bittet, etwas vorzuspielen. Früher hätte es hier wohl bei einem gesellschaftlichen Ereignis unweigerlich ein oder zwei Pianisten gegeben, stets ein *morceau favori* an der Hand.

»Spielen Sie, Rose?«, frage ich pflichtschuldig.

»Ach, seit vielen Jahren nicht mehr«, erwidert sie, »aber früher wurde ich oft für mein elegantes Spiel gelobt, wenn wir Gäste empfingen. Wie die Stunden verflogen sind im Bann der großen Meister! Chopin habe ich geliebt, Debussy! Die *Nocturnes* ... die *Arabesques*. Aber dann ist das Leben dazwischengekommen – Heirat, Haushalt, Familiengründung. Immer musste man sich kümmern – und jetzt das hier.«

Ich weiß von Suzie, dass Rose hinter meinem Rücken Fragen gestellt hat, also entscheide ich mich dafür, in die Offensive zu gehen und selbst ein wenig nachzubohren.

»Ich hoffe, ich lerne Milla eines Tages kennen. Schließlich habe ich schon so viel von ihr gehört.«

»Ach ja? Von wem?«

»Ach, nur im Allgemeinen«, erwidere ich. Was hatte Suzie gesagt? »Und natürlich habe ich im *Tatler* von ihr gelesen. Arbeitet sie in London?«

»Milla ist eine sehr geschäftstüchtige Frau.«

»Von dem, was ich, äh, was ich gehört habe, muss sie eine echte Herzensbrecherin sein. Kriegen Sie sie noch oft zu Gesicht?«

»Ihre Tante hat ihr eine kleine Wohnung in Brompton Cross hinterlassen. Perfekt für das Stadtleben einer jungen Dame.«

»Klingt, als sei sie ein echtes Erlebnis.«

Rose kichert und tippt mir kokett auf die Schulter, wie mit einem Fächer oder einem Paar dieser langen Handschuhe, die Ladys früher zu ihrer Abendgarderobe trugen. Dann fügt sie wehmütig hinzu: »Natürlich ist sie am Boden zerstört wegen Christian. Auf gewisse Weise war er wie eine Art Vaterfigur zu ihr: immer freundlich, immer entschlossen. Er war ein guter Einfluss, glaube ich.«

Ich sage nichts, in der Hoffnung, mehr zu diesem Gedanken zu erfahren, aber sie betrachtet nur geistesabwesend den Wandfries.

»Ich habe mich gefreut, Ihre alte Schulfreundin kennenzulernen«, sage ich und überzeuge mich schnell, dass Melanie außer Hörweite ist. »Toll, dass Sie über so viele Jahre miteinander in Kontakt geblieben sind.«

»Ach bitte, *so* viele Jahre nun auch wieder nicht.«

»Oh! Nein, ich meine nur, schließlich ist sie bereits zum zweiten Mal verheiratet und …«, warum nicht gleich aufs Ganze gehen? »Nun ja, Sie standen Christian schließlich beide so nahe.«

»In der Tat.« Aha! Melanie hatte doch behauptet, sie würde ihn kaum kennen. »Wir haben ihn immer ›den Dorn zwischen zwei Rosen‹ genannt. Melanies Zweitname ist auch Rose, wissen Sie.«

»Wie überaus lustig!«, sage ich. »Und Ben kennen Sie natürlich auch – es tut mir leid, dass Melanie es gerade so schwer mit ihm hat.«

»Er ist einer dieser Männer, die das Militär nie hätten verlassen sollen«, erwidert sie.

In dem Moment fängt Suzie, die im Türrahmen steht, meinen Blick auf und winkt mich zu sich. Normalerweise ist sie immer so ruhig und emotionslos, dass ich sofort bemerke, dass irgendetwas nicht stimmt.

»Es gibt ein Problem mit diesem Fisch, den du gekauft hast«, zischt sie. »Der ist roh! Sag nicht, ich muss den kochen?«

Ich laufe los, um mein Messer aus dem Alten Ballsaal zu holen. Nach den Höhen und Tiefen der letzten Tage fühle ich mich in dem dunklen Flur allein und unwohl, während der Regen auf die Glasfenster über mir prasselt. Gerade öffne ich die Schnalle meines Messer-Etuis, als ein Geräusch mich zusammenfahren lässt. Es ist De'Lyse – sie muss mir gefolgt sein.

»Ja, hallo«, sagt sie. »Machst du Überstunden?«

»Ich muss für den ersten Gang etwas aufschneiden. Weißt du noch, wie ich gesagt habe, dass man für jede Aufgabe das richtige Messer haben sollte?« Ich nehme mein Filetiermesser heraus und, als nachträglichen Einfall, auch meinen treuen alten Wetzstahl. Es ist seltsam, dass ein Klumpen Metall mir ein solches Gefühl des Trosts und der Sicherheit schenken kann.

»Ich habe gehört, wie du mit Rose über ihre Tochter gesprochen hast«, fährt sie fort. »Woher kennst du sie?«

Es ist das erste Mal, dass ich mit De'Lyse allein bin, und mir fällt auf, dass sie einer dieser Menschen ist, die einem immer ein bisschen zu nahe kommen, auch wenn es ihr wahrscheinlich gar nicht auffällt.

»Oh, ich kenne sie gar nicht. Irgendjemand hat sie erwähnt, das ist alles.«

»Gestern Abend hast du mich wegen der Frau ins Kreuzverhör genommen, mit der ich mich im Park getroffen habe«, sagt sie. »Ich war nicht ganz offen zu dir.«

»Ich wollte nur Konversation betreiben.«

»Also, es war Milla. Ich dachte, das könnte dich vielleicht interessieren.«

»Aha«, sage ich lässig. »Nun, das wusste ich bereits, aber ich habe es erst nach unserem Gespräch herausgefunden.« Ich hasse diese Situationen, in denen man sich in seinem eigenen Netz verfängt. »Ich meine, ich habe sie am nächsten Tag noch einmal gesehen, und Suzie hat mir erzählt, wer sie ist.«

»Du scheinst dich gut mit Suzie zu verstehen«, sagt De'Lyse.

»Sie tut mir leid. Ich helfe ihr nach den Mahlzeiten ein bisschen mit dem Aufräumen, und wir unterhalten uns. Sie scheint hier niemanden zu kennen, und Rose zahlt ihr nicht genug, um auszugehen und sich zu amüsieren. Du bist doch in einem ähnlichen Alter, da kannst du dir bestimmt vorstellen, wie schwierig es für sie ist, allein in London zu leben.«

»Schön, dass sie jemanden gefunden hat, dem sie sich anvertrauen kann. Tatsächlich wollte ich genau darüber gerne mit dir sprechen.« De'Lyse wirft einen Blick zur Tür, kommt dann so nah, dass wir uns berühren, und sieht mir direkt in die Augen. »Ich weiß, dass Rose dir vertraut«, sagt sie mit gesenkter Stimme. »Ich hatte gehofft, du könntest vielleicht ein gutes Wort für mich einlegen? Unserer Freundschaft zuliebe und nur zu ihrem Besten? Mit deiner Erfahrung in der Kochwelt – auf dich hört sie vielleicht. Dich respektiert sie.«

Wirklich? »Und was soll ich ihr sagen?« Mir gefällt das Ganze nicht.

»Dass es an der Zeit ist, die Leitung der Chester Square Cookery School an jemand anderen weiterzugeben. Dass ich eine hervorragende Galionsfigur abgeben würde.«

Die clevere De'Lyse versucht also, mich in Millas und ihren Übernahme-Plan einzuspannen. Wie machiavellistisch.

Ich denke sorgfältig nach. »Wenn sich eine Gelegenheit ergibt, kann ich bestimmt erwähnen, dass du eine, nun ja, eine sehr aktive Kursteilnehmerin bist.« In dem Versuch, ganz natürlich zu klingen, wechsle ich das Thema. »Oh, bevor du gehst, De'Lyse, wir haben alle unsere Erinnerungen an Montagabend verglichen, was wir getan haben, als es passiert ist. Hast du irgendetwas gehört?«

»Überprüfst du mein Alibi?«, fragt sie lachend. »Aber wenn du's wissen willst, wir hatten ein Familientreffen auf Facebook.«

»Ihr seid ganz schöne Nachteulen«, kommentiere ich.

»Meine Verwandtschaft in Trinidad nicht«, erwidert sie. »Apropos – weißt du zufällig, wann wir unsere Laptops wiederkriegen?«

»Ich habe leider überhaupt keine Ahnung.«

Auf ihrem Weg nach draußen dreht sie sich noch einmal um, als sei ihr gerade noch etwas eingefallen. »Ich wollte noch etwas anderes sagen. Ein guter Rat. Es soll nicht respektlos klingen, aber mir ist aufgefallen, wie du Stephen anguckst. Ich habe kein Problem damit, einer meiner kleinen Brüder ist schwul. Aber vielleicht machst du es etwas weniger *offensichtlich?*«

KAPITEL 31

Ich liebe es, wie mühelos der Karbonstahl durch den Fisch gleitet und ihn in hauchdünne Scheiben schneidet. Bei Schinken und anderem Aufschnitt gibt es Argumente, die für diese glänzenden Maschinen mit sich drehenden Scheiben und Schwungrädern sprechen, aber bei geräuchertem und gebeiztem Lachs gibt es nichts Besseres als ein scharfes Messer.

Auf dem Tisch stehen heute Abend Namensschilder. Ich habe im Laufe meines Lebens schon genügend Hochzeiten und formelle Dinnerveranstaltungen besucht, um zu wissen, dass es absolut akzeptabel ist, die *place à table* zu verändern, solange einen niemand dabei sieht. Mithilfe eines cleveren Manövers platziere ich mich an einem Ende des Tisches. Mit Vicky an der einen und Melanie an der anderen Seite habe ich von dieser Position aus alle im Blick.

Auch wenn die allgemeine Meinung zu sein scheint, dass die Mörderin gefasst ist, wirkt die Atmosphäre angespannt, und der Wein fließt großzügig.

Ich verstehe, warum Menschen gern Pelz tragen. Es ist kuschelig und verführt zum Anfassen, aber optisch ist es ein schwieriger Look. Vickys Tiger-Top hat einen V-Ausschnitt, der mit braunem Kunstfell gesäumt ist. Aus dem Augenwinkel, vor allem, wenn man von der Seite guckt, sieht es aus wie eine behaarte Brust – eine äußerst behaarte Brust.

Ich habe Mitleid mit ihr, schließlich ist sie ihrer gewohnten Sparringspartnerin beraubt. Vielleicht hält sie sich deshalb beim Wein nicht zurück.

»Ich frage mich, ob sie Lilith *richtig* verhören«, sagt sie mit einem auffälligen Mangel an Empathie. »Ihr in die Augen leuchten. Waterboarding.«

»Ich glaube, die Polizei hierzulande ist etwas zivilisierter«, erwidere ich, auch wenn es sich am Abend zuvor nicht so angefühlt hat. »Ich konnte neulich nicht umhin, mitanzuhören, wie du Lilith erzählst hast, du seist ein Fan von Christians Restaurants. Warst du auch in dem in Oxford?«

Sie zögert kurz. »Lilith hat versucht, Unruhe zu stiften, aber es gibt nichts, wofür ich mich schämen müsste. Ich war in allen – in einigen mehr als einmal.

Weißt du, ich beginne die Tragik des Ganzen gerade erst zu begreifen – die Tatsache, dass ich ihn nie wiedersehen werde.« Einen Moment lang glaube ich, sie bricht gleich in Tränen aus, aber sie fängt sich.

»Welches war dein Lieblingsrestaurant?«, frage ich sanft.

»Tunbridge Wells. Ich habe einen Übernachtungsausflug daraus gemacht und mir ein Zimmer im Hotel genommen. Ich habe Mittagessen *und* Abendessen *und* den Brunch am nächsten Morgen gebucht, was wohl nicht viele Leute tun. Irgendjemandem im Service muss das wohl aufgefallen sein. Christian ist herausgekommen, um sich mit mir zu unterhalten. Ich übertreibe nicht, er saß wirklich einige Zeit bei mir am Tisch. Dann musste er zurück, es war ziemlich viel los. Aber er wäre gerne noch länger geblieben.«

»Er war sehr beliebt bei den Damen.« Diese Aussage passt ihr nicht, also formuliere ich es um. »Ich meine, wie schmeichelhaft, so deine Bewunderung zu erfahren.«

»Weißt du, wie es ist, wenn es sich anfühlt, als kenne man jemanden schon sein ganzes Leben – ohne dass ein Wort gesprochen wird? So war es mit uns. Wir haben uns mit unseren Augen unterhalten.« Sie rollt die ihren auf eine Art und Weise, die ich bisher nur bei Eidechsen oder Kröten gesehen habe.

Gregory mischt sich in die Unterhaltung ein, laut und anmaßend wie immer.

»Habe ich gerade Tunbridge Wells gehört? Dort bin ich geboren. Wir sollten wirklich Royal Tunbridge Wells dazu sagen – dazu hat es Edward VII. schließlich ernannt.«

»Die Stadt interessiert niemanden«, entgegnet Vicky knapp. »Aber eine von Christians Brasserien war dort.«

»Ich erinnere mich noch gut daran«, sagt Gregory und gießt sich noch ein Glas Wein ein. Laut Suzie ist der Wein am letzten Abend immer kostenlos, auch wenn Rose es als eine weitere ihrer großzügigen Gesten ausgibt. »Sehr schwer, neu zu verpachten, als das Henkersbeil fiel.« Ich erschaudere, aber er fügt nur nachträglich hinzu: »Das habe ich zumindest in der Zeitung gelesen.«

Zu diesem Punkt beginnt ein Wettlauf zum Sideboard, um sich die letzten Scheiben des gebeizten Lachses zu sichern, also habe ich Vicky wieder für mich.

»Und du hast angefangen, dich für Christian, ähm, zu interessieren, als du *Pass the Gravy!* gesehen hast?«

»Ich habe alle Folgen auf DVD! Und ich habe ihn bei einer Food Show gesehen. Eigentlich mag ich keine Menschenmengen, aber das war es wert.«

»Es muss ziemlich viel Zeit gekostet haben, durchs ganze Land zu reisen.«

»Ach, es hat sich allmählich entwickelt. Mein Sohn war zu diesem Zeitpunkt schon ausgezogen, und das Geschäft meines Mannes lief immer besser, also war er viel unterwegs.«

Ich habe das Gefühl, es ist etwas Neues für sie, jemanden zu treffen, der sich für ihr Leben interessiert. Ich fülle ihr Weinglas auf.

»Was macht dein Ehemann, wenn ich fragen darf?«

»Er versorgt Golfschläger mit Golfschlägern. Na ja, das ist sein Lieblingsspruch. In Wirklichkeit verkauft er Merchandise an

Golfprofis und Klubhäuser. Er hat Humor, weißt du. Und er muss seinen Job wirklich gut machen, denn, wie ich schon sagte, er ist die meiste Zeit über weg.«

»Ist es nicht ein bisschen langweilig, so viel alleine zu sein?«, frage ich. »Oder sogar einsam? Ich lebe auch allein, und ich finde es definitiv einsam.«

»Versteh mich nicht falsch, er ist großzügig. Mein Einkommen aus der Apotheke würde er nie anrühren. Sagt immer ›Vee‹ – so nennt er mich –, ›was du verdienst, gehört dir. Geh und mach was Schönes damit.‹ Ich gebe zu, es ist ein bisschen außer Kontrolle geraten mit all den Zugtickets und Hotelkosten. Er ist sauer geworden, und seitdem ist es nicht mehr dasselbe zwischen uns.«

»Oh, das tut mir leid zu hören. Aber ihr seid noch zusammen, oder nicht?«

»Ja und nein. Ich erzähle dir das jetzt ganz im Vertrauen ...« Ich bemerke, wie Gregory sein Hörgerät richtet – wahrscheinlich stellt er es lauter –, »aber er hat zwei und zwei zusammengezählt und die Sache mit Christian herausgefunden. Nicht, dass es da wirklich etwas herauszufinden gab. Aber mein Mann kann sehr wütend werden, und ich musste ihn mit aller Macht davon abhalten, in London einzufallen und ihn zu verprügeln.«

»Weiß dein Mann, dass du jetzt hier bist?«, frage ich.

»Er hat mich gestern Abend angerufen – hat es in den Nachrichten gesehen – und mir gesagt, ich solle sofort nach Hause kommen. Was ich nicht getan habe, wie du siehst. Aber um deine Frage zu beantworten, ja, wir sind noch zusammen, auch wenn ich nie genau weiß, wann wir uns sehen. Und ich weiß, ihr denkt alle, ich bin besessen davon, Dinge einzufrieren – ich habe bemerkt, wie ihr hinter meinem Rücken lacht –, aber wenn ihr einen Partner hättet, der zu allen möglichen Tag- und Nachtzeiten auftaucht und eine warme Mahlzeit erwartet, hättet ihr auch einen gut gefüllten Tiefkühlschrank.«

Bei diesen Worten kramt sie ein Päckchen Taschentücher hervor, zieht eines heraus und wischt sich Tränen vom Gesicht und den Brillengläsern. Ich lege meine Hand auf ihren Arm, um sie zu trösten, während ein peinlich berührter Gregory beschließt, sie brauche dringend ein Glas Wasser, hektisch nach dem Krug greift und dabei Lady B ihr Weinglas über den Schoß kippt.

KAPITEL 32

Als ihre Ladyschaft abgetupft und beschwichtigt ist, denke ich zum zweiten Mal an diesem Tag darüber nach, wie wenig wir wirklich darüber wissen, was im Leben der anderen vorgeht. Es ist schon wieder die Geschichte meiner Freundin und des Taxifahrers, außer dass Vicky meine Schülerin ist und ich als Lehrer ein aufmerksames Auge auf sie hätte haben sollen.

Ich bemerke die vorwurfsvollen Blicke der anderen, als sei das alles meine Schuld, also entschließe ich, meine Aufmerksamkeit Melanie zuzuwenden und zu sehen, was ich aus ihr herausbekommen kann.

»Ich hoffe, zu Hause haben sich die Dinge etwas beruhigt«, sage ich.

»Ben ist wieder aufgetaucht, Gott sei Dank. Ich erwarte jede Minute einen Anruf von ihm, also bitte verzeih, wenn ich plötzlich aufspringe und hinauslaufe.«

»Es tut mir leid, dass der Kurs zu so einer Katastrophe geworden ist«, beteure ich.

»Ach, es ist ja nicht deine Schuld«, erwidert sie. »Um ehrlich zu sein, ich brauchte eine Pause von zu Hause. Ich habe nicht erwartet, mich inmitten einer Mordermittlung wiederzufinden, aber wenigstens hat es mich auf andere Gedanken gebracht.«

»Rose hat von eurer gemeinsamen Schulzeit geschwärmt«, sage ich und stelle sicher, dass sie auch nicht zuhört. Was sie nicht kann, weil sie von Lady B belagert wird, die gerade lautstark irgendeine Geschichte darüber erzählt, wie sie zu einem Date eingeladen und ihr in der Lissabonner Straßenbahn die Handtasche gestohlen wurde, woraufhin die portugiesische Polizei sie einer Leibesvisitation unterzogen hat.

»Wirklich? Das überrascht mich. Ja, wir waren zusammen in der Downe House School – sie war ein Jahr unter mir. Wir haben alle ein bisschen zu ihr aufgesehen, mit ihrem großen Haus samt Butler und Küchenpersonal und jemandem, der abends ihre Kleider zusammenlegt und ihr die Haare kämmt. Natürlich war sie nicht das einzige reiche Mädchen an der Schule, aber es war klar, dass sie der Meinung war, wir anderen seien unter ihrer Würde. Verrate ihr nicht, dass ich dir das erzählt habe, aber ihr Spitzname war ›Strangler‹, die Würgerin. Von Rose Strang, du weißt schon.«

»Ha! Aber sagtest du nicht, deine Eltern seien Hippies?«

»Ja, das waren sie – reiche Hippies. Wir lebten in prunkvoller Verwahrlosung oder vielleicht eher in verwahrlostem Prunk in der Lincoln Street, gleich an der King's Road. Als es dort noch überall Boutiquen und Plattenläden gab.«

»Die Swinging Sixties?«

»Ich hoffe, du meinst die Psychedelic Seventies. Aber du hattest nach Rose gefragt. Ich erinnere mich an dieses riesige Bild von ihr auf der Titelseite des *Telegraph,* mit einem angeberischen Hut auf dem Pferderennen in Ascot. Sie hätte auch modeln können, aber zu dieser Zeit riet man Mädchen noch davon ab.«

»Ich schätze, es fehlt ihr – die High Society, meine ich.«

»Nun, wir müssen uns alle anpassen, und es ist ja nicht so, als hätte es ihr jemals an irgendetwas gefehlt. Ihr Mann hat jede Menge Geld gemacht, auch wenn das meiste davon nach seinem Tod von der Steuer verschlungen wurde.«

»Aber doch nicht, wenn sie verheiratet waren, oder?« Was Erbschaftssteuer angeht, bin ich eine Art Experte, da sie sowohl für verheiratete als auch für geschiedene Eheleute gilt.

»Ich interessiere mich nicht besonders für Finanzfragen, aber ich weiß, dass nach ein oder zwei Jahren der Großteil des Geldes ausgezahlt wurde und Rose ihn dazu genutzt hat, die Kochschule zu eröffnen. Danach kam nicht mehr viel. Vielleicht haben die Hoyt-Millionen, über die alle geredet haben, auch überhaupt nie existiert.«

»Ich hoffe um ihretwillen, die Schule übersteht diese ganze Angelegenheit.«

»Auf dem Papier ist sie eine schwerreiche Frau, auch wenn ich nicht weiß, wie lange sie dieses Haus noch halten kann. Diese furchtbare Erbpacht – es muss sich anfühlen, wie in einer Eieruhr zu leben und ständig auf das Klingeln zu warten. Aber was soll sie auch sonst tun? Dieses Haus ist ihr Leben.«

»Wie war ihr Mann? Du schienst etwas zurückhaltend, als wir das letzte Mal über ihn gesprochen haben.«

»Alan? Nein, gar nicht«, erwidert sie. Diesmal wird sie wirklich rot. »Ich meine, er war nicht jedermanns Sache. Natürlich sah er umwerfend aus – ein bisschen wie Jude Law –, aber er war sehr introvertiert. Mit viel Tiefgang – er liebte die Literatur und die Musik. Ganz anders als Ben zum Beispiel, der ist eher der lautstarke Typ. Sie haben sich tatsächlich nie gut verstanden, aber ... das ist eine andere Geschichte.«

Ben Hardy-Powell schien nicht viele Menschen zu mögen. Ich erwidere: »Du solltest deine Lebensgeschichte aufschreiben – sie ist sehr ungewöhnlich.«

Melanie richtet ihre Frisur. »Ach, ich bin nichts Besonderes. Ich habe viel zu früh geheiratet. Meinen Töchtern sage ich ständig, sie sollen warten, bis sie dreißig sind.«

»Töchter? Hat Cressida noch eine Schwester?«

»Ich habe noch eine Tochter aus erster Ehe. Jemima ist gerade einunddreißig geworden und immer noch unverheiratet, also hört wenigstens irgendwer auf mich.«

»Du kannst unmöglich ein Kind haben, das schon über dreißig ist!«, rufe ich. Das wirkt immer, und sie strahlt mich an.

»Mein erster Mann und ich haben uns vor einigen Jahren scheiden lassen – er hat in Öl gemacht. Guyana, Algerien, Kasachstan. Ich weiß nicht, warum Öl immer an solch gefährlichen Orten gefördert wird.«

»Und Ben? Sagtest du nicht, er arbeitet für eine Kunstgalerie?« Vor meinem inneren Auge flackern die entsetzlichen Bilder der *Strebi Gallery* mit den umherspringenden Waltieren auf.

»Man könnte wohl Kunst dazu sagen. Aber ja, es gibt ihm eine Aufgabe. Er hat ein paar schwierige Jahre hinter sich.«

»Inwiefern?«

»Nun, seine Mutter war keine einfache Person, und ihr Tod hat ihn in eine Art Krise gestürzt. Er hat seinen Dienst quittiert und es anschließend bereut. Wenn man beim Militär ist, ist man es gewohnt, etwas zu tun zu haben. Das ist der Grund, aus dem ich mir so wünsche, dass es mit diesem Job klappt.«

»Jedenfalls bin ich froh, dass bei dir zu Hause wieder alles in Ordnung ist«, sage ich.

»Wenn Cressida es mir nur früher erzählt hätte, statt es zu vertuschen. Ich wollte es nicht vor Gott und der Welt herausposaunen, aber offenbar ist Ben in einen Zug gestiegen und ist jetzt in Wiltshire. Dort gibt es eine Gruppe aus seinen alten Armee-Zeiten, die sich gerne trifft, um sich unter den Tisch zu saufen.«

Ich spitze die Ohren. »Sagtest du Wiltshire? Christian war früher auch beim Militär und in Tidworth stationiert.«

»Ben auch – was für ein Zufall«, sagt sie, ein bisschen zu hastig. »Aber der Stützpunkt dort ist wohl riesig, sagt Ben – zehntausend Soldaten.«

»Und es ist ja auch schon über zwanzig Jahre her. Christian war im *Royal Regiment of Fusiliers*«, sage ich.

»Ach, ich hätte nie gedacht ... Das ist Bens altes Regiment. Komisch, dass er das nie erwähnt hat.« Sie schüttelt den Kopf und bauscht sich die Haare mit den Fingern auf.

»Würde es dir etwas ausmachen, Ben zu fragen, ob sie sich kannten? Vielleicht gibt es noch alte Kameraden von Christian, die sich an ihn erinnern und uns helfen können zu verstehen ... was geschehen ist. Oder vielleicht möchten sie ihm eine Art Ehrung zuteilwerden lassen.« Ich weiß, ich klammere mich an Strohhalme, aber wenn er auch nur ein bisschen Licht in Christians Vergangenheit bringen kann, dann will ich es wissen.

»Wenn ich die Gelegenheit habe, mit ihm zu sprechen, frage ich ihn auf jeden Fall«, antwortet sie mit einem abwesenden Blick.

Plötzlich ertönt ein piepsendes Geräusch, und sie springt auf und greift nach ihrer Tasche. »Oh, ich dachte, es wäre Ben«, sagt sie nach dem Abheben – ich kann die Enttäuschung in ihrer Stimme hören, genauso wie das Weinen am anderen Ende der Leitung. »Es ist Cress«, formt sie mit den Lippen, während sie den Raum verlässt. »Notfall.«

KAPITEL 33

Während Melanies Abwesenheit folge ich einer Unterhaltung zwischen Gregory und De'Lyse. Der Wein hat ihm die Zunge gelockert, und ich habe das Gefühl, er gibt vor seiner aufmerksamen jungen Dinner-Nachbarin ein bisschen an. »Oh ja, im Laufe der Jahre habe ich schon Häuser auf der ganzen Welt besessen. Rom, Schottland, Cape Cod. Ich bin hin- und hergereist, immer der Sonne nach. Das ist auch der Grund, aus dem ich Biarritz vermissen werde.«

»Du solltest Roses Tochter kennenlernen«, sagt De'Lyse. »Sie ist erst dreiundzwanzig, aber schon eine erfolgreiche Immobilien-Magnatin.«

»Ach, wirklich?«, sagt Gregory. »Allerdings habe ich in näherer Zukunft wohl nicht viel zu investieren.«

»Wohnst du jetzt im Armenviertel, oder wie?« De'Lyse lacht.

Gregory hält inne, dann senkt er die Stimme. »So könnte man sagen. Um ehrlich zu sein, habe ich mich für Dinge verbürgt, von denen ich mich hätte fernhalten sollen. Und ich werde es bis zu meinem Todestag bereuen.«

»Nur zwischen uns«, fährt De'Lyse fort. »Ich glaube, wir haben eine interessante Gelegenheit direkt vor der Nase – würde dir vielleicht zusagen. Ich habe die Theorie, dass Milla die Schule nach dem, was passiert ist, eher früher als später übernimmt. Sie wird einen Finanzvorstand brauchen, jemanden mit ein bisschen Grips. Es könnte sich auszahlen, ein paar Brücken zu schlagen.«

»Ach, wirklich?«, sagt Gregory zum zweiten Mal. Diesmal klingt er nachdenklich.

Über diese De'Lyse-Milla-Verschwörung habe ich ein wenig nachgedacht. Es ist absolut glaubwürdig, dass eine ambitionierte junge Frau wie Milla das Multi-Millionen-Pfund-Haus ihrer Mutter in die Finger kriegen will, aber warum sollte sie De'Lyse mit ins Boot holen? Sie ist fraglos ein helles Köpfchen – ansehnlich, zielstrebig, vielleicht sogar skrupellos –, aber was bringt sie mit ins Spiel? Genauso frage ich mich, wie Suzie hinter ihre Machenschaften gekommen ist. Rätsel, wohin man sieht.

Nach einer kurzen Weile bemerke ich, dass Vicky zurückgekehrt ist und eine Unterhaltung mit Stephen begonnen hat, der zu ihrer Linken sitzt.

»Ein Teil von mir sagt – geschieht ihr recht. Warum hat sie auch Haare in dieser Farbe?«, sagt sie gerade.

Stephen ist noch jemand, der sich den Wein heute schmecken lässt. »Mir gefällt es. Ich finde, es wäre langweilig, wenn alle gleich aussehen würden.« Ganz offensichtlich kommt er langsam aus seinem Schneckenhaus heraus.

»Ich bin eher der subtile Typ«, fährt Vicky fort. »Der *weibliche* Typ.« Sie streicht mit den Fingern über ihr Brust-Toupet. »Sei mir nicht böse, Stephen – ich weiß, die Gen Z glaubt, man kann sich entscheiden, ob man ein Mann oder eine Frau oder irgendetwas dazwischen ist. Aber ich bin mit Haut und Haar Frau und werde es auch immer bleiben.«

»Eine Femme fatale«, erklärt Gregory, der zugehört hat, und Vicky kichert.

Unterdessen hat Rose sich am anderen Ende des Tisches der Hon. Harriet zugewandt. Sie scheint nicht zu bemerken, dass sie das falsche Thema gewählt hat.

»Ich erinnere mich noch an meine eigene Hochzeit, als wäre es gestern gewesen«, sagt sie verträumt. »Es war mitten im Winter – alle Dächer waren mit Schnee überzuckert –, und bis heute sehe ich beim Duft von Seidelbast noch meinen Brautstrauß vor mir.

Ich weiß nicht, was du bezüglich deiner Brautjungfern vorhast, aber meine waren allesamt Kinder, ganz in Pastellfarben gekleidet. Stell dir vor, was wir in der Sakristei alles angestellt haben!«

Das offenbart eine weichere Seite an ihr, die ich noch nie zuvor gesehen habe. Auch wenn es leichter ist, sich vorzustellen, dass sie kleine Kinder zum Frühstück verspeist, als dass sie mit ihnen herumtobt.

»Tatsächlich, Rose«, erwidert Harriet – ich sehe, wie sie einen Blick mit ihrer Mutter wechselt –, »haben wir die Planung gerade auf Eis gelegt. Es ist einfach zu viel auf einmal.«

»Sehr weise«, sagt Rose, die immer noch nicht versteht, was vor sich geht. »Immer Schritt für Schritt. Fang mit dem Kleid an, denn da möchtest du dich nicht hetzen müssen. Heutzutage neigen die Bräute dazu – wie soll ich sagen? –, ihre Ware allzu offen zu präsentieren, während das Interesse des Bräutigams meiner Erfahrung nach eher von einem züchtigen Ausschnitt und bedeckten Schultern geweckt wird.«

Bevor Rose es noch schlimmer machen kann, kehrt Melanie von ihrem Telefongespräch zurück. Schon wieder in Tränen aufgelöst.

KAPITEL 34

Sie lässt sich neben mir auf den Stuhl fallen, und der ganze Tisch verstummt. Ich bin versucht, ihnen allen zu sagen, sie sollen sich um ihren eigenen Kram kümmern, aber es ist zu spät. Schon sprudelt es aus ihr heraus.

»Cressida ist wieder auf dem Kriegspfad. Wie grausam diese jungen Mädchen sein können! Daddy benimmt sich total daneben, und natürlich ist alles meine Schuld. Und dann sagt er ihr heute am Telefon, er sei abgehauen, weil wir uns gerade ›nicht so gut verstehen‹. Aber der Grund *dafür* ist seine verfluchte Trinkerei. Es tut mir leid, ich weiß gar nicht, warum ich euch das alles erzähle. Mit Ben werde ich fertig, aber wenn die beiden sich gegen mich verschwören ...«

»Wirf ihn raus!«, erklärt Stephen. Alle starren ihn an. Seine Wangen waren ohnehin schon vom Wein gerötet, aber jetzt bilden sich tiefrote Flecken.

»*Was* hast du gesagt?«, keucht Melanie.

»Ich habe gesagt, er ist es nicht wert. Wenn du zulässt, dass man dich missbraucht, wird es nur immer so weitergehen.«

»*Missbraucht?* Was in aller Welt verstehst *du* schon davon?«, ruft Melanie. »Die ganze Woche über kriegst du kein Wort raus und plötzlich behauptest du, mein Mann würde Frauen schlagen?«

»Es gibt unterschiedliche Arten des Missbrauchs«, sagt Stephen langsam. »Alkoholismus ist eine davon. Partei gegen dich zu ergreifen, eine andere. Bevor du es dich versiehst, wird er ...«

Sein Ausbruch wird von Suzie unterbrochen, die plötzlich auftaucht und beginnt, mit lautem Geklapper Geschirr und Besteck zusammenzuräumen und alles zum Speiseaufzug zu tragen, was jede weitere Unterhaltung unmöglich macht.

Als wieder Ruhe eingekehrt ist, versuche ich, die Situation aufzufangen, indem ich allen von meinem eigenen Stief-Problem namens Jonny erzähle.

»Ich kann einfach nichts richtig machen. Und seine Mutter tut auch noch alles, was sie kann, um die Situation zu verschärfen.« Normalerweise spreche ich nicht gerne vor Leuten über meine Privatangelegenheiten, und ich bedaure es auch sofort.

»Seine Mutter?«, ruft ihre Ladyschaft, die ganz offensichtlich eine höchst spannende Geschichte wittert.

»Es wäre indiskret von mir, über Olinda zu sprechen«, sage ich erhaben. »Aber was deinen Kommentar gerade eben angeht, Stephen – du hast natürlich das Recht auf deine eigene Meinung, aber ich denke, man muss an Beziehungen arbeiten und auch mal Zugeständnisse machen. Man kann Menschen nicht einfach ›rauswerfen‹ – sie sind schließlich keine Gegenstände, die man mit dem Müll an die Straße stellt, wenn man genug von ihnen hat.«

»Nun, ich habe jedenfalls genug von diesem Gespräch«, knurrt er und schiebt seinen Stuhl zurück. »Gute Nacht allerseits.« Und damit stürmt er aus dem Raum.

Gerade, als ich denke, das Feuerwerk sei jetzt vorüber, ergreift Lady B das Wort.

»Das ist *genau das,* was ich Harriet die ganze Zeit schon sage – nicht wahr, Schätzchen?« Alle Augen wenden sich ihrer Tochter zu, die mit den Händen eine Serviette erwürgt. »Ich habe ihr erklärt, dass es, wenn es um die großen, wichtigen Entscheidungen des Lebens geht, manchmal hilfreich ist, auf uns – ha! – Oldtimer zu hören.«

Daraufhin erhebt sich Harriet so abrupt, dass sie ihren Stuhl umwirft. Gregory springt in einem Anflug von Ritterlichkeit auf, um ihr beizustehen, aber sie winkt ihn beiseite. Mit einem Blick auf ihre Mutter, der erfolgreich Verachtung, Zorn und Trotz miteinander vereint, folgt sie Stephen aus der Tür. Wäre sie nicht so wohlerzogen, hätte sie sie wohl hinter sich zugeknallt, daran habe ich keinen Zweifel.

Es war schon jetzt ein erhellender Abend, aber das Beste kommt noch.

Zu Ehren des besonderen Anlasses wird der Hauptgang in einer riesigen Terrine serviert, auf der eine silberne Glocke thront. Diese wird angehoben – ein Hausdiener mit weißen Handschuhen wäre nicht fehl am Platze –, um einen farblosen *Cassoulet du Jour* zu offenbaren.

Auch wenn bereits Kriege über die Frage ausgefochten wurden, welche der zahlreichen Varianten das Originalrezept ist, gehört das Gericht für mich nicht zu den Höhepunkten der französischen Küche. Stattdessen steht es ganz oben auf meiner Liste der »todgeweihten Speisen«, die (meiner Meinung nach) nur enttäuschen können. Die Bohnen saugen den gesamten Geschmack auf, während man auf der vergeblichen Suche nach einem Stückchen Fleisch in ihnen herumstochert. (Ebenfalls auf der Liste stehen, aus verschiedensten Gründen, *Clafoutis, Fish Pie, Toad in the hole* – diese Würstchen in Yorkshire Pudding –, *Cornish Pasties,* Gnocchi und Schokoladencroissants ... Aber darüber können wir uns ein andermal streiten.)

Gerade kämpfe ich mit einem widerspenstigen Stück Knorpel und frage mich, was Suzie mit all den Resten anstellen wird – mittlerweile sind wir drei Esser weniger, also wird eine ganze Menge übrigbleiben –, als die Tür erbebt, als wolle sie jemand mit Gewalt eintreten. Siehe da, herein kommt Lilith!

Uns bleiben in fassungslosem Schweigen die Münder offenstehen – Rose klammert sich an der Tischkante fest, als hätte sie einen Geist gesehen –, und ein schrilles, durchdringendes Pfeifen ertönt.

»Rückkopplung«, sagt Gregory und fummelt an seinem Hörgerät herum. »Eine Sekunde. Entschuldigung.«

Lilith, einen Arm in die Luft gereckt wie die Freiheitsstatue, wartet voller Verachtung, bis er fertig ist. Dann ergreift sie das Wort.

»Noch nie in meinem ganzen Leben … abgeführt wie eine gemeine Kriminelle … vor den Augen der … eingepfercht in einen … Die Polizei wird den Tag noch bereuen, an dem sie sich mit mir eingelassen … Oh, lasst euch das gesagt sein!«

»Bitte setz dich doch und erzähle uns in aller Ruhe, was passiert ist«, befiehlt Rose.

»Es ist noch jede Menge *Cassoulet* da, falls du hungrig bist«, schlägt Gregory vor.

»War es wie in *Line of Duty*?«, fragt Vicky.

Mit einem Blick auf Harriets umgefallenen Stuhl und den leeren daneben fragt Lilith: »Habe ich einen Streit verpasst?«

»Nur eine kleine Meinungsverschiedenheit«, sage ich. »Bitte, setz dich doch und erzähle, was passiert ist – wir haben uns solche Sorgen gemacht.«

»Nun ja«, sagt sie und legt ihre Hände auf den Tisch, als wäre er ein Ouija-Brett und sie Madame Arcati. »Wir sind mit dem Streifenwagen losgefahren, mit Blaulicht und allem Drum und Dran, und ich überlege fieberhaft, um was in alles in der Welt es hier geht? Was habe ich getan? Und die ganze Zeit über starrt diese Polizistin – die furchterregende – mich mit diesem anklagenden Blick an.«

»Festgenommen!«, sagt Vicky mit flackerndem Blick. »In Handschellen?«

»Wenn ihr nicht zuhört, erzähle ich auch nichts«, sagt Lilith. Sie lässt die Drohung wirken, dann fährt sie fort. »Wir rasen also durch den strömenden Regen. Plötzlich rufe ich: ›Sofort anhalten!‹«

Wir sehen uns verständnislos an.

»Ich habe mir ja gar nicht ihre Ausweise zeigen lassen! Versteht ihr – sie hätten mich entführen können! Na ja, jedenfalls hat sich herausgestellt, dass alles in Ordnung war, also sind wir weitergefahren, eine endlose Strecke, bis wir Stunden später endlich am Vernehmungszentrum ankamen.«

»Das war bestimmt dieser neue Hochsicherheits-U-Haft-Block in Paddington Green«, sagt Vicky. »Oder Scotland Yard, unten am Embankment.«

»Auf dem Schild an der Tür stand ›Belgravia Police Station‹«, erwidert Lilith hochmütig.

»Aber das kann ja nicht so weit weg sein!«, widerspricht Vicky.

»Nicht mal fünf Minuten«, werfe ich verschmitzt ein.

»Hört ihr jetzt auf, mich zu unterbrechen! Sie bringen mich also zur Rezeption, wo ich meine Handtasche und den Mantel abgeben und irgendwelche Papiere unterschreiben muss. Dann führt man mich in einen kleinen Raum, und ich warte, bis jemand vorbeikommt und fragt, ob ich zur Toilette müsste, was ich verneine. Wegen der Bakterien. Dann, ein wenig später, kommt jemand anderes herein – der war sehr freundlich – und fragt, ob ich eine Tasse Tee und einen Keks möchte.«

Ich wünschte, wir hätten nach einer Zusammenfassung gefragt, nicht nach einer detaillierten Schilderung.

»Gerade als ich alle Hoffnung aufgebe, meine Familie und alle, die mir lieb und teuer sind, jemals wiederzusehen, betreten zwei Männer im Anzug den Raum – Detectives, die beiden, die gestern da waren, um Paul festzunehmen. Sie sagen, ich sei gar nicht richtig festgenommen – sie wollten nur etwas aufklären, das ihnen Gedanken macht.«

»Was für ein Anti-Höhepunkt!«, ruft Vicky. »Nicht mal festgenommen? Sie hätten dich doch wenigstens über Nacht dabehalten können.«

Ich bemerke, wie Suzie, angezogen von der Aufregung, in den Raum schlüpft. Auch Lilith sieht es und zwinkert ihr aus unerfindlichem Grund verschwörerisch zu.

»Also, es stellt sich heraus, dass die Leute von der Forensik ein Frauenhaar am Tatort gefunden haben. Zwei sogar – eines auf seinem Kopfkissen, eines auf dem Brotschneidebrett. Keine gewöhnlichen Haare – sie sind violett gefärbt … Und das brachte sie auf mich. Einer der Officer zog einen Plastikbeutel aus der Tasche, mit Haarstückchen darin, und sagte, der Rest sei bei der DNA-Analyse, aber würden sie nicht wirklich aussehen wie meine? Und das taten sie auf jeden Fall, auch wenn ich mir nicht vorstellen kann, wie sie dort hingekommen sind.

Als Nächstes fängt der andere Detective – der nett aussehende mit den Haaren – an, mich über Christian auszufragen: Wie gut ich ihn kenne? Ob ich ihn in seiner Wohnung besucht habe?«

»Hast du nicht!«, quietscht Vicky und windet sich auf ihrem Stuhl.

»Dazu komme ich noch. Das war meine Antwort: Meine Bewunderung galt Christians kulinarischem Talent. Ich weiß, dass viele ihn anziehend fanden. Er war zweifellos ein Mann mit vielen Geheimnissen.« Sie legt eine Kunstpause ein, mustert ihr Publikum mit wissendem Blick und fügt dann hinzu: »Einige davon habe ich übrigens selbst aufgedeckt … Aber niemals – nicht in einer Million Jahre, nicht bevor die Hölle einfriert oder Pferde kotzen können –, würde man mich bei einem Stelldichein … mit einem *Mann* erwischen.«

Wir sehen einander verwirrt an, als ihre Geschichte den Höhepunkt erreicht.

»›Also lasst mich wieder frei!‹, sagte ich ihnen. ›Oder Sie werden den ganzen Zorn meiner Frau kennenlernen, die niemand anders ist als Reverend Dilys Mostyn-Cadwaladr, Erzdiakonin von Meirionnydd.‹«

Nach diesem Paukenschlag lehnt sie sich auf ihrem Stuhl zurück und sieht ihr sprachloses Publikum an. »Irgendwelche Fragen?«

Vicky legt sofort los. »Du meinst, du warst gar keine Tatverdächtige? Und sie haben dich gehen lassen, weil ... weil du es ihnen gesagt hast?«

»Sie waren sehr freundlich. Wisst ihr, der ältere Detective, der dunkelhaarige, war letztes Jahr in Portmeirion im Urlaub. Ich nehme an wegen der Eiscreme, auch wenn Rumrosinen nicht jedermanns Sache sind.«

»Hmph«, macht Vicky.

Niemandem fällt etwas ein, was man dazu sagen könnte, also verkündet Lilith, sie sei nach der ganzen Aufregung jetzt sehr müde, vielen Dank auch. Dann verschwindet sie, um vor dem Schlafengehen noch ein langes heißes Bad zu nehmen.

KAPITEL 35

Wer hätte es gedacht? Nicht zum ersten Mal an diesem Abend legt sich Schweigen über den Pink Room.

»Cool!«, verkündet De'Lyse. »Ich wünschte, sie hätte es uns früher erzählt.«

»Einige von uns ziehen es vor, ihr Privatleben privat zu halten«, sagt Rose. Selbst sie erkennt, dass das nach Schuldirektorin klingt, also fügt sie hinzu: »Aber schön zu wissen, dass sie glücklich, äh, verheiratet ist.«

»Ich bin nur froh, dass sie nichts mit der Sache zu tun hatte«, wirft Melanie ein.

»Andererseits«, unterbricht sie Gregory, »bedeutet das, der Mörder oder die Mörderin ist immer noch auf freiem Fuß. Möglicherweise hier unter uns.«

Vicky betrachtet nachdenklich ihr Weinglas. »Vielleicht hat jemand anderes Liliths Haare am Tatort verteilt … leicht genug wäre es gewesen. Ich habe gestern nach ihr gebadet – unsere Zimmer haben nur Duschen –, und ich musste mehrere violette Haare aus der Wanne entfernen. Ich glaube, sie hat vielleicht ein medizinisches Problem – Alopezie, ihr wisst schon. Aber der Punkt ist, es könnte jeder von uns gewesen sein.«

»Vicky hat recht«, sagt De'Lyse. »Jemand muss die Haare dort platziert haben, um sie zu belasten.«

Rose quittiert diese Bemerkung mit einem Schmollmund, zumindest mit einem halben. »Die Polizei weiß, was sie tut. Wenn sie das Gefühl hätten, wir wären in Gefahr, würde man uns sofort informieren.«

Suzie kommt mit einer Apfel-Charlotte herein – noch so ein

todgeweihtes Gericht –, aber niemand interessiert sich dafür außer unserem Schleckermäulchen Gregory, der sein Stück unter einer Portion Sahne, Vanillesauce *und* Eiscreme begräbt.

»Schön, einen Mann zu sehen, der gerne isst«, kommentiert Vicky. »Mein Mann ist auch eher korpulent – sein Bluthochdruck muss medikamentös behandelt werden.« Der Kommentar ist zu viel für Gregory. Er schiebt seinen Teller weg.

Melanie fragt mich: »Wusstest du das mit Lilith? Ich meine, hat sie dir erzählt, dass sie homosexuell ist?«

Was für eine schöne Vorstellung, dass lesbische Frauen sich im Geiste gegenseitiger Freundschaft und Unterstützung automatisch schwulen Männern offenbaren oder umgekehrt, aber es verhält sich genau andersherum: Wenn überhaupt, sind wir noch argwöhnischer und stellen die Stacheln auf, wenn wir aufeinandertreffen. Jetzt aber, da sie es erzählt hat, gibt es einige Dinge, die ich gerne wüsste. Zum Beispiel: Was hält die anglikanische Institution davon, dass ihre Erzdiakonin eine Ehefrau hat? Dient die violette Haarfarbe dazu, den Erzbischof zu schockieren?

Niemand hat noch Lust auf Kaffee, also helfe ich Suzie, den Speiseaufzug zu beladen, und wünsche ihr eine gute Nacht.

Dem Himmel sei Dank ist der Tag jetzt fast vorbei. Ich kenne das Gefühl noch aus der Zeit, in der ich Abendschichten in Restaurants gearbeitet habe. In England haben wir ein Wort dafür – *banjaxed*: Wenn man nicht einmal mehr die Kraft hat, nach Hause zu gehen. Dann hingen wir nach Restaurantschluss noch herum, Küchencrew und Service zusammen, unterhielten uns bei Espresso oder Wein über Gott und die Welt oder rauchten noch mehr Zigaretten, über die wir uns am nächsten Morgen ärgern würden. Erst nach einer weiteren Stunde brachten wir genug Energie auf, um durch die Tür nach draußen zu gehen, traurig und niedergeschlagen. Wenn man sehen möchte, wie absolute

Erschöpfung aussieht, muss man nur in den Nachtbus oder die letzte U-Bahn steigen und den Leuten in die Augen sehen.

In einem ähnlich katatonischen Zustand laufe ich in Richtung Alter Ballsaal, um mein Messer wegzuräumen. Alles ist still – der Regen hat endlich aufgehört –, also wasche und trockne ich es vorsichtig ab und verstaue es mit den anderen in der Schublade.

Entnervt stelle ich fest, dass ich meinen Wetzstahl vergessen habe, und schleppe mich wieder den ganzen Weg zurück, um ihn zu holen. Schon nach dieser kurzen Zeit hat sich durch dieses ständige Auf und Ab der endlosen Flure eine Art Monotonie eingestellt.

Ich hasse es, wenn jemand plötzlich auftaucht und man vor Schreck beinahe aus der Haut fährt – ich bin mir sicher, eine Menge Herzinfarkte werden durch genau einen solchen Schreck ausgelöst. Als ich also zur grünen Fries-Tür der Alten Spülküche komme, rufe ich leise nach unten: »Suzie – bist du da?«

Schnell wie ein Mäuschen erscheint sie am unteren Treppenabsatz.

»Entschuldige«, sage ich, »aber ich glaube, mein Wetzstahl ist aus Versehen beim Abendessensgeschirr gelandet und mit nach unten gefahren. Kann ich kurz nachschauen, bevor ich nach Hause gehe?«

»Äh.« Sie hält inne und umklammert den Handlauf. »Ich bin gerade echt beschäftigt, da passt es nicht, okay? Ich suche ihn raus und gebe ihn dir morgen zurück. Gute Nacht.«

KAPITEL 36

Endlich kann ich mich auf den Weg nach Hause machen. Der Constable an der Tür ist offenbar schon gegangen, aber auf dem Tisch liegt eine Sandwichrinde: weißes Brot mit Schinken und einem Rest Senf. Ich knöpfe gerade meinen Mantel zu, als ich ein dumpfes Geräusch höre. In diesen Räumen mit den hohen Decken breitet sich der Schall manchmal seltsam aus, aber ich glaube, im ersten Stock ist etwas Schweres heruntergefallen, und der Lärm wurde von den endlosen Teppichen und Vorhängen gedämpft.

Ich laufe zum Fuß der Prunktreppe hinüber, nur um nachzusehen, ob alles in Ordnung ist.

Ans Geländer des oberen Treppenabsatzes gepresst steht eine in ein weißes Laken gehüllte, überirdische Gestalt und wedelt mit den Armen. Ich blinzle ungläubig. Es ist Lady Brash.

Sie ist barfuß, trägt ein bodenlanges weißes Nachthemd und einen Turban auf dem Kopf. Ihr Gesicht ist mit einer kreideartigen Substanz beschmiert wie im Kabuki-Theater, und unter jedem Auge klebt schräg ein Streifen Klebeband. Das Einzige, das ich mir vorstellen kann, ist, dass oben eine Kostümparty stattfindet und man Lady Macbeth geschickt hat, um mich auch einzuladen.

»Serena!«, stottere ich.

»Kommen Sie schnell!«, zischt sie.

»Warum? Und warum sehen Sie so aus?«

»Das ist Nachtcreme – ich lag schon im Bett und habe geschlafen. Aber hier oben ist ein Einbrecher!«

Ich folge ihr, als sie die erste Treppe nach oben steigt, dann die nächste. Im zweiten Stock geht es weiter. Ich bin noch nie hier oben gewesen, kann aber in der Dunkelheit mehrere Türen erkennen, die wahrscheinlich zu verschiedenen Schlafzimmern führen, dazu eine weitere Treppe – steil und schmal – hinauf zur Mansarde.

Melanie und Harriet, blass und geisterhaft im schwachen Licht, kauern sich an den Türen ihrer Schlafzimmer zusammen. Erstere, eingehüllt in einen rostfarbenen Bademantel, der sie aussehen lässt wie eine riesige rote Katze, hat ihre Nachttischlampe ausgesteckt, um sie als Schlagstock zu benutzen. Harriet, in einem rüschenbesetzten rosafarbenen Nachthemd, ist mit einem Kissen bewaffnet.

»Weiter oben«, flüstert Lady B.

Ich gebe meinen Augen eine Minute, um sich an die Dunkelheit zu gewöhnen. Zu meinen Disco-Zeiten ist das beinahe sofort passiert, mittlerweile dauert es ein wenig länger. Ich erkenne ein paar Stufen, die auf einen halben Treppenabsatz führen, dann weitere Stufen, die in die andere Richtung unter dem Dachvorsprung entlanglaufen. Auf dem Treppenabsatz liegt etwas flach auf dem Boden.

»Wer immer Sie sind, nicht bewegen«, rufe ich mit meiner männlichsten Stimme. Ich wende mich meinem Publikum zu und frage ziemlich lahm: »Kann vielleicht jemand das Licht anmachen?«

»Die Sicherung muss rausgesprungen sein«, sagt Melanie.

Ich nutze mein Handy als Lampe und steige nach oben. Die Blicke der anderen bohren sich in meinen Rücken, während ich die Stufen hinaufgehe, Stufe um trügerische Stufe, bis zum kleinen Treppenabsatz. Mein Herz klopft laut – Angst strömt durch meinen Körper.

Schließlich bin ich so nahe, dass ich unseren ungebetenen Gast berühren kann. Ich beuge mich vor und stupse ihn mit dem Zeigefinger an. Ich rechne fest damit, dass jemand aufspringt und mich ersticht – oder eine Bombe explodiert oder so etwas.

Die Gestalt bleibt jedoch bewegungslos liegen. Aus einem Haufen Veloursleder und wattiertem Waffelpiqué lugt eine verräterische violette Haarsträhne.

»Oh nein!«, rufe ich.

Die Erste an meiner Seite ist Melanie. »Lilith! Sie muss gestürzt sein. Lebt sie noch?«

Ich blicke nach unten und sehe eines ihrer Augenlider flackern. Gott sei Dank, sie lebt. Noch, zumindest. »Was hat sie da oben gemacht?«, frage ich.

»Wie Vicky schon sagte, es ist das einzige Bad mit einer anständigen Badewanne.«

»Sie muss auf dem Weg in ihr Zimmer gewesen sein«, fügt Harriet von unten hinzu. »Wir haben erst gestern darüber gesprochen, wie gefährlich diese Treppe ohne richtigen Handlauf ist.«

»Wir dürfen sie nicht bewegen«, sagt Melanie. »Ich rufe einen Krankenwagen.«

Immer, wenn man sein Handy wirklich braucht, hat man keinen Empfang. Auch jetzt nicht, obwohl wir so hoch oben sind, dass wir schon fast in der Nähe des Satelliten sein müssten. Sie rennt herum und sucht eine Stelle, an der sie telefonieren kann, während ich es mit einiger Mühe schaffe, an Liliths feuchtem Handgelenk einen unsteten Puls zu tasten.

»Kannst du mich hören?« Ich beuge mich dicht über ihren Kopf und sage: »Lilith! Bleib bei mir!«

Ich sehe eine winzige Bewegung ihrer Lippen, aber kein erkennbarer Laut ist zu hören.

Während Melanie telefoniert, halte ich weiter ihre schlaffe Hand. Sie murmelt vor sich hin, versucht, etwas zu sagen.

»Ich höre dich – sag mir, was los ist«, sage ich ihr. Dann lege ich mein Ohr an ihren Mund. Sie schafft nur ein Wort pro Atemzug, als würde die Anstrengung sie das Leben kosten.

»Ich ...«, keucht sie.
»Ich ...«
»w...«
»wurde ...«
»gestoßen ...«
»Was?«, flüstere ich zurück. »*Wer* hat dich gestoßen?« Dringlichkeit liegt in meiner Stimme, aber ich will nicht, dass die anderen etwas hören. Harriet steht noch immer in ihrem Türrahmen und ihre Mutter am Treppenabsatz. Lady B sieht aus wie eine ägyptische Mumie, die von den Toten auferstanden ist.
»Bleib bei mir, Lilith. Sag mir, wer es war.«
Aber die Anstrengung war zu viel für sie. Sie versinkt in tiefe Bewusstlosigkeit.

Aus dem Nichts taucht Vicky auf. Sie hat einen Velours-Onesie mit Welpenmuster an und trägt eine Bettdecke bei sich, in die sie Liliths bewegungslose Gestalt besorgt einhüllt. Dann kniet sie sich schweigend neben sie und senkt den Kopf. Es dauert einen Moment, bis ich begreife, dass sie betet.

Erst jetzt wird mir klar, dass die Person, die sie gestoßen hat, sich noch in der Mansarde verstecken muss. »Nicht bewegen«, weise ich alle an.

Ich weiß, es ist töricht, aber die Empörung treibt mich an. Es sind noch fünf Stufen bis zur Mansarde. Langsam steige ich sie hinauf.

Oben angelangt gibt es drei Türen, die alle geschlossen sind. »*Bathroom*« steht auf der ersten, und als ich die Tür aufstoße, weht der Dampf von Liliths Bad durch das Licht der Taschenlampe. Meine Nase füllt sich mit dem Duft von Sommerfrüchten.

Ich ziehe an der Lichtschnur – Helligkeit durchflutet den Raum. Moderne weiße Armaturen, eine Badewanne auf Füßen. Aber es ist niemand zu sehen.

Hinter der nächsten Tür liegt ein Abstellraum, leer bis auf ein einzelnes Bett.

Schließlich kommt ein Lagerraum mit zwei Einbauschränken. Hier muss er stecken.

»Rauskommen!«, rufe ich in Richtung der Schranktüren. Nervöses Quietschen von den Gästen ein Stockwerk tiefer. Ich reiße die erste Tür auf und erwarte, dass eine vermummte Gestalt herausspringt, aber im Schrank steht nur ein Schaukelpferd.

»Ich habe eine Pistole!«, drohe ich der zweiten Tür und reiße sie weit auf. Im Inneren steht ein uraltes Puppenhaus. Sehr gruselig, aber absolut mörderfrei.

Ich steige die tückische kleine Treppe hinunter, vorbei an der Pietà von Lilith und Vicky, und verkünde den dreien im Flur, dass wir zum Krankenwagen auch die Polizei brauchen.

»Wen hast du da oben angeschrien?«, fragt Lady B.

Ich ignoriere sie. »War Lilith allein in der Mansarde?«

»Soweit wir das wissen«, sagt Lady B.

»Ist sonst noch jemand heruntergekommen? Habt ihr jemanden gehen sehen? Oder gehört?«

Im düsteren Licht sehen sie sich kopfschüttelnd an. »Wir waren die ganze Zeit über hier – ganz sicher nicht«, sagt Lady B.

Ich gehe nach unten und grüble darüber nach, wie Lilith gestoßen werden konnte, wenn doch niemand da war, als ich Schritte höre, die schnell nach oben auf mich zukommen. Es ist Suzie.

»Was ist passiert?«, fragt sie atemlos, als sie mich erreicht. »Ist jemand verletzt?«

Ich schlage vor, dass sie Rose weckt. Stephen kommt aus einem nahe gelegenen Zimmer und fragt, was der Lärm soll.

Zehn Minuten später trifft ein Krankenwagen ein, gefolgt von der Polizei. Die Mühelosigkeit, mit der die Sanitäter das Haus stürmen und die Kontrolle über die Situation übernehmen, lässt mich staunen. Wir anderen sind nur noch nutzlose Zuschauer. Vicky fragt, ob sie ihre Freundin ins Krankenhaus begleiten kann, und weint, als man es ihr verwehrt – es sei denn, sie gehöre zur Familie.

Eine Bahre materialisiert sich, und Lilith wird nach unten und durch die offenstehenden Türen des Krankenwagens getragen.

Wir sind eine traurige Gruppe, die sich in der Eingangshalle versammelt, um sie zu verabschieden – alle sind da bis auf Gregory, der wahrscheinlich mit Kopfhörern einen Podcast hört. De'Lyse, immer noch strahlend in ihrem goldenen Seidenkleid, bietet an, bei ihm zu klopfen, aber wir einigen uns, ihn in Ruhe zu lassen. Von ihnen allen scheint Vicky am tiefsten betroffen.

»Ich fühle mich so schuldig«, sagt sie. »All diese entsetzlichen Dinge, die wir über sie gesagt haben, als wir dachten, sie hätte Christian ermordet. Und jetzt das.«

An diesem Punkt schwebt Rose, noch immer in ihrer schwarzen Robe, die Prunktreppe herunter.

»Ist das Spektakel vorbei?«, fragt sie sorgenvoll. Was für eine seltsame Reaktion. »Noch ein schrecklicher Unfall, der dem Ruf des Hauses schadet.«

Ich blicke in die Runde und frage mich, ob ich der Einzige bin, der weiß, dass das hier kein Unfall war. In meinem Kopf kreisen zahllose Fragen.

Was hat Lilith heute Abend gesagt oder getan, dass jemand den Beschluss gefasst hat, sie aus dem Weg zu räumen?

Wer könnte sie gestoßen haben, wenn sie doch allein in der Mansarde war?

GARNITURE

Samstag, 9. Juni '18

Gerade drei Wochen lang »Pass the Gravy USA« abgedreht. Warum haben die Briten amerikanisches Essen so auf dem Kieker? Diesen Fraß hier liebe ich jedenfalls – stammt von den Mormonen, auch wenn man's nicht glauben will. Der lustige Name kommt davon, weil man es hinten in seinen Chevy schmeißt, um es zu einer Beerdigungsfeier mitzunehmen.

Das Christians-Brasserie-Projekt scheint zu fliegen. Wir haben uns eine infrage kommende Immobilie in der Pimlico Road angesehen, und ich bin zufällig auf Paul getroffen. Er hat mich auf einen Drink mit zu sich nach Hause eingeladen, und ich habe endlich mal diesen Freund kennengelernt. Ziemlich posh, aber er scheint ein netter Kerl zu sein. Ich sage Paul schon jahrelang, er muss sich mal locker machen. Das Leben nicht so ernst nehmen, und endlich wirkt er (fast) glücklich.

Bei mir gibt's auch was Neues an der Dating-Front. Als ich damals nach London gekommen bin, habe ich ein paar Catering-Jobs bei dieser reichen Lady übernommen, die ein RIESEN-Herrenhaus in Belgravia hat. Zwischen uns hat es schon immer geknistert, und jetzt haben wir was miteinander. Wenn es Milla nicht gäbe – ihre Nervensäge von Tochter –, wäre es das perfekte Arrangement.

Funeral Potatoes

Eine gewürfelte Zwiebel in ca. 25 g Butter glasig schwitzen, dann zwei Esslöffel Mehl einrühren und eine Minute weiterbraten, bis alles goldbraun wird. Langsam je 200 ml Hühnerbrühe und Milch oder Sahne angießen und einkochen, bis die Sauce andickt. Eine 640-g-Packung gefrorene Hash Browns dazugeben. Kochen, bis die Kartoffelpuffermasse aufgetaut und weich ist (7–8 Minuten, zwischendurch umrühren), dann 100 ml saure Sahne und 85 g geriebenen Käse einrühren. Wenn es zu dickflüssig ist, noch einen Schluck Milch hinzufügen.
In eine Auflaufform kippen, mit zerstoßenen Cornflakes (oder, noch besser, mit Käse und Röstzwiebeln) garnieren und ungefähr 30 Minuten bei 160 °C Umluft backen, bis der Rand schön blubbert und alles goldbraun ist.

KAPITEL 37

Wir sitzen im Pink Room und trinken Tee, während ein paar Constables die Treppen hoch- und runterstapfen und sich im Shelley Room einrichten. Sie befragen uns einzeln, und obwohl ich darauf bestanden habe, als Erstes aufgerufen zu werden, bin ich der Letzte.

Sorgfältig beschreibe ich die Ereignisse des Abends und ende mit Liliths geflüsterter Beschuldigung. Die scheint sie bemerkenswert kaltzulassen.

»Aber verstehen Sie denn nicht – jemand hat versucht, sie umzubringen! Ein Mordanschlag – Sie müssen ermitteln«, sage ich.

»Haben wir zur Kenntnis genommen«, sagt einer der Officer wenig begeistert. »Aber Sie haben auch gesagt, dass im Dachgeschoss niemand war, also kann sie auch nicht gestoßen worden sein.«

»Warum sind Sie da so sicher?«

»Drei Zeugen bestätigen, dass niemand den Ort des Geschehens verlassen hat. Lady Brash sagt, ihre Tür sei die ganze Zeit über offen gewesen und niemand sei vorbeigelaufen. Die Frau mit der Brille sagt, vor ihrer Türschwelle gäbe es eine knarrende Diele und sie habe nichts gehört. Wir haben die Mansarde eigenständig überprüft, und es ist unmöglich, dass jemand heruntergekommen ist, ohne gesehen zu werden.« Er verschränkt die Arme und lehnt sich zurück. »Es sei denn, Sie behaupten, die Person habe sich aus dem Fenster abgeseilt.«

Ich denke darüber nach.

»Hören Sie, Lilith hat mir gesagt, jemand habe sie gestoßen. Ich denke mir das nicht aus.«

»Sie haben ausgesagt, sie sei nur halb bei Bewusstsein gewesen, als Sie sie fanden. Wahrscheinlich wusste sie gar nicht, was sie redet.«

»Dann gehe ich jetzt einfach nach Hause?«, frage ich gereizt.

»Falls wir noch irgendetwas brauchen sollten, haben wir Ihre Nummer.«

»Ich finde das Vorgehen nicht zufriedenstellend. Seien Sie so freundlich und bitten einen der Detectives der Wagner-Ermittlung, mich anzurufen. Sagen Sie, es sei dringend.« Während ich mich abwende, höre ich ihn flüstern: »Eingebildeter Fatzke.«

Durch den leichten Sprühregen stapfe ich nach Hause. »Seenebel« nennt man solches Wetter auch. Ab und zu treibt mir eine Windbö die Feuchtigkeit ins Gesicht, und das Pflaster unter meinen Sohlen fühlt sich rutschig an. Ich halte den Blick nach unten gerichtet.

Am Skinner Place sind bereits alle Lichter aus. Ich denke an das kuschelige Bett, das mich oben erwartet. Ich gönne mir nicht oft eine heiße Schokolade, aber heute Abend habe ich sie mir verdient.

Vor der Tür ziehe ich den Schlüsselbund aus der Tasche. Wie alle Stadtbewohner nehme ich es mit meiner Sicherheit ziemlich ernst, und vor sechs Monaten habe ich – dank Jonny – Sicherheitsschlösser einbauen lassen. Gleichzeitig habe ich eine sogenannte London Bar anbringen lassen, die den Türrahmen verstärkt und es Einbrechern erschwert, die Tür einzutreten. Man soll sich in seinem eigenen Heim schließlich sicher fühlen.

Gerade denke ich darüber nach, ob ich meiner heißen Schokolade einen Schuss Brandy oder sogar eine Portion Mini-Marshmallows hinzufügen sollte, da bemerke ich, dass mein Schlüssel sich nicht ins Schloss stecken lässt. Ich versuche es noch einmal. Dann teste ich es mit den anderen Schlüsseln. Ich schalte meine Handytaschenlampe an und betrachte die Schlösser. In jedem Schlüsselloch steckt ein Klumpen weißlichen Klebers. *Was* stimmt nicht mit diesem Kerl? Das letzte Mal – als er mir Nägel ins Schloss gehämmert hat – hat es mich fast vierhundert Pfund gekostet. Ich würde am liebsten in Tränen ausbrechen – was zum Teufel soll ich jetzt machen?

Ich treffe eine pragmatische Entscheidung und rufe im Chester Square an. Erst nach dem mindestens zwanzigsten Klingeln hört man, wie jemand abhebt. Was ist denn jetzt schon wieder, denkt sich Rose zweifellos. Droht der Schule ein Anschlag mit chemischen Waffen?

»Hallo?«, erklingt eine geisterhafte Stimme. Ich weiß, dass man in aristokratischen Kreisen seinen Namen nicht nennt, wenn man ans Telefon geht, und Rose ist, wie in allen anderen Belangen, altmodisch.

»Rose – hier ist Paul. Diesmal wirklich.«

Eine weitere lange Pause, dann sagt sie, langsam und misstrauisch: »Identifizieren Sie sich.«

»Paul Delamare. Ihr Kursleiter. Eingesprungen für Christian.«

»Das hätte jeder aus der Zeitung entnehmen können«, faucht sie. »Rufen Sie nicht noch einmal an.«

Fieberhaft denke ich nach, auf der Suche nach etwas, das nur ich wissen würde. »Das WLAN-Passwort – *HummerThermidor*.«

»Vor Hackern wurde ich gewarnt. Ich lege jetzt auf und rufe die Polizei an.«

»Rose, noch einen Versuch. Ihr Spitzname in der Schule – es war ›die Würgerin‹.«

Eine lange Pause tritt ein. »Wer um alles in der Welt hat Ihnen das erzählt?« Dann, nachdem sie darauf gekommen ist, steif: »Also, warum rufen Sie an?«

»Es ist ein Notfall. Die Schlösser meiner Haustür sind mutwillig beschädigt worden, und ich komme nicht hinein.«

Ich hätte nicht damit gerechnet, aber ihre Reaktion ist überaus edelmütig und sympathisch. Vielleicht steckt irgendwo in diesem menschlichen Eisberg doch eine Seele. Sie wird *Soo-Zee* bitten, Bettzeug und Handtücher zu richten und mir das »Zimmer ganz oben« zu zeigen. Ich müsse ihr vergeben, dass sie mich nicht persönlich empfängt, aber sie sei *en deshabille*.

Der besagte Raum liegt wirklich ganz oben. Höher und immer höher steigen wir, tasten uns über den unbeleuchteten Treppenabschnitt, auf dem Lilith so verhängnisvoll gestürzt ist, zurück ins oberste Geschoss, das sich unter das Mansardendach schmiegt.

Jetzt sehe ich, dass gegenüber der Badezimmertür ein gerahmtes Poster in Originalgröße hängt – Hitchcocks *Vertigo*, blutrot mit einem schwindelerregenden Strudel in der Mitte. Es hängt ein wenig schief. Ich soll also im Abstellraum schlafen.

Ich wende mich zu Suzie. »Im Ernst?«, frage ich.

»Es ist nicht einfach nur *irgendein* Raum. Dieser hier hat eine Geschichte.« Ich entdecke ein schwaches Lächeln, während sie mir gute Nacht wünscht.

In ihrer Herzensgüte hat sie mir eine Zahnbürste dagelassen, also gehe ich hinüber ins Bad. *Schrubb schrubb schrubb schrubb.* Einige meiner besten Ideen sind mir beim Zähneputzen eingefallen, aber heute Abend herrscht Stille.

Durch mein Fenster, das weder Vorhang noch Jalousie aufweist, blicke ich auf den Chester Square und seinen belaubten Privatpark. Eine Vogelperspektive, die ich unter glücklicheren Umständen genießen würde. Nur in wenigen Fenstern brennt noch Licht – was für ein einsamer Ort. Jubilee Cottage mag im Vergleich eine armselige Hütte sein, aber wenigstens herrscht dort Leben. Ich versuche, mir vorzustellen, ich läge in meinem eigenen Bett zu Hause, eingelullt vom Rumpeln der Züge und dem Lärm fröhlicher Feiernder auf dem Heimweg. Stattdessen wiegt die Stille schwer.

Es ist stickig hier oben, sodass ich beschließe, das Fenster zu öffnen. Normalerweise haben diese teuren Immobilien vertikale Schiebefenster, aber da ich mich auf dem Dachboden befinde, ist es ein Flügelfenster. Ich hebe den Riegel an und versetze ihm einen Stoß – wahrscheinlich wurde es seit Jahrzehnten nicht mehr geöffnet –, nur um festzustellen, dass es nach innen aufgeht. Vorsichtig lehne ich mich vor, um besser sehen zu können.

Weit, weit unten erspähe ich Roses Balkon und sein mit spitzen Zacken bewehrtes Geländer. Ein plötzlicher Gedanke lässt mir das Herz stocken.

Das hier ist das Fenster, aus dem ihr Mann in den Tod gestürzt ist.

KAPITEL 38

Schon der Gedanke lässt mich erzittern, aber beim Blick hinaus bemerke ich noch etwas anderes. Obwohl die Straße so weit unter mir liegt, erhasche ich einen Hauch nach Lagerfeuer riechenden Rauchs. Ich blicke nach unten und entdecke einen erratisch aufglühenden orangefarbenen Punkt und eine dunkle Gestalt, die zusammengesunken am Geländer lehnt.

Was macht er hier? Die Polizei sagte, er habe schon am Montag in der Nähe der Kochschule herumgelungert. Jetzt ist er wieder da. Wartet er auf etwas – ein Signal aus einem der Fenster? Oder hat er mir dabei zugesehen, wie ich vergeblich versucht habe, meine Haustür aufzuschließen, und ist mir dann hierher gefolgt?

Ich bin versucht, »Jonny!« zu rufen – ihn zu erschrecken –, aber die Befriedigung will ich ihm nicht geben. Soll er doch die ganze Nacht da stehen und sich nassregnen lassen.

Wie aufs Stichwort erfüllt ein Blitz den leeren Raum mit seinem seltsam zuckenden Licht. Leises Donnergrollen folgt. Ich lächle in mich hinein, warte eine halbe Minute und schaue dann noch einmal hinunter.

Genau wie ich dachte. Er ist abgehauen, um in der U-Bahn in Deckung zu gehen. Wie Kaiser Augustus leidet Jonny an Astraphobie: Blitz und Donner jagen ihm furchtbare Angst ein.

Ich ziehe meine Schuhe aus und lege mich auf meine Pritsche. Ich versuche die ganze Zeit, mir nichts anmerken zu lassen, aber das hier bringt mich an meine Grenzen. Die Polizei glaubt mir kein Wort, und ich bin gefangen in einem Haus voller Rätsel. Ein Mörder – oder eine Mörderin – läuft frei herum, und es fühlt sich an, als würde jemand die Sache mir anhängen wollen.

Ich greife nach meinem Handy und bete, dass ich Empfang habe. *Yes!* »hoyt todesfall belgravia« tippe ich ins Suchfeld, und tatsächlich taucht in der Ergebnisliste sogleich »Bankier Alan Hoyt verstorben« auf. Bei der Untersuchung des Todes des Bankiers am 27. August 2014 vermerkte der Gerichtsmediziner »Todesursache ungeklärt«.

Melanie hat mir erzählt, er sei gestürzt, als er das Fenster öffnen wollte, aber da liegt sie falsch – oder lügt. Das Fenster geht nach innen auf. Wenn er es mit einem Ruck geöffnet hätte, wäre er *in* den Raum gefallen. Nein: Er wurde gestoßen – oder ist gesprungen.

Ich lege mich wieder hin. Mein ganzer Körper kribbelt nach dieser neuen Erkenntnis. Der Gedanke an Selbstmord weckt unliebsame Erinnerungen. Mord ist auch kein gutes Ruhekissen für süße Träume.

Es ist eine schlechte Angewohnheit, auf seinem Handy herumzutippen, nachdem man ins Bett gegangen ist, aber ich denke die ganze Zeit an Dinge, die ich noch überprüfen wollte – zum Beispiel durch einen Blick ins Handelsregister. Diese Einrichtung halte ich für ein Aushängeschild des öffentlichen Dienstes in diesem Land, und die dazugehörige Website ist vorbildlich: Schnell den Namen eingetippt – »farson holdings« –, und ich erfahre, dass die Firma vor Kurzem aufgelöst wurde. Auch die Namen ihrer einstigen Geschäftsführer sind vermerkt. Einer davon weckt mein Interesse. Danach versuche ich es mit verschiedenen Varianten von »christian wagner west london gangs«, aber es ist hoffnungslos: Das überlasse ich wohl besser der Polizei.

Schließlich gebe ich den Versuch, in den Schlaf zu finden, ganz auf. Es ist nicht meine Art, nachts durchs Haus zu geistern, aber ich kann hier nicht einfach nur herumliegen.

Ich taste mich die Treppe hinunter – immer eine Hand fest auf dem Behelfsgeländer – und lausche an den Schlafzimmertüren.

Aus Harriets dringt ein zartes Schnüffeln. Ihre Ladyschaft nebenan schnarcht laut, mit unregelmäßigen Schnaufern und Pfeifgeräuschen: Obstruktive Schlafapnoe – das sollte sie überprüfen lassen.

Melanie hat ihre Tür nur angelehnt. An ihrem ruhigen, gleichmäßigen Atem erkenne ich, dass sie tief und fest schläft.

Ich bleibe einen Moment lang stehen und spähe durch die Tür. Auf dem Tisch erkenne ich die Umrisse einer Handtasche. Ich weiß, es ist gefährlich – ich weiß, es ist falsch –, aber auf Zehenspitzen schleiche ich hinein und nehme sie an mich.

Zurück in meinem Zimmer überfällt mich eine Welle des schlechten Gewissens. Bin ich jetzt schon so tief gesunken, dass ich Damenhandtaschen durchwühle? Was würde Marcus sagen?

Ich weiß, was er sagen würde. Dasselbe wie Julie: Deine Lage ist äußerst heikel. Es treibt sich ein Mörder im Haus herum, also tu, was du tun musst.

Es ist viele, viele Jahre her, dass ich in eine von diesen Dingern hineingeschaut habe – seit meine Mutter mich dabei erwischt hat, wie ich ihre zum Spielen benutzt und ihr Make-up ausprobiert habe.

Ich öffne den Reißverschluss. Wow! Eine ganze Menge Zeug. Wer hätte gedacht, dass Handtaschen so geräumig sind?

Das Innere ist zweigeteilt. Zudem gibt es eine Seitentasche, die durch einen Magnetknopf verschlossen wird. Hier sehe ich zuerst nach – genau der richtige Ort, um Liebesbriefe aufzubewahren. Stattdessen finde ich Kassenzettel. Jede Menge Kassenzettel, manche schon Monate alt. Hat sie einen Grund, die alle aufzubewahren? Ist das so ein Frauen-Ding?

Der Rest ist Chaos: ein ledernes Portemonnaie mit etwa hundert Pfund in bar, eine Menge Schlüssel, Handdesinfektionsmittel, dutzende Stifte, eine Haarbürste. Eine Taschenlampe und Batterien – immer gut, auf einen Notfall vorbereitet zu sein. Und ganz unten in der Tasche – ich konnte sie schon riechen, bevor ich sie geöffnet habe – zwei Tonkabohnen. Nun, da sind sie also.

Wahllos im Wirrwarr verteilt liegen Kosmetikartikel, einschließlich des Lippenstifts, den Rose ihr geschenkt hat. Ein nachfüllbarer Parfümflakon mit, wenn ich mich nicht irre, »Shalimar«. Mit Guerlain liegt man nie verkehrt. Und eine Puderdose.

Diese Dose ist jedoch zu einem Foto-Etui umgearbeitet worden. Oben eine hübsche junge Frau mit breitem Lächeln und rotem Haar – ich nehme an, Melanies Tochter. Das untere zeigt einen stolz aussehenden Mann mit sandfarbenem Haar und markantem Kinn, an dem wirklich alles Soldat schreit: Ben.

Die Bilder sind offensichtlich ausgeschnitten worden, damit sie in die runde Dose hineinpassen, aber das untere Bild steht an einer Seite etwas hoch. Ich ziehe sanft daran, und es löst sich. Dahinter steckt ein weiteres Bild. Noch ein gutaussehender Mann: Dieser hier weist erstaunliche Ähnlichkeit mit Jude Law auf.

Als ich die Puderdose zurückstecke, landet mein Blick auf ihrem Handy. Ich weiß, dass es illegal ist, sich Zugang zu den Mobiltelefonen anderer Leute zu verschaffen, aber ich bezweifle ohnehin stark, dass ich es schaffe. Ich versuche es mit 123456 als Passwort, dann mit 111111. Wie hieß gleich noch einmal die Tochter? Jessica? Jemima – das war's. Nur, um es auszuprobieren, tippe ich auf die kleinen Buchstaben unterhalb der Ziffern. 536462 – das Handy erwacht zum Leben.

Ich muss mir etwas einfallen lassen, um Melanie wissen zu lassen, dass ihr Code zu offensichtlich ist – das ist das Mindeste, was ich ihr schulde. Zudem bin ich mir bewusst, dass mir die Zeit davonläuft. Was, wenn sie aufwacht und bemerkt, dass ihre Handtasche fehlt?

Ich fange an zu scrollen.

Ich bin mir nicht sicher, was ich suche, aber ich fange mit den E-Mails an. Nichts Interessantes. Danach probiere ich es mit den Nachrichten und tippe »Christian« in die Suchzeile.

Tatsächlich! Nur eine Nachricht, was schon für sich seltsam ist – der Rest der Unterhaltung muss gelöscht worden sein. Die Nachricht stammt vom letzten Freitag.

Hey mel, versuch doch, nächste woche vorbeizukommen, wenn du kannst, hab alles geregelt, gibt also noch 1 freien platz. Ist lange her, freue mich auf ein bisschen quality time. C.

Ist es so schwierig, anständige Wörter und Sätze zu schreiben? Kurz verwirrt mich der Doppelpunkt nach dem C, bis mir klar wird, dass es einen Smiley ergibt, wenn man es nach links dreht. Das muss ich Julie sagen.

Melanie hat behauptet, Christian kaum zu kennen, was Rose bereits widerlegt hat. Und jetzt weiß ich, dass Mel und Christian sich nahestanden. Nahe genug, um sie Mel zu nennen.

Ich stelle die Tasche wieder an ihren ursprünglichen Ort zurück und schleiche geräuschlos hinunter in den ersten Stock.

Roses Privatwohnung nimmt den ganzen hinteren Teil des Hauses ein. Der einzige Zugang liegt hinter einer mit riesigen schmiedeeisernen Nägeln versehenen Tür aus antiker Eiche – eine architektonische Anomalie, die wahrscheinlich aus einer Ritterburg geborgen wurde. Ein paar Beefeater, die zu beiden Seiten Wache stehen, würden gut ins Bild passen. Auf Augenhöhe ist eine kleine Klappe eingesägt – ein »speakeasy«-Türgitter, wie wir heute dazu sagen würden –, durch die Besucher überprüft werden können. Ich kann mir gut vorstellen, wie sie einen Spalt geöffnet wird und eine geisterhafte Stimme verkündet, Rose sei nicht da.

In der Mitte der Tür befindet sich ein riesiger Eisenring als Griff. Ich bin versucht, kurz daran zu ziehen, nur für den unwahrscheinlichen Fall, dass sie vergessen hat, abzuschließen. Da ich aber halb erwarte, dass jemand durch einen versteckten Spalt kochendes Öl auf mich heruntergießt, will ich das Risiko nicht eingehen.

Ich frage mich, womit sie all die einsamen Stunden füllt, wenn sie nicht über ihrem Abakus sitzt. Solitär spielen? Sellerie-Krüge katalogisieren? Voodoo?

Als Nächstes lausche ich an Vickys Tür. Ihr flacher, unregelmäßiger Atem verrät mir, dass sie sich in der REM-Phase befindet. Sie ist ein bisschen seltsam. Träumt sie von Plüschtieren – oder Fleischerbeilen?

Auf diesem Stock sind auch die Männer untergebracht. Nicht das leiseste Geräusch dringt aus ihren Zimmern. Stephens Tür ist abgeschlossen – eine vernünftige Vorsichtsmaßnahme in Anbetracht der kürzlichen Ereignisse. Als ich in Gregorys Zimmer spähe – ist er nicht da!

Schlafwandelt er? Ein Stelldichein mit Mrs Hoyt? Ist er kurz vor die Tür gegangen, um im Mondlicht zu baden?

Mit katzengleichen Schritten schleiche ich die Prunktreppe hinunter.

Der Pink Room ist leer, doch unter der grünen Fries-Tür dringt ein leichter Schimmer hervor. Aus Suzies Zauberreich dringen gedämpfte Geräusche – blecherne Musik, Wortfetzen. Sie muss ihren Laptop zurückhaben.

Ich tappe zurück durch den Flur und bin schon halb die Prunktreppe oben, als die Schlösser der Haustür aufschnappen. Stocksteif bleibe ich stehen, als eine düstere Gestalt eintritt, sich umsieht, als wisse sie nicht, wo sie ist, und dann unsicheren Schrittes durch die Eingangshalle geht. Wer auch immer das ist, er ist auf jeden Fall betrunken, triefend nass und summt ein Lied.

Es ist Gregory! Ich flitze nach oben, unsicher, ob ich entdeckt worden bin. Was macht er so spät allein da draußen? Während ich die Stufen hochsteige, schwebt ein aromatischer Duft nach Whisky, Zigaretten und Sex die Treppe hinauf, und ich erkenne den alten Varietésong »One Of The Ruins That Cromwell Knocked About«.

Er ist also nicht nur ein ehemaliger Geschäftsführer, sondern auch jemand, der sich nachts in einschlägigen Etablissements herumtreibt und auf dem Heimweg Fetzen von Marie Lloyd singt. Sehr Jack the Ripper. Wenn er heute Nacht draußen war, dann war es wahrscheinlich letzte Nacht auch er. Und wenn er es letzte Nacht war, warum dann nicht auch in der Mordnacht, als Stephen gehört hat, wie die Haustür aufgegangen ist?

Als ich wieder ins Bett krieche, fällt mein Blick auf Christians Notizbuch, das aus meiner Jackentasche ragt. Vielleicht kann es noch ein paar weitere Geheimnisse verraten. Ich blättere durch die Seiten und bemerke, dass die letzte offenbar herausgerissen wurde. Dann falle ich in einen todesähnlichen Schlaf.

KAPITEL 39

Donnerstag

Um vier Uhr morgens schrecke ich auf und weiß nicht, wo ich bin. Schlagartig hellwach hole ich meine Kopfhörer hervor und checke die Nachrichten.

Der Mord an Christian führt nicht mehr die Schlagzeilen an, aber die Produktion hat ein paar Clips aus Bildern der Haustür, den Menschenmengen im Regen und ein paar Close-ups der Teddybären und Luftballons zusammengeschnitten, die am Zaun hängen.

»Einer der Lehrer an der prestigeträchtigen Kochschule ist Küchenchef Paul Delamere ...« Ich schalte die Lautstärke hoch – hiervon möchte ich kein Wort verpassen. »... der kurzfristig als Vertretung für den ermordeten Christian Wagner einsprang, nachdem dieser sich unter Umständen, welche die Polizei mittlerweile als verdächtig betrachtet, den Arm gebrochen hatte. Delamere wurde am Mittwochabend auf dem Polizeirevier verhört, aber später wieder bis auf Weiteres entlassen. Delamere, Mitte vierzig und unverheiratet, ist ein alter Arbeitskollege Mr Wagners und wohnt selbst in Belgravia. Er ist der Enkelsohn des einstigen Hofdichters Walter Delamere. Er stand nicht für einen Kommentar zur Verfügung.«

Wie bitte? Wie können sie es wagen?

Zornig durchsuche ich das Internet nach der Telefonnummer von Metro24, dann drücke ich so fest auf ANRUFEN, dass ich überrascht bin, dass mein Display nicht zersplittert. Mir wird eine Option nach der anderen vorgeschlagen. Nein, ich will mein Metro24-Abo nicht upgraden (ich habe keins!). Nein, ich will keinen Metro24-Breitbandanschluss. Nein, ich will nicht mit irgendeinem fröhlichen Vollpfosten über Metro24 reden.

Ich hämmere auf den roten Button und versuche es stattdessen über die Website. Es gibt keine E-Mail-Adresse für den Kundenservice, nur eins dieser nervtötenden Kontaktformulare mit jeder Menge Dropdown-Menüs. Meine Daumen fliegen über die Tasten.

Sehr geehrte Metro24-Nachrichtenredaktion,
um 4:13 Uhr heute Morgen sendete Ihr News-Team einen Beitrag über den Mord an Christian Wagner.
Ich bin der »Paul Delamare«, der in Ihrem Bericht, der zahllose Vermutungen und Unwahrheiten enthält, erwähnt wurde.
1. Mir wurde vonseiten der Polizei zugesichert, dass sie nicht vorhätten, meinen Namen hinsichtlich der laufenden Ermittlungen öffentlich zu machen, eine Information, die – offensichtlich – meinem Ruf großen Schaden zufügt. Bitte teilen Sie mir mit, wie Sie von diesem vertraulichen Sachverhalt erfahren haben. (Ich bin keine »Person des öffentlichen Lebens«, und die Veröffentlichung meines Namens stellt einen eindeutigen Verstoß gegen meine Persönlichkeitsrechte dar.)
2. Mein Nachname ist nicht »Delamere«, sondern »Delamare«. Der erwähnte Dichter hieß auch nicht Delamere, sondern De La Mare (drei Wörter). Ich bin weder mit ihm verwandt – nicht einmal entfernt –, noch war er jemals Hofdichter.
3. Ich stand »nicht für einen Kommentar zur Verfügung«, da Sie nicht angefragt hatten. Aber falls Sie einen Kommentar wollen, hier bitte schön: kein Kommentar.
4. Wer hat Ihnen erzählt, ich sei Mitte vierzig? Das stimmt nicht, nicht einmal annähernd.

Ich bin mir sicher, Sie haben vor, diesen Bericht bis in alle Unendlichkeit zu wiederholen, daher fordere ich Sie hiermit auf, ihn auf der Stelle zu entfernen, da er im höchsten Maße inakkurat und geradezu verleumderisch ist.
Voller Empörung
Paul Delamare

Wütend drücke ich auf Senden.

Ein Wunder geschieht: Mit einem Ping trifft eine E-Mail von Metro24 ein. Leider nur eines dieser nervigen automatischen Antwortschreiben, das mir versichert: »Alle Nachrichten werden vom Team sorgfältig gelesen.« Wenn sie ein bisschen mehr Zeit darauf verwenden würden, Wikipedia zu lesen, wüssten sie vielleicht, wie man Walter De La Mare schreibt.

Als wäre das alles nicht schlimm genug, gibt es noch etwas, das mich verstimmt: Die traurige Erkenntnis, dass Christian in nur vierundzwanzig Stunden vom Nationalheiligtum und Chefkoch-Superstar zum Lückenfüller in den 24-Stunden-Nachrichten geworden ist.

Oh, Überraschung! Noch eine E-Mail von Metro24 – wahrscheinlich ein Praktikant. Ob ich gerne für die Acht-Uhr-Nachrichten interviewt werden würde, um meine Seite der Ereignisse zu schildern?

Unter den gegebenen Umständen wahrscheinlich nicht die beste Wahl, aber ich entscheide mich für etwas Nüchtern-Prägnantes: *Ich würde lieber sterben.*

Drei Stunden später erwache ich erneut, diesmal zu einer SMS von Julie.

🚀. So 😍 wegen des 📷. 🙏 für all deine Hilfe. Darf ich die 🎞 mit zu dir nach 🏠 bringen, damit ich sie dir heute 🏙 zeigen kann? 💨 bald im Ⅱ, 🍸 voraus, sos

Ich interpretiere das wie folgt: Rakete ist gestartet. So aufgeregt wegen des Shoots – danke für all deine Hilfe. Darf ich die Bilder heute Abend mit zu dir bringen, um sie dir zu zeigen?

Unweigerlich gefolgt von meinem Tageshoroskop: Saturn steht bald im Zwilling. Ein Sturm droht – *Gefahr*.

Zwilling ist eines der spannenderen Sternzeichen. Das Himmelspaar hat den Ruf, schlau, aber verräterisch zu sein: nicht die Art Menschen, die ich in meiner derzeitigen Notlage um mich haben möchte, aber trotzdem vielen Dank, Julie.

Ich antworte später – erst muss ich mich um einen Schlüsseldienst kümmern.

Da ich mir nicht sicher bin, um wie viel Uhr wir heute fertig werden, einigen wir uns auf einen Abendtermin – viertel vor sieben.

Dann, acht Minuten später, als ich mir gerade das Gesicht mit einem ziemlich kratzigen Handtuch abtrockne (bei Roses Preisen hätten die Gäste etwas Kuschligeres verdient), hüpft plötzlich mein Telefon in der Tasche. Tatütata, Tatütata – es ist eine Polizeisirene.

🍅 🍅 🍅 OMG!!! Habe im 📺 irgendwas über 🗝 gesehen! Was ist los? Bist du OK?? 🍅 🍅 🍅

Wie hat sie das gemacht? Emojis, die Geräusche von sich geben? Das ist eine entsetzliche neue Entwicklung.

Nur Julie würde sich um jemand anderen sorgen, während sie selbst gerade vor dem ambitioniertesten Fotoshoot der Geschichte des Zeitschriften-Journalismus steht, aber deshalb liebe ich sie. Sofort schreibe ich zurück.

Die Fernsehleute haben nur Unsinn verzapft. Viel Glück für heute – kann es kaum erwarten, die Bilder zu sehen. Kleine Schwierigkeit mit dem Jubilee Cottage, aber ich rechne um sieben mit dir.

Ich verheimliche Julie nicht gerne etwas, aber ich will sie auch nicht unnötig beunruhigen.

Ein Blick aus dem Fenster verrät mir, dass es schon wieder regnet. Nach dem Wolkenbruch von gestern sieht der Himmel launisch und bedrohlich aus. Bonbonpapiere und Wurfsendungen flattern im Wind über das Pflaster und wehen Fußgängern ins Gesicht und Autos auf die Frontscheibe.

Das Wochenende ist in Sicht, der Verkehr ist dicht. Dampfende Autos mit eingeschalteten Scheinwerfern fahren über rote Ampeln, und verschiedene Taxiunternehmen rangeln um die besten Plätze.

Die einzigen Menschen, die noch draußen vor der Tür stehen, sind ein Polizist, der die Absperrgitter einsammelt und dabei verärgert das Polizeitape abreißt, und ein zweiter, der den Verkehr durchwinkt. Trotz meiner Aussage hat die Polizei offensichtlich beschlossen, Liliths Sturz als Unfall zu betrachten.

Ich treffe als Erster beim Frühstück ein. Vicky und Melanie erscheinen kurz danach. Es liegt eine gewisse Kühle in der Luft heute, und Vicky sieht in schwarzen Jeans und Cardigan vorzeigbarer aus als sonst.

»Den hast du aber nicht selbst gestrickt, oder?«, fragt Melanie und streicht bewundernd darüber. Zum ersten Mal fallen mir ihre Nägel auf – sie sind vorne spitz gefeilt. Vicky lächelt strahlend und nickt.

»Wow! So zart wie Spitze – wie raffiniert!«, fügt Melanie hinzu.

»Ich stricke eigentlich immer irgendwas. Meistens Dinge für Familie und Freunde.«

»Ich wette, darüber freut sich jeder«, sagt Melanie. Ich beobachte Vicky aufmerksam. Sie sieht aus, als wolle sie etwas sagen, schüttet sich dann aber stattdessen Müsli in eine Schüssel.

Während die anderen eintrudeln, nehme ich Melanie beiseite und frage sie, ob sie daran gedacht hat, Ben nach Christian zu fragen. Sie schlägt eine Hand gegen die Stirn. »Ich bin so vergesslich. Keine Sorge – ich frage ihn später.«

Alle wollen wissen, wie es Lilith geht, und jedes Mal muss ich zugeben, dass ich keine Ahnung habe. Als ich das sechste Mal gefragt werde, bitte ich Suzie, nach oben zu gehen und Mrs Hoyt um ein Update zu bitten. Sie geht direkt los.

»Das Licht an der Treppe hat nicht funktioniert«, verkündet Lady B.

»Weil die Glühbirnen rausgedreht waren«, sagt Vicky, aufmerksam wie immer. Ein alarmiertes Murmeln läuft durch den Raum. »Natürlich bin ich mir sicher – ich habe sie wieder reingeschraubt.«

»Hast du das der Polizei erzählt?«, frage ich.

»Ist mir erst heute Morgen aufgefallen, als ich zum Baden hochgegangen bin.«

Suzie kehrt mit der Nachricht zurück, dass Lilith weiterhin im Chelsea and Westminster Hospital im Koma liegt und ihre Angehörigen informiert wurden. Hat sie sich irgendetwas gebrochen?, fragen die anderen. Alles, erwidert Suzie tonlos. Normalerweise sind die Ärzte etwas spezifischer. Zumindest waren sie es zu Zeiten meines Vaters.

Ich muss an die arme Erzdiakonin denken, die in ihrem sturmumtosten nordwalisischen Pfarrhaus mitten in der Nacht das Telefon abnimmt, um zu erfahren, dass ihre geliebte Frau in einem Krankenhausbett liegt und von Maschinen am Leben erhalten wird. Ich hoffe, Rose hat den Anstand, der armen Frau ein Zimmer anzubieten, wenn sie nach London kommt – falls sie denn im Äquivalent des Bates Motels übernachten möchte.

Die Stimmung bleibt getrübt, während wir zum Alten Ballsaal hinübergehen. Es liegt eine gewisse Unruhe in der Luft, während wir unsere Schürzen anlegen. Heute Morgen steht *Läuterzucker, Zuckerwatte und Fondant* auf dem Programm. Ein weiteres angestaubtes Relikt aus den Tagen der Hauswirtschaftslehre und der Fanny-Cradock-TV-Shows der 50er-Jahre.

De'Lyse wirkt wie sieben Tage Regenwetter. »Paul«, verkündet sie, »im Ernst? Niemand will irgendetwas über Läuterzucker, Fondant und Zuckerblüten für Hochzeitstorten lernen. Ich bin mir sicher, für vornehme Ladys mit zu viel Zeit ist das sehr interessant ...« Sie wirft einen bedeutsamen Blick in die Runde. »... aber es ist auch, na ja, ziemlich altmodisch.«

»Hmm«, sage ich – natürlich hat sie recht. »Aber ihr seid doch hier, um ein umfassendes Grundwissen über die gesamte Bandbreite der Küchentechniken zu erhalten.« Ich klinge wie Rose Hoyt.

Sie verdreht die Augen. »Komm schon! Blätterteig war schlimm genug! Ich will nicht wissen, wie man Karamellbonbons macht. Und wenn ich Lust auf kandierte Früchte habe – also nie –, dann gehe ich in den Laden und kaufe mir eine Tüte.« Da ist was dran.

»Wartet mal eine Minute hier, ich spreche mit Rose. Sie war nicht sehr erfreut darüber, dass *Mitreißende Meerestiere* ausgefallen ist, da frage ich lieber nach. Während ich weg bin, überlegt doch mal, was ihr gerne stattdessen lernen würdet – heute Nachmittag steht *Gesundes Gemüse* auf dem Programm. Darauf können wir uns schon mal freuen.«

Ohne auf die gequälten Mienen meines Publikums zu achten, mache ich mich auf den Weg zum Shelley Room, um der Chefin mitzuteilen, dass im Alten Ballsaal eine Rebellion stattfindet.

KAPITEL 40

Auf dem Weg durch die Eingangshalle achte ich darauf, dass niemand mich beobachtet, und biege in die Bibliothek ab.

Ich lande direkt auf der Mailbox: »*Wenn Sie wegen einer Beauty-Behandlung anrufen, können Sie mich unter folgender Nummer erreichen ...*« Da man in diesen Situationen nie einen Stift bei der Hand hat, schreibe ich die Nummer mit dem Finger auf die beschlagene Fensterscheibe und tippe sie dann ein. Isla antwortet prompt, mit singender Stimme. Ein ziemlicher Unterschied zu gestern.

»*Serendipity Spa* – Isla am Apparat, wie kann ich Ihnen helfen?«

»Isla, bitte nicht auflegen. Hier ist noch mal Paul – wir haben gestern miteinander gesprochen.« Ich kann beinahe fühlen, wie ihr Finger über der roten Taste schwebt, und die wildesten Ideen schießen mir durch den Kopf. Ich könnte behaupten, Isla wäre in seinem Testament mit hunderttausend Pfund bedacht. Irgendetwas, das sie davon abhält, aufzulegen.

»Ich habe gesagt, du sollt nicht mehr anrufen«, knurrt sie. Ich höre das Klicken eines Schlosses – sie ist in irgendeinen Vorratsraum gegangen oder so. Ein gutes Zeichen. »Hör zu, ich bin mitten in einem Power-Peeling, du hättest zu keinem ungünstigeren Zeitpunkt anrufen können.«

»Es tut mir wirklich leid. Ich weiß, deine Arbeit ist dir sehr wichtig – und es ist großartig, Menschen dabei zu helfen, ihr volles ästhetisches Potenzial zu erreichen. Aber vielleicht kannst du es als einen letzten Gefallen für deinen armen Onkel Chris betrachten.«

»Du hast zwei Minuten. Wenn ich das Serum zu lange drauflasse, hat meine Klientin kein Gesicht mehr.« Ich höre, wie die Tür aufgeht und sie ruft: »Ich bin gleich da, Liebes!« Dann wechselt sie wieder zu ihrer feindseligen Stimme. »Was willst du diesmal?«

»Es ist wegen etwas, das du gestern erwähnt hast. Über deinen Bruder.«

Eine Pause tritt ein. »Meinst du Darren? Er ist nicht wirklich mein Bruder. Er war ein Pflegekind.«

»Äh, ja. Ich hatte gehofft, vielleicht mit ihm sprechen zu können. Falls er, na ja, Onkel Chris vielleicht irgendwann mal zufällig getroffen hat.«

»Hör zu«, antwortet sie, »ich weiß nicht mal die Hälfte von dem, was Darren angestellt hat, nachdem er nach London abgehauen ist, aber du wirst ihn nicht sprechen können.«

Es kann doch nicht noch jemand so früh gestorben sein …?
»Warum nicht?«

»Ich habe seit High Down nichts mehr von ihm gehört. Ich weiß nicht, wo er ist.«

»Ist das noch ein Stadtteil von Swindon?«

»Willst du mich verarschen? Das ist ein Gefängnis. Also, wenn du jetzt fertig bist …«

»Das tut mir leid … Es muss sehr hart für dich sein, für die ganze Familie.«

»Vor allem für Onkel Chris. Sie standen sich nahe – wie Vater und Sohn.«

Ich halte kurz inne, um das zu verdauen. »Eins noch. Du hast Chris' Kinder erwähnt.«

»Ich habe dir alles erzählt, was ich weiß.«

»Ich frage mich, ob, äh, dein Onkel vielleicht irgendwie mit ihnen in Kontakt geblieben ist?«

»Ganz sicher nicht! Er wollte nichts von ihnen wissen. Mum sagte, er hätte es nicht verdient, ein Vater zu sein.«

Was für ein Durcheinander das Leben mancher Familien doch ist. Manchmal bin ich froh, dass ich keine habe, auch wenn ich das natürlich nicht so meine.

»Isla«, sage ich in meinem gewinnendsten Tonfall, den ich sonst nur auflege, wenn ich um einen Bankkredit oder einen Tisch beim Sonntagslunch im *Hand and Flowers* bitte. »Wie würdest du an meiner Stelle vorgehen, wenn du die beiden kontaktieren wolltest? Ich finde, jemand sollte mit ihnen sprechen.«

»Bei der Gemeindeverwaltung anfragen? Nein, das war ein Witz – viel Glück.«

»Nur noch ganz kurz«, sage ich. »Wie hießen die beiden?«

»Ich habe dir doch schon gesagt ...« Dann ertönt ein entsetztes Kreischen. »Das Serum! Jemand muss Wasser holen, sofort!« Mit einem Poltern schlägt Islas Handy auf dem Boden auf, und die Verbindung bricht ab.

KAPITEL 41

In der vornehmen Ruhe des Shelley Room sitzt Rose tief in Gedanken versunken über ihrem Laptop. Ihr gehaltvolles Parfüm kitzelt mir in der Nase.

»Oh, Sie sind es!«, sagt sie und sieht mich mit einer hochgezogenen Braue an. »Ich dachte, der Unterricht hätte bereits begonnen.«

»Deswegen bin ich hier. Es gibt einen Dissens in der Klasse.« Eher eine Meuterei.

»Wenn es um Lilith geht ... Das ist alles sehr unglücklich, aber wenn die Leute eben darauf beharren, nachts herumzulaufen, ohne das Licht anzuschalten, geschehen nun mal Unfälle.« So viel zur Nächstenliebe.

»Da Sie es gerade erwähnen, das Licht funktionierte nicht«, erwidere ich. »Jemand hatte die Glühbirnen herausgedreht.«

Sie sieht aufrichtig überrascht aus. »Es war alles in bester Ordnung, als ich das heute Morgen überprüft habe.«

»Nun ja«, fahre ich fort, »deshalb bin ich nicht hier. De'Lyse ist mit dem Thema der Unterrichtseinheit heute Morgen unglücklich und möchte nichts über die Herstellung von Zuckersirup lernen. Ich finde, sie hat nicht ganz unrecht – es ist ein wenig, sagen wir, theoretisch?« Rose sträubt ihr Nackenfell. »Der Rest der Klasse scheint es ähnlich zu sehen.«

Sie nimmt ihre gewohnte Position am Fenster ein. Ganz offenbar ist das ihr Ort zum Nachdenken. Nach einer Minute sagt sie: »Folgen Sie den Wünschen der Klasse. Es ist enttäuschend, schließlich ist es unser Anspruch, das gesamte kulinarische Spektrum abzudecken, aber mit den ganzen, äh, Unterbrechungen ... und dann auch noch mit einem Ersatzlehrer ...«

»Das ist kaum ...«

»Ich meine ja nur, dass Ihr Vorgänger diesen Kurs viele, viele Male ohne jegliche Unstimmigkeit gehalten hat. Bitte behalten Sie aber im Hinterkopf, dass De'Lyse kostenlos teilnimmt, als Gegenleistung für ihr Bekanntmachen der Schule. Ich habe mir versichern lassen, sie sei eine Influenza.«

»Meinen Sie eine Influencerin?«, frage ich.

Rose ignoriert mich. »Ich rede über den Trend, dass sich junge Leute von der Begeisterung ihrer Altersgenossen *anstecken* lassen. Unabhängig davon erwarten und verdienen wir eine enthusiastische Kritik. Also sorgen wir besser dafür, dass sie glücklich ist.«

Ich frage mich, was De'Lyses Follower wohl sagen würden, wenn sie wüssten, dass die Kurse am Chester Square tödliche Unfälle mit Fleischerbeilen beinhalten und man sich bei einem abendlichen Besuch im Bad möglicherweise eine Schädelfraktur zuzieht.

»Irgendwelche Präferenzen, was ich stattdessen unterrichten soll?«, frage ich.

Rose wirft mir einen sauren Blick zu. »Ich bin mir sicher, jemand mit Ihrer reichhaltigen Expertise wird in der Lage sein, sich etwas einfallen zu lassen.«

Herablassend wie immer, aber ich verkneife mir einen Kommentar ... denn ich brauche einen Gefallen.

»Rose, es gibt da etwas, das ich über einen der Schüler wissen muss, und ich hoffe, Sie können mir helfen.« Sie murmelt irgendetwas über Vertraulichkeit. »Gregory Greenleaf. Sagt Ihnen der Nachname etwas?«

Sie spielt mit einem Ohrring, dann sieht sie mich geradeheraus an. »Die Autorin Patricia Highsmith – der, äh, Freund des talentierten Mr Ripley. Was ist damit?«

»Ich glaube nicht, dass das Gregorys echter Name ist.«

Sie legt spielerisch den Kopf schief. Das ist eine neue Seite an ihr.

»Geben Sie mir einen Moment«, sagt sie, greift nach ihrer Brille und klappt ihren Laptop wieder auf. Sie tippt eine Minute lang, dann leuchten ihre Augen auf. »Sein Kursbeitrag wurde vom Konto eines *G. Farson* bezahlt. Auch wenn das merkwürdig erscheint, es wäre nicht das erste Mal, dass jemand inkognito an einem unserer Kurse teilnehmen möchte. Tatsächlich erinnere ich mich an ...«

»Vielen Dank, mehr muss ich nicht wissen. Aber wo Sie gerade die Buchhaltung offen haben, dürfte ich noch etwas anderes fragen? Wir haben nie über mein Honorar gesprochen. Ich habe mir die Freiheit genommen, es für Sie zu berechnen, auch in Anbetracht der Stundenzahl und der Kurzfristigkeit, und würde vorschlagen ...«

»Oh nein!« Sie wirft die Hände in die Luft. »Welch ein Missverständnis! Sie haben mein Wort, Christian hat mir versichert, Sie würden den Kurs für ihn als persönlichen Gefallen übernehmen, um ihrer Freundschaft willen. Ich habe keinen Spielraum mehr im Budget, und bei all den Stornierungen, die jetzt eintreffen, steht das nicht zur Debatte.«

Unglaublich! Eine ganze Woche der Folter in diesem Höllenhaus und kein einziger Penny!

»Aber Sie haben mich an ein schreckliches Versäumnis erinnert«, schließt sie und setzt sich wieder an ihren Schreibtisch, um mir zu signalisieren, dass meine Zeit vorüber sei. »Im Namen von uns allen möchte ich Ihnen für den köstlichen Graved Lachs von gestern Abend danken. Wirklich allzu großzügig von Ihnen.«

Was würde Julie sagen? Pack deine Sachen und geh nach Hause. Stattdessen, pflichtbewusst bis zum Letzten, laufe ich zurück in den Alten Ballsaal, wo meine verbliebene Klasse erwartungsvoll meiner Rückkehr harrt. Selbst wenn ich nicht so behandelt werde, bin ich durch und durch professionell. Ich werde sie nicht enttäuschen.

Gerade als ich die Tür erreiche, klingelt mein Handy. Wird auch Zeit – es ist Detective Sergeant Blondie. »Offenbar haben Sie sich gestern Sorgen um eine Frau gemacht, die zusammengebrochen ist?«, sagt er. »Jedenfalls bittet mich eine Aktennotiz um einen Höflichkeitsanruf.«

»Wie entgegenkommend von Ihnen«, sage ich sarkastisch. »Aber Lilith ist nicht zusammengebrochen – sie ist eine Treppe hinuntergestürzt.«

»Die Dame mit den Haaren«, sagt er.

Ich lege schützend die Hand um meinen Mund und das Mikrofon und sage leise: »Bevor sie das Bewusstsein verloren hat, sagte sie mir, dass sie gestoßen wurde.«

»Moment, ich sehe mal nach, was hier steht.« Papier raschelt. »Hatten Sie schon immer die Neigung, über Leichen zu stolpern, oder ist das neu?«

»Sie ist nicht tot, zumindest noch nicht.«

»Was wollen Sie dann von mir?«

»Es war versuchter Mord. Das Sprechen hat ihr große Schwierigkeiten bereitet, aber sie wusste, was sie sagte.«

»Aber jetzt liegt sie im Koma, glaube ich.«

»Umso mehr Grund, herauszufinden, wer versucht hat, sie umzubringen«, entgegne ich.

Eine lange Pause tritt ein, in der er wahrscheinlich seine Nägel begutachtet und überlegt, ob es Zeit ist, eine Maniküre zu buchen.

»Und noch etwas«, sage ich. »Jemand hat die Glühbirnen herausgedreht, damit es auf der Treppe dunkel ist.«

»Nun, das erklärt es«, erwidert er. »Sie ist gestolpert.«

»Es war Absicht! Damit man sie im Dunklen von hinten stoßen konnte.«

Er denkt einen Moment darüber nach. »In Ordnung, hier ist der Plan. Ich bitte das Krankenhaus, uns zu informieren, sobald sie zu sich kommt, und dann befragen wir sie. Bis dahin warten Sie am besten einfach ab. Einen schönen Tag noch.«

KAPITEL 42

»Okay, alle miteinander«, verkünde ich meiner Klasse. »Spontaner Entschluss. Keine Grundlagentechniken mehr – wir werden ein herrliches letztes Menü zusammen kochen: Christian zu Ehren, basierend auf seinen *signature dishes*.« Auf diese Ankündigung hin bricht so lauter Jubel los, dass Suzie ihn in der Alten Waschküche hört und hereinkommt, um herauszufinden, was das Getöse soll.

Menüplanung ist eine Kunst: Man sucht nach einem allgemeinen Rahmen, den man dann mit kontrastierenden Geschmacksrichtungen und Texturen füllt. Ich hole Christians Notizbuch hervor und schreibe schnell ein paar Rezepte ab, die ihm, so hoffe ich, gerecht werden.

Stephen mit seinen gefühlvollen Händen beauftrage ich mit unserem Amuse-Gueule, dem Käsecracker. De'Lyse, erfreut, ihren Willen bekommen zu haben, wird unser (ziemlich anspruchsloses) Horsd'œuvre vorbereiten: Russische Eier. Lady B darf die Poularde demi-deuil pochieren, Melanie macht die dazugehörigen Saucen und die Hon. Harriet die Beilage. Hierfür empfehle ich Christians amerikanisches Kartoffelgericht.

Melanie nimmt mich beiseite. »Warum muss ich immer die langweiligen Arbeiten machen? De'Lyses Rezept sieht viel interessanter aus.« In mir steigt die Vermutung auf, dass Melanies Augen vielleicht vor Neid so grün geworden sind, da sie immer will, was jemand anderes hat.

»Saucen sind die höchste Form der Kochkunst«, versichere ich ihr. Als Vertrauensvorschuss bitte ich Vicky, sich um das Dessert zu kümmern. Der Thunder and Lightning Cake erfordert Sorgfalt und Präzision, passend also für jemanden, der sein Leben damit verbringt, lebenswichtige Medikamente auszugeben.

Bleibt noch Gregory. Der aussieht, als läge er in Essig, um einen Ausdruck meiner Mutter zu nutzen.

»Gut geschlafen?«, frage ich.

»Und selbst?«, schießt er zurück. Also hat er mich auf der Treppe gesehen.

»Das Menü ist eigentlich abgedeckt«, fahre ich ungerührt fort. »Gibt es etwas, das du schon immer kochen wolltest oder gerne lernen würdest?«

Er schnieft und schnaubt und wünscht sich, ich würde ihn in Ruhe lassen.

»Manche Menschen haben zum Beispiel Schwierigkeiten mit Meringuen – normalerweise liegt es am Schlagen der Eier. Oder sie möchten wissen, wie man Reis so kocht, dass er luftig ist, was eigentlich nur eine Frage des genauen Abmessens und der Temperaturregulation ist.« Ich lächle breit: So leicht lasse ich ihn nicht vom Haken.

»Tatsächlich, ja«, sagt er. »Pasta. Ich habe mir eine Nudelmaschine gekauft, sie aber nie benutzt.«

»Dann machen wir doch ein paar Tortellini und eine Portion Linguine – du kannst sie fürs Abendessen mit nach Hause nehmen. Oder frag Vicky – wahrscheinlich kann man sie einfrieren.

Das Rezept ist ein Kinderspiel: 600 Gramm Mehl auf sechs große Eier. Komm, wir suchen mal das 405er-Mehl – ich weiß, dass ich es irgendwo gesehen habe.«

Ich führe ihn in einen kleinen Lagerraum, in dem die trockenen Zutaten aufbewahrt werden. »Gregory, es ist mir egal, ob du nachts um die Häuser ziehst. Ich erzähle es auch niemandem.« Er sieht erleichtert aus. »Aber darf ich dir ein paar Fragen stellen?«

»Wenn es sein muss«, sagt er.

»Dein Name ist Gregory Farson, wenn ich mich nicht irre.« Er blinzelt, dann nickt er langsam. »Hast du Christian für den Bankrott von Farson Holdings verantwortlich gemacht?«

Das überrascht ihn. »Woher weißt du das alles?«, flüstert er.

»Britisches Handelsregister.«

Gregory fingert an seinem Hörgerät herum. »Christian hat seine Investoren im Stich gelassen – sein Ziel aus den Augen verloren.«

»Und du bist hierhergekommen, um ihn damit zu konfrontieren?«, fahre ich fort.

»Monatelang hat er sich geweigert, mit mir zu sprechen«, sagt Gregory, den Blick zu Boden gerichtet.

»Und am Montagabend hast du ihn in die Ecke gedrängt?«

»Wir haben ein sehr zivilisiertes Gespräch geführt – und die Kontroverse beigelegt.« Er seufzt, dann schließt er die Augen. »Ich habe ihn nicht umgebracht.«

»Ich bin geneigt, das zu glauben«, sage ich, »aber du hattest ein Motiv. Ich glaube auch, du wärst der Typ dafür: ungeduldig und etwas unbarmherzig, fähig, vorauszuplanen ... Es war zum Beispiel eine nette Geste, mit einer Flasche hervorragendem Bordeaux aufzutauchen, die du vorher chambriert hast.«

»Wie zur Hölle ...?«

»Es war nirgendwo ein Korken oder Korkenzieher zu sehen, und die Kappe wurde fein säuberlich mit einem Folienschneider geöffnet. Ich nehme an, das hast du vor dem Abendessen in deinem Zimmer erledigt.

Ich glaube, dass du unschuldig bist, weil ich der Meinung bin, dass kein Mensch, der gerade einen Mord begangen hat, einen Ordner mit seinem Namen in Christians Wohnzimmer oder seine Fingerabdrücke auf einem Weinglas hinterlassen würde. Auch würde er nach der Tat wohl nicht durch die anrüchigeren Teile Victorias ziehen und noch mehr Aufmerksamkeit erregen.«

»Christian war so freundlich, mir die, nun ja, hilfreichen Adressen mitzuteilen.«

»Ich hatte mich schon gewundert. Meine andere Frage: Als du am Montagabend in Christians Wohnung angekommen bist, ist dir da im Flur irgendetwas aufgefallen?«

»Nichts Außergewöhnliches.«

»Hast du irgendetwas gehört, während Christian und du euch unterhalten habt?«

»Es lief Musik – irgendein Radiosender.«

»Und in welcher Stimmung war er, als du gegangen bist?«

»Er sagte, er sei völlig erledigt und wolle ins Bett. Wahrscheinlich hat er den Wein bereut – er sagte, er hätte ziemlich heftige Schmerzmittel genommen.«

»Das ist alles äußerst hilfreich«, sage ich. »Gibt es sonst noch irgendetwas, an das du dich erinnern kannst?«

»Eines. Auf dem Weg nach draußen haben wir ein kleines, in Geschenkpapier verpacktes Paket auf der Schwelle gefunden. Ich habe keine Ahnung, was es war.«

KAPITEL 43

Ich bin froh, mit Gregory alles geklärt zu haben. Interessant, dass das Geschenk abgegeben worden sein musste, während er bei Christian war. Ich denke später darüber nach, aber während gerade alle beschäftigt sind, nutze ich den Moment und stehle mich in die Bücherei davon.

Ich habe angefangen, sie als meinen privaten Rückzugsort zu betrachten, aber es muss kürzlich noch jemand hier drin gewesen sein: Das beschlagene Fenster wurde abgetrocknet und gereinigt. Ich tippe »swindon gemeindeverwaltung« in die Suchmaske, dann »swindon adoption«, was zum tautologischen Treffer »Regionale Adoptionsagentur Thames Valley Adoption« führt. Meines Wissens liegt Swindon zwar weder an der Themse noch in einem Tal, aber was soll's.

Schon bald scrolle ich durch seitenweise Informationsmaterial über die verschiedenen Arten von Adoptionen, Pflegefamilien und verwandte Rechtsbereiche. Ich finde heraus, dass ich selbst ein Kind adoptieren könnte – das hätte ich nie gedacht –, aber ich glaube, das ist nichts für mich.

Kontakt zu jemandem aufzunehmen, der adoptiert wurde, scheint mir ein unglaublich arbeitsreicher, komplizierter Prozess zu sein, aber ich nehme an, das ist verständlich. Ich nehme all meinen Mut zusammen und wähle die Nummer der Beratungshotline.

Nach zwei Minuten Panflötenmusik fordert mich eine knurrige Stimme, die offenbar Besseres zu tun hat, auf, mein Anliegen zu erklären.

»In Swindon wurden um das Jahr 2000 herum zwei junge Kinder adoptiert«, fange ich an. »Ihr Vormund war eine Barbara Wagner-Edwards und sie-«

»Ich unterbreche Sie lieber gleich«, sagt die Stimme. »Ich kann Ihnen leider nicht helfen, wenn Sie kein Familienmitglied sind.« Man könnte doch meinen, Angestellten in einer solchen Position würde man eine Art grundlegendes Empathietraining angedeihen lassen.

»Das bin ich, irgendwie«, antworte ich und fühle, wie eine heißglühende Welle der Scham über mir zusammenbricht. Auch wenn es wohl, genau betrachtet, nicht gelogen ist – ich bin ein Familienmitglied, nur eben keines der Wagners oder Edwards.

»Dann müssen Sie einen Antrag zur Nutzung unseres Briefkastensystems stellen.« Davon habe ich gerade gelesen – man hinterlässt eine Nachricht mit der Bitte um Kontaktaufnahme und hofft, dass die adoptierte Person sie eines Tages liest. Nicht viel anders, als eine Flaschenpost zu schreiben und sie ins Meer zu werfen.

»Es ist ein bisschen dringender als das«, erwidere ich.

Ohne auf mich einzugehen, fährt die Stimme fort: »Also, dann brauchen wir erst mal alle Details, Mr ... Waggoner, sagten Sie?« Die Stimme beginnt, in monoton-gelangweiltem Tonfall eine Liste vorzulesen: »Geburtsdatum, Geburtsort, Geburtsname, Datum der ...«

Das reicht aus, um selbst den härtesten Privatdetektiv abzuschrecken, und ich gebe auf.

Auf dem Weg nach draußen wird mein Blick von einem dicken Wälzer angezogen, der auf dem Tisch liegt – Larousses Enzyklopädie *La Cucina Italiana*. Ich zögere kurz und überlege, ob die Bilder und Beschreibungen der verschiedenen Pastasorten Gregory wohl gefallen würden (es sind über 600), aber wahrscheinlich eher nicht.

Auf dem Weg zurück in den Alten Ballsaal werfe ich einen Blick in den dunklen Innenhof, über dem Christian sein grausiges Schicksal ereilt hat, und bemerke zum ersten Mal eine Rose, die an einem Spalier Richtung Licht wächst. Da kommt mir eine Idee.

Die ganze Klasse arbeitet und plaudert dabei, mit Ausnahme der Hon. Harriet, die in stummer Verwirrung ihr Rezept studiert. Gesegnet sei sie, sie hat noch nie von *Hash Browns* gehört.

»Wir nehmen gefrorene«, sage ich ihr. In vielen Küchen gibt es ein paar praktische Vorräte im Tiefkühler – nichts, das man unbedingt selbst machen muss.

»Hier steht, ich muss als Erstes eine Zwiebel anbraten. Wärst du so nett?«, fragt sie. »Es tut mir leid, ich ertrage den Geruch nicht.«

»Es macht nicht viel Spaß, in der Küche zu arbeiten, wenn man nicht in Form ist«, erwidere ich, während ich Olivenöl in eine Pfanne gebe. »Fühlst du dich immer noch angeschlagen?«

Sie antwortet nicht. Nach einem kurzen Blick, ob uns niemand zuhört, frage ich in vertrautem Tonfall: »Harriet, ist alles in Ordnung?«

Sie mustert weiter den Fußboden, dann sieht sie mit Tränen in den Augen auf. »Ich weiß es erst seit Montag sicher, weißt du. Ich hätte abgesagt, wenn ich es gewusst hätte.«

Ach, du meine Güte! Sie ist schwanger! Ich weiß, manche Menschen sehen das aus hundert Meter Abstand, aber wie wohl die meisten Männer war ich vollkommen ahnungslos.

»Ich hatte ja keine Ahnung!«, flüstere ich und spüre ein Schluchzen in meiner Kehle aufsteigen. Albern, ich weiß, aber so ist es immer bei mir. Ein neuer Mensch für diese Welt – das Wunder des Lebens. »Herzlichen Glückwunsch!« Ich will sie überschwänglich umarmen, aber keine Aufmerksamkeit auf uns ziehen. »Hast du es den anderen erzählt?«

»Du hast meine Mutter doch kennengelernt – sie entscheidet in dieser ganzen Sache. Außerdem gibt es ein kleines Problem«, sagt sie und sieht sich um. »Es ist nicht von Jason.«

Deswegen hat Lady B also schon seit ihrer Ankunft solche Haare auf den Zähnen.

Plötzlich fällt mir noch etwas anderes ein. Erklärt das (endlich) Harriets mysteriöses Tête-à-Tête mit Christian am Montag, als er so seltsam reagiert hat? Ist er der Vater? Und falls ja, ist es so weit hergeholt, sich Lady B vorzustellen, die außer sich vor Wut den Charmeur aus dem Weg räumt, der ihre Tochter möglicherweise eine vorteilhafte Ehe kostet?

Noch bevor ich sie weiter befragen kann, höre ich jemanden nach mir rufen. Ich schenke Harriet ein entschuldigendes Lächeln und drehe mich um.

Es ist Vicky, die fragt, wie sie ihren Kuchen dekorieren soll (den sie beharrlich *Gâteau* nennt. Alles klingt besser auf Französisch). Ich hatte gehofft, ihr heute noch ein paar Fragen stellen zu können, um einer Eingebung zu folgen. Jetzt kommt meine Chance.

»Weißt du, was wunderbar aussehen würde?«, frage ich. »Kandierte Rosenblätter.«

Sie legt eine Hand an die Schläfe. »Christian!«, verkündet sie. »*Pass the Gravy!* Staffel drei. Das wollte ich schon immer mal ausprobieren – aber wo finden wir mitten in London jetzt Rosen?«

Ich versichere ihr, dass unsere Hauptstadt ein botanisches Wunderland ist, wenn man nur weiß, wo man suchen muss. Dann führe ich sie hinaus in den Hof, wobei ich zuerst die Hand aus der Tür strecke, um herauszufinden, ob es regnet.

Seit Dienstagmittag war ich nicht mehr hier. Die Glasscherben sind weggeräumt, das Forensik-Team mitsamt seiner Ausrüstung ist verschwunden. Der einzige Hinweis auf den Mord ist Christians Wohnungstür, deren zerbrochenes Glas mit billigem Sperrholz verkleidet wurde und die weit offensteht. Eine Einladung an die Blutrünstigen unter uns, kurz hereinzuschauen und ein Selfie zu schießen? Oder an den Täter, der noch immer unter uns weilt und den Tatort seines Verbrechens noch einmal besuchen möchte?

Ich zeige Vicky die Rose. Es verblüfft mich, wie in dieser stygischen Düsternis irgendetwas blühen kann, aber hier ist der Beweis. Strahlendes Pink – Duft nach Gartenerbsen –, keine Dornen. »Zéphirine Drouhin«, wenn ich mich nicht irre.

Ich fühle mein Handy in der Tasche vibrieren.

»Bitte entschuldige«, sage ich, »da muss ich drangehen. Pflück noch ein paar Extrablätter für den Tisch, wenn du schon dabei bist. Und lauf nicht weg – ich bin gleich wieder da.« Ich trete unter die schmiedeeiserne Treppe, presse mir das Telefon ans Ohr und höre das laute Anschwellen eines Opernchores.

KAPITEL 44

»Hallo?«, ruft eine vertraute Stimme. »Moment, ich mach das mal leiser ... Das ist besser. Wer ist da, bitte?«

»Jerome, du hast mich angerufen. Hier ist Paul.«

»Oh, wie schön! Ich höre gerade Verdi – gibt nichts Besseres für einen Freitagmorgen. Wusstest du, dass Verdi das italienische Wort für Freitag ist?«

»Das ist es nicht. Und es ist auch nicht Freitag.«

»Ich habe mir gerade einen Cognac eingeschenkt – nach dem Mittagsläuten darf man das ja.« Meine Uhr zeigt zehn vor elf. Er fährt fort: »Da gibt es etwas, das ich dir neulich nicht erzählt habe ... Und es hat an meinem – äh – *Gewissen* – genagt.« Der Erzbischof von Canterbury könnte nicht bußfertiger klingen. »Christian hat mir das Versprechen abgenommen, es für mich zu behalten, aber ich denke, so wie die Ereignisse stehen, könnte man meinen Schwur wohl als, nun ja, hinfällig betrachten.

Vor zwei Jahren hat er mich in diesem kleinen Landhaus in Schottland besucht, das ich eine Zeit lang hatte, das von dieser Familie, die ein Vermögen mit Regenmänteln gemacht hat. Er hat eine Art Beichte abgelegt. Ich glaube nicht, dass du mich je dort besucht hast, aber es war Anfang April ...«

»Spielt die Jahreszeit eine Rolle?«, frage ich genervt.

»Nun ja, eigentlich schon«, erwidert er mit verletzter Stimme, was mir gleich wieder ein schlechtes Gewissen macht. »Ich versuche nur zu helfen.«

»Entschuldige. Erzähl mir alles und nimm dir alle Zeit, die du brauchst.«

»Er sagte, es sei der Geburtstag seiner Kinder. Es war das erste Mal, dass ich von irgendwelchen Kindern hörte – ich glaube, niemand von uns wusste Bescheid –, und er war echt deprimiert. Sie kamen zur Welt, bevor er nach London gekommen ist, und er hatte sie in Swindon in der Obhut seiner Schwester gelassen. Ich weiß das noch so genau, weil ich scherzhaft gefragt habe, ob er sie *in einer Handtasche* verstaut habe. Apropos, habe ich dir eigentlich je erzählt, wie ich im ersten Rang des *Theatre Royal Newcastle* mal Edith Evans Kleid angezündet habe?« Ich höre einen Korken ploppen und das Gluckern von Sherry.

»Jedenfalls war die Idee, dass Christian regelmäßig Geld für ihren Unterhalt überweist. Zu seinem endlosen Kummer hat er seine Seite des Deals nicht eingehalten und den Kontakt zu ihnen verloren. Es war der größte Fehler seines Lebens, sagte er. All das weggeworfen zu haben, seine Chance, Vater zu sein. Der arme Christian ... Er hat in meinen Armen geweint, geweint um seine wunderbaren Kinder.«

Was für eine Vorstellung, dass mein guter Freund Christian hinter seiner Playboy-Fassade solch elterliche Reue empfand! Und ich hatte keine Ahnung.

»Danke, Jerome, ich weiß es sehr zu schätzen, dass du angerufen hast.« Wenn meine Vermutung korrekt ist – dass Harriet Christians Kind unter dem Herzen trägt und er es wusste –, dann ist das Ganze gleich doppelt bitter. »Ich wünschte nur, es gäbe eine Möglichkeit, sie aufzuspüren.«

»Christian sagte mir, er hätte alles versucht – aber du bist ein schlauer Kopf. Vielleicht hast du mehr Glück.«

»Ich will dich nicht länger aufhalten«, sage ich.

»Ach, ich helfe gerne, und es ist so schön, dass wir mal wieder ein wenig plaudern.«

»Nur eines noch. Es ist ziemlich weit hergeholt, aber hat er jemals jemanden mit Namen Darren erwähnt?«

Eine Pause tritt ein, und ich höre ein Schlürfen. »Einen Shaun habe ich mal kennengelernt. Und hier bei uns im Dorf wohnt ein Kyle. Dann ist da natürlich noch Wayne Sleep ...«

Es ist wie diese Szene in *Lawrence von Arabien,* wenn man darauf wartet, dass die Politik der Nadelstiche zum Auftauchen von Omar Sharif führt.

»Weißt du, es *gab* mal irgendwann einen Darren. Dieser halbseidene junge Mann, der Christian immer rumkutschiert hat – der, von dem wir dachten, er sei vielleicht stumm, oder zumindest so tat, wie Harpo Marx?«

Im Hintergrund höre ich das Crescendo von einhundert männlichen Stimmen, dann Jerome, der eine Oktave tiefer mit einstimmt.

»Danke«, sage ich. »Wenn dir noch irgendetwas einfällt, lass es mich wissen.«

Ich denke darüber nach, wie Christians Knast-Neffe Darren in das Puzzle passen könnte, als mir bewusst wird, dass Vicky mit der Gartenschere in der Hand hinter mir steht.

»Alles in Ordnung?«, fragt sie.

Jerome brüllt alles so laut ins Telefon, dass ich mir sicher bin, sie hat jedes Wort gehört. Bevor ich sie ausfragen kann – was ja der eigentliche Grund war, sie hierher gebracht zu haben –, ergreift sie das Wort.

»Ich bin froh, dass wir kurz unter uns sind«, fährt sie fort und kommt ein Stück näher. »Ohne die anderen.«

»Oh«, sage ich und weiche zurück. Ohne es zu wollen, muss ich plötzlich an eine Spielzeugspinne mit Wackelaugen denken, die ich einmal hatte. »Wie kann ich behilflich sein?«

»Es könnte vielleicht wichtig sein – für die Ermittlung, meine ich. Und ich kann es sonst niemandem sagen.«

»Was ist mit der Polizei?«

Sie schürzt die Lippen. »Dafür ist es ein bisschen zu ... *persönlich.*«

Ich mache mich aufs Schlimmste gefasst und bitte sie, fortzufahren.

»Na ja, es geht um meine Füße. Mein Mann sagt, ich hätte rastlose Füße, aber das stimmt nicht. Eher magnetische«, sagt sie kichernd.

Wovon zum Geier redet sie?

»Bei unserem ersten Abendessen, nach dem der arme Christian ... verunglückt ist. Na ja, ich bin nicht die Einzige, tatsächlich weiß ich ganz genau, dass viele Frauen es tun, aber ich ziehe manchmal abends die Schuhe aus, um meine Zehen ein bisschen zu bewegen. Unter dem Tisch.« Sie zeigt erst auf den einen Fuß, dann auf den anderen. »Es ist nichts Pathologisches, ich finde es nur entspannend.

Manchmal gibt es Schwierigkeiten – Leute, die unanständig werden, meine Zehen mit ihren berühren. Mich bedeutsam anstupsen. Du wärst überrascht, was unter manchen Tischen so passiert.«

»Du möchtest mir also erzählen, dass du am Montagabend mit jemandem unter dem Tisch gefüßelt hast«, sage ich zwinkernd.

»Wenn du dich lustig machst, sage ich gar nichts. Aber es war mehr als ein Fuß.«

»Ein Paar, meinst du? Aber sie hätten ja derselben Person gehören können.«

Sie schnalzt wegwerfend, dann fügt sie eisig hinzu: »Sie kamen aus unterschiedlichen Richtungen.«

»Dann erzähl weiter«, sage ich und fange an, es zu genießen. »Wem haben die Füße gehört? Darf ich raten? Gib mir einen Tipp!«

Sie schnieft. »Manche Menschen haben außergewöhnlich lange Beine, deshalb kann man sich nie hundert Prozent sicher sein. Aber ein Fuß – gedacht habe ich es mir schon zu dem Zeitpunkt, aber jetzt wissen wir es ja – war von Lilith.« Sie wird rot. »Dann kam ein zweiter, sehr aufdringlich. Tapp, tapp, tapp, wie ein Morsecode.«

»Hat er etwas Bestimmtes geschrieben?«

Sie schürzt die Lippen. »Es war ein Herrenschuh aus Leder – kein Zweifel –, also muss es Gregory gewesen sein. Aber dann kam noch einer dazu.«

»Du meine Güte – das ist ja wie beim Twister.«

»Diesmal war es ein Damenfuß, weich und anmutig – nicht wie Liliths –, ein Streicheln und Reiben. Aber nicht lange, weil er dann mit Gregorys verschwand.«

»Und wem, glaubst du, hat dieser Fuß gehört?«

»Das ist keine Frage des Glaubens – er hatte einen Ballenzeh, also war es Melanie.«

»Ach, wer hätte das gedacht! Und was hat das mit … mit den Ereignissen zu tun?«

»Seitdem habe ich ein Auge auf die beiden. Auf Melanie, die sich windet und mit den Wimpern klimpert, sobald ein Mann den Raum betritt. Und sie beobachtet Rose, wenn die nicht hinsieht.«

»Das ist mir auch schon aufgefallen. Und Gregory?«

»Vielleicht ist es weibliche Intuition, aber irgendetwas geht da vor.«

Melanie und Gregory? Dem Chester Square mangelt es nicht an Intrigen, aber das hier ist eine neue. »Vielen Dank, dass du dich mir anvertraut hast – ich werde darüber nachdenken. Und bevor wir wieder zurückgehen, darf ich dich noch etwas anderes fragen?«

»Und das wäre?«

»Das war wirklich ein wunderschöner Schal, den du Christian gestrickt hast.«

Sie bleibt stocksteif stehen und starrt mich an. »Wovon sprichst du?«

»Der gestreifte, den du für ihn gestrickt hast. Du hast ihn eingepackt und ihm vor die Tür gelegt.«

Sie wird rot, dann füllen sich ihre Augen plötzlich mit Tränen.

»Ich habe es nicht geschafft, ihn ihm zu geben«, sagt sie mit bebender Stimme. »Ich bin am Montag nach dem Abendessen rübergegangen, aber es war irgendeine *Frau* bei ihm.«

»Hast du nicht angeklopft?«, frage ich.

Diese Frage ist ihr noch peinlicher. »Na ja, ich gebe zu, ich habe probiert, ob die Tür offen ist. Beinahe wäre ich reingegangen, aber ich wollte ihn nicht stören. *Sie* nicht stören.«

»Hast du das der Polizei erzählt?«

»Natürlich nicht! Sie würden mich doch für verrückt halten – eine mittelalte Durchschnittsfrau, die sich an jemanden … jemanden wie ihn ranmacht.«

»Du sagst, es war eine Frauenstimme … Hätte es vielleicht das Radio sein können?«

Bei diesen Worten geht ein Zucken durch ihr Gesicht, als kämpften widersprüchliche Reaktionen miteinander. Dann schluchzt sie laut und wirft sich mir um den Hals.

KAPITEL 45

Als die Krise überstanden ist, nimmt Vicky sich einen Moment für sich, und ich kehre unbemerkt in die Klasse zurück. »Dein Hemd ist ganz durchnässt«, posaunt Lady B heraus.

»Es regnet wieder«, entgegne ich.

Wenn man unterrichtet, ist man immer derjenige, der redet. Heute Morgen will ich zuhören. Ich werde reihum jeden Arbeitsplatz besuchen, mir vordergründig den Arbeitsprozess anschauen und ein freundliches Einzelgespräch führen. Mir ist schmerzlich bewusst, dass sie heute Nachmittag alle nach Hause abreisen und mir nur noch die nächsten zwei Stunden bleiben, um herauszubekommen, was ich kann.

»Sieht super aus, Stephen. Christian wäre stolz auf dich.« Er starrt mich an.

»Irgendwelche Fragen, die während der Woche aufgetaucht sind? Kulinarische, meine ich?« Er schneidet gerade den Parmesan-Keksteig, und zwar sehr ordentlich.

Nachdenklich sieht er mich an. Dann sagt er auf seine gewohnt emotionslose Art: »Meine Lieblingseinheit war die über Messer. Du sagtest, normalerweise erwartet man von einem Koch, dass er seine eigenen hat, aber wie kann man sich welche leisten, wenn man keinen Job hat?«

Ich habe noch einige Messer zu Hause, die schon bessere Tage gesehen haben, aber durchaus noch brauchbar sind. Vielleicht schenke ich ihm ein paar, wenn er es wirklich ernst meint. »Haben wir dich also überzeugt, Koch zu werden?«

»Ich halte mir noch alle Optionen offen«, ist alles, was er sagt.

»Wenn du sie in den Ofen schiebst, lass sie drin, bis sie nussbraun sind – dunkler als normales Gebäck. Das war eines von Christians Geheimnissen«, sage ich und überlasse ihn seiner Arbeit.

Als Nächstes lande ich bei Lady B, die gerade erfolglos versucht, das Huhn aus dem Topf zu angeln, und dabei nicht unbedingt gewaltfrei mit ihm umgeht.

»Es wird einfacher, wenn man einen Holzlöffel in den Bauchraum schiebt und es so heraushebt«, schlage ich vor. Ihre Ladyschaft hasst es, wenn jemand etwas besser weiß als sie, aber das ist ihr Problem.

»Es ist sowieso zu heiß, um das Fleisch abzulösen«, sagt sie. »Ich lasse es noch ein wenig abkühlen.«

»Vielleicht mit Gummihandschuhen?«, schlage ich vor. »Dann bleiben auch die Fingernägel sauber.«

Sie wirft mir einen vernichtenden Blick zu. »Ich will nicht riskieren, dass es am Ende nach Spülwasser schmeckt, vielen Dank.«

»Gibt es sonst irgendwelche Fragen, die über die Woche aufgetaucht sind?«, frage ich. Ich erwarte etwas Ausgefallenes, zum Beispiel, wie man eine Ente stopft oder Lerchenzungen in Aspik einlegt.

»Ja, da gibt es etwas. Die Mutter deines Stiefsohns – Olinda, sagtest du?«

Oh nein! Wenn sie befreundet sind, wird Olinda von dem Mord und meiner Festnahme erfahren. Wahrscheinlich würde sie persönlich ins Revier fahren, um gegen mich auszusagen.

»Ich habe letztes Jahr eine Olinda auf einer Kreuzfahrt kennengelernt. Für Alleinreisende, wenn du es genau wissen willst. Kann nicht behaupten, dass sie mir sympathisch war. Ich habe nichts gegen Frauen, die ihre Vorzüge präsentieren, aber das sollte schon im Rahmen des Schicklichen bleiben. Die Männer sind natürlich alle um sie herumgeschwirrt wie Wespen um ein Marmeladenglas.«

Das war ohne Zweifel Olinda. Nach der Trennung von Marcus wurde das Ausmaß ihres schlechten Kleidungsgeschmacks der ganzen Welt in Gestalt von tief ausgeschnittenen Tops und allzu freizügigen Rocksäumen offenbar. »Hast du ihren Nachnamen mitbekommen?«

»Falls ja, habe ich ihn verdrängt«, erwidert ihre Ladyschaft.

»Aber so viele Olindas kann es ja nicht geben.«

»Jede Menge. Mehr, als man denken würde«, sage ich. Gerade will ich mich abwenden, als ich doch noch eine Bemerkung riskiere. »So schöne Neuigkeiten, das mit Harriet«, sage ich leise. Ihre Augen weiten sich – wenn sie ein Drache wäre, würde sie eine Rauchwolke ausstoßen.

»Ich gebe zu, dass die Entwicklung mich überrascht hat«, sagt sie vorsichtig.

»Wann kam denn die gute Nachricht?« Ich habe festgestellt, dass man auf direkte Fragen tatsächlich oft eine Antwort bekommt – selbst wenn man kein Recht hat, sie zu stellen. Außer bei Politikern, da funktioniert es nie.

»Am späten Montagabend. Gerade als … du weißt schon … der arme Christian …« Ich fühle ihren bohrenden Blick. »Bitte verzeih, sollte ich … gestresst wirken.« Sie hebt ihr Kochmesser an. Wieder taucht in meinen Gedanken die Frage auf, ob Christians Mord einer Brautmutter zuzuschreiben ist, die verzweifelt versucht, die Ehre ihrer Tochter zu retten.

Melanie hat ihre Zutaten vorbereitet und der Reihenfolge nach aufgestellt, zögert aber, den ersten Schritt zu tun. Vielleicht ist sie abgelenkt.

»Ach«, sage ich, ganz beiläufig, »hast du es schon geschafft, mit Ben zu sprechen?«

»Ja, aber er war in Eile«, erwidert sie. »Ich verspreche, ihn nachher zu fragen, wenn wir in Ruhe telefonieren.«

»Das wäre nett«, sage ich. »Um Christians willen.«

Vicky ist tapfer an ihren Arbeitsplatz zurückgekehrt und hat sich eine Kandierstraße aus Eiweiß, Rosenblättern, Zucker und einem Abtropfgitter aufgebaut.

»Was macht der Kuchen?«, frage ich. Schließlich brauchen wir keine Rosenblätter, wenn es nichts zum Verzieren gibt.

»Im Ofen«, sagt sie.

»Da warst du aber schnell.«

»Ich weiß nicht, was das Getue immer soll. Ich habe einfach nur gemacht, was im Rezept stand.« Mit erstaunlich zarter Hand legt sie das erste Rosenblatt auf das Drahtgitter. »Der Gedanke, dass Lilith ihn nicht probieren kann, bricht mir das Herz.«

»Obschon er wahrlich nicht glutenfrei ist«, werfe ich ein.

»Ich war unfreundlich zu ihr. Nichts wird das jemals ändern.«

»Ist denn der Kurs als solcher zu deiner Zufriedenheit gelaufen? Von den schrecklichen Ereignissen mal abgesehen.«

Sie denkt eine Weile darüber nach. »Ich will ehrlich sein: Ich hätte mich nie im Traum angemeldet, wenn Christian nicht gewesen wäre. Zudem erwarte ich nicht, irgendjemanden von hier wiederzusehen ...«

Ich protestiere, aber sie redet weiter.

»Nein, ich schließe schon zu guten Zeiten nicht leicht Freundschaft, und du weißt genauso gut wie ich, dass das hier nicht meine Peergroup ist. Aber wir haben diese Woche viel miteinander erlebt und durchgestanden ...« (Ihr steigen schon wieder die Tränen in die Augen). »Ich werde zukünftig nicht mehr so viel über meinen Tiefkühlschrank reden. Und falls, also wenn mein Mann nach Hause kommt, kann er sich in Zukunft selbst um sein Abendessen kümmern, weil ich ein eigenes Leben habe und nicht noch mehr davon verschwenden möchte.« Dann schließt sie mit den Worten: »Was ich eigentlich sagen wollte, ist: Dankeschön«, bevor sie wieder aus dem Raum stürzt.

»Lasst euch nicht beunruhigen«, sage ich zu den anderen. »Es waren einfach ein paar sehr emotionale Tage.«

Als Nächstes winkt De'Lyse mich zu sich. »Von diesem Rezept halte ich ja nicht viel«, erklärt sie. »Wie lange muss man die Eier kochen, bis sie hart sind?«

Ich erkläre ihr, dass die allgemeine Empfehlung sieben oder acht Minuten sind. Man kann aber verhindern, dass die Eier gummiartig werden und das Eigelb an den Rändern grau, indem man sie im kalten Wasser aufsetzt, einmal sprudelnd aufkocht, den Deckel schließt, den Herd ausschaltet – und sie exakt zehn Minuten ziehen lässt.

»Dann mache ich es von jetzt an nur noch so«, sagt sie. Wenn ich Zeit finde, zeige ich ihr, wie man ein hart gekochtes Ei unter der Klinge seines Messers rollt, sodass es in zwei perfekte Hälften zerspringt: genau der richtige Trick für TikTok.

»Und im Allgemeinen, hat dir die Woche etwas gebracht?«, frage ich.

»Mit Ausnahme des Offensichtlichen war es toll. Ich war mir vorab nicht sicher, ob ich etwas damit anfangen kann, und es tut mir leid, dass du heute meinetwegen den Unterrichtsplan ändern musstest, aber ich bin froh, dass ich mitgemacht habe. Ich habe viel von dir gelernt. Oder, um es mit anderen Worten zu sagen: Ich habe gelernt, dass es noch viel für mich zu lernen gibt.

Apropos«, schließt sie, jetzt an die ganze Klasse gewandt, »hat noch jemand Paul heute Morgen in den Nachrichten gesehen? Er hat uns verschwiegen, dass er mit einem berühmten Dichter verwandt ist!«

KAPITEL 46

Ich wünschte, Melanie würde endlich mit ihrem Mann sprechen. Schließlich verlässt sie mit dem Handy in der Hand den Ballsaal, während ich eine weitere Viertelstunde hin- und herlaufe. Als ich es nicht mehr aushalte und nachsehen will, was vor sich geht, kommt sie mir selbstbewusst in der Eingangshalle entgegen und spricht dabei laut in ihr Telefon. »Aber natürlich, Schatz ... Ja, ich mache es genauso, wie du es sagst ... Ich dich auch ... Kuss Kuss!« Mit blitzenden Zähnen strahlt sie mich an.

Ich führe sie in die Bibliothek. Draußen fällt wieder schwer der Regen.

»Das war Ben! Er hat es pünktlich zur Arbeit geschafft – und klingt wieder ganz erholt. Morgen Abend will er mich zum Abendessen ausführen.«

»Ach, wie wunderbar!« Die Welt liegt in Trümmern, aber wenigstens ist wieder ehelicher Frieden hergestellt.

»Vielleicht sollten wir Cressida und Jonny mal zu einem Blind-Date verabreden!«, sagt sie fröhlich. »Dann schlagen wir zwei Fliegen mit einer Klappe.«

Grundgütiger! Allein der Gedanke. »Ähm ... ganz sicher nicht! Jonny ist fast so alt wie ich. Außerdem hat er bereits eine Freundin.« Ich habe sie nie kennengelernt, daher ist meine Vorstellung von ihr recht schillernd. Manchmal ist sie eine teuflische Goth-Domina, die Jonny ans Bett fesselt und ihn auspeitscht, bis er blutet, manchmal eine gebrochene, machtlose Opfergestalt. Ich hoffe auf Ersteres. Ihretwegen. »Also, was hat er gesagt?«

Sie tut so, als betrachte sie ein Buch, dann stellt sie es wieder hin. »Also, Ben kannte Christian *tatsächlich*.«

»Warum hast du das nicht früher gesagt?«, frage ich anklagend.

Sie hält inne. »Ben hat mich gebeten, es nicht zu erwähnen.«

»Warum?«, will ich wissen.

»Das habe ich dir doch gestern schon erzählt. Er hieß es nicht gut, dass Rose eine Affäre hatte – dachte, sie würde nur ausgenutzt. Du weißt schon, sie als verletzliche Witwe. Er wollte nicht in irgendetwas hineingezogen werden. Will er immer noch nicht.«

»Und was hielt Ben von deiner Freundschaft mit Christian?«

Das überrascht sie. »Woher willst du …?« Sie sieht mir in die Augen und überlegt es sich daraufhin anders. »Ich weiß nicht, mit wem du getratscht hast, aber okay, Christian und ich waren befreundet. Möglicherweise war er auch ein wunder Punkt zwischen mir und Ben. Die beiden kannten sich noch aus ihrer Vergangenheit – auch wenn es mindestens fünfundzwanzig Jahre her war.«

»Und warum sagst du mir das jetzt alles? War es Bens Idee, oder willst du mich einfach nur loswerden?«

»Ben hat nichts zu verheimlichen – und ich auch nicht«, sagt sie trotzig. »Aber du scheinst versessen darauf, die Dinge aufzuwühlen, da dachte er, besser du hörst die ganze Geschichte von uns.«

»In Ordnung«, sage ich und bete, dass sie diesmal die Wahrheit erzählt. »Leg los.«

Sie holt tief Luft. »Wir müssen bis in die späten Neunziger zurückgehen. Ich weiß nicht, ob du dir dessen bewusst bist, aber Chris – so wurde er damals genannt – war verheiratet.«

Ich nicke und blicke auf meine Armbanduhr, was den gewünschten Effekt hat. Sie spricht schneller.

»Er und seine Frau wohnten in einer besonders deprimierenden Armee-Wohnung in Tidworth. Die Unterbringung bei der

Army war damals unterirdisch – reihenweise Fertighäuser, so weit das Auge sieht, Gärten voller Unkraut und dazwischen ab und zu ein dürrer Baum.

Jedenfalls ist er irgendwann im Januar mit seinen Kameraden zu einem Junggesellen-Wochenende gefahren, und als er sonntags nach Hause kam, fand er seine Frau tot am Küchentisch zusammengesunken.

Was alles noch viel schlimmer machte, waren die Babys. Man fand sie eingeschlossen im Schlafzimmer, gesund und wohlbehalten. Danach gab es endlose Spekulationen und mehrere Untersuchungen und Obduktionen, aber das Einzige, was man sicher sagen konnte, war, dass sie an einer Kohlenmonoxid-Vergiftung gestorben war. Chris hat sich selbst die Schuld gegeben, wie jeder Ehemann es getan hätte, weil er ein paar Wochen zuvor einen Kleiderschrank aufgebaut hatte, der ein Stück vor dem Rauchabzug stand. Man weiß ja, wie tödlich diese Dinger sein können. Aber der Boiler selbst war uralt, und niemand konnte sich auch nur daran erinnern, wann er das letzte Mal gewartet worden war.

Im Prozess hat er vorgebracht, dass die Unterbringung durch die Armee Mängel aufwies. Es ist alles sehr hässlich geworden. Er ist unter den schlechtmöglichsten Umständen aus dem Militärdienst ausgeschieden, auch wenn man sagen muss, dass das Regiment ihm eine großzügige Abfindung hat zukommen lassen. Ben weiß es, weil er sie unterschrieben hat.

Und dann gab es noch was. Chris war bei seinen Kameraden sehr beliebt. Deshalb hat einer der jüngeren Männer eine Art Fonds aufgesetzt, in den alle einzahlen konnten, um sicherzustellen, dass die Zwillinge versorgt wären.«

»Hast du Zwillinge gesagt?«

»Zwillingsmädchen, glaube ich.« Aus irgendeinem Grund machte das die Geschichte noch schlimmer. »Es war eine ziemlich große Summe. Tröstlich zu wissen, dass es diesen armen Kindern, die ihre Mutter verloren hatten, wenigstens an nichts mangeln musste. Aber als er das Militär verließ, hat nie wieder jemand etwas von Chris gehört. Er war wie vom Erdboden verschluckt.«

Große Geldsumme spurlos verschwunden ... die Familie zurückgelassen, ohne Unterhalt zu zahlen ... unbeglichene Schulden ... von Kriminellen zusammengeschlagen ... ein Wettkalender an der Wand. Warum war mir das nie zuvor aufgefallen?

Ich hatte mich schon öfter gewundert, dass er über zwei Jahrzehnte Ruhm und Erfolg angesammelt hatte, aber sonst nichts. Ab und zu ein schnelles Auto, die ein oder andere Rolex – die er nie lange behielt –, aber nie ein Haus oder eine Wohnung. Wenn man ihn fragte, erzählte er immer, er hätte sein Geld für Reisen, ein gehobenes Leben und »Ladys« ausgegeben, aber das war wohl alles gelogen. Christian war ein Spieler.

»Ich verstehe immer noch nicht, warum du das verheimlicht hast«, sage ich. »Hast du es der Polizei erzählt, als sie dich befragt haben?«

Sie denkt einen Moment lang darüber nach. »Ich kann mir nicht vorstellen, dass sie das auch nur im Geringsten interessiert. Und wo wir gerade dabei sind, bitte behalte es für dich. Das ist alles so lange her.«

»Nur eins noch«, sage ich. »Gab es jemals einen Darren, der mit Christian in Verbindung stand?«

»Natürlich. Sie standen sich sehr nah, obwohl Christian viel älter war. Darren hat den Fonds für Christians Kinder aufgelegt. Noch so eine traurige Geschichte – er wurde in Basra schwer verwundet und ausgemustert. Sein ganzer Name war Darren Edwards.«

Nachdenklich kehre ich zurück zu Gregory, der sich Hilfe von Suzie besorgt und ein riesiges Rührgerät angeschleppt hat.

»Du brauchst Eiswasser«, sage ich. Suzie holt eine Schale voller Eiswürfel und einen Krug Wasser.

Wir geben das Mehl und die Eier in die Rührschüssel und stecken die Knethaken ein. »Bereit?«, frage ich Gregory. Er nickt, den Krug in der Hand.

Hinter mir ertönt ein knirschendes Geräusch. Aargh! Ich drehe mich um und sehe, dass Suzie sich ein paar Eiswürfel in den Mund gesteckt hat. Es gibt kein grauenvolleres Geräusch als das von Eis, das von einem menschlichen Kiefer zermahlen wird.

Immer noch schaudernd drehe ich mich herum und schalte das Rührgerät an – ZACK!

Das Gerät springt mir aus der Hand. Es gibt einen blendenden Lichtblitz. Mein ganzer Körper wird taub, und ich bin mir vage bewusst, dass ich wie eine Puppe nach hinten geschleudert werde und mitten auf dem Herd lande. Ich höre De'Lyse schreien, dazu ein wütendes Zischen, als ihr Topf mit den kochenden Eiern umkippt und uns beide knapp verfehlt. Der Geruch nach verschmortem Plastik erfüllt die Luft. Eine dünne Rauchfahne steigt aus dem Rührgerät auf.

»Was zum …?«, keuche ich. »Das hätte mich umbringen können!«

Die anderen helfen mir auf einen Stuhl. Ehrlicherweise sind sie alle genauso bestürzt und erschüttert wie ich.

»Ein Kurzschluss«, erklärt Gregory und reibt sich das Kinn.

»Gut, dass du Schuhe mit Gummisohlen anhattest, sonst hätte es dich gebraten«, sagt Vicky mit weit aufgerissenen Augen.

»Habt ihr das gesehen?«, ruft De'Lyse. Wahrscheinlich wünscht sie sich, sie hätte es für ihre Fans auf Video aufgezeichnet.

»Halt Abstand, Harriet. Vielleicht ist da immer noch Strom drauf«, befiehlt Lady B und winkt ihre Tochter zurück.

Suzie ergreift die Initiative. Sie stellt den Strom am Sicherungskasten ab, beseitigt die Trümmer und wischt alles sauber. Danach überprüft sie mit Gregory, ob die Steckdose Schaden genommen hat – hat sie nicht –, und verschwindet kurz, um das Chester-Square-Unfallprotokoll zu holen. Mit einem Filzstift aus ihrer Tasche füllt sie drei Kästchen aus, unterschreibt mit einem großen, verschnörkelten S, und weiter geht's.

Offenbar habe ich Rußspuren im Gesicht, also entschuldige ich mich schnell, um mich frisch zu machen. Als ich zurückkomme, ist alles anders.

KAPITEL 47

Die gesamte Klasse hat sich in einer Reihe aufgestellt und sieht mich aus anklagenden Augen finster an. In der Mitte stehen Starsky und Hutch.

»Sie sind wieder da«, sage ich und versuche, lustig zu klingen. »Was macht die Kunst?«

»Es ist zu spät für Scherze, Paul«, sagt der DCI mit einem tadelnden Kopfschütteln.

Aufgrund der Obergadenfenster ist der Alte Ballsaal immer von Tageslicht erhellt. Obwohl es die ganze Woche geregnet hat, habe ich genossen, wie lebendig das Licht ist. Es sorgt für unerwartete Reflexionen und funkelt auf Gegenständen und Oberflächen. Und genau in dieser Sekunde stiehlt sich ein Sonnenstrahl durch die Wolken. Er schwebt über dem Haus, fällt durch die Glasscheibe und bringt Blondies goldfarbene Locken mit seinem glückseligen Strahlen zum Leuchten. Wenn er eine Harfe im Arm hätte, würde man ihn tatsächlich für einen Engel halten.

Bewundernd betrachte ich das Schauspiel – auch die anderen wenden den Blick zu ihm. Wie viele Stunden braucht er morgens vor dem Spiegel? Welch fachkundige Anwendung von Conditionern und Ölen und Haarsalben und Pomaden und Tonerdecreme und Wachs und Schaumfestigern und Sprays? Oder ist es möglich, dass man einfach so natürlich ... bauschig aufwacht?

Er hustet diskret, um uns aus unserer Träumerei aufzuschrecken, und befeuchtet seine wohlgeformten Lippen. Wir alle hoffen auf etwas aus Händels *Messias* oder wenigstens einen Psalm, aber stattdessen intoniert er: »Paul Delamare, Sie begleiten uns jetzt zur Belgravia Police Station unter dem Verdacht des Mordes an Christian Wagner. Sie haben das Recht zu schweigen, aber wenn Sie bei der Befragung etwas zurückhalten, auf das Sie sich später bei der Verhandlung berufen, kann dies Ihre Verteidigung schwächen.«

Flehentlich blicke ich meine Schüler an. Alles, was mir entgegenschlägt, sind Verachtung und Mitleid. Vicky schüttelt langsam den Kopf und wringt die Hände. De'Lyse starrt mich mit Gorgonenblick an. Lady B hat die Oberlippe hochgezogen, als sei ich eine von der Katze hereingeschleppte tote Wühlmaus. Die Hon. Harriet und Melanie betupfen sich die Augen, und Gregorys Kiefer mahlt geräuschlos, als kaue er Sämereien. Stephen blickt ausdruckslos vor sich hin.

Das Drama des Augenblicks wird von einem hektisch brummenden Geräusch unterbrochen. Blicke schießen durch den Raum. Der DCI und Blondie fassen an ihre Walkie-Talkies, De'Lyse greift nach ihrem Handy und lässt es dabei laut polternd fallen.

Nur eine Person bleibt gänzlich ungerührt – wenn auch mit leicht verwirrtem Gesichtsausdruck. »Bin ich das?« Gregory klopft auf sein Ohr. Das Geräusch verstummt. »Die Batterie ist leer – achtet nicht auf mich.«

Die Officer treten von einem Fuß auf den anderen, offensichtlich ungeduldig, mich abzuführen. Aber mir fällt ein, dass ich jetzt zum letzten Mal vor meiner Klasse stehe. »Dann muss ich mich wohl verabschieden«, sage ich. »Vielen Dank euch allen. Es war mir eine Freude, euch zu unterrichten. Ich hoffe, wir treffen uns eines Tages unter glücklicheren Umständen wieder.«

Eisiges Schweigen.

»Und beinahe hätte ich es vergessen – genießt euer Menü! Wegen des Hühnchens – macht es nicht zu heiß, wenn ihr es in die Sauce gebt.«

Vicky hebt die Hand. Wenigstens eine von ihnen hat noch ein nettes Wort zu sagen. Vielleicht viel Glück oder vielen Dank.

»Kurze Frage«, meldet sie sich zu Wort. »Dürfen wir die Schürzen behalten?«

Diesmal entscheide ich mich für den mir angebotenen juristischen Beistand und werde pflichtgemäß informiert, eine gewisse Krisha Basu sei auf dem Weg. Ich würde es hassen, Bereitschaftsdienst zu haben. Immer alles abbrechen zu müssen, was man gerade tut, damit man sich in einen kleinen Raum sperren lassen kann, um Leuten beim Streiten zuzuhören. Mir wird ein Telefonanruf gestattet, also hinterlasse ich eine optimistische Nachricht für Julie. Auf sie ist in Notsituationen immer Verlass – als Marcus starb, war sie im australischen Perth und nur dreiundzwanzig Stunden später an meiner Seite – aber ich bin fest entschlossen, ihr den heutigen Tag nicht zu verderben. Er ist zu wichtig. »Wollte mich nur kurz melden«, sage ich. »Ich bin, äh, die nächsten paar Stunden nicht erreichbar, aber mach dir keine Sorgen, es ist alles in Ordnung. Hoffe, der Shoot läuft gut – wir sehen uns heute Abend.«

Es heißt, die Zeit fliegt schneller, je älter man wird. Ich kann jedem versichern, dass dieser Effekt nicht eintritt, wenn man auf einer Polizeistation sitzt und darauf wartet, wegen einer Mordanklage verhört zu werden. Ich bin mir bewusst, dass auf den Stockwerken über und unter mir dutzende Officer und Detectives hart daran arbeiten, meine Schuld zu beweisen, in meiner Vergangenheit herumstochern und jeden Hinweis auf Fehlverhalten ausgraben. Ich spüre geradezu, wie sich die Macht des Gesetzes gegen mich erhebt.

Irgendwann frage ich einen vorbeigehenden Constable, ob ich Papier und einen Stift haben könnte. Etwas aufzuschreiben, beansprucht eine andere Region des Gehirns. Vielleicht fällt mir so ja auf, was wir alle übersehen. Vielleicht könnte ich meine Schlussfolgerungen mit den Detectives teilen, damit sie mich schneller wieder in Ruhe lassen. Vielleicht.

VERDÄCHTIGE PERSON	ALIBI	MOTIV	ANMERKUNGEN
Gang	Unbekannt	Geld	Kein Anzeichen für Diebstahl. Darren?
TERRORISTEN	Unbekannt	Dschihad	Enthauptung. Aber warum Christian?
Melanie H-P	Hat geschlafen	Verschmähte (oder unerwiderte) Liebe	Unglaubwürdige Zeugin. Lippenstift am Tatort. Ehemaliger Schwarm (Alan Hoyt) unter ungeklärten Umständen verstorben. Schwierige Ehe – Ehemann trinkt/ eifersüchtig?
Rose	Buchhaltung	Verschmähte Liebe	Parfüm am Tatort. Ehemann Nr. 1 unter ungeklärten Umständen verstorben
Vicky	Schal abgeliefert, dann geschlafen	Mord aus Eifersucht	Stalkerin. War in der Mordnacht an Christians Wohnung. Zusätzlich: eifersüchtiger Ehemann?

Milla	Unbekannt	Ehrgeiz	Will die Kochschule übernehmen
De'Lyse	Online	Ehrgeiz	Millas Komplizin?
Stephen	Online-Gaming	Rache	Von C. vor allen beleidigt/ herabgesetzt
Lady B	Streit	Strafe	Weil er ihre Tochter geschwängert hat
Harriet	"	"	Auch: damit Hochzeit mit Jason stattfinden kann
Suzie	Online-Film	Rache	Von C. sexuell belästigt
Gregory	Besuch bei C., dann im Puff	Geld	Gab C. die Schuld an seiner Pleite
Lilith	Hat geschlafen	Unbekannt	Jemand wollte sie zum Schweigen bringen. Warum?

Ich glaube leidenschaftlich an die Macht des Unbewussten. Wissenschaftler mögen die Mysterien des Universums gelöst haben, aber sie haben noch nicht einmal ansatzweise verstanden, wie das menschliche Gehirn funktioniert. Ich fühle, wie meine eigenen Rädchen ticken und sich drehen, fast so wie mein Computer, wenn seine Festplatte zum Leben erwacht. Die Antwort liegt direkt vor meiner Nase, ich kann es spüren.

Aber gerade da betritt meine Anwältin den Raum.

KAPITEL 48

Krisha Bantu ist knapp eins sechzig groß und sehr hübsch mit ihren rötlich braunen Rehaugen und einem süßen Lächeln. Sie trägt ein knitterfreies Kostüm und ein Paar neu aussehende weiße Turnschuhe, damit sie extra-schnell von der U-Bahn zum Polizeirevier sprinten kann. In Anbetracht der Schwere der Anklage finde ich, sie hätten jemanden mit mehr Erfahrung schicken können statt dieser eindeutig frisch gebackenen Absolventin.

Wir sitzen nebeneinander im selben Befragungsraum unter dem gleichen grellen Licht wie beim letzten Mal. Sie fragt, ob sie mich Paul nennen könne – was ich bejahe –, rät mir, gut zuzuhören, wenn ich etwas gefragt werde, und nichts zu beantworten, dessen ich mir nicht sicher bin ... keine Informationen zurückzuhalten oder zu versuchen, schlauer zu sein, als die Polizei ... dass sie hier ist, um mich zu unterstützen und wir jederzeit eine Pause machen können.

Ich zeige ihr die Tabelle, die ich angelegt habe. »Wir könnten doch mal gemeinsam überlegen«, sage ich hoffnungsvoll. Sie schließt sanft ihre Hand um die meine und zerknüllt das Papier.

»Lieber nicht«, sagt sie.

»Sicher weiß ich ein paar Dinge, die sie nicht wissen, einfach nur, weil ich die ganze Zeit mit den anderen zusammen war. Zum Beispiel Darren, ein Neffe von Christian, der ...«

»Konzentrieren Sie sich darauf, die Fragen zu beantworten. Es wird sie nur gegen Sie aufbringen, wenn Sie ihnen sagen, wie sie ihren Job zu erledigen haben.«

Als der DCI und der DS hereinkommen wie der Große Böse Bär und Goldlöckchen, sprühen sie vor Schadenfreude. Sie werden Hackfleisch aus Krisha machen – und aus mir.

Blondie verkündet, das Aufnahmegerät laufe, und legt gleich los. Er scheint nicht in der Lage, seine Aufregung zu verbergen. Krisha zieht eine Augenbraue hoch und wirft mir ein aufmunterndes Lächeln zu.

Der DS liest in beeindruckendem Tempo aus seinen Notizen vor. Er fragt mich, ob ich sicher bin, dass das Glas in Christians Tür zerbrochen war, als ich am Tatort ankam.

»Ja. Ich bin ja überhaupt nur rübergegangen, weil ich die Scherben im Hof gesehen habe«, erwidere ich selbstbewusst.

»Wir haben da eine Theorie ...«

»Wenn ich Sie gleich unterbrechen darf, Detective Sergeant«, sagt Krisha und hebt eine Hand. »Wir werden die ganze Nacht hier sitzen, wenn Sie jetzt schon theoretisch abschweifen. Bitte kommen Sie zum Punkt, damit mein Klient nicht länger behelligt wird als unbedingt notwendig.«

»Ähm, okay«, sagt Blondie und wirkt verlegen. »Es scheint nur, als hätte jemand stümperhaft versucht, es aussehen zu lassen, als wäre in die Wohnung eingebrochen worden.«

»Weil der Mord um Mitternacht stattgefunden hat, das Glas aber erst morgens eingeschlagen wurde«, sagt Ms Basu mit einem gewinnenden Lächeln. »Okay, das haben wir verstanden.« Dann wendet sie sich an mich: »Mr Delamare, die beiden wollen wissen, ob Sie die Scheibe eingeschlagen haben, als Sie morgens dort ankamen?«

»Warum sollte ich das tun?«

»Ja oder nein?«, fragt sie scharf.

»Nein.«

Der DCI wirkt nicht besonders beeindruckt davon, wie das Verhör bislang gelaufen ist, also übernimmt er jetzt. Langsam und mit tiefer Stimme sagt er: »Erzählen Sie uns von Ihrer Beziehung zu Mr Wagner, Mr Delamare.«

»Wie ich schon beim letzten Mal sagte, wir sind seit etwas über zwanzig Jahren befreundet und haben schon zu vielen Gelegenheiten zusammengearbeitet. Ich dachte immer, wir stünden einander recht nah, aber seit seinem Tod bin ich mir nicht mehr so sicher.«

»Was meinen Sie damit?«

»Nun, ich habe herausgefunden, dass er verheiratet war, was ich vorher nicht wusste. Und in der Armee gedient hat.«

»Wie haben Sie das herausgefunden?«

»Es stand online.«

»Und Sie waren überrascht?«

»Dass er verheiratet war, ja. Ich kannte ihn nur als ziemlichen Playboy. Er hatte immer irgendeine hübsche Frau an seiner Seite. Zahlreiche Freundinnen. Unzählige, um ehrlich zu sein. Aber nie etwas Festes. Ich dachte, das läge einfach nicht in seiner Natur.«

»Und die Armee?«

»Wir haben nie viel darüber gesprochen, was war, bevor wir uns kennengelernt haben, aber das Militär ... Man sollte meinen, so etwas würde man seinen Freunden gegenüber mal erwähnen.«

»Wie fühlten Sie sich angesichts dieser verschiedenen Beziehungen?«

»Sie haben mich weder interessiert noch gingen sie mich etwas an. Vor dem Chester Square hatte ich Christian ein paar Jahre nicht gesehen. Falls das relevant ist: Ich glaube, er hatte eine Affäre mit Rose Hoyt, aber das müssten Sie sich von ihr bestätigen lassen.« Krisha nickt anerkennend.

»Ja, dessen waren wir uns bewusst. Von welchen anderen Affären wissen Sie noch?«

Nach einem kurzen, geflüsterten Wortwechsel mit Krisha sage ich: »Harriet sagte mir, sie sei schwanger. Ich denke, Christian war möglicherweise, nun ja, verantwortlich dafür.«

»Lady Brashs Tochter. Ja, er war ein ganz schöner Casanova.«

Mir schießt durch den Kopf, dass jetzt der Moment wäre, ein paar der anderen Geheimnisse zu offenbaren, auf die ich gestoßen bin, aber Krisha hat mir ja davon abgeraten. Und ich muss zugeben, es klingt, als hätte die Polizei ihre Hausaufgaben gemacht.

»Im Übrigen«, füge ich hinzu, solange ich noch in der Offensive bin, »war ich *äußerst* enttäuscht, meinen Namen heute Morgen bei Metro24 zu entdecken. Sie haben mir versprochen, dass es keinen Grund gibt, meine Verwicklung – in Ihre Untersuchungen meine ich – öffentlich zu machen.«

Der DCI zuckt mit den Schultern. »Kam nicht von uns. Es waren ja noch ein paar mehr Leute im Raum, als Sie verhaftet wurden – vielleicht hat einer von ihnen den Medien einen Tipp gegeben? Mr, äh, Greenleaf zum Beispiel. Nicht unbedingt die vertrauenswürdigste Person.«

»Sie meinen Mr Farson?«

Er hebt eine Augenbraue. »Dem entnehme ich, dass Mr *Farson* sich Ihnen anvertraut hat?«

»So könnte man sagen«, erwidere ich.

Jetzt nickt der DCI Blondie kurz zu. Er schüttelt sein Haar, bevor er loslegt. »Uns wurde berichtet, dass Sie beim Abendessen am Montag Folgendes sagten, ich lese vor: ›So geht man heutzutage mit niemandem mehr um. Ein solches Verhalten ist mehr als unangebracht.‹ Haben Sie diese Worte gesagt, Mr Delamare?«

Wo in alles in der Welt haben sie das ausgegraben? »Ähm … klingt wie etwas, das ich sagen *würde*. War das, als Christian sich dem jungen Kursteilnehmer gegenüber so unmöglich verhalten hat, Stephen Cartwright?«

»Das wüssten wir gerne von *Ihnen*, Mr Delamare.«

»Ach, bitte«, wirft Krisha ein. »Es gibt keinen Grund für derartige Theatralik!«

Blondie versteift sich.

»Ms Basu«, sagt der DCI, »lassen Sie uns doch bitte einen höflichen und professionellen Tonfall wahren. Mein Kollege wüsste gerne, ob Mr Delamares Kritik sich gegen Mr Wagner richtete.«

»Ja. Auch wenn sie nur für Stephens Ohren gedacht war. Er ist noch sehr jung, und mir schien, Christians Verhalten hat ihn verletzt. Ich hatte Mitleid mit ihm.«

»Danke«, sagt Blondie in frohlockendem Tonfall. Er hat wieder Oberwasser. »Zudem haben mehrere Zeugen drei Stunden vor seinem Tod folgenden zornigen Austausch zwischen Ihnen und Mr Wagner mitangehört: ›Du hast gesagt, wir würden das hier zusammen machen, aber es ist genauso wie immer. Es täte dir gut, gelegentlich auch mal an jemand anderen zu denken als nur an dich.‹«

Wieder verblüfft es mich, wie sie an den exakten Wortlaut gekommen sind. Hat mich jemand aufgenommen?

»Nun ja«, erwidere ich. »Aber was ich meinte, war, dass Christian mich hängen gelassen hat, indem er mich weder angerufen hat noch am nächsten Tag wie vereinbart zum Unterricht aufgetaucht ist. Nicht im existenziellen Sinne.«

»Und das bedeutet?«, fragt Blondie.

»Haben Sie hier keine Wörterbücher?«, erwidere ich bissig.

Krisha wirft mir einen strafenden Blick zu und übernimmt. »Mr Delamare war enttäuscht, dass Christian seinen Anruf nicht erwidert und sich unprofessionell verhalten hat – es war keine Morddrohung.«

»Ihre Einstellung gegenüber Mr Wagner wurde uns als *eifersüchtig* beschrieben«, fährt Blondie fort. »›Eifersüchtig auf seinen Ruhm und Erfolg‹, hat es jemand formuliert. Neiden Sie ihm seinen Job?«

»Ich habe in meinem ganzen Leben noch nie etwas so Lächerliches gehört«, sage ich. »Wer hat Ihnen das gesagt? Haben Sie irgendwelche Zeugen aus dem Nichts beschworen? Leute, die Sie in einer Bar getroffen haben? Ich habe nie etwas Derartiges gesagt.«

»Es ist nicht, was Sie gesagt haben, es ist, wie Sie *aufgetreten* sind, Mr Delamare.«

»Hören Sie – ich war weder eifersüchtig auf seinen Job noch auf seine Fernseh-Karriere. Und schon gar nicht auf seine Glamour-Models Schrägstrich Schauspielerinnen Schrägstrich Reality-TV-Sternchen.«

»Falsches Ufer«, murmelt Blondie gedämpft. Das wird ihm zum Verhängnis.

»Was haben Sie da gerade gesagt?«, ruft Krisha und springt vom Stuhl auf. Ihre Rehaugen wirken plötzlich kalt und stechend.

Blondie blickt zu Boden.

»Das war's! Dieses Verhör ist hiermit beendet. Ich lasse nicht zu, dass mein Klient mit homophoben Beleidigungen eingeschüchtert wird. Wir werden eine offizielle Beschwerde einlegen.« Krisha öffnet die Tür und winkt mich aus dem Raum.

KAPITEL 49

Ich weiß nicht, wo diese juristische Brandstifterin hergekommen ist, aber ich bin froh, sie an meiner Seite zu haben. Auf die flehenden Bitten der beiden Beamten hin ist sie noch einmal zu ihnen hineingegangen, hat mich aber allein in einem anderen kleinen, nichtssagenden Raum zurückgelassen.

Ich muss wirklich lernen, mich nicht auf meinen ersten Eindruck zu versteifen. Krisha ist nur das letzte Beispiel einer langen Reihe. Was ist mit Lilith, die ich noch drei Tage zuvor belächelt habe? Es braucht eine Menge Mut, ein Leben wie das ihre im Bible Belt von North Wales zu führen. Oder Vicky – an der Oberfläche gewöhnlich, nichtssagend sogar, aber innerlich zerrissen von Leidenschaft und unerfülltem Verlangen. Sogar die konturlose Suzie hat wahrscheinlich eine Geschichte zu erzählen, auch wenn ich mir nicht vorstellen kann, dass es ein *Sunday-Times*-Bestseller wird.

Vielleicht besteht der Trick darin, mich wirklich in sie hineinzuversetzen. Einen düsteren Moment lang versuche ich, mir vorzustellen, ich sei Rose, die endlos durch die zugigen Flure ihres Herrenhauses am Chester Square streift und ihren Anblick im Vorbeigehen in den zahllosen Spiegeln betrachtet. Oder Lady B, die herausfindet, dass ihre Tochter ein Kind des falschen Mannes unter dem Herzen trägt, und das, während sie vergessen hat, eine Hochzeitsversicherung abzuschließen.

Mein Gedankengang wird von Krishas Rückkehr unterbrochen. Ich weiß nicht, was sie dort draußen besprochen haben, aber sie scheint ein wenig ihrer Sprungkraft verloren zu haben. »Paul, ist Ihnen klar, wie ernst die Lage ist?«, fragt sie. »Sie klingen ein wenig, na ja, leichtfertig.«

»Leichtfertig?« Ich kriege das Wort kaum über die Lippen. »Krisha, falls ich irgendwie falsch rüberkomme, dann kann ich das nicht ändern, so bin ich nun mal. Aber ich kämpfe hier um mein Leben.«

Aber als ich zurückkehre, um mich meinen Befragern erneut zu stellen, sehen sie nicht so zerknirscht aus, wie ich es mir gewünscht hätte. Ich habe das Gefühl, das hier war nur der Auftakt.

Sie bieten mir ein Glas Wasser an, und ich bemerke, dass Blondie sich bereits bedient hat. Sein makelloser Teint verrät, dass er es mit der Hydrierung sehr ernst nimmt: Ein großes Glas Wasser mit Eiswürfeln steht vor ihm. Ich hoffe inständig, dass er sie nicht zerkaut.

Der DCI fängt an. Seine Stimme klingt noch mürrischer als zuvor.

»Ich bin froh, dass wir das aus der Welt räumen konnten. Ein paar Dinge gibt es noch, Mr Delamare. Als wir Sie vorgestern interviewten, fanden wir das hier in Ihrer Tasche.«

»Wie können Sie es wagen?«, entrüste ich mich. »Jemand bietet an, einem den Mantel aufzuhängen, und durchsucht dann die Taschen? Ist das überhaupt erlaubt?« Krisha zuckt mit den Achseln. Offensichtlich ist es das also.

Der Officer zieht eine Plastiktüte mit ein paar getrockneten Nudeln heraus. Er schüttet sie auf den Tisch. »Erkennen Sie die hier?«

Grundgütiger! Ich hatte die Nudeln von Christians Fußboden aufgesammelt. Das hatte ich vollkommen vergessen.

Bei Pastasorten war ich schon immer gut – sie auseinanderzuhalten, ist eines meiner Kabinettstückchen. Das hier ist eine ineinander verschlungene Form aus Süditalien, die Begleitsauce besteht normalerweise aus Tomaten und Anchovis. Aber was ist mit meinem Gehirn los? Ich kenne den Namen, aber ich komme nicht darauf. Keine Fusilli, keine Casarecce, keine Strozzapreti, keine Trofie ... Ich fühle, wie mir ganz heiß wird und Panik in mir aufsteigt, als wäre ich ein Student bei *University Challenge,* der plötzlich keinen Ton herausbekommt.

»Der Name ist mir gerade entfallen«, sage ich. »Wenn Sie mir einen Moment geben könnten ...«

»Uns interessiert nicht, wie sie heißen, Mr Delamare. Woher stammen diese Nudeln?«

»Das weiß ich noch: Apulien«, erwidere ich. Mit leerem Blick sehen sie mich an.

»Der Stiefelabsatz Italiens«, erklärt Krisha.

»Das wissen wir«, wirft Blondie ein. »Aber der DCI möchte wissen, wie die Nudeln in Ihre Tasche kamen.«

»Ach so, ich verstehe – in Christians Küche muss ein Glas umgefallen sein. Die Nudeln lagen auf dem Boden. Vielleicht eine Art Kampf...«

Sofort greift Krisha ein. »Aber das *wissen* Sie nicht, korrekt, Paul?«

»Natürlich nicht. Ich war ja nicht dabei.«

Krisha lehnt sich vor, räuspert sich und sagt mit lauter, klarer Stimme: »Ich bestätige für die Video- und Audioaufzeichnung der Metropolitan Police sowie für alle anderen Orwellschen Überwachungsgeräte, die irgendwer möglicherweise unter den Bodendielen versteckt hat, dass mein Klient nicht sagen möchte, dass es einen Kampf *gab* ... oder er einen Kampf *gesehen hat* ... geschweige denn, dass er in einen Kampf *verwickelt war* ... habe ich das deutlich gemacht?« Der DCI nickt, aber er freut sich trotzdem wie ein Schneekönig.

Ich fahre fort: »Es lagen jedenfalls Nudeln auf dem Boden, als ich in die Wohnung kam. Ich kann nicht erklären, warum, ich habe einfach ein paar aufgehoben und in die Tasche gesteckt.«

»Haben Sie versucht, aufzuräumen?«

»Sie lagen überall verteilt – ich hätte sie niemals alle in die Tasche bekommen. Außerdem, warum sollte ich das wollen?«

»Überlassen Sie das Fragenstellen bitte uns.«

»Ach, um Himmels willen«, ruft Krisha. »Können Sie beide einfach aufhören, sich wie Ihr eigenes Klischee zu benehmen?«

Der DCI wirft ihr ein herablassendes Lächeln zu und reicht den Staffelstab an seinen Kollegen weiter. Es ist der Moment, auf den Blondie gewartet hat – in seinen Augen liegt ein Funkeln, das fast so hell strahlt wie seine glänzenden Locken.

»Und zu guter Letzt …«, sagt er und hebt dabei die Stimme. Dann zieht er etwas hervor, das aussieht wie ein billiges Fotoalbum, etwas, das man vor dem traurigen Dahinscheiden der Warenhauskette bei Woolworth hätte kaufen können. »… würden wir gerne mit Ihnen über Beweismaterial sprechen, das wir von der Forensik bekommen haben. Es scheint, Mr Wagner ist vor der Enthauptung an der Injektion einer tödlichen Überdosis gestorben …«

»Wirklich?! Ich wusste nicht, dass er …« Eine Welle der Übelkeit überkommt mich. »Sind Sie sicher?«

»Seitdem haben wir weitere anonyme Informationen erhalten …«

»Sie meinen, jemand hat Ihnen einen Tipp gegeben?«, unterbricht Krisha. »Wenn ich Sie wäre, würde ich ganz genau hingucken, woher der stammt.«

»Wenn ich aussprechen dürfte, wir haben Informationen erhalten, dass ein Gegenstand in Ihrem Besitz einen interessanten Inhalt aufweist.« Er hält ein Foto einer kleinen braunen Ampulle hoch, daneben ein Lineal, um die Größe anzuzeigen. Dann eines mit einer Spritze, die in einem Korken steckt. »Diese Dinge waren in Ihrer Ledertasche versteckt.«

»Wie bitte?!«, rufe ich. »Moment. Eine Spritze? Das kann nicht sein.«

Blondie zuckt mit den Achseln und rutscht auf seinem Stuhl zurück, dann legt er ein weiteres Foto auf den Tisch.

»Sie waren hier drin.«

»Das ist die alte Arzttasche meines Vaters!«, protestiere ich. »Wie können Sie es wagen, ohne Erlaubnis meine privaten Gegenstände zu durchwühlen?« Krisha bedeutet mir mit einer Handbewegung, mich zu beruhigen.

»Eine Gladstone-Tasche nennt man das, glaube ich«, sagt Blondie. Er wirkt selbstzufrieden, obwohl er ganz sicher erst im Internet nachschauen musste. »Den offiziellen Identifikationsprozess machen wir später gemeinsam, aber die Tasche wurde anonym hier vorbeigebracht. Die besagte Spritze befand sich in einem Geheimfach im Boden dieser Tasche.«

»Ein Geheimfach?«, rufe ich. »Wovon reden Sie? Ich glaube nicht, dass es in meiner Tasche so etwas gibt.«

Er dreht noch eine Seite um und lässt das belastende Beweisfoto vor meinen Augen baumeln. Verdammt, ich wusste es. Ich hätte diese Tasche genauer untersuchen sollen.

»Nun, dann hat sie jemand dort versteckt.«

»Ihre Fingerabdrücke sind auf dem Korken, Mr Delamare. Perfekte Fingerabdrücke – wie im Lehrbuch, sagt die Forensik-Abteilung. Und ich nehme an, an den Korken erinnern Sie sich?« Er hält ein weiteres Foto hoch.

»Natürlich nicht. Schließlich sehen alle Korken gleich aus.«

»Steht auf diesem hier vielleicht irgendetwas Bestimmtes drauf?«

»Also bitte!«, sagt Krisha. »Mein Klient ist des Lesens durchaus fähig, wahrscheinlich sogar besser als Sie beide.«

Ich rede weiter. Meine Stimme klingt angegriffen: »Na und? Ein Drittel aller französischen Weine kommt aus dem Languedoc. Ich habe zum Beispiel neulich beim Abendessen eine Flasche geöffnet – ich bin mir sicher, das haben alle gesehen.«

»An welchem Abend?«

»Dienstag. Der Abend nach Christians ... Tod.«

Blondie lehnt sich zurück, lässt die Beine breit auseinanderfallen – *manspreading* nennt man diese Haltung, glaube ich – und streicht sich eine widerspenstige Locke aus der Stirn. Es überrascht mich, dass Krisha ihm nicht ihr Wasserglas in den Schritt kippt, aber sie sitzt nur mit in Falten gelegter Stirn da und sorgt sich um die Richtung, in die das Gespräch gerade geht.

»Hmm ...«, sagt er, und seine Stimmlage wird noch ein bisschen höher, als er sich dem Todesstoß nähert. »Irgendetwas stimmt hier nicht, Mr Delamare. Die Injektionsspritze wurde am Montagabend benutzt, also müssen Sie die dazugehörige Flasche *davor* entkorkt haben.«

Mir fällt nichts ein, was ich sagen könnte, außer dass ich nie etwas mit einer Spritze in einem Korken zu tun hatte und mich bitte jemand aus diesem Albtraum aufwecken soll.

»Und dann ist noch etwas auf unserem Tisch gelandet«, sagt er gespielt beiläufig. »Das Team hat sich die alten Polizeiakten angesehen ...« Ich weiß, was jetzt kommt. »... und es zeigt sich, dass Ihnen – wie soll ich es formulieren? – illegale Substanzen, Stimulanzien, Betäubungsmittel et cetera nicht ganz unbekannt sind.« Seine üppig vollen Lippen schließen sich um das letzte Wort wie um einen Karamell-Meersalz-Trüffel. »Was uns zu der Ampulle bringt. Der Ampulle mit der Gamma-Hydroxybuttersäure.«

Ich sehe Krisha flehentlich an, und sie hebt eine Augenbraue. Auf ihrer Stirn steht deutlich geschrieben: *Na toll, jetzt finde ich heraus, dass ich einen Crackhead verteidige.* Ich fange an zu schwitzen.

Die Versuchung, die Daumenschrauben noch ein wenig fester anzuziehen, ist zu groß. Der DCI lehnt sich vor. »Sie kennen es vielleicht unter der Abkürzung GHB.«

Als ich das letzte Mal eine so tiefe Stimme gehört habe, war es der Geist des Commendatore in *Don Giovanni*. Ich flüstere Krisha ins Ohr, dass ich eine Pause brauche. Es ist eine Katastrophe.

Die Officer gestehen mir eine halbe Stunde zu, diesmal in einer Zelle, aber sie verlangen, dass ich etwas unterschreibe, bevor ich gehe. Ich weiß, dass alles den formell korrekten Weg gehen muss, aber ist das wirklich notwendig?

Was sie mir allerdings zu diesem Zweck reichen, ist ein leeres Blatt Papier.

»Was soll er schreiben?«, fragt Krisha scharf.

»Seinen Namen«, sagt Blondie. Ich fühle mich wirklich nicht wohl damit – sie könnten ein komplettes Geständnis über meine Unterschrift setzen und behaupten, ich hätte es unterzeichnet! Ich sehe Krisha an, aber sie zuckt mit den Achseln.

»Ich brauche einen Stift«, sage ich.

Sie legen einen Kugelschreiber vor mir auf den Tisch. Die beiden beobachten mich mit so offensichtlicher Spannung, dass ich versucht bin, »Micky Maus« oder »Judy Garland« zu schreiben, aber ich hatte schon genug Ärger für einen Tag, also bleibe ich bei meinem eigenen Namen.

Während ich das Blatt zu ihnen hinüberschiebe, beobachte ich einen schnellen Blickwechsel. Es wirkt fast so, als seien sie irgendwie ... enttäuscht.

Anderthalb Stunden später kommt Krisha in die Zelle und teilt mir mit, ich sei gegen Auflagen auf freiem Fuß. Ich muss sie fragen, was genau das bedeutet, aber ich will sie umarmen und im Kreis herumwirbeln. Ich schaffe es gerade so, nicht in Tränen auszubrechen.

Wie hat sie das geschafft? Es ist ein Wunder.

»Ich wollte es Ihnen nicht sagen, aber es ist das erste Mal, dass ich so eine Nummer allein durchgezogen habe. Ich habe meinen Abschluss erst seit letzter Woche«, erzählt sie mir breit lächelnd. Ich bringe es nicht übers Herz, ihr zu gestehen, dass ich das bereits erraten hatte. »Ich konnte ein bisschen verhandeln – bei ein paar Sachen haben sie beim Protokoll geschlampt.«

»Die beiden machen sich absolut lächerlich«, sage ich langsam. »Sie haben nicht die geringste Ahnung, was passiert ist, also versuchen sie, es mir anzuhängen. Sie *erwähnen* noch nicht mal, dass Lilith die Treppe runtergestoßen wurde – was für eine Art Ermittlung ist das bitte?«

»Hören Sie zu, die beiden haben schon eine Menge ernste Dinge gegen Sie in der Hand, und wenn die restlichen Forensik-Ergebnisse eintreffen, wird es die Sache wahrscheinlich nur noch schlimmer machen.«

»Bis das passiert, ist der Vogel ausgeflogen. Tatsächlich ist es wohl jetzt schon zu spät. Mittlerweile sind wahrscheinlich alle abgereist.«

Sie geht nicht darauf ein. »Sie sind mein Klient – Sie sind derjenige, um den ich mich sorge. Ich denke, Sie sollten damit rechnen, morgen wieder in Gewahrsam genommen zu werden, also ist heute Abend Ihre letzte Chance, sich eine glaubwürdige Geschichte einfallen zu lassen. Und wenn Sie ernsthaft denken, jemand versucht, Ihnen die Schuld in die Schuhe zu schieben, dann wer und warum?«

Danach führt sie mich in den Vorraum, und ich bekomme meinen Geldbeutel und Schlüsselbund zurück. Ich fühle mich nicht nur heiß und verschwitzt, sondern zittere auch am ganzen Körper. »Sie haben mein Handy vergessen«, sage ich. Sogar meine Stimme klingt wackelig.

Der Constable erklärt mir, dass ich mein Handy für einen kurzen Anruf zurückbekommen könnte, es aber noch beschlagnahmt bleibt, bis die Technik-Abteilung ihre Untersuchung abgeschlossen hat. Das weiß ich von Julie. Es ist nicht nur die Frage, wen ich angerufen habe – oder wer mich –, sondern sie können tatsächlich genau überprüfen, wo man war, während man sein Handy dabeihatte. Beim nächsten Mal muss ich wirklich daran denken, ein Wegwerfhandy zu benutzen.

Fünf Minuten später taucht, sehr zu meiner Überraschung, Blondie auf. Er trägt mein Handy auf einem kleinen Tablett.

»Ach, Sie sind es«, sage ich.

Ich weigere mich, ihm in die Augen zu blicken, komme aber nicht umhin zu bemerken, dass er sich kurz umsieht, um zu überprüfen, ob wir allein sind. »Das Ganze tut mir wirklich aufrichtig leid«, sagt er. »Ich mache hier nur meinen Job.«

Wovon zum Himmel redet er da?

»Der PC kommt gleich zurück, um Ihr Handy wieder mitzunehmen«, fügt er hinzu, »aber ich wollte nur sagen ... Na ja, dass ich hoffe ...« Er lächelt mich direkt an. »Sie wirken wie ein netter Mensch, das ist alles.« Und damit geht er hinaus.

Ist das wirklich gerade passiert?

Ungläubig schüttle ich den Kopf und greife nach meinem Handy. Ich will mit Julie sprechen, aber meine Batterieanzeige leuchtet rot, also entscheide ich mich für eine Nachricht. Nach drei Wörtern blinkt die Anzeige auf, dass das Gerät gleich ausgeht, also wähle ich nur mit einem zitternden Finger ein Emoji und drücke auf Senden.

DESSERT

Freitag, 2. April 2021

Ich gebe offen zu, dass die Zeiten ziemlich hart sind, seit die Brasserie-Geschichte den Bach runtergegangen ist. Mein Agent hat bei Food Network an die Türen geklopft – nichts. Auf Druck hat mein Verleger gefragt, ob ich Interesse hätte, ein Airfryer-Kochbuch zu schreiben. Niemals.
Ich bin bei Rose eingezogen – eine Wohnung hinter der Kochschule. Sie ist winzig – es gibt kaum Tageslicht – und ist an Bedingungen geknüpft: Ich muss ALLE Kurse unterrichten. Sie denkt, sie tut mir einen Gefallen, aber ich glaube, es ist umgekehrt.
Milla hat irgendwas vor ... Neulich hat sie ihren Chef mitgebracht, als Rose nicht da war, und ich habe sie dabei erwischt, wie sie ihn überall herumgeführt und Fotos gemacht hat. Die Stimmung ist auf dem Gefrierpunkt.
Beim Ausräumen bin ich auf ein Rezept gestoßen, das ich mitgebracht habe, als ich in Düsseldorf stationiert war. Blitzkuchen. Glückliche Tage. Heute haben die beiden Geburtstag, da scheint es mir nur richtig, einen Kuchen zu backen.

Thunder and Lightning Cake

Meine Version heißt <u>Thunder and Lightning</u>, als Hommage an diese süßen Teatime-Brötchen aus Cornwall – <u>Cornish Split</u>, gefüllt mit <u>Clotted Cream</u> und hellem Zuckerrübensirup.

Für den Kuchen
120 g weiche Butter mit 100 g feinem Streuzucker und 4 Eigelb cremig schlagen, dann 1 Teelöffel Vanilleextrakt, 3 Esslöffel Milch und 120 g Mehl mit 2 Teelöffeln Backpulver untermischen, bis alles gerade so verrührt ist. Den Teig auf zwei gefettete und am Boden mit Backpapier ausgelegte Backformen mit 20 cm Durchmesser aufteilen und in einer dünnen Schicht glatt verstreichen.

4 Eiweiß schaumig aufschlagen, dann während des Schlagens langsam 150 g Zucker zugeben, bis eine feste, Meringue-ähnliche Konsistenz erreicht ist. Gleichmäßig auf dem Kuchenteig verteilen und mit drei Teelöffeln gerösteten Mandelsplittern und ½ Esslöffel grobem Rohrzucker bestreuen. (Das gibt den Schichten ein Nougat-ähnliches Topping.) Bei 160 °C Umluft ca. 30 Minuten backen, bis alles schön aufgegangen ist und die Mandeln goldbraun sind. Das Baiser wird zusammenfallen (das soll es auch).

Zum Schluss einen Kuchen mit der Baiserschicht nach oben auf die Kuchenplatte setzen. Vorsichtig mit selbstgemachter oder gekaufter Karamell-Glasur (etwa 250 g) und derselben Menge <u>Clotted Cream</u> überziehen (die Sahne nicht schlagen, sonst zerläuft sie). Den verbliebenen Kuchen aufsetzen. Mit Schokoladenlocken und, für ein bisschen Luxus, essbarem Blattgold verzieren. Ergibt 8–10 Portionen.

KAPITEL 50

Wenn man einmal für die Mitfahrgelegenheit in einem Polizeiwagen dankbar wäre, steht natürlich keiner bereit. Also trete ich hinaus in den peitschenden Regen, der immer wieder von zuckenden Blitzen erhellt wird: Der Sturm hat uns mit ganzer Macht erreicht.

Mein Plan lautet, nach Hause zu gehen und vor der Tür zu warten, bis der Schlüsseldienst kommt. Wen kümmert es, wenn ich bis auf die Knochen durchnässt werde? Wenigstens bin ich diesem Gebäude entkommen.

Es ist schwierig, in nassen Kleidern zu rennen – sie reiben und kleben genau an den falschen Stellen –, aber es fühlt sich gut an. Ich will so viel Abstand zwischen mich und die Buckingham Palace Road bringen, wie ich kann. Die Gegend hier ist furchtbar hässlich. Was haben sich die Stadtplaner dabei gedacht?

Man sagt, laufen sei gut für das Gehirn. Genau das erlebe ich jetzt. Wenn das hier ausgestanden ist, gelobe ich, mehr für meine Fitness zu tun.

Ich jogge über den Ebury Square, überquere die Straße zur Eaton Terrace und springe dabei durch die Pfützen wie Gene Kelly in *Singin' in the Rain*.

Gerade als ich auf den South Eaton Place abbiege, erleuchtet ein heller Blitz eine Ladenzeile, und ich bleibe stocksteif stehen. Über der Tür eines neuen Geschäfts für Kinderkleidung namens »Princess« war ein Maler am Werk. Die doppelten S-Linien winden sich wie zwei Schlangen.

Nachdenklich starre ich den Schriftzug an. Regen läuft mir in den Kragen, während meine Gedanken rasen. Was hat es mit diesem Schild auf sich? Als der Donner grollt, bin ich schon wieder unterwegs.

Ich muss sofort die Polizei anrufen – zu gerne würde ich ihre arroganten Mienen sehen, wenn sie feststellen, wie falsch sie lagen. Aber zuerst muss ich in der Schule noch etwas überprüfen: Die Sache muss unumstößlich sein, und ich brauche Beweise.

Ich laufe schneller und halte mich von Bäumen und Straßenlaternen fern: Jetzt wäre kein guter Zeitpunkt, um vom Blitz getroffen zu werden.

Über den Chester Square – düsterer und bedrohlicher als je zuvor – und um die Ecke zur Tür der Hausnummer einundvierzig. 1904 tippe ich in das Bedienfeld, froh, es zum allerletzten Mal zu tun.

Die Schlösser öffnen sich, und ich trete ein. Drinnen ist es totenstill. Keine Mäntel an den Haken, keine Regenschirme im Ständer, keine Lichter an – es sind alle weg. Ich war noch nie allein in diesem riesigen Haus, und es fühlt sich nicht besonders freundlich an.

»Irgendjemand zu Hause?«, rufe ich.

Der Geruch nach Desinfektionsmittel ist wieder da, zusammen mit den todgeweihten Chrysanthemen. Sie sehen zerrupft aus und verlieren Blütenblätter, aber trotzdem ist es nicht natürlich, dass Blumen so lange halten. Rose muss irgendetwas ins Wasser mischen.

Zuerst gehe ich in die Bibliothek. Es ist nur ein kleines Detail, kaum relevant, was den Fall angeht, aber es nagt schon die ganze Zeit an mir – wie ein Lied, das man nicht mehr aus dem Kopf bekommt. Es würde nur zwanzig Sekunden dauern, aber irgendjemand hat den *Larousse* weggeräumt, den ich heute früh gesehen habe. Dann schlage ich es eben später nach.

Dimpsy, sagte meine Mutter zu dieser Zeit des Abends, wenn das Zwielicht so dicht ist, dass man es beinahe anfassen kann, und die Katzen zur Jagd aufbrechen. Schummrig. »*It's coming in dimpsy*«, war ihr üblicher Spruch. Es ist ein Ausdruck aus dem Südwesten Englands. Ihre Familie stammte vom kalten Hochplateau in Devon, dem Land der verschlungenen, von hohen Hecken gesäumten Wege und rosafarbenen Erde. Oder *zimzaw*, wenn ihr Tee kalt geworden war: »*I've let my cup of tea go zimzaw*«, noch so ein Ausdruck meiner Mum. Ich wünschte, die Menschen würden diese alten Wörter weiterbenutzen, statt ständig neue zu erfinden.

Aus irgendeinem Grund musste ich die letzten Tage öfter an sie denken. Julie versucht immer, mich dazu zu bringen, »mal mit jemandem darüber zu reden«, was passiert ist, aber ich wollte das nie. Manchmal versuche ich mir vorzustellen, wie sie mit siebzig ausgesehen hätte, denn so alt wäre sie dieses Jahr geworden.

Unter den vielen Rätseln dieses Falls ist das, wie jemand Lilith die Treppe hinunterstoßen und dann spurlos verschwinden konnte, eines der frustrierendsten gewesen. Ich glaube, ich weiß, wie es passiert ist. Das möchte ich jetzt überprüfen.

Leise gehe ich die Prunktreppe hinauf, über den ersten Treppenabsatz und – was ist das? Ich bleibe stocksteif stehen. Aber es ist nichts – wahrscheinlich ein gluckerndes Rohr. Ich frage mich, wann Rose das letzte Mal ihre Heizkörper hat entlüften lassen.

Höher und höher steige ich, bis unters Dach des Hauses. Hier ist der Abstellraum, aus dem Alan gestürzt ist, und das Badezimmer, in dem Lilith ihr möglicherweise letztes Bad genommen hat. Einen Moment lang stehe ich auf dem Absatz und betrachte das *Vertigo*-Poster, dann hebe ich es von der Wand.

Wie erwartet kommt dahinter eine vertraute Schiebetür aus poliertem Mahagoni zum Vorschein, daneben ein Knopf mit der Aufschrift »DOWN«. So praktisch, wenn ein Gast Frühstück im Bett wünscht oder jemand unbemerkt nach oben schlüpfen will, um eine Waliserin die Treppe hinunterzustoßen.

Ein schneidender Lichtblitz erhellt die Szenerie in grellem Blau. Fünf Sekunden später folgt ein Donnerschlag. Alle denken, dass fünf Sekunden bedeutet, der Sturm sei fünf Meilen entfernt, aber das stimmt nicht: Es sind fünf Sekunden pro Meile. Da er von Norden heranzieht, tobt er jetzt meinen Berechnungen nach über dem Hyde Park.

Ich greife in die Tasche – Zeit, die Polizei anzurufen. Ich freue mich auf die Entschuldigung des DCI und seines großkotzigen Handlangers. Vielleicht sogar eine Auszeichnung.

Aber natürlich ist da kein Handy – die Polizei hat es mir abgenommen.

Ich tappe wieder hinunter in den ersten Stock, schlängle mich durch den Hindernisparcours der Schaukästen und betrete den Shelley Room. Ein Schwall von Roses süßlichem Parfüm begrüßt mich an der Tür: die Art Duft, die sich festsetzt und ewig in Teppichen und Gardinen hängt. Alles sieht aus wie immer, bis auf den verzierten schmiedeeisernen Safe, der weit offensteht. Ich spähe hinein – nichts als Staub.

Ich weiß nicht, wie viel sie da drin gefunden hat, aber es war genug, um zu verschwinden. Die wären wir los, auch wenn es mir lieber gewesen wäre, sie hätte Gerechtigkeit erfahren.

Was für eine Geduld es gebraucht haben muss zu warten, bis an der Schule eine Stelle frei wurde. Wie viel Kaltblütigkeit, sich einen Job zu erlügen, für den sie nicht qualifiziert war (auch wenn die Tatsache, dass sie bereit war, für einen Hungerlohn zu arbeiten, es ihr wohl leichter gemacht hatte). Sie musste es schon seit Jahren geplant haben. Natürlich entpuppte sich Christians

Mörderin als eine seiner Töchter, die er als Babys verstoßen hatte.

Suzie.

Mit ein bisschen Zeit werde ich alle Details ihres Plans entschlüsseln, die falschen Hinweise, die sie platziert hat, den Versuch, mir das Verbrechen anzuhängen. Die Sache mit der armen Lilith.

Es gibt allerdings ein kleines, unwesentliches Detail, das sie mitten ins Geschehen des verhängnisvollen Abends hineinkatapultiert. Irgendjemand hat Christian in seiner Wohnung aufgesucht und mit Filzstift ein unverwechselbares S auf den Gips geschrieben.

Das neue Schild des Prinzessinnen-Ladens hat meinem Gehirn auf die Sprünge geholfen. Es gibt in diesem Haus am Chester Square nur eine Person, die ihr S wie eine Schlange malt. Die Mörderin hat wortwörtlich ihre Unterschrift am Tatort hinterlassen.

Reumütig schüttle ich den Kopf und wünsche mir dabei, ich wäre schneller darauf gekommen. Dann beschließe ich, dass es Zeit ist zu gehen.

Ich hebe den Hörer vom Apparat – den Notruf wählt man nicht sehr oft im Leben –, aber die Leitung ist tot.

Grabeskälte erfüllt mich. Habe ich da gerade ein Geräusch auf dem Treppenabsatz vor der Tür gehört? Das Knarren einer Bodendiele?

Trotz meiner wild zitternden Hand lege ich den Hörer zurück auf die Gabel, so leise ich kann.

Irgendwas – oder irgendwer – steht da vor der Tür.

Meine Nackenhaare stellen sich auf, ein kalter Schauder läuft mir über den Rücken. Sie hätte schon vor Stunden fliehen sollen. Was macht sie noch hier?

Die Tür fliegt auf, und da steht sie mit weit aufgerissenen Augen. Für den Bruchteil einer Sekunde starren wir uns an, dann springt sie nach vorne und schwenkt ein Nudelholz aus Marmor – eines dieser monströsen französischen Dinger für Croissants. Ich weiche zur Seite, aber es saust bereits durch die Luft.

Das war es also. Vielen Dank für ein wunderbares Leben, schießt mir durch den Kopf, als der Marmor mit einem übelkeitserregenden dumpfen Geräusch auf meinen Schädel kracht und die Welt um mich herum schwarz wird.

KAPITEL 51

Meine Lider öffnen sich, und ich erkenne die Alte Spülküche. Meine Hände sind hinter meinem Rücken zusammengebunden, und ich kann mich nicht rühren. Suzie muss mich eigenhändig hier hinuntergezerrt und mir dabei mehrere Halswirbel gebrochen haben.

Aus dem Augenwinkel erkenne ich ein Paar herumspringende Teufel, die aus zwei Kanistern Flüssigkeit verspritzen, dann wird mir klar, dass ich doppelt sehe. Aus irgendeinem Grund kann ich nichts riechen, aber ich nehme an, es ist Benzin oder Paraffin, was bedeutet, sie hat vor, es wie einen Unfall aussehen zu lassen. *Zisch!* Paul *flambé*.

Ich schaffe es, meinen Kopf ein winziges Stück anzuheben und mich umzusehen. Auf dem Küchentisch stehen die Reste des in der Wärme zusammengefallenen Nachtischs zusammen mit einem Teller Hühnchen. Beides hätte eigentlich schon vor Stunden in den Kühlschrank gehört. Stapel dreckiger Teller stehen zwischen schmierigen Gläsern. Ich gebe mir ja Mühe, nicht allzu engstirnig zu sein, aber auf gar keinen Fall war das hier ein Menü, zu dem man hätte Rotwein servieren sollen.

Auf einem Beistelltisch entdecke ich den *Larousse*, nach dem ich vorhin gesucht hatte. Jetzt brauche ich ihn auch nicht mehr.

Ich versuche, mich zur Seite zu rollen und meine Hände freizubekommen, aber es ist hoffnungslos. Ich fühle mich, als sei mein Körper aus Blei, und ich sinke, sinke. Ich schließe die Augen und bereite mich auf mein Ende vor.

Als ich mit meinen letzten Abschiedsworten durch bin und auf halbem Wege durch das Vaterunser, höre ich über dem *gluck*

gluck gluck des schwappenden Benzins den Klang von Schritten. Schritte, die lauter werden.

Überrascht öffne ich die Augen. In meinem Blickfeld liegt die Treppe, und ich sehe ein Paar knöchelhohe Stiefel ins Bild treten, gefolgt von einem Rock im Paisleymuster und einem schwarzen Woll-Cape. Ich könnte schwören, dass eine mir bekannte Person vor zwei Wochen bei diesem Designer-Sale auf der South Molton Street genau dieses Outfit erstanden hat. Von der untersten Stufe höre ich eine nur allzu vertraute Stimme rufen: »Paul? Bist du da unten? Du warst nicht zu Hause, also bin ich …«

Kann das sein? Hat mir jemand einen Schutzengel geschickt, um mich zu retten?

Meine Euphorie verwandelt sich in eiskaltes Entsetzen, als ich begreife, in welch tödliche Falle ich sie gelockt habe. Dann taucht ein zweites Paar Schuhe auf, und ich erkenne, dass Julie nicht allein ist: Mit ihr erscheint einer meiner Schüler, der junge Stephen.

Ich versuche, die beiden zu warnen, aber es kommt kein Ton heraus – nicht einmal ein Röcheln. Stattdessen sehe ich wie gelähmt dabei zu, wie die beiden sich erstaunt umsehen.

Ich strample wild mit den Füßen und schaffe es, schwankend auf die Knie zu kommen. »Haltet sie auf!«, krächze ich und versuche verzweifelt, ihre Aufmerksamkeit auf Suzie zu lenken, die sich hinter dem Tisch verkrochen hat. Bei meinem blutüberströmten Anblick springt Julie vor Schreck zurück.

»Sie hat Christian umgebracht«, keuche ich, auch wenn es sich nicht anhört wie meine eigene Stimme.

Julie begreift blitzschnell, und wie eine Katze, die ihr Schwanzfell sträubt, um bei einem anstehenden Kampf größer zu wirken, scheint sie vor meinen Augen zu wachsen. Mit einer Hand hebt sie einen großen, tropfenden Regenschirm, mit der anderen eine klobige Schultertasche mit ihrem Laptop. Wenn man jemals vorhat, einen Computer als Schleudergeschoss zu benutzen, gibt es kaum etwas Besseres als das Sechzehn-Zoll-MacBook-Pro mit vierzig Gigabyte Arbeits- und acht Terabyte solidem Datenspeicher.

»Los geht's«, ruft Julie der schmächtigen Gestalt neben sich zu, die in ihren Rucksack greift und eine Brille herausholt.

»Bereit, wenn du es bist«, erwidert er fast sanft. *Berrreit, wenn du es bist.* Auch er rollt sein R. Noch ein rhotischer Sprecher – das war mir bisher nicht aufgefallen.

Die Neuankömmlinge gehen von beiden Seiten auf Suzie zu und nehmen sie in die Zange. Ich versuche, aufzustehen, verliere aber das Gleichgewicht und falle wieder hin.

Es spielt keine Rolle, weil das Ganze im nächsten Moment schon vorbei ist. Suzie hebt ergeben die Hände. Ich bin aufrichtig überrascht – ich hätte gedacht, sie würde sich stärker zur Wehr setzen. Während Stephen sie festhält, hilft Julie mir auf einen Stuhl und löst die Fesseln um meine Hände. Erst jetzt erkenne ich, dass ich mit Metzgergarn gefesselt wurde, was sich gut für Fleischstücke eignet, an den Handgelenken aber stark einschneidet.

Meine nächste Folter besteht darin, ihnen bei dem hoffnungslosen Versuch zuzusehen, Suzie mit einem weiteren Stück Garn zu fesseln. Mit Knoten kenne ich mich aus, also leite ich sie Schritt für Schritt durch den Spanischen Palstek und sorge so dafür, dass sie sicher am Tischbein festgebunden ist.

Danach habe ich mich weit genug erholt, um wieder aufstehen zu können.

»Wir passen auf sie auf – hol du Hilfe«, weist Stephen mich an und übernimmt die Führung.

Bei dem kurzen Handgemenge ist Suzies Shirt an der Schulter aufgerissen und hat einen Fleck an ihrem Hals offenbart. Es ist ein Tattoo, ein kleiner molliger Cherub, der in ein Horn bläst. Irgendetwas kitzelt am Rande meines Bewusstseins.

»Wir schaffen das«, sagt Julie, die mein Zögern bemerkt. »Die geht so schnell nirgendwo hin.«

KAPITEL 52

Vielleicht liegt es an den Benzin-Dämpfen, vielleicht am Schlag mit dem Wellholz, aber ich denke offensichtlich nicht klar: Erst oben auf der Treppe fällt mir ein, dass die Leitung tot ist.

Ich drehe auf dem Absatz herum, um stattdessen raus auf den Chester Square zu rennen und um Hilfe zu rufen.

Auf halbem Weg durch die Eingangshalle bleibe ich abrupt stehen. Ich fühle, wie die Zahnräder meines Verstands sich drehen und plötzlich ineinandergreifen.

Klick. Was war Julies Horoskop für den Tag? Irgendetwas mit Zwillingen.

Klick. Suzies Tattoo ... Ich mag keine Tätowierungen. Ein keltisches Band über einem muskulösen, durchtrainierten Trizeps kann eindrucksvoll sein, aber was passiert, wenn die Haut irgendwann schlaff und faltig wird? Jonny hat jede Menge davon. Warum sollten Suzie und Stephen die gleichen Cherubim an den Schlüsselbeinen tragen – ihres mit einem Horn, seines mit einer Harfe?

Und dann ein letzter *Klick.* Diese ineinander verschlungene Pasta – der vergessene Name, der mir keine Ruhe gelassen hat ... *Gemelli.* Zwillinge!

Wie in einem Film, wenn die Kamera fokussiert und ein verschwommenes Bild allmählich gestochen scharf wird, hebt sich der Nebel von meinen Gedanken. Christian wurde nicht von einer, sondern von zwei Personen ermordet. Das Paar, das es getan hat, ist ein Zwillingspaar. Nicht nur irgendeines – sondern Christians Töchter.

Vielleicht liegt es daran, dass ich Einzelkind bin, aber Zwillinge haben mich immer fasziniert. Die Kray-Zwillinge, Maurice und Robin von den Bee Gees. Diese schwedischen Mädchen, die auf der M6 durchgedreht sind. Dieses seltsame französische Paar, das es mit den Schönheitsoperationen übertrieben hat. Jedward!

Aber Christian hatte Zwillings*mädchen*. Das passt nicht. Doch wie hat Suzie Stephen neulich genannt? *Stevie.*

Was wenn ... was wenn ... Stephen gar kein Mann ist?

Suzie und Stevie. Christians verloren geglaubte *Zwillingstöchter.*

»*Grundgütiger!*«, keuche ich.

Das ist es also. Stevie hat uns alle glauben lassen, sie sei ein Mann, und die Pasta war ein Hinweis, verstreut von Christian in seinen letzten drogenumnebelten Momenten. Ein Hinweis für die einzige Person, der er es zutraute, darauf zu kommen. Mich.

In nur einem Wimpernschlag hat sich die ganze Welt verändert ... Die höllischen Schwestern warten am Fuß der Treppe, um mir aufzulauern – und sie haben Julie in ihrer Gewalt.

Es ist zu spät, um Hilfe zu holen – zu spät für die Polizei. Das Leben meiner Freundin steht auf dem Spiel, und ich bin der Einzige, der sie retten kann.

Durch den Nebel des Entsetzens hindurch beginnt ein Plan, Gestalt anzunehmen. Ich laufe zum Speiseaufzug, klettere auf den Rand und schiebe mich rückwärts hinein. Ich fühle meine Gelenke knacken und halte den Atem an.

Als ich drinnen bin, schaffe ich es irgendwie, eine Hand herauszustrecken und auf den Knopf mit der Aufschrift »DOWN« zu drücken. Dann beginnt mein langsamer Abstieg in die Unterwelt.

Das Glück ist mir hold. Über dem Haus grollt ein langer, dumpfer Donner, der das Geräusch der anlaufenden Seilwinde übertönt.

KAPITEL 53

Ich schieße aus dem Aufzug wie ein Champagnerkorken und brülle dabei wie ein tollwütiger Affe.

Die Zwillinge kreischen auf und springen aus ihren Verstecken am Fuß der Treppe.

Der Geruch nach Benzin vernebelt mir die Sinne. Was haben sie mit Julie gemacht? Ich sehe, wie sich die Klinke an Suzies Schlafzimmertür hektisch auf und ab bewegt und höre wildes Hämmern und gedämpfte Schreie.

»Zurück, Julie«, schreie ich, dann renne ich mit aller Macht Schulter voran gegen die Tür. Glücklicherweise besteht sie aus dünnen Holzpaneelen (keine Schellackpolitur für das Küchenpersonal) und zersplittert unter meinem Ansturm. Julie springt geradezu heraus.

Ich drehe mich um und sehe Suzie, die sich mit einem Kochmesser in der Hand an der Wand entlangschiebt – ein dreißig Zentimeter langes Wüsthof mit Olivenholzgriff. Währenddessen hat sich Stephen – oder eher Stevie – mit einem akkugeladenen Tranchiermesser bewaffnet. Sie wirft ihre Brille weg und kommt auf mich zu. Das Messer schneidet Achter in die Luft.

Heutzutage sind elektrische Tranchiermesser ein Witz – jedenfalls beim Sonntagslunch –, aber wie jeder Food-Stylist weiß, gibt es nichts Besseres, wenn es darum geht, empfindliche Kuchen oder mit Schlagsahne gefüllte Pavlovas zu schneiden. Die gezackten Klingen sind darauf angelegt, schnell und sauber zu schneiden, die Spitzen so scharf wie Nadelköpfe.

»Ich schneide dir die Eier ab«, knurrt sie.

»*Eierrr*«: Da ist es wieder, das gerollte *rrrr*. Wenn während der vergangenen Woche mehr als ein halbes Dutzend Wörter über ihre Lippen gekommen wäre, dann hätte ich vielleicht zwei und zwei zusammengezählt.

Ich trete nach ihr, und eine wie von einem Kugelschreiber gezogene, übelkeitserregende rote Linie erscheint auf meinem Unterschenkel, bevor das Blut heraussprudelt wie aus einem Brunnen. Auf der Haben-Seite fühle ich nichts.

Aus dem Augenwinkel entdecke ich meinen Wetzstahl auf dem Küchentisch. Nun, das ist eine Erleichterung – niemand hat ihn in den Müll geworfen oder an die Wand gehängt, sodass Rose behaupten kann, er hätte einst Henry VIII. gehört. Ich schnappe ihn mir.

Indem ich sie abwechselnd anlocke und wegtreibe, schaffe ich es, die keuchende Stevie vor das riesige Küchenbüfett zu manövrieren. Dabei fällt mir auf, dass ihr aufgemalter Bart bei der Anstrengung verläuft.

Julie ist deutlich fitter als wir anderen – all das Schwimmen und Pilates sind für etwas gut. Mit einer alten Grillgabel, die sie von der Wand genommen hat, in der einen und einer Bratenform als Schild in der anderen Hand schafft auch sie es, Suzie vor das Büfett zu treiben.

Als unsere Gegnerinnen Seite an Seite vor uns stehen, ist es plötzlich so *offensichtlich*. Ganz sicher sind sie nicht identisch – schon die Frisuren geben ihnen ein vollkommen unterschiedliches Aussehen –, aber ich sehe die gleichen ovalen Gesichter, die gleiche milchige Haut, die gleichen dunklen, undurchdringlichen Augen. Sogar der schokoladenverschmierte Mund ist identisch, weil sie beide Mousse au Chocolat gegessen haben, das *ich* bezahlt habe.

Plötzlich geht Suzie mit ihrem Wüsthof auf mich los, und unsere Waffen stoßen klirrend aufeinander. Ich bin mir schrecklich bewusst, dass ihre Klinge mit jedem Schlag und Gegenschlag von meinem Wetzstahl nur noch schärfer und tödlicher wird. *Zing zing sing* – genau, wie ich es im Unterricht vorgemacht habe.

Langsam verliere ich die Hoffnung, als mir eine Idee kommt. Ich springe ans hintere Ende des Küchenbüfetts und ramme meinen Stahl in den Spalt zwischen Holz und Wand, um ihn als Hebel zu benutzen. Nichts hält mehr aus als ein guter alter Wetzstahl – es ist ein massives Werkzeug, das nicht verbiegt oder abknickt. Das kopflastige Möbelstück ächzt unter dem Druck, und die entsetzliche Sammlung aus Saucieren, Porzellanfiguren, Krügen und Auflaufförmchen auf den holzwurmverseuchten Regalbrettern gerät klirrend ins Rutschen.

»Jetzt!«, schreie ich Julie zu, und sie springt mit einem Jeté, der Nurejew stolz gemacht hätte, rückwärts.

Mit aller Kraft zerre ich an meinem Stahlhebel. Ein Ruckeln, ein splitterndes Geräusch, und das ganze Ding fällt um. Vielleicht liegt es an der niedrigen Decke oder dem Steinfußboden, aber der Aufschlag ist *gigantisch*. Teetassen wirbeln durch die Luft, *Egg Coddler* aus Keramik prallen von den Wänden ab, Porzellanfiguren schlittern über den Fußboden und Tischsets mit Essig- und Ölflaschen explodieren in der Luft.

Durch die Wolke aus Staub und Scherben kann man Stevies Keuchen hören, die unter dem Möbelstück begraben liegt und um Atem ringt. Suzie, die es geschafft hat, beiseitezuspringen, sieht aus wie ein Vulkan kurz vor dem Ausbruch. Ihre wilden Augen sind rot unterlaufen.

KAPITEL 54

Suzie baut sich vor der Treppe auf, um uns den Fluchtweg zu versperren. Aus den Trümmern hat sie eine Art Küchenrarität ausgegraben – ein Tomahawk-Messer.

»Suzie«, sage ich in beschwörendem Tonfall und senke meinen Wetzstahl. »Ich will dir und deiner Schwester ein Freund sein.« Damit gewinne ich ihre Aufmerksamkeit. »Ich weiß, das Leben hat euch übel mitgespielt, und das hier ist nicht eure Schuld.« Sie fixiert mich mit ihren kalten Fischaugen, aber ich sehe, wie sich die Muskeln in ihrem Arm und Handgelenk ein wenig entspannen.

»Es gibt Menschen, die euch helfen können, die wiedergutmachen wollen, was geschehen ist.« Sie blinzelt, und eine Millisekunde lang tut sie mir tatsächlich leid. Dann hole ich tief Luft und schreie, so laut ich kann: »HINTER DIR!!«

Unwillkürlicher Reflex – funktioniert jedes Mal. Als sie sich umdreht, springe ich vor und versetze ihr einen harten Schlag gegen die Messerhand.

Der Himmel weiß, wie sie es schafft, die Waffe festzuhalten, aber sie tut es. Mit einem gellenden Schrei taumelt sie nach hinten in die Ecke und reibt sich das Handgelenk. Ihr Gesicht, normalerweise so blass und ausdruckslos, ist hasserfüllt. Ihre zu Schlitzen verengten Augen fokussieren mich. Mein Magen zieht sich zusammen, als ich erkenne, dass diese entsetzliche Verwandlung wahrscheinlich das Letzte war, das Christian vor seinem Tod gesehen hat. Seine Tochter. Seine Mörderin.

Es gibt nichts Gefährlicheres als ein in die Enge getriebenes Untier. Sie geht in die Hocke, rollt sich zusammen, wirbelt den Tomahawk über sich im Kreis und schleudert ihn dann mit all ihrer Kraft auf mich. Wie in Zeitlupe zischt die Waffe durch die Luft. Meine Hand schießt nach oben, um meinen Kopf zu schützen.

Das Beil trifft mich mit der Schneide voran, und ich sinke zu Boden. Ich rolle über die Steinfliesen. Mein ganzer linker Arm ist taub. Die Hand abgehackt. Dann blicke ich nach unten und sehe ein zerbeultes Uhrenarmband, verziert mit einem zerschmetterten Zifferglas – und meine Hand, die noch immer am Arm hängt. Danke, Marcus.

Taumelnd komme ich auf die Füße, gerade rechtzeitig, um zu sehen, wie Suzie auf die Treppe zurennt. Es ist mir noch nie zuvor passiert, aber auf einmal hilft mir eine Lektion vom Rugbyfeld: Mit einem waschechten Tackle bringe ich sie zu Fall. Außer Atem bricht sie zusammen.

Julie war auch nicht untätig. Meine einfallsreiche Freundin hat den großen Tisch auf das Küchenbüfett gewuchtet und von irgendwoher noch ein halbes Dutzend Wasserspender-Flaschen angeschleppt, um ihm zusätzliches Gewicht zu verleihen. Stevie geht so schnell nirgendwohin.

Dann kommt mir eine Idee. Warum sich in den Nahkampf stürzen, wenn man auch Raketen schicken kann? Ich hebe einen Wasserkrug auf und schleudere ihn auf Suzie. Sie duckt sich rechtzeitig, und er zerschellt hinter ihr an der Wand, aber hier gibt es noch jede Menge davon.

Schon bald ist die Luft erfüllt von Klirren und Krachen, Scherben türmen sich auf wie Schneewehen. So etwas hat der Chester Square noch nie erlebt. Und überall ist Essen. An der Decke klebt Kuchen, Käsecracker liegen wie Konfetti auf dem Boden verstreut, und ständig tritt man auf Brocken von Hühnchenfleisch. Ich sehe, wie Suzie auf einem Russischen Ei ausrutscht und sich ein gezuckertes Rosenblatt aus dem Auge wischt, aber es ist noch nicht vorbei.

Stevie hat einen Arm unter dem Büfett herausbekommen und gestikuliert schreiend in Richtung ihrer Schwester ... Irgendetwas mit einem Feuerzeug. *Feuerrrzeug.*

Ein gespenstisches Lächeln wandert über Suzies Gesicht. Schnell wie der Teufel springt sie durch die Küche und schnappt sich das Gasfeuerzeug, das auf dem Herd liegt. Sie reckt die Faust in die Luft, stößt ein Lachen aus, das einem das Blut in den Adern gefrieren lässt, und schiebt den Finger in den Anzünder.

Julie und ich sind einen Klick davon entfernt, in Flammen aufzugehen.

Keine Zeit, nachzudenken: Instinktiv greife ich den einzigen Gegenstand in Reichweite – das tonnenschwere Werk über die Küche Italiens. Ich atme tief ein, hole aus und lasse den *Larousse* fliegen.

Er saust durch die Luft wie ein Diskus, beschreibt eine elegante Kurve, sogar die Seiten flattern nur ganz leicht. Ich bin kein Aerodynamik-Experte, aber auf seiner Flugbahn dreht er sich dreimal perfekt um die eigene Achse. Von Cricket verstehe ich noch weniger als von Rugby, aber ich glaube, einen Wurf wie diesen würde man technisch gesehen als »Beamer« beschreiben. Unser Schulschiedsrichter hätte ihn wahrscheinlich für ungültig erklärt – sogar für unsportlich –, aber getreu unserem Schulmotto, *quidquid requiritur, fiat.*

Der geriffelte Buchrücken knallt gegen Suzies Stirn, mit der vollen Wucht von 786 Seiten, 130 Farbkarten und robustem »Bibliothekseinband«.

Zum ersten, einzigen und wichtigsten Mal in meinem ganzen Leben habe ich den perfekten Wurf hingelegt.

Ich fessle Suzies Arme hinter ihrem Rücken und zerre sie halb bei Bewusstsein zum Speiseaufzug. Langsam kommt sie wieder zu sich – tritt, beißt, faucht –, aber es gelingt mir, ihren Kopf in die Öffnung zu stecken.

Eisern halte ich sie umklammert, während ich auf einem Fuß balanciere und den anderen in Richtung Bedienfeld strecke. Mit einem sanften Zehenstupser drücke ich auf »UP«. Ein greller Schmerz durchzuckt mein blutiges Bein.

Die Mahagoni-Türen schließen sich langsam, und endlich fällt mir ein, woran sie mich erinnern – die Schiebetüren eines Krematoriums, die sich schließen, während der Sarg hineingefahren wird. Ein knirschendes Geräusch erklingt, als die Nockenwellen und Riemen und Zahnräder zum Leben erwachen. »Lass mich los!«, gurgelt sie, aber es besteht nicht die geringste Chance, dass dieser Mechanismus sie wieder aus seinen Fängen lässt. Viktorianische Qualitätsarbeit, nicht wie heutzutage.

Ich halte den Knopf gedrückt und rufe Julie zu, sie soll Hilfe holen.

»Das Wichtigste zuerst«, ruft sie zurück. Typisch Julie – sie denkt die Dinge zu Ende. Sie nimmt einen Feuerlöscher von der Wand und versprüht den Schaum im ganzen Raum, mit Extra-Spritzern in den Speiseaufzug und unter den Tisch, sicherheitshalber. Ein paar Mandelsplitter und kandierte Kirschen, und der ganze Raum würde aussehen wie ein riesiges Schichtdessert.

»Soll ich den Feueralarm auslösen? Die Sprinkler-Anlage einschalten?«, fragt sie mit leuchtenden Augen. Nein, sage ich, ist schon okay. Daraufhin richtet sie ihr Cape und läuft die Treppe hinauf, um Hilfe zu holen, während ich mir eine mentale Notiz mache, meinen Wetzstahl zu bergen, damit der Abend wenigstens kein Totalverlust ist.

EPILOG

Acht Wochen später

Ich hätte es die ganze Zeit wissen müssen«, sage ich kopfschüttelnd. Keine gute Idee, wenn man sich von einer Schädelfraktur nebst verzögerter Gehirnerschütterung erholt. Wir sitzen vor dem Kamin im Jubilee Cottage und trinken einen hervorragenden kalifornischen Chardonnay. Im Hintergrund läuft ein Klavierkonzert von Mozart – K467, mit dem grandiosen Andante. Es ist eine Live-Aufzeichnung aus dem Jahr 1950. Dinu Lipatti ist der Solist.

»Schon die allerersten Worte, die Stevie zu mir gesagt hat, waren ganz offensichtlich gelogen«, fahre ich fort. »Warum sollte die Royal-Parks-Gesellschaft einen Auszubildenden zu einem Luxuskochkurs schicken, um zu prüfen, ob er einen neuen Karriereweg einschlagen will? Das zeigt, dass die Leute gewillt sind, nahezu alles zu glauben, wenn sie sich einander vorstellen.« (Die Royal Parks als Arbeitgeber war allerdings keine komplette Lüge: Stevie hatte tatsächlich einmal während gerichtlich verhängter Sozialstunden im Kensington Garden Müll gesammelt.) »Außerdem, hast du schon mal einen so blassen Gärtner gesehen?«

Julies Konzert hatte heute Abend stattgefunden, und der Erfolg lässt sie strahlen. Sogar noch heller, wenn man sie mit mir vergleicht. Sie sah umwerfend aus in ihrem extravaganten Seidentop zu den Schlaghosen à la Mama Cass, und wie sie bei »When I'm Sixty-Four« ihre Klarinettentöne in die Luft geschmettert hat, brachte ihr Standing Ovations ein.

Ich fühle mich geschmeichelt, dass sie sich entschieden hat, den Abend mit mir zu verbringen, statt mit ihrer Orchester-Crew zur After-Party zu gehen. Angeblich hat der neue McDreamy am Kontrabass sie nach ihrer Telefonnummer gefragt – zweimal.

Die Sixties sind jedenfalls in aller Munde, weil der Erstverkauf der *Escape*-Weihnachtsausgabe begonnen hat und alle Rekorde bricht. PSYCHEDELIC CHRISTMAS! schreit das Cover. Das gab es so noch nie.

Nicht nur, dass jede Seite in kaleidoskopischen Farben erstrahlt, nicht nur die knalligen Partyklamotten und die abgefahrenen Deko-Ideen: Das ganze Magazin strotzt vor Extravaganz. Es hat Verve. Es macht *Spaß*. Unnötig zu erwähnen, dass Julies Seiten allen anderen die Show stehlen. Nie zuvor wurde ein Truthahn zu so dauergebräunter Saftigkeit gebraten, Kartoffeln zu so neon-gelber Knusprigkeit, begleitet von einem Regenbogen aus Saucen und Garnituren. *Mince Pies,* eigentlich das notorische Gegenteil von Sex-Appeal, funkeln buchstäblich unter einer Kruste aus zerstoßenem Kandis, und die mehrfarbigen Flammen auf ihrem *Christmas Pudding* würden den *Cirque du Soleil* stolz machen. Alles fotografiert vor einem Farbschema, das knallt und knistert – und wo zum Teufel hatte sie diese Wolfshunde mit den gefärbten Haarspitzen her?

Gestern kam Richard Buzz im Redaktionsteam der *Escape* vorbei, um die gute Nachricht zu überbringen (auf dem Weg zur *Lovely,* um Tammy das Gegenteil zu offenbaren). Er sagte, die Weihnachtsausgabe hätte nicht nur alle Rekorde gebrochen, sondern würde in die Zeitschriftengeschichte eingehen. Woraufhin Dena nebenbei in ihrer unnachahmlichen Art, die Wahrheit umzuschreiben, zu Julie sagte: »Ich *wusste,* dass du es in dir hast, Schätzchen. Ich habe doch die ganze Zeit schon gesagt, dass der *Nussknacker* tot ist.«

Wobei man ihr zugutehalten muss, dass sie ihrem Heldentrupp der Stunde öffentlich gedankt hat: Statt der normalerweise langweiligen Mitarbeiterliste hat sie die Seite Drei in einer Hommage an Peter Blakes *Sgt.-Pepper*-Cover neu entworfen, mit Julie, Spencer, Lucinda und ihr selbst in der Mitte als Beatles verkleidet. Unser Lunch-Date hat sie abgesagt, aber dafür Julie gegenüber angedeutet, sie könne vielleicht den Job als stellvertretende Redaktionsleitung übernehmen, wenn Celia in Mutterschaftsurlaub geht. Win-win.

»Was hat dich auf die Sixties-Idee gebracht?«, fragt Julie neugierig.

»Ist mir einfach so eingefallen«, sage ich leichthin. Aber da Unaufrichtigkeit nicht mein Ding ist, füge ich hinzu: »Wenn du es unbedingt wissen willst, Lilith hat immer diese bizarren mehrfarbigen Outfits getragen, und sie ist zufällig genau im richtigen Moment vorbeigelaufen. Und dann war da natürlich noch dein Konzert. Aber es sind deine Lorbeeren – es war dein Shoot.«

»Ach, hör auf!«, protestiert Julie. »Aber wir sind nicht hier, um über mich zu reden. Ich will die ganze Geschichte hören.« Durch den Stress, die Weihnachtsausgabe druckfertig zu bekommen, Julies Konzertproben und meinen Krankenhausaufenthalt ist das hier der erste Abend, an dem wir es seit jener unglaublichen Nacht geschafft haben, zusammenzusitzen und einen anständigen Plausch zu halten. »Alle Details bitte.«

Ich schenke uns Wein nach. Es gibt viel zu erzählen. Aber zuerst: »Kannst du mir sagen, wie du es geschafft hast, rein zufällig zur Stunde meiner größten Not in diesem Keller aufzumarschieren? Ganz nebenbei, ich liebe dieses Cape – es hat einen ganz fabelhaften Schwung.«

»Na ja, als ich deine Nachricht mit dem entsetzten Emoji gesehen habe, wusste ich, dass etwas Schlimmes passiert sein muss. Ich habe dich angerufen und nur irgendein Murmeln gehört, dann hat jemand aufgelegt …«

»Die Polizei hatte mir hilfreicherweise das Handy abgenommen.«

»Also bin ich sofort nach dem Shoot zum Jubilee Cottage gerast und war fünfzehn Minuten zu früh. Als niemand da war, bin ich den ganzen Weg zum Chester Square gerannt. Es überrascht mich, dass ich niemanden zu Fall gebracht habe – ich war wie ein unkontrollierbarer Schnellzug.

Glücklicherweise hatte ich immer noch deine Textnachricht mit dem Türcode, also habe ich ihn eingegeben und bin hineingegangen.

Ich habe nach dir gerufen, und niemand hat geantwortet. Es war nur ein einziges Licht an, über einer schmalen Treppe. Als ich hinüberlief, ist aus dem Nichts dieser junge Kerl mit dem rasierten Schädel aufgetaucht und hat mich gefragt, was ich täte. Ich habe gespürt, dass irgendetwas nicht stimmte, und bin einfach weitergelaufen. Natürlich hatte ich nicht damit gerechnet, plötzlich am Set von *Nightmare on Elm Street* zu stehen.«

»Okay, sie waren schon beide etwas seltsam, aber jetzt, wo die ganze Geschichte ans Tageslicht gekommen ist, finde ich, wir sollten mildernde Umstände geltend machen.«

Julie verdreht die Augen. »Bitte sag mir nicht, dass du jetzt gleich wieder die Mitleidskiste aufmachst?« Ich habe die Angewohnheit, ständig das Verhalten anderer Leute zu entschuldigen, auch wenn ich das nicht sollte, und sie schimpft immer mit mir deswegen. »Dann bist du jetzt dran.«

»Ich habe ja schon erzählt, dass ich einen Brief bekommen habe. Es war ein vertraulicher, inoffizieller Brief von einer Frau, die früher in hoher Position im Sozialamt Gloucestershire gearbeitet und all die Jahre darunter gelitten hat, was den Wagner-Zwillingen widerfahren ist, während sie *in Obhut* waren. Sie hat das Gefühl, dass, egal wie schlimm die Dinge waren, die mir widerfahren sind, die beiden noch viel Schlimmeres erlebt haben.«

Ich reiche ihr den Brief.

2015 war ich als Jugend-Sozialarbeiterin Teil der Gloucester Social Services. Zu diesem Zeitpunkt habe ich die Wagner-Zwillinge kennengelernt.

Susan und Stephanie haben irgendwann zu Beginn der 2000er ihre Mutter bei einem Unfall verloren. Zuerst haben sie bei ihrer Tante gewohnt, wurden dann aber zur Adoption freigegeben und sind zu einem Ehepaar nach Trowbridge gekommen. Sie haben nicht gut zueinander gepasst: Die Mädchen haben ihre Adoptiveltern als »religiöse Spinner« beschrieben, die fest entschlossen waren, die beiden zu Missionarinnen zu erziehen. Im Alter von zehn Jahren hatten die Mädchen einen Ruf als Unruhestifterinnen erworben. Man sagte ihnen Mobbing und Diebstahl nach, und sie wurden in Obhut genommen.

Sie wurden in ein Heim geschickt, das sich auf Kinder mit Verhaltensauffälligkeiten spezialisiert hatte. Eines Abends ist eine Gruppe Jugendlicher aufs Dach geklettert und hat Ziegel hinuntergeworfen. Ein Betreuer wurde im Gesicht getroffen und erblindete. Susan wurde als Rädelsführerin genannt. Es gab eine offizielle Untersuchung, in der herauskam, dass Mitarbeiter der Einrichtung die ihnen anvertrauten Kinder sowohl sexuell missbraucht als auch körperlich misshandelt hatten.

Die Zwillinge kamen in ein neues Heim, was kurze Zeit später unter ähnlichen Umständen geschlossen wurde. Sie waren Opfer eines kaputten Systems.

Die Zwillinge sind zweieiig, also nicht identisch. Suzie (wie sie sich mittlerweile nannte) war die Vorzeigbarere und Lenkbarere der beiden. Sie hätte besser untergebracht werden können, sogar bei einer Pflegefamilie leben, weigerte sich aber, ihre Zwillingsschwester zu verlassen. Stevie (Stephanie) war geschickt und technisch begabt – sie hat IT- und Tischlerei-Kurse abgeschlossen –, aber zu aggressiv und unberechenbar, um irgendwo eine Anstellung zu finden. Mehrmals ist sie als Junge verkleidet losgezogen, um zu stehlen oder mutwillig etwas zu zerstören. Man hat sie diesbezüglich befragt, da man dachte, sie wolle vielleicht mit jemandem über ihr Geschlecht sprechen, aber sie hat sich vehement geweigert.

Als ich sie das letzte Mal getroffen habe, waren die Wagner-Mädchen arbeitslos und wohnten in Gloucester. Laut einem Sozialarbeiterkollegen hatten die beiden eine ungesunde Fixierung auf ihren biologischen Vater entwickelt, den sie nie kennengelernt hatten.

Ich bin schockiert und traurig, aber nicht vollkommen überrascht, von diesem neusten tragischen Unglück zu hören. Meiner Meinung nach haben die Mädchen sich nie von dem Trauma erholt, in einem hochsensiblen Alter so plötzlich jeglichen Kontakt zu ihrer Familie zu verlieren. Aus diesem Trauma heraus hat sich die Wut und schließlich eine paranoide Persönlichkeitsstörung entwickelt.

Hinsichtlich des Verbrechens selbst findet man in der Literatur Beispiele für eine geteilte Wahnstörung, in der ein dominanter Beziehungspartner mit einer schweren psychischen Erkrankung (beispielsweise paranoide Schizophrenie) den anderen aufhetzt und zu Ausbrüchen extremer Gewalt zwingt. Suzie ist als der dominante Zwilling diagnostiziert worden.

Ich glaube nicht, dass der Wahl der Methode (Enthauptung) eine besondere Bedeutung zukommt, abgesehen vielleicht vom offensichtlichen Symbolismus: sowohl die geistige als auch die biologische Existenz ihres Vaters zu vernichten.

Meine vollkommen persönliche Meinung ist es, dass die Wagner-Zwillinge Opfer der Gesellschaft sind – sie wurden nicht nur von ihrer Familie und dem »System« im Stich gelassen, sondern von uns allen. Niemand kommt böse zur Welt.

Julie hält inne, um das sacken zu lassen. »Dann haben sie Christian schon seit Jahren gestalkt?«

»Er hat ein sehr öffentliches Leben geführt. Sie haben ihrem Dad dabei zugesehen, wie er seinen Erfolg, seinen Ruhm und seinen Reichtum vor sich hertrug, und es mit ihrem eigenen Leben verglichen – der Vernachlässigung und dem Elend.

Sie haben einen alten Zeitungsartikel ausgegraben und herausgefunden, dass die Kameraden ihres Vaters in ihrem Namen einen Fonds ins Leben gerufen hatten. Dann haben sie sich zusammengereimt, wie er mit einem Vermögen abgehauen ist, das für sie gedacht war. Allerdings war es für eine Spendensammlung unter seinen Militärkameraden zwar eine anständige Summe, mehr aber auch nicht.

Es ist immer leicht, jemanden zu hassen, den man nicht kennt. Die Tragödie besteht darin, dass Christian, wenn er die Möglichkeit gehabt hätte, versucht hätte, seinen Fehler wiedergutzumachen. Das macht er in seinem Tagebuch mehr als deutlich.«

Beinahe wünschte ich, ich hätte es nie gelesen – die Einblicke, die Christian auf diesen Seiten in sein Innerstes gewährt, werde ich nie wieder vergessen können.

»Aus Sicht der Zwillinge ist es am schlimmsten, dass man sie in der Untersuchungshaft getrennt hat und dass sie nach dem Urteil in unterschiedlichen Ecken des Landes enden könnten. Das wird die Strafe für sie beide doppelt so schwer machen.«

Julie legt die Stirn in Falten. »Vergiss nicht, dass du von zwei mörderischen Verrückten sprichst, die uns beide beinahe umgebracht hätten!«

»Und damit wären wir bei der Mordnacht.«

Wir stärken uns mit einem weiteren Glas Wein, und ich fahre fort. »Stevie hat sich als junger Mann namens Stephen einen Kurs in der Kochschule gebucht, in die seine Schwester sich bereits erfolgreich eingeschlichen hatte. Suzie Wheeler und der verkleidete Stephen Cartwright waren endlich in der Nähe ihres Vaters, den sie hassten. *Wheeler* und *Cartwright*, Rad- und Wagenmacher, gehören traditionell in dieselbe Berufssparte wie Fuhrknechte, oder eben *Wagner*. Sie müssen eine ganze Weile darüber nachgedacht haben. Das spricht ja auch irgendwie für sie.« Ich finde schon wieder Entschuldigungen. Julie schnalzt missbilligend mit der Zunge.

»Aber die Polizei hat doch bestimmt ihre Personalien überprüft? Das ist doch absolute Grundlage«, sagt sie.

»Die Zwillinge lebten schon eine Weile unter falschem Namen und hatten sich eine Historie verschiedener Wohnungen und Jobs aufgebaut.

Sie haben mit Absicht eine volle Woche gewählt, damit eine ganze Reihe Verdächtiger vor Ort sein würde, um die Polizei zu verwirren. Aber an dem Wochenende, bevor Stevie eintreffen sollte, geschah etwas Unvorhergesehenes: Christian brach sich den Arm.

Zuerst schien das ihre Pläne zu durchkreuzen, aber am Ende hat es ihnen in die Hände gespielt, weil die Polizei auf der Jagd nach irgendwelchen Bandenkriminellen in die falsche Richtung ermittelt hat.

Als Christian plötzlich im Alten Ballsaal aufgetaucht ist, stand Stevie ihrem Vater das erste Mal in Fleisch und Blut gegenüber. Deshalb ist sie vor Aufregung in Ohnmacht gefallen. Suzie ist ihrem Zwilling zur Hilfe geeilt – ein bisschen schnell.

Ich könnte mich selbst in den Hintern treten, dass mir die Ähnlichkeit zwischen den beiden nicht da schon aufgefallen ist. Wenn Stevie mit einem falschen Schnurrbart oder einem Fatsuit aufgetaucht wäre, hätten bei mir vielleicht die Alarmglocken geschrillt, aber ein junger Mann mit getönten Brillengläsern und einem radikalen Haarschnitt? Das ist nicht weiter auffällig.

Es gab sogar noch mehr Hinweise, die ich übersehen habe. Irgendwie schien Suzie zu wissen, wie Stephen seinen Tee mag, und einmal hat sie aus Versehen den Namen ›Stevie‹ benutzt – mich aber schnell abgelenkt, indem sie etwas fallen ließ. Sie waren auch beide Linkshänderinnen – genau wie Christian.«

»Aber das hat doch nichts mit dem zu tun, was passiert ist, oder?«

»Nur, dass Christian die Spritze mit der linken Hand gesetzt wurde und auch das Fleischerbeil von links kam. Das ist auch der Grund, aus dem Blondie so enttäuscht wirkte, als ich auf dem Revier mit rechts unterschrieben habe.«

»Ah! Dein gutaussehender, redseliger Detective!«, sagt Julie.

Ich werde nicht oft rot, aber jetzt spüre ich, wie mir die Hitze bis in die Haarwurzeln steigt. »Sei nicht albern ... Obwohl, er hat noch mal geschrieben. Ich habe ihm gesagt, es sei noch zu früh für mich. Aber er will in Kontakt bleiben.«

Julie nimmt meine Hand. »Vielleicht irgendwann.«

Nach einer kurzen Pause spreche ich weiter. »Jetzt kommen wir zur Mordnacht. Nach dem Abendessen ist Gregory in Christians Wohnung aufgetaucht. Während sie sich unterhielten, kam Vicky, um Christian seinen Schal zu überreichen. An der Tür hörte sie Gloria Hunniford auf Sentimental FM – ihre Montagabend-Late-Night-Show – und nahm an, er hätte Damenbesuch, also ließ sie das Geschenk auf der Schwelle liegen.

Als Christian Gregory zur Tür brachte, fiel es ihm auf. Er hat es ausgepackt und auf die Fensterbank gelegt.

Suzie hat abgewartet, bis die Luft rein war, und dann bei ihrem Vater an die Tür geklopft. Es war spät, aber sie hat sich irgendeine Entschuldigung oder rührselige Geschichte ausgedacht. Er hatte Mitleid mit ihr und ließ sie herein.

Als er nicht hinsah, hat sie ihm GHB ins Glas geschüttet. Während sie darauf wartete, dass die Wirkung eintrat, fragte sie, ob sie seinen Gips unterschreiben könnte, und als er so weggetreten war, dass er sich nicht mehr wehren konnte, hat sie Stevie hereingelassen. Sie haben die Tür abgeschlossen, und eine von ihnen hat ihm die tödliche Spritze verabreicht. Apropos, das wird noch spannend bei der Verhandlung, da sie beide behaupten können, die jeweils andere hätte die Injektion vorgenommen.«

»›Cut-Throat Defence‹ nennen das die Anwälte, wenn ein Angeklagter durch seine Verteidigung einen Mit-Angeklagten belastet«, sagt Julie.

»Danach gab es ein kurzes Handgemenge, während dessen Christian es geschafft hat, das Glas mit der Gemelli-Pasta umzuwerfen. Kurz nach Mitternacht ist er an einer Überdosis gestorben.«

Julie seufzt, dann fragt sie: »Diese Sache mit dem Fleischerbeil. Hätte es nicht mehr Sinn ergeben, es aussehen zu lassen wie einen Einbruch, der schiefgelaufen ist?«

»Ich befürchte, unsere Zwillinge standen auf Enthauptungen. Das Forensik-Team hat einige entsetzliche Dateien auf Suzies Laptop gefunden. So wollten sie es erledigen, also haben sie sich ein dazu passendes Narrativ einfallen lassen.

Online haben sie herausgefunden, dass es eine riesige Blutfontäne gibt, wenn man jemanden köpft. Deshalb mussten sie ihn zuerst ermorden, damit der Blutdruck sinkt.«

»Wie grausam und berechnend«, sagt Julie.

»Währenddessen haben sie aufgeräumt, ihre Fingerabdrücke entfernt und sich darangemacht, irreführende Hinweise zu platzieren. Warum? Teils zur Absicherung, teils um die Polizei zu verwirren, teils aus reiner Boshaftigkeit. Melanies Lippenstift unter dem Sofa … ein Spritzer dieses schweren Parfüms, das Rose immer trägt … ein paar von Liliths Haaren. Ich bin überrascht, dass sie nicht sicherheitshalber noch ein paar falsche Wimpern von De'Lyse und ein paar Fußabdrücke von Vicky verteilt haben.

Am nächsten Morgen – wahrscheinlich, weil es ihnen erst im Nachhinein eingefallen ist – kehrte Suzie zurück, um die Tür einzuschlagen und es aussehen zu lassen, als hätten Dschihadisten sich gewaltsam Einlass verschafft. Sie erzählte der Polizei irgendeine unsinnige Geschichte über nahöstlich aussehende Leute, die aus einem parkenden Auto heraus vom Chester Square aus das Haus beobachtet hätten. Die Antiterroreinheit hat natürlich kein Wort geglaubt, aber nicht geahnt, warum sie lügt. Jetzt wissen wir es.«

»Warum sind sie geblieben? Warum sind sie nicht nach dem Mord gleich abgehauen?«

»Wenn sie in der Mordnacht geflohen wären, hätte die Polizei eine Großfahndung rausgegeben. Sie hätten es nicht weit geschafft.«

»Aber Rose hätte doch sicher Alarm geschlagen, wenn sie herausgefunden hätte, dass Suzie verschwunden ist?«

»Sie hätte keinen Grund gehabt. Was Rose angeht, ist Stephen nach dem Mittagessen mit den anderen abgereist. Und Suzie hat eine Nachricht hinterlassen, auf der steht, es hätte einen familiären Notfall gegeben und sie hätte spontan nach Hause fahren müssen. Sie hätten sich jede Menge Zeit erkauft.«

»Eine Schande, dass sie ihr Talent nicht irgendwo sinnvoller einsetzen konnten«, sagt Julie kopfschüttelnd. »Wie haben sie das mit ihren Alibis hingekriegt?«

»Stevie hat eine Simulations-App auf ihren Rechnern installiert, die es aussehen ließ, als hätten sie bis in den frühen Morgen hinein Nachrichten verschickt und Tasten gedrückt. Danach hat sie die App gelöscht, aber die Polizei konnte die Spuren im Verlauf noch finden.«

»Und wie ist Lilith in die Sache hineingeraten?«, fragt Julie. »Und, viel wichtiger – wie geht es ihr?«

»Sie ist immer noch im Krankenhaus«, erwidere ich. Im Bangor Ysbyty Gwynedd Hospital, um genau zu sein, aber versuche einmal, das nach zwei großen Gläsern *Au Bon Climat* auszusprechen. »Es geht ihr jeden Tag ein bisschen besser. Die Erzdiakonin und ich telefonieren einmal die Woche, und sie hat mich eingeladen, im Frühling zu Besuch zu kommen, um die wilden Narzissen anzusehen.

Lilith war schlauer, als ich ihr zugestanden habe. Sie hat entdeckt, dass die beiden das gleiche Tattoo hatten.«

»Hat sie den Röntgenblick?«, fragt Julie.

»Stevies Tattoo hat sie gesehen, als sie im Unterricht ohnmächtig geworden ist, und Suzies, als sie das Backblech fallen ließ. Sie hat vermutet, dass die beiden etwas miteinander haben. Natürlich konnte sie der Versuchung nicht widerstehen, ihnen ihren Verdacht auf die Nase zu binden. Danach hat sie dem gesamten Kurs verkündet, Christian sei ein ›Mann vieler Geheimnisse‹. Was sie damit *meinte,* war, dass sie herausgefunden hat, dass Harriet von ihm schwanger war. Aber die Zwillinge dachten, sie wolle andeuten, sie wisse über ihre Verwandtschaft zu ihm Bescheid.«

Julie seufzt laut.

»Da haben sie die Nerven verloren und versucht, Lilith zum Schweigen zu bringen, indem sie sie die Treppe hinunterstießen.«

»Und sie haben wirklich geglaubt, sie kämen damit durch?«

»Beinahe hätte es ja geklappt. Sie wussten, dass der Tatort in Christians Wohnung voller DNA- und Faserspuren gewesen sein musste, aber es dauert immer mehrere Wochen, bis die Ergebnisse dieser Tests vorliegen: Bis dahin würden sie schon lange in Casablanca Champagner trinken.«

»Es kostet Geld, unterzutauchen. Hatten sie welches?«

»Der Zufall wollte es, dass Rose am Donnerstagnachmittag für ein paar medizinische Untersuchungen in die Harley Street musste. Die Zwillinge hatten also vier Stunden freie Hand im

Haus. Zuerst wollten sie den Safe im Shelley Room plündern. Die beiden haben eine halbe Stunde damit verschwendet, den Schlüssel zu suchen.«

»Lass mich raten. Rose bewahrt die Asche ihrer toten Großmutter im Safe auf.«

»Er war seit dem Ersten Weltkrieg nicht mehr abgeschlossen – man dreht einfach den Knauf. Und er war leer. Sie hatten aber genug Geld, um zu fliehen, weil Suzie die Portokasse geplündert hatte. Also ist Stevie zur Victoria Station gefahren, um Tickets für den Eurostar zu kaufen. Als sie zurückkam, hat sie dich entdeckt.«

»Aber vorher hat sie noch das Telefon ausgestöpselt«, sagt Julie.

»Das waren sie gar nicht – das hatten wir, wer hätte das gedacht, Jonny zu verdanken. Bevor Rose aufgebrochen ist, hat er noch einmal einen seiner Fake-Anrufe gemacht, und sie war so wütend, dass sie das Kabel aus der Wand gerissen hat.

Mittlerweile liegen natürlich die DNA-Ergebnisse vor. Die Zwillinge haben überall ihre Spuren hinterlassen. Und als das Forensik-Team erst einmal wusste, wonach es suchen sollte, gab es noch mehr. Sie haben zum Beispiel die Waschmaschinen im Keller überprüft, und irgendjemand hat zwischen null Uhr siebenunddreißig am Montag und Mittwoch um Mitternacht vierzehnmal das Tiefenreinigungsprogramm bei neunzig Grad durchlaufen lassen.«

»Damit hätte Suzie sicher einen Job bei Stiftung Warentest ergattern können.« Julie lacht leise.

»Vielleicht in dreißig Jahren«, erwidere ich.

»Wenn, dann jedenfalls im Bereich Haushaltsgeräte. Was war eigentlich mit dem explodierenden Handmixer?«

»Fehlfunktion im thermischen Überlastrelais. Es war einfach das falsche Verlängerungskabel. Ein dummer Zufall. Aber wenn das nicht passiert wäre – und nach dem Unfallprotokoll verlangt hätte –, hätte ich Suzies geschlängelte Unterschrift nie gesehen und mit Christians Gips in Verbindung gebracht.«

Ich zucke mit den Schultern und beschließe, dass es höchste Zeit ist, die zweite Flasche zu öffnen. Jetzt kommt der harte Teil. »Blondie hat ein Blatt Papier in Suzies Rucksack gefunden und an mich weitergegeben. Es war zu einem Ball zusammengeknüllt und wäre beinahe weggeworfen worden.« Ein Teil von mir wünscht sich, es wäre im Müll gelandet, aber jetzt ist es zu spät. »Es war die letzte Seite aus seinem Rezept-Tagebuch, die sie herausgerissen hatte.«

Ich lege die zerknitterte Seite auf den Tisch und schiebe sie Julie hin.

Petits Fours
Sonntag, 21. August 2022

Harte Zeiten. Noch mehr Unglück an der Wettfront, aber das wird sich bald ändern, das hab ich im Gefühl. Um das Ganze noch elender zu machen, wird Roses Gesichtslähmung offenbar immer schlimmer. Milla gibt mir die Schuld, wie immer – sie sagt, ich bringe Unglück.
Wir haben eine neue Assistentin, Suzie. Seltsames Mädchen. Aus irgendeinem Grund misstraut sie mir. Gestern hat sie einen Spiegel im Flur poliert. Ich habe im Vorbeilaufen ihr Spiegelbild gesehen, und für den Bruchteil einer Sekunde hat sie mich an meine Frau erinnert. Es war seltsam, aber es hat mir auch einen Heidenschreck eingejagt.
Jedenfalls hatte ich danach eine kleine Krise. Wenn ich an meine armen Kinder denke, und wie ich sie verlassen habe ... Das werde ich bis zu meinem Todestag bedauern. Es ist Jahre her, dass ich den Antrag auf Kontakt zu den adoptierten Kindern gestellt habe – aber es kam nie etwas. Ist es den Mädchen egal? Oder hassen sie mich? Vielleicht werde ich es eines Tages herausfinden. Ich darf die Hoffnung nicht aufgeben. So

oft denke ich: Wo seid ihr? Seid ihr in einem schönen Zuhause aufgewachsen, bei netten, liebevollen Menschen? Habt ihr Freunde, Freundinnen, die auf euch aufpassen? Ich hoffe, ihr steht euch immer noch nah und gebt aufeinander acht. Ich hoffe, ihr seid glücklich.

Vielleicht denkt ihr sogar mittlerweile selbst darüber nach, eine Familie zu gründen. In dem Falle würde euer Dad euch raten zu warten, bis ihr ein wenig älter seid. Ich weiß, wovon ich rede — eure Mutter und ich waren gerade erst 19. Aber es war die wahre Liebe, die Art Liebe, die man nur ein einziges Mal im Leben findet.

Wenn ich die Möglichkeit hätte, Susan und Stephanie, würde ich euch eines sagen: »Euer Dad liebt euch und würde sein Leben geben, um seinen Fehler wiedergutzumachen.«

Möge Gott mir die Chance geben.

Wenn es mir so geht, gibt es nur eins, das mich wieder auf die Beine bringt: Ich gehe jetzt in die Küche. Mache was für Suzie. (Sie liebt Schokolade.) Hier kommt sie, meine Rocky-Road-Killer-Version.

Death by Rocky Road

Vorsichtig 130 g Butter, 200 g beste Bitterschokolade und 50 g Zuckersirup zusammenschmelzen. 100 g zerkrümelte Kekse einrühren — etwas Neutrales, wie Butterkekse — und 6 Esslöffel aufgebrochene Honigwabenstücke, dazu 50 g Mini-Marshmallows. In eine mit Backpapier ausgelegte, quadratische 18-cm-Backform geben und mindestens zwei Stunden kühlstellen. Dann in Quadrate oder Rechtecke schneiden — je nach Größe ungefähr 12–20.

Für Suzie haue ich auf den Putz und überziehe das Ganze noch mit einer dunklen Schokoladen-Ganache, mehr Marshmallows, weißen Schokoladenlocken, einem Hauch geriebener Tonkabohne und zerstoßenen kandierten Veilchen. Sie ist ganz allein und hat eine kleine Aufmerksamkeit verdient.

Julie wischt sich eine Träne von der Wange, und wir sitzen eine Minute lang schweigend da. Dann lege ich das Blatt Papier beiseite und schenke Wein nach.

Schließlich steht sie auf und geht hinüber zum Kaminsims. »Ich habe noch nie so viele Karten gesehen«, sagt sie. Es stimmt – wer hätte gedacht, dass ich so beliebt bin? Vielleicht ist es an der Zeit, mein Einsiedlerleben aufzugeben.

Ich glaube nicht, dass es jemals dazu kommen wird, aber ich wünschte, sie hätte meinen Kurs kennengelernt. Ich habe sie alle irgendwie ins Herz geschlossen.

Vicky hat ihre Karte ins Chelsea and Westminster Hospital geschickt, als ich noch zur Beobachtung dort war. Ein bandagierter Flamingo auf der Vorderseite und eine Nachricht, dass sie sich mit ihrem Mann ausgesprochen hat und sie Urlaub in Madeira gebucht haben – zusammen.

Harriet hat einen handgeschriebenen Brief in ihre Karte gelegt. Sie und Jason haben ihre Hochzeit vorgezogen und sich für eine kleine Feier im Kreis der Familie entschieden. Er ist »vollkommen okay damit«, Christians Kind großzuziehen. Wie modern.

Lady Brash hat Blumen geschickt! Keinen gewöhnlichen Fleurop-Strauß, sondern eine riesige und wunderschöne Schachtel voller Landblumen, »grown not flown«, einschließlich meiner Lieblingsblumen – Duftlevkojen. Auf der Begleitkarte stand geschrieben:

Wünsche Dir alles Gute und hoffe, wir kreuzen mal wieder die Klingen. Harriet sagt, ich hätte zu viel geredet – vergib mir, wenn ich den Kurs ruiniert habe!
Von Herzen, Serena B.
PS: Hier gibt es immer ein freies Bett, falls es Dich nach Bath verschlägt.

Seit dem Schlag auf den Kopf habe ich meinen Geruchssinn verloren – aber mein Arzt sagt, wenn ich Glück habe, kommt er Stück für Stück zurück. Ohne Levkojen kann ich leben, aber es gibt Düfte, die ich weit mehr vermisse.

»Ah, von der hier habe ich dir schon erzählt«, sage ich. Vor ein paar Wochen habe ich De'Lyse einen Tipp für ein Stellenangebot bei *Buzz Social Media* gegeben. Gesucht wurde nach jemandem mit dem klangvollen Titel »freelance social media Sonderbotschafter:in/Food«. Kurz danach ist ein rätselhaftes Paket eingetroffen, das eine Kletterpflanze mit dicken, glänzenden Blättern namens *Hoya carnosa* enthielt. Es war ein Dankes-Geschenk – sie hat den Job bekommen. An Zimmerpflanzen habe ich mich noch nie ausprobiert. Vielleicht ist das hier der Beginn von etwas Neuem.

»Erzähl mir von Melanie«, sagt Julie. »Sie klingt, na ja, komisch.«

»Sie hat mir einen uralten Zeitungsausschnitt vorbeigebracht, aus dem ich Christians zweiten Namen erfahren habe – Stephen – und dass seine Frau Susan hieß. Und dazu zwei Tonkabohnen.«

»Nein! Wenigstens hat sie sie zurückgegeben.«

»Wir vermuten, dass Stevie sie in ihre Tasche gesteckt haben muss, um für Schwierigkeiten zu sorgen. Nächste Woche gehen wir Kaffee trinken, um über Ben zu sprechen.« Ihr wärt überrascht, wie oft schwule Männer als inoffizielle Eheberater herhalten müssen.

»Und hast du ernsthaft gedacht, sie hätte die Mörderin sein können?«

»Zwischendurch schon – es hat alles gepasst. Sie hat sich erst an Roses gutaussehenden Alan rangemacht, dann an ihren attraktiven Lover Christian. Wenn sie ihn nicht für sich selbst haben konnte, wäre das Nächstbeste, ihn abzuservieren. Vielleicht sogar mit Bens Hilfe. Allerdings war das alles nicht wahr.«

»Sie klingt trotzdem nach einem ziemlichen Albtraum.«

»Eigentlich mache ich mir mehr Sorgen um Ben ... Viele gelangweilte und vernachlässigte Ehemänner wenden sich dem Alkohol zu.«

»Dann hatte sie tatsächlich richtige Affären mit den anderen? Oder war das alles nur in ihrem Kopf?«

»Dieselbe Frage habe ich Rose auch gestellt, als ich mich mit ihr getroffen habe.«

Ich halte eine dicke cremefarbene Karte hoch, *Rose Hoyt* ist in Marineblau oben eingeprägt, *Chester Square Cookery School* unten.

Vor zehn Tagen hat Rose mich zu einem Drink eingeladen, um der »alten Zeiten willen«. Da ich nicht unhöflich sein wollte, fragte ich, ob wir uns außerhalb der Schule treffen könnten. So fand ich mich, als es so weit war, in derselben Bar am Sloane Square wieder, in der das ganze Abenteuer angefangen hatte.

Als ich ankam, hatte ich Bedenken – all die vielen Spiegel –, aber als sie eintrat, trug sie ein durchscheinendes schwarzes Kleid mit passendem Schleier, letzterer verziert mit winzigen Symbolen: Herz, Kreuz, Karo und Pik. Alle drehten sich zu ihr um – heutzutage sieht man nicht mehr viele Schleier, außer bei Beerdigungen.

Ich erhob mich, um sie zu begrüßen – alle Gespräche waren verstummt –, und sie hob die Hand und schob den Schleier beiseite. In der Geste lag so viel Stil und Eleganz, dass die Leute – kein Scherz – applaudiert haben.

Was kam unter dem Schleier zum Vorschein? War sie von ihrem Leiden befreit – oder war es schlimmer geworden?

Letztendlich war es keines von beidem – sie sah genauso aus wie zuvor. Ich aber hatte erkannt, dass sich etwas in *mir* verändert hatte. Ich würde niemandem Schmerzen oder sonstige Unbill wünschen, aber Rose ist wunderschön, genauso, wie sie ist. Ihre Asymmetrie war mir nicht länger unangenehm, und ich schämte mich, dass sie es je gewesen war.

»Als wir uns mit unserem Champagner gesetzt hatten, entschuldigte sie sich für ihre Verspätung. Dank der Publicity käme sie mit den Kursbuchungen nicht mehr hinterher, auch wenn ich mir nicht vorstellen kann, dass die alle kommen, um zu lernen, wie man Garnelen entdarmt.

Dann hat sie die große Neuigkeit verkündet: Sie verkauft das Haus am Chester Square und zieht nach Somerset, wo ihre angeheiratete Verwandtschaft lebt.«

»Dann haben sie ihr also verziehen, dass sie Mr Hoyt aus dem Fenster gestoßen hat?«, fragt Julie, die ein gutes Gedächtnis für Details hat.

»Sie nannte es *Rapprochement*. Da musste ich natürlich nachfragen.«

»Erzähl!« Ein bisschen Klatsch und Tratsch kann auch Julie nicht widerstehen.

»Ich sagte, es täte mir leid, was mit Alan passiert sei, und sie hat mich seltsam angesehen. Ganz so, als überlege sie, mit wem ich wohl gesprochen haben könnte. Dann hat sie einen Moment lang nachgedacht und mich gefragt, ob sie mir etwas streng Vertrauliches erzählen dürfe.«

»Ich zähle nicht«, sagt Julie schnell.

»Ha! Ich habe ihr gesagt, dass ich es dir erzählen würde. Alan kam nicht mit Geld zur Welt, aber er hatte Talent, welches zu machen. Bis Milla zehn wurde, fuhr er gute Gewinne an der Börse ein, aber danach ging irgendetwas schief, und er hat alles wieder verloren. Wenn so etwas geschieht, fangen Banker normalerweise einfach wieder von vorne an, sich ein Vermögen aufzubauen, aber Alan wurde depressiv. Er verweigerte alle Hilfe und hat sich am Ende aus dem Dachbodenfenster gestürzt.«

»Was für eine entsetzliche Geschichte. Ich hoffe, es weckt keine …«

»Es macht es nicht leichter, wenn du auf meine Mutter anspielst. Aber es erklärt zumindest, warum Rose ist, wie sie ist. Man erholt sich nicht davon, wenn jemand, der einem nahesteht, Selbstmord begeht. Man lernt nur, damit zu leben.« Wir sitzen eine Minute lang schweigend da.

»Alan hat einen Abschiedsbrief hinterlassen«, fahre ich fort, »Rose aber gebeten, ihn zu vernichten, weil sonst die Lebensversicherung nicht zahlen würde. Sie hat das Geld genutzt, um die Kochschule zu gründen, in der Hoffnung, in Zukunft davon leben zu können. Es war Betrug, das muss man leider sagen. Das ist eine Last, die sie seit Jahren auf dem Gewissen trägt.«

»Sie könnte das Geld zurückgeben, wenn sie das Haus verkauft«, schlägt Julie vor. »Oder es der Labour Party spenden.«

»Ich habe ihren vertrauensvollen Moment ausgenutzt, um nach Melanie zu fragen«, fahre ich fort. »Wie du dir denken kannst, musste ich vorsichtig vorgehen.

Rose hat erklärt, sie sei sich Melanies ›Schwärmereien‹ für Alan und Christian bewusst gewesen – über die Jahre hat es noch ein paar andere gegeben –, aber sie hätte Mitleid für ihre alte Freundin empfunden, ihr sogar helfen wollen. Du wirst es nicht glauben, aber der alte Geizhals hat Melanie umsonst am Kurs teilnehmen lassen, weil sie klang, als bräuchte sie eine Auszeit.«

»Und was Christian anging – war Melanie nichts als ein unbedeutender Flirt?«

»Nicht mehr, da bin ich mir sicher. Sein Tagebuch war voller Tändeleien – wie viele Männer war er stolz auf seine Verführungskünste –, aber sie hat er mit keinem Wort erwähnt.«

»Was hat Rose in Somerset vor?«, fragt Julie.

»Sie will ein Museum für Küchengeschichte eröffnen und ihren ganzen Kram ausstellen. Ich sehe schon vor mir, wie sie mit einem Schlüsselbund rasselt und Touristen verschreckt.«

Natürlich hat noch jemand die Geschehnisse mit besonderem Interesse verfolgt und sich die Mühe gemacht, mir eine Anti-Genesungs-Karte zu basteln. In Form eines Sarges, mit einer Karikatur, wie ich in meinem Lieblingssessel sitze und meinen abgetrennten Kopf halte. Innen steht eine fürsorgliche Nachricht, die ohne die enthaltenen Obszönitäten lautet: *Da die ganzen Treppen in Jubilee Cottage für einen Behinderten sicher zu viel sind, solltest du dir vielleicht langsam ein neues Domizil suchen.* Wir lachen und werfen sie in den Müll.

Dann tritt eine lange Pause ein. Ich sehe nach unten auf meine Uhr, die nicht da ist, weil die netten Menschen bei Audemars Piguet sie reparieren. Kostenlos.

Julie sagt: »Weißt du, Paul, du musst lernen, dich nicht von anderen ausnutzen zu lassen. Christian, dann Rose. Und Jonny – allen voran Jonny.«

»Ich weiß genau, was du als Nächstes sagen wirst, Julie. Ich habe viel darüber nachgedacht, aber ich kann ihn nicht einfach in die Wüste schicken.«

»Bestimmt ...«

»Er ist Marcus' Sohn«, sage ich.

Noch eine lange Pause.

»Natürlich«, sagt Julie. Dann: »Was ich die ganze Zeit schon fragen will: Was hat es mit den ganzen Kartons an der Haustür auf sich?«

»Ach, nichts eigentlich – ich räume ein bisschen aus.«

»Für mich sah das nach Büchern aus.« Vor Julie kann man nichts geheim halten.

»Ich spende sie der Anwaltskammer.«

»Du meine Güte. Bist du sicher?«

Ich atme tief aus. »Ich bin mir sicher. Kennst du jemanden, der den Toby Jug haben will?«

Sie lacht und berührt noch einmal meine Hand. »Schön zu

hören. Hast du noch mal über eine Katze oder einen Hund nachgedacht?«

»Wie wäre es, wenn wir am Wochenende mal im Tierheim vorbeischauen und gucken, ob uns jemand anwedelt?«

Darauf stoßen wir an und bringen unseren Standard-Toast aus.

»Auf neue Abenteuer!«

ANMERKUNGEN DES AUTORS

Auch wenn diese Geschichte frei erfunden ist, kann man die Rezepte aus Christians Notizbuch alle nachkochen. Fotos der fertigen Gerichte für diejenigen, die sie hilfreich finden, können auf der Website des Autors eingesehen werden.

Falls dieses Buch Ihr Interesse an Messern geweckt hat, würde ich einen Besuch der *Japanese Knife Company* empfehlen. Sie finden deren Ableger in London, Paris und Stockholm. Trotz des Namens bieten sie Messer (und alles, was dazugehört) aus der ganzen Welt an, genauso wie einen kostengünstigen Schleifservice für Kunden vor Ort oder per Post.

Sollten Sie alte, abgenutzte Messer entsorgen müssen, so gibt es in England Abgabemöglichkeiten in manchen Polizeistationen. Manchmal nehmen auch Recyclinghöfe sie an (sorgfältig verpackt), oder sie können gespendet oder an Menschen über achtzehn Jahren verkauft werden. In der Kochwelt erzählt man nebulös von einem »Messerfriedhof« in Deutschland, an den man geliebte Messer schicken kann, wenn ihre Zeit vorüber ist, damit sie dort zusammen mit ihren Kollegen eingeschmolzen und in neue Messer verwandelt werden. Leider ist das ein reiner Mythos.

Tonkabohnen kann man hierzulande bei *Steenbergs* in Yorkshire und bei *Sous Chef* kaufen. Setzen Sie sie sparsam ein. Wer Marcus Berens' Signature-Aftershave »Après un Rêve« aufspüren möchte, den muss ich leider enttäuschen, aber *Les Senteurs* in der Elizabeth Street, London SW1, bietet eine Auswahl berauschender Tonka-basierter Düfte an, genauso wie *Parfums de Nicolaï*.

DANKSAGUNG

Das hier ist mein erstes belletristisches Buch, und es steckt eine überraschende Menge Teamwork darin. Zu Hause habe ich lebendes Referenzwerk und Diskussionsgruppe in einem, namentlich meinen Mann Robert. Das Glück führte mich in die Hände eines außergewöhnlichen Mentors, Lynn Curtis. Der Schritt in die Welt der Belletristik ist einschüchternd, und ich hatte großes Glück, einen so ermutigenden, geduldigen und erkenntnisreichen Redakteur zu finden.

Vielen Dank an Oli Munson bei A. M. Heath, für das Vertrauen in dieses Projekt und die beruhigenden Gespräche, als mich all die Änderungen und Korrekturen in Angst und Schrecken versetzten. Ebensolchen Dank an die unschätzbare Harmony Leung, ebenfalls bei A. M. Heath. Mein Redakteur bei Transworld, Finn Cotton, hat mich mit seinem Blick für Details und seiner umfassenden Kreativität schlichtweg beeindruckt – vielen Dank für die unzähligen Stunden und all die Mühe, die in dieses Werk geflossen sind.

Für das Cover und die künstlerische Gestaltung möchte ich Irene Martinez meinen wärmsten Dank aussprechen, genauso wie Tom Hill und Louis Patel für das ausgefeilte Marketing und die Öffentlichkeitsarbeit. Meinem Lektor, Fraser Crichton, bin ich dankbar für sein Fingerspitzengefühl und sein tiefes Verständnis beim Finetuning des Manuskripts. Ein großes Dankeschön geht auch ans Sales-Team, Emily Harvey, Tom Chicken und Laura Ricchetti. Ich fühle mich sehr zu Hause in der Transworld-»Familie«, vielen Dank also Larry und dem ganzen Team, dem ich dieses Gefühl verdanke.

Christians Rezepte sind alle echt und wurden von der Besten im Business getestet und ausgefeilt: Angela Nielsen. Die Poularde demi-deul basiert, mit Erlaubnis, auf einem Rezept von Jane Grigson, weitergegeben von ihrer Tochter Sophie. Death by Rocky Road ist inspiriert von einem Konfekt von *Cocorico* in Exeter. Die Feinheiten des Aufbrühens von Filterkaffee hat Paul von Maxwell Colonna-Dashwood gelernt.

Jeder Krimiautor braucht einen Polizisten in der Tasche, und der meine ist Ian Pike, Pensionär der Londoner Polizei. Nicht nur hat er die Mysterien der forensischen Arbeit für mich entschleiert, sondern auch Pauls Unbehagen in der Belgravia Police Station dramatisch erhöht. Meine Freundin Titiania Hardie, Expertin für Folklore, Magie, Symbole und Prophezeiungen, hat Julies astrologischen Vorhersagen ihren einzigartigen Funken eingehaucht und geholfen, sie in Emojis zu übersetzen.

Bevor ich zum Food-Writer wurde, hatte ich das Privileg, mit mehreren herausragenden Zeitschriftenredakteur*innen zu arbeiten, einschließlich (bei der *Living* in den späten 1980ern) Dena Vane. Die Figur Dena in diesem Buch ist ein Tribut an diese bemerkenswerte Frau – ausdrücklich *kein* Porträt, und ich möchte mich bei Karol-An Kirkman und ihrer Familie für die Erlaubnis bedanken, ihren Namen ausleihen zu dürfen. Jerome Marnier widme ich liebevoll Robert Carrier, diesem Prinzen unter den Chef-Gastronomen.

Vor drei Jahren lud mich Olwen Rice – noch eine großartige Redakteurin – ein, eine regelmäßige Kolumne für *Waitrose Weekend* zu schreiben. Ihr – genauso wie Alison Oakervee – möchte ich sagen, dass dieser Gefallen mir eine ganz neue Art zu schreiben eröffnet und mir geholfen hat, »meine Stimme« zu finden: vielen Dank für diese Chance und den Glauben an mich.

Mein Freund Stephen Mudge wohnt im »Land der verschlungenen, von hohen Hecken gesäumten Wege und rosafarbenen

Erde«, und ich danke ihm und seiner verstorbenen Mutter Susannah dafür, dass sie Devon-Idiome wie *dimpsy* und *zimzaw* am Leben erhalten. Für ihre Hilfe bei anderen Details des Texts geht mein Dank an Samuel Goldsmith und Rory Manchee. Für praktischen Rat für den Umgang mit problematischen Kochschüler*innen stehe ich bei Ken Hom CBE in der Schuld.

Von Herzen möchte ich auch meinen Betaleser*innen danken – Ruth Watson von Watson and Walpole und, natürlich, Robert; Joanna Toye – für ihren warmherzigen Zuspruch während des Abgabeprozesses; und Barbara Baker und Mary und Nick Forde für ihre grenzenlose Unterstützung und Ermunterung (und dafür, dass sie meinen Polizisten aufgespürt haben). Ich bin stolzes Mitglied von *The Seven* – einer Gruppe Schreiberlinge, die sich vor einem Dutzend Jahren bei der Arvon Foundation getroffen haben: Pauline Beaumont, Kristen Frederickson, Samuel Goldsmith (er schon wieder), Foxie Jones, Katie Socker, Susan Willis. Mögen wir uns noch lange wie die Verrückten jeden Mai zusammenfinden. Ihr seid ein so talentierter Haufen.

Dieses Buch zu schreiben hat über eine Million Tastenanschläge gebraucht, und das Mastermind hinter meiner ultra-effizienten und ergonomischen Einrichtung war John Sage von *The Keyboard Co.* Aufgrund ihrer fröhlichen Geduld beim Ausdrucken der vielen Entwürfe empfehle ich Julie Greenaway von *Quickprint,* Exeter.

Alle guten Geschichten kehren an ihren Anfang zurück, und so möchte ich noch einmal all jenen danken, die mein Alltagsleben – wortwörtlich – beseelen: der bereits erwähnte Robert, Benjamin und Maxim. Wie könnte es anders sein: auf neue Abenteuer!

Ein alter Landsitz.
Ein sabotierter Backwettbewerb.
Ein mysteriöser Mord.

JESSA MAXWELL
WER DEN LÖFFEL ABGIBT
KRIMINALROMAN

Wie jedes Jahr wurde für den TV-Backwettbewerb »Bake Week« ein buntes Ensemble an Teilnehmer*innen gefunden: die großmütterliche ältere Dame, der wissenschaftliche Perfektionist, die ehrgeizige junge Frau, der gelangweilte Start-up-Millionär, der Familienvater ... Doch ganz anders als sonst steht die Starbäckerin und Jurorin der Show, Betsy Martin, nicht allein im Rampenlicht, sondern muss sich zum zehnjährigen Jubiläum die Aufmerksamkeit mit einem zweiten, jüngeren Juror teilen. Auch hinter den ehrgeizigen Konkurrent*innen steckt dieses Jahr mehr, als der erste Blick verrät. Von Beginn an bestimmen Geheimnisse und Sabotage den Wettbewerb, und es kommt, wie es kommen muss: Bald liegt eine Leiche am Set.

Ein kulinarischer Wohlfühl-Krimi rund um den TV-Backwettbewerb Bake Week – ideal zum Miträtseln und Genießen!

*Unblutig und warmherzig: Band 2
der humorvollen Krimi-Reihe um das liebenswerte,
leicht autistische Zimmermädchen Molly Gray*

NITA PROSE
EIN MYSTERIÖSER GAST
ZIMMERMÄDCHEN MOLLY GRAY ERMITTELT

Mit Stolz und Hingabe putzt Zimmermädchen Molly Gray die Geheimnisse der Gäste fort und lässt die eleganten Suiten des Regency Grand Hotel in Perfektion erstrahlen. Als jedoch ein berühmter Krimiautor im ehrwürdigen Tee-Salon tot umfällt, reichen nicht einmal Mollys Künste aus, um das Ganze einfach wegzuwischen: Dem Hotel steht eine neue Mordermittlung ins Haus. Bald wabern Gerüchte und Verdächtigungen durch die Flure, und es wird klar, dass unter dem Fünf-Sterne-Glanz hartnäckiger Schmutz lauert. Molly weiß, dass sie den Fall lösen könnte. Doch dazu müsste sie sorgfältig verschlossene Erinnerungen an die Vergangenheit hervorholen. Denn Molly kannte den toten Gast vor langer Zeit – und er kannte sie ...

Cosy Crime aus England mit Herz, Humor und einer ganz besonderen Heldin.

*Royaler Cosy Crime im England der 50er-Jahre:
Die junge Queen Elizabeth
löst ihren ersten Fall!*

S. J. BENNETT
DIE TOTE TRUG DIAMANTEN
EIN QUEEN-ELIZABETH-KRIMI

Ein skandalöser Mord in der Nähe des Buckingham Palace erschüttert England, das 1957 noch nach seinem Platz im Nachkriegseuropa sucht: Nur mit sexy Wäsche und einem Diamant-Diadem bekleidet liegt eine junge Frau tot auf einem Bett, ihr zu Füßen ein strangulierter Mann. Die Polizei hat schnell eine ganze Reihe von Verdächtigen, denn am Tatort hat sich zur Zeit des Mordes eine Herrenrunde aus Londons High Society getroffen. Auch Prinz Philip war in der Mordnacht in der Gegend. Sein Alibi – die Queen – weiß sehr genau, dass er die ganze Nacht nicht zu Hause war. Zum Glück entdeckt Elizabeth unter ihren Typistinnen die erstaunlich gewitzte Joan, die ihr bei den geheimen Ermittlungen diskret zur Seite steht ...

Band 4 der englischen Krimi-Serie »Die Fälle Ihrer Majestät« erzählt kundig und atmosphärisch, wie Queen Elizabeth zu Beginn ihrer Regentschaft in ihre erste Mord-Ermittlung verwickelt wird.